# Lovely Writer 上

ラブリーライター

Wankling 著
宇戸優美子 訳

U-NEXT

LOVELY WRITER by Wankling

Originally published in the Thai language under the title นับสิบจะจูบ.
Japanese print rights under license granted by Satapornbooks Co., Ltd.


装丁　コガモデザイン

Lovely Writer
上

contents

## 人 物 紹 介

**ジーン**

小説家。
自分が執筆したBL小説が
ドラマ化されることに。
26歳。

**ナップシップ**

人気急上昇中のモデルで
大学生。
ジーンの小説が原作の
BLドラマの
攻め役に抜擢される。
20歳。

**タム**

ナップシップのマネージャーで
ジーンの大学時代の友人。

**ヒン**

ジーンが作品を書いている
出版社の編集アシスタント。

**ウーイ**

ジーンの小説が原作のBLドラマの受け役。
ナップシップとは同じ大学に通う友人。

# カウント0

〝物語はここから始まった……〟

僕はいつも使っているＭａｃＢｏｏｋのキーボードの上で指を動かしていた。しかし車のエンジン音が近づいてくるのが聞こえたとき、その指を一瞬とめた。このあたりはかなり閑静《かんせい》な場所で、すこしでも音がすると、耳をそばだてなくてもそれが聞こえた。

窓際の円形のハイテーブルのところに座っていた僕は、無意識に顔を引きつらせながら、その車が通り過ぎていってくれることを願った。

なんとかもう一度精神を集中させ、目の前のキーボードに向かおうとした。そのとき……。

ピンポーン。

どうやら今日はあまりついていないらしい。

僕は一度手のひらを開いてから、握り込んだ。そして握った拳《こぶし》をまた開く。顔を上げ、首をうしろにそらし、不機嫌なまま目を閉じた。苛立《いらだ》ちを感じながらも、その感情をどこにぶつければいいのかわからず両手で自分の頰をぴしゃりと叩いた。

「ジーン先生！」

「…………」

「ジーンノン先生！　いるんでしょ。開けてくださいよ！」

あの、クソやろう。

僕は大きなため息をつき、めがねを外して椅子から降りた。

僕はまっすぐ玄関まで歩いていって、いくつも取りつけられている鍵を一つずつ開け、最後にドアチェーンを外した。

重厚な木製の玄関ドアを開けると、そこには朝から僕の邪魔をしにきた、かなり背の低い小柄な人物が立っていた。

「ヒン、おまえな……」

「ジーン先生、おはようございます」

「なにしにきたんだよ。今週いっぱいはそのアホ面を見せにくるなって言っただろ」

文句を言われたヒンは、にこにこしながら手を合わせた。

「すみませんって。でも、ほんとに急用なんですよ」

「俺の原稿より大事な急用がどこにあるんだよ。今回の原稿、五カ月で上げろって、おまえが言ったんだろ。昨日やっと下調べが終わって、ちょうど書き始めようとしてたところだったのに」

「もう、そんなに怒んないでくださいよ。ほんとに大事な急用なんです」

「…………」

「ほんとです。誓います」

「嘘だったら、ナイフで刺してやるからな」

「もう、ほんとですってば。でも人によって見方は変わるものですからね。僕にとっては急用ってことです」

僕は二本の指を立てて、目の前にいるこいつのキョロキョロした目を突いてやりたくなった。

だが結局、僕の原稿に関する用事で来たのだろうと思い、仕方なくヒンを家の中に入れることにした。

ヒンは僕の気が変わってしまうのを恐れたのか、僕のあとについてサッと中に入り、ドアを閉めながらすばやく靴を脱いでいる。

僕はリビングのソファにどさっと腰を下ろした。目の前のローテーブルは、山のように積み重ねられた本と、鉛筆やボールペンで文字が書かれた紙に埋もれてカオスな状態になっていた。そこにはぐしゃぐしゃに丸められた紙や破かれた紙、さらにパンくずの残った皿やコーヒーの汚れがついたカップまで一緒になっている。

僕は手を伸ばしてそのコーヒーカップを持ち上げた。

「コーヒー」

「いつものラテですね」

奴はそう言うと、ローテーブルの上にあった食器類をすべてキッチンのシンクに運んでいった。

僕はその背中をしばらくながめてから、目の前の乱雑に散らかったものの山に視線を戻した。

それは僕が深夜までここに座って格闘していた証だ。作業が一段落し、ようやく休むことができたのは、たしか夜の三時を過ぎてから。目覚まし時計でふたたび目を覚ましたのが朝の九時で、それから食べものをすこし口に入れ、そしてノートパソコンを開いて仕事に取りかかろうとしていたところにヒンが現れたのだ。

　僕の仕事は〝小説を書くこと〟だ。

　そう、小説家である。
　三、四年ほど前に大学を卒業したあと、僕は自分の専攻に合った企業にたくさん応募書類を出していた。けれど就職活動を進めるうちに、自分は毎日同じことをルーティーンでやらされたり、規則に縛られたり、枠にはめられたりするのが苦手なタイプの人間だと気づいた。それで僕は、もっと自分に合った仕事を探すことにした。
　そのころ、フリーランスという働き方が人気になりつつあった。締め切りさえ守れば、いつどこで仕事をしてもいいし、何時に寝てもいい。そこで僕はまず、フリーランスとしてグラフィック関係の会社にもぐり込むことにした。

　そこでの仕事は退屈ではなかったが、あまり安定しなかった。なんとか働き方と収入のバランスを取ろうと模索したが、どうにもうまくいかなかった。

　そんなあるとき、食事中のひまつぶしにSF映画を見たあとで、僕はふと、自分にもなにか面白い話がつくれないだろうかと思った。

　実際、僕は映画を観るのが好きで、ありとあらゆるジャンルの映画を観ていた。とくにエイリアンやモンスターが人間を食べるといったジャンルの映画は、大ヒット作から信じられないレベルのB級作品までカバーしているほどだ。

　そんなわけで、試しにSF風のファンタジー小説を書いて有名なウェブサイトにアップしてみたところ、驚くほどの高評価がついた。読者の大半はラブコメ小説を好む傾向があったにもかかわらずだ。

僕はそのときに、キーボードを打って頭の中にあるイメージを文章にするのが楽しいことに気づいた。そしてそれが、フリーランスや一般的な会社員のように背中を丸めながら働くよりも、ストレスがすくないということにも気づいてしまった。

そんなわけで、社会人二年目にはそれまでの仕事を辞め、僕は専業作家としてやっていくことにした。

二十五、六歳と年を重ねたいま、あとさき考えずに仕事を辞めた当時のことを振り返ると、僕は自分自身に説教をかましてやりたくなる。

僕はなぜあんなに自信満々でいられたのか。作家になっても、まったく本が売れずに生き残ることができなければ、僕は飢《う》え死にしていてもおかしくなかったはずだ。けれど頭の中にいるもう一人の僕が、いつも自分を正当化していた。「おまえは運がいいから大丈夫。飢え死にしたりはしないさ。実際、小説は売れてるんだから！」と。

結局、僕はそれ以来、ファンタジー小説とホラー小説を交互に書き続けていた。

僕の人生はハッピーなものになった。だが……ハッピーだったのはわずか二年間だけ。

いまから五カ月前、突然編集長から電話があり、そこで長話を聞かされた。

長々とした前置きのあとで、編集長はブックフェアのためにいつもと違うジャンルの原稿を書いてほしいと言ってきたのだ。ブックフェアはもうすぐなのにいい原稿が一つもなくて困ってる、ジーンならきっと書ける、うちの上司も賛成してるからと言われた。

それは要するに……僕にBL《ボーイズラブ》小説を書いてほしいという話だった。

「ジーン先生、コーヒー入りましたよ」

目の前に差し出されたコーヒーカップを見て、僕は我に返った。手を伸ばしてそれを受け取り、カップのふちに口をつけながら「ありがとう」と言った。

「原稿中にお邪魔して、すみません」

「ああ」

「実は、『バッドエンジニア』のキャスティングの件なんですけど……」

「………」

僕は思わずコーヒーをこぼしそうになったが、カップの取っ手をつかみ直し、なんとか堪《こら》えた。

「ほら、先生の最初のBL小説ですよ。『バッドエンジニア』」

「バカ。自分の小説のタイトルくらい覚えてるよ。何回も言うな」

そう言うと、奴は笑った。僕をリラックスさせるためにわざとふざけているのだろうと思ったが、いまの僕には逆効果でしかない。

「すみませんって。とにかく、先生の作品の登場人物たちのオーディション、無事に一次選考が終わりましたよ」

「………」

僕はぶすっとしたまま、なにも言わずにただ眉をひそめた。

編集長からBL小説を書いてほしいと頼まれたときのことに話を戻そう……。

編集長は僕に、最近はＢＬ小説が非常に人気なのだと力説した。僕が籍を置いている出版社はファンタジーやホラー、ラブロマンス、ライトノベル、そして中国語や英語からの翻訳小説を含め、幅広いジャンルの本を出版していた。だから、ＢＬを扱《あつか》う部門があると言われても、なにも不思議ではなかった。

とはいえ……正直なところ、なんでＢＬ小説を読んだことすらない普通の男にそんな話を持ってくるんだ、と訝《いぶか》しまずにはいられなかった。

僕だって最初は抵抗した。絶対に無理、絶対にありえない、それが僕の答えです、と伝えた。そのときの僕はまだひよっこだったけれど、自分の小説は売れているのだから断る権利くらいあるはずだと思っていた。だが出版社というのは、僕だけと仕事をしているわけではない。もし次の原稿を受け取ってもらえなければ、困るのはむしろ僕の方だ。それで僕は結局白旗を上げ、編集長の頼みを引き受けることにした。

編集部のプロジェクトとしてブックフェアの企画を進めていたが、適切な作家を見つけられていないと編集長はしきりにぼやいていたし、いつも世話になっている編集長の頼みを無下《むげ》に断るのはしのびなかった。

僕の小説の文章をとくに気に入ってくれていたらしい編集長は、プロット案を送ってきて、それを元に書いてみてほしいと言ってきた。さらには研究用のＢＬ小説とマンガのセットまで送りつけてきた。その中には、タイだけでなく海外の作品も含まれていた。

ここまで整えられてしまったら、もう逃げられない。

念のため断っておくと、僕は別に、それらの本で読んだ男性同士の関係を毛嫌いしていたわけではない。恋愛小説の一種で、一つのジャンルだと思っていた。そしてそれは、いままでそのジャンルを読んだことのない僕のような作家に、新たな視点を与えてくれるものでもあった。

とはいえ、読むことは楽しめてもそれを書けと言われると……自分にはとてもできそうになく、あまりにも未知の領域だと感じていた。

だが、結果はこれだ。僕は他の原稿をいったん休み、編集長の依頼どおりにBL小説を書き始めることになった。四章まで書き終えたところで、僕はクールな感じのタイトルをつけてその原稿を送った。しかし返信のメールには、タイトルを『バッドエンジニア』に変えると書かれていた。

僕の考えていたタイトルとは全然雰囲気が違っていた。

にもかかわらず……なぜかその作品は人気を博し、ドラマ化されることになったのだ。編集長は大喜びで、僕が受け取る報酬も自《おの》ずと増えた。

そして、BL小説でのペンネームの方が有名になった結果、僕はそのジャンルで書き続けなければならなくなったのである。

「先生、拗《す》ねないでくださいよ。またふくれっ面になってますよ」

「ふくれっ面はおまえの方だろ」

僕は嫌味っぽく言ってから、コーヒーカップとソーサーをわざと大きな音を立てて置いた。

「それで？　オーディションの一次選考が終わってどうしたんだ」

「二次選考は先生にも参加してほしいって、編集長が言ってました」

「選考はそっちに任せるよ」

僕はすぐにそう返した。

「ちょっと！　そんなのダメですよ」

「なんでダメなんだよ」

「僕は先生のために言ってるんです。先生も意見を言えるチャンスなんですよ。登場人物たちのキャラクターを一番わかってるのは、作者なんですから」

「別にキャスティングはだれがやったっていいだろ。おまえが読者から適当にだれか選んで、その人にでも決めてもらえば」

「バカなこと言わないでください。先生よりよく理解してる人がどこにいるんですか」

「おまえなら理解してるだろ」

『バッドエンジニア』は、大学で工学を勉強している気性が荒くて嫉妬《しっと》深い青年が攻めで、繊細でかわいらしい後輩が受けという設定だった。最初のページを五行読んだだけでわかる話だ。

「とにかく、ジーン先生も行くべきですよ」

「頼むから面倒な話を持ってくるなよ。俺がいま新しい原稿で忙しいの、わかるだろ」

「編集長が、そっちはすこし休んでからでいいからって言ってました」

僕は目をつり上げた。

「おまえ、先週はできるかぎり急いで書き始めてくださいって言わなかったか」

「こういうのは、状況が変わりやすいんですよ」

「コロコロ言うこと変えやがって、クソったれ！」

「先生、編集長の悪口言っていいんですか？」

「口がすべっただけだ」

「二次選考はあさって、場所はWKエンターテインメントビルです。階数と部屋番号は今晩ラインしますね」

「………」

「そうだ！　一次選考を通過した候補者たちの写真と経歴書、持ってきました」

そう言うと、ヒンは束になった書類を僕が散らかした紙の山の上に重ねて置いた。

「キャリアのある人もちゃんと入ってますよ。詳しく書いてありますから、ひまなときに読んでおいてくださいね。もし気に入った人がいれば、当日その人にとくに注目するよう、スタッフに言っておきますから」

「ああ、わかった」

僕はそう言って手を振った。

「じゃあ、そういうことで。もう先生の原稿のお邪魔はしませんから」

「あのな……、今日これからまた書く気分になると思うか？」

「ひひひ。じゃあ、またラインします。お邪魔しました～」

そう言ってヒンは気色悪い声で笑いながら、玄関のドアを開けて出ていった。それから車の音がすこしずつ遠くなっていき、数分後、あたりはふたたび静寂《せいじゃく》に包まれた。

僕はまた大きなため息をついた。コーヒーを飲み干し、そのカップをキッチンのシンクに持っていったついでに、疲労感を拭《ぬぐ》おうと蛇口をひねって両手を水で濡らし、その手で顔を撫《な》でた。まだ正午にもなっていないのに、僕の体力は半分以下になっていた。

ヒンが置いていった書類を見る気も起きない。

キッチンの勝手口までのろのろと歩いていき、小さなドアを開けて外に出た。そこには見渡すかぎりの草原が広がっていた。地平線の端を飾っているのは、そう広くない小さな果樹園だ。郊外であるこのあたりの空気は、どこまでも澄んでいた。

僕はエネルギーをすこしでも取り戻そうと、深く息を吸い込んだ。

だが、取り戻せたエネルギーはほんとうにすこしだけだった。

# カウント１

郊外にあるこの家は、実際のところ僕のものではない。

ほんとうの所有者は僕の父方の祖父で、晩年にそこに移住してゆっくり過ごすつもりで購入した物件だった。

静かでおちついた場所にある小さな家を求めていた祖父が買ったこの家は、西洋の湖水地方にあるようなコテージ風だった。しかしそれほど長く使わないうちに、祖父は亡くなり、その家はずっと放置されていた。

僕が仕事を辞めて小説を書き始めるようになってから、自分の集中力を高めるための自然環境を求めるようになり、この家の鍵を実家から借りてきたのだ。

もともと、僕は住む場所にこだわるようなタイプではない。自分のコンドミニアムの部屋で執筆作業をしていても、とくに問題はなかった。ただ、ときおりだれにも邪魔をされずに気分転換したいと思ったとき、車を走らせて、この家に来ることにしていた。

今回はもう一週間ほどここに泊まっている。編集長が設定した締め切りに間に合わせるために、新作のBL小説の原稿に取りかかるつもりだったのだ。

ところが、まだ最初の一歩も踏み出していない段階で、僕の小説を原作にしたドラマのオーディションーーこの前ヒンが伝えにきた話ーーのせいで、僕は荷物をまとめて、車を運転して自分のコンドミニアムに帰らざるを得なくなってしまった。そしてどうやら、すぐには戻ってこられそうにないようだ。

郊外の家の静けさに思いを馳《は》せながら、僕はフロントガラス越しに道路の前方をぼんやりとながめていた。いま僕がいるのは、首都の喧噪《けんそう》の中だ。うしろにも数十台の車が並んでいる状況に、僕はため息をつかずにはいられない。

この交差点の青信号、二十秒もないだろ……。

♪～

車のコンソール部分に置いていたスマホが着信音とともに震《ふる》え、僕は思わずびくっとした。スマホに手を伸ばして確認すると、画面にはヒンの名前が大きく表示されていた。

「おまえ、何回かけてくるんだよ」

「先生、いまどこですか！」

だからまだ……という言葉を言い終わらないうちに、ヒンはうめくような叫び声を上げた。その声のあまりの大きさにスマホを耳から離し、眉間《みけん》に皺《しわ》を寄せた。

「大声出すなって。いま、会社のビルの近くの四つ角だよ」

「もー！　先生、三十分前もそこにいたじゃないですか。いつになったら着くんですか」

「仕方ないだろ、渋滞なんだから。信号が青になっても、四、五台進んでまたすぐ赤になるんだよ。それをもう三回もやってる」

「先生、もう歩いてきたらどうですか」

「バカ言うな。渋滞だって言っただろ。ウインカー出して車を停められる場所がどこにあるんだよ」

「もー」

ヒンはふたたびうめき声を出した。

「受け役の俳優のオーディションはもうすぐ終わっちゃいますよ」

「この前も言ったけど、キャスティングはそっちで決めてくれればいいって。俺は別に俳優にこだわりはないから。それに、監督やテレビ関係者の方が、俺より見る目があるだろ」

僕はそっけない返事をした。そして車が動き始めたのを見ると、ブルートゥースをオンにして、ワイヤレスイヤホンに切り替えた。

「よし、あと五分で着く。交差点を抜けたから、もうすこしでビルに入るよ」

「了解です。先生、着いたら守衛に名前を言ってください。駐車スペースを取っておくように伝えておきます」

「ああ、ありがとう」

「先生が来る前に、受け役のオーディションはたぶん終わると思います。そのあと十五分の休憩があって、それから攻め役のオーディションです。先生はそのタイミングで入りましょう。先生はあとから来るって、スタッフには言ってありますから」

「わかった」

「それじゃあ、のちほど。エレベーターの前でお待ちしてますね」

奴はそう言ってから電話を切った。

僕は別に、遅刻してしまったことに対して開き直るつもりはない。自分の作品に関わることだということもあり、僕はヒンにどの時間帯に行けば都合がいいかを訊《き》いていた。

それでも正直なところ、僕はまだBL小説を書いている男として他人の前に出ていかなければいけないことに対する、恥ずかしさが拭《ぬぐ》えないのだ。そういう状況に慣れるまでには、まだしばらく時間がかかるだろうと思う。

僕はややずり落ちていためがねを押し上げてから、入り口の前で手を振りながら立っている守衛に知らせるために、パワーウィンドウを開けた。僕が名乗ると、守衛はもう一人を呼んで、僕の車を駐車スペースへと誘導してくれた。

タイの気候が一年中暑いというのは、それはもう変わらない事実だ。すこしでも早く暑さから逃れたかった僕は、車から降りるとすぐにビルの中へ入った。受付に場所を訊くと、相手は笑顔と丁寧な所作でエレベーターの方に手を差し向け、オーディションが行われているフロアの階数を教えてくれた。

WKエンターテインメントは、エンタメ業界でも指折りの大企業だ。自社のチャンネルを持っていて、ドラマや映画の製作を行っている。その自社ビルは高くて大きく、広々とした建物だった。自動ドアを通って中に入ると、冷たい空気が肌を撫《な》で、巨大な花瓶に生けられた百合《ゆり》の香りが鼻をくすぐる。ロビーのまんなかには、まぶしいほどキラキラと輝く大きなシャンデリアがあった。

小説家がこんな大企業と仕事をできるなんて、とうらやむ人もいるかもしれない。だが僕の緊張はいやが応でも高まってしまう。

エレベーターの階数表示をながめながら、そわそわせずにはいられなかった。足を揺らしたり、指先で体をトントン叩いたりして気を紛らわそうとする。そうこうするうちにようやくポーンという音がして、エレベーターのドアが開いた。そこで最初に僕の目に入ったのは、編集アシスタントのヒンだ。奴は壁にもたれながらスマホを触っていた。

「ジーン先生！　よかった、やっと来てくれて」

「ああ」

「なんで今日はコンタクトじゃないんですか」

「おまえが急《せ》かすからだろ」

「急かすに決まってるじゃないですか。先生も原作作家として責任感を持ってもらわないと。いいですね？」

奴は心底憎たらしい口調でそう言ってから、腕時計に視線を落とした。

「でも先生、ちょうど休憩時間に間に合ってよかったです。あと十分で攻め役のオーディションが始まります。こっちです、急いで。ほかの人たちはまだ部屋にいると思います」

そう言うと奴は僕の先に立って歩き、一方の廊下を進んでいった。

歩きながら、僕は注意深く左右を観察した。この階も下のロビーに引けを取らないくらい豪華な装飾だ。廊下にはふかふかの赤い絨毯《じゅうたん》が敷き詰められ、各部屋の前には、わかりやすいようにループレートが設置されていた。僕はガラスドア越しに中が見える部屋に視線を向けた。そこには男性ばかりがいて、彼らは全員座っていた。

おそらく彼らが、このドラマのオーディションに来た人たちなのだろう。

『バッドエンジニア』はかなり人気が出ていたので、ドラマ化が発表されたとき、そのニュースは瞬く間に拡散された。ハッシュタグがついたツイートが、一日で普段の十倍以上のペースで増えていった。そのあと、だれがキャスティングされるのかについてのニュースが高い関心を集めたのも不思議ではなかった。

「ジーン先生、候補者の経歴読んできました？」

ヒンの声が僕の意識を呼び戻した。

「ぱらぱらっと見た」

ヒンは手で額を叩き、ぶつぶつ言った。

「ちゃんと読んでって言ったのに……」

「文句言うなよ。新しい小説書いてる最中なんだから仕方ないだろ」

「それはいったん置いといていいって、編集長が言ってたって伝えたじゃないですか」

「資料集めは終わったんだ。急いでやらないで、やる気がどっか行ったらどうするんだよ。おまえ、責任取れるのかよ」

「はいはい、わかりましたよ」

ヒンは口ではそう言ったが、すこしも心がこもっていなかった。奴は僕の背中を押して、僕をとある部屋の前に立たせた。そしてノックしてから、ドアを開けて中に入っていく。

僕はその場に立ったままだった。その部屋は広々としていた。

僕が最初に感じたのは、コーヒーのいい香りだった。部屋の壁と床は真っ白で、清潔感がある。正面の窓はブラインドが下ろされていて、その近くには四人が座れる会議用の長机が置かれていた。それ以外、ほかに家具はない。

その長机のところにすでに座っている人たちがいて、コーヒーを飲みながら談笑しているようだった。

「おお、ヒンくん。おつかれ」

「おつかれさまです」

「コーヒーどう？」

別のだれかがカップを持ち上げながらヒンに声をかけた。

オーディション開始からたった三時間で、どうしたらこんなに彼らと親しくなれるんだ……。

「いえ、大丈夫です。それより、こちらがこの作品の原作者のジーン先生です。ジーン先生もちょうど用事が終わったところで、オーディションに参加してもらえることになりました」

ヒンはそう言って横に移動し、手を広げて僕を紹介した。

そう言われた僕は、不満たっぷりにヒンをにらみつけた。

いったいなんの用事がちょうど終わったって？　おまえがしつこく電話してきただけだろうが。

「おおっ……」

彼らの中から感嘆の声が上がった。その中の一人の男性が立ち上がって、僕の方へと近づいてきた。その人はかなり背が高く、唇の上に口ひげをたくわえていた。外見からすると三十代前半くらいに見える。

彼がほほえんだので、僕も会釈《えしゃく》をしつつワイ――挨拶《あいさつ》の合掌――をした。

「原作者の方が男性だとは、思ってもみませんでした」

「……そうですか」

「僕はマイと言います。このドラマの監督を務めます。僕のことは好きなように呼んでください」

彼は親しげにそう言って笑った。

「どうぞよろしくお願いします。中国《ジーン》っていう名前なのに、目が大きくて、全然中国人っぽくないですね」

……冗談だよな？

僕はなんとか口角を上げながら答えた。

「中国という意味じゃありませんよ。僕の名前のつづりは、G－E－N－Eです」

「GENE？　染色体かなにかですか？」

もうこの失礼な監督を刺してもいいだろうか。

「あはは……いやいや、ギリシャ語から来てる言葉なんです。いいものが生まれる場所、という意味です」

「ふふっ。冗談ですよ、冗談」

彼は手を伸ばして僕の肩を数回叩いてきたが、一発一発がかなり痛かった。それから彼は僕の肩に腕をまわして、ほかの人が座っている長机の方へと僕を連れていった。

「今日はちょうどひまだったんです。だから一次審査に通過した子たちを見てみようと思って、助監督についてきたんですよ」

監督はそう言った。ヒンの奴がどうして三時間のあいだに彼らと親しくなったのか、僕はわかったような気がした。

監督は、ほかの関係者に僕を紹介してくれた。その四人のグループの中には女性が二人いて、そのうちの一人が助監督ということだった。四人は俳優をキャスティングするチームで、みんな僕にフレンドリーに接してくれた。女性二人はとくにそうだった。彼女たちは、BL小説を書いている作家が僕、つまり男であると知ると、目を大きく見開いて唖然《あぜん》とした表情を見せた。

このジャンルを書いている男性作家がまったくいないというわけではない。ただ、その人数がかなりすくないからだろう。

「ほら、ジーン先生に質問ばっかりしてないで。そろそろ始めるよ」

監督が声をかけた。そのあと別の人が僕のところに書類を持ってきてくれた。

「これがいまから入ってくる俳優のリストです。すでに有名な若手俳優もいますし、新人の大学生もいます。一次選考のときに、すでに私たちの方で顔や身長なんかは選別済みです。今日演技をしてもらう場面の台本は、もう渡してあります。だれが一番キャラクターに合っていそうか、ジーン先生もぜひ考えてくださいね」

「はい、ありがとうございます」

四人分しか椅子がないのを見かねた監督が手を上げてアシスタントを呼び、僕のための椅子を用意させた。僕は、ふかふかの布張りの椅子に座らせてもらうことになった。ただ、長机の脇にはみ出すような形になるので、僕はどうしてもすこし目立ってしまう。幸い隣にヒンが立っていてくれたので、まだよかったが……。

監督の合図に合わせて、スタッフがドアを開けて入ってきた。スタッフは候補者の名前と番号を呼んでから、候補者を一人ずつ部屋の中へ入れた。

この作品の主役は、工学部で学ぶ大学三年生だ。彼は凶暴で強引で、カッとなりやすく、嫉妬《しっと》深いが、恋人のことを心底愛するタイプの人物だった。

キンという名前のこの攻めは、悪い男というイメージだった。私服のときにはシックな色合いの服かモノトーンの服で、髪を七三分けで固めているような、そんな感じだ。そのイメージのせいか、部屋に入ってくる候補者はみんなそういう感じの服装に身を包んでいた。だが……。

僕にはそれが、つくり込みすぎているように感じられた。

彼らはがんばって自分を悪い男に見せようとしていたが、その努力がいきすぎて、むしろ取ってつけたような感じになっていた。七人が終わった段階で、目を引くような人はまだ一人もいなかった。

「逃げても無駄だ………俺がつけたその跡《あと》が、おまえに思い出させてくれるはずだ。おまえが俺のものだってことをな」

俳優の声が部屋全体に響き渡る。

ひー。

僕は心の中で叫んだ。

恥ずかしくて死にそうだ……。

何人見てもとくに目を引かれることはなかったが、それとは別に、僕は彼らの役者魂を尊敬しないわけにはいかなかった。僕が書いた小説の恥ずかしい台詞《せりふ》を、彼らはこんなにも堂々と演じてくれていたのだから。自分がそれをやらされることを想像して、僕はぶるぶると首を横に振った。

「ジーン先生、どうですか」

ヒンが身をかがめて僕にささやいてきたので、僕は小さなメモの中に書き留《と》めた番号を見た。

「五番の人が、まあまあかな」

「僕も同じ人がいいと思いました。その人、人気の若手俳優なんですよ。もしこの作品に出てくれたら、視聴率も上がると思いますよ」

「ふうん」

手元にあるバインダーの資料にもたしかにそう書いてあったが、僕はそういうことにあまり詳しくなかったので有名なのかどうか、そしてどのくらい有名なのかいまいちわからなかった。

「でも見た感じ、すこしずる賢い印象だったから、むしろタワン役の方が合ってるような気がする」

タワンというのは、この作品に出てくる受けのことを好きになってしまう人物だ。受けがかわいらしいあまりに、それに興味を持つ人間が出てくるというよくある設定だ。タワンはそんなふうにして攻めのライバルになっていくため、主要な登場人物の一人だった。

「なあんだ」

ヒンはニヤニヤしながら僕を見る。

「最初は乗り気じゃなかったのに、ちゃんと細かいところまで見てるじゃないですか」

僕は目を見開いて奴をにらんだ。

「そんなこと言うなら帰るぞ」

「ダメですよ！　ね、そんなに怒らないで、先生。ほら、五番にマーカー引いときましょう。それであとで監督に伝えましょう。もう半分以上は終わりましたし……」

「十八番、ナップシップさん。どうぞ」

ヒンの言葉が終わらないうちに、スタッフが次の候補者を呼び入れる声がしたので、僕らはおしゃべりをやめた。ナップシップ《十数える》という名前を聞いただけで、僕はとても興味を引かれた。

靴音を響かせながら、彼は部屋の中央まで入ってきた。僕の視線が彼をとらえたとき、僕の心はざわついた。

いろんな感情が一気に押し寄せてくる。それは驚き、興味、好意、そして失望だった。

目の前にいる背の高い青年は、Tシャツとジーンズという格好で、シルバーのピアスを片耳にだけつけていた。つやのある黒髪で、前髪をすこし上げたヘアスタイルだった。それは、やりすぎでもなく、足りなすぎることもなく、ちょうどいい程度に悪さが出ている。そして彼は顔つきが美しく、ハンサムだった。ありとあらゆるバランスが完璧としか言えない。形のいい唇に高く通った鼻筋、そして頬からあごにかけてのフェイスラインはシャープで美しかった。

十八番の青年は、一瞬にして僕を幻想の世界へいざなっていった。しかしそのあとで、僕は空から突き落とされたような気持ちになった……。どんなに見た目がよく、格好が完璧だったとしても、彼の雰囲気や態度は、キンにまったく合っていないように感じられたからだ。

彼は冷たいわけではないが、おとなしくもの静かな印象だった。彼の振る舞いからは、ひかえめできちんとした感じも伝わってくる。それは、役柄とは真逆のものだった。

「ナップシップくんだ、ナップシップくんが来た」

僕がめがねのレンズ越しに十八番の彼を見ていると、さっきの女性スタッフ二人のキャーという声が聞こえた。

彼はもともと芸能人なのか……？

僕は好奇心から、手元にある彼の経歴に目を落とした。

〝ナップシップ・ピピッタパックディー（ニックネーム：シップ）　二十歳　X大学　国際経営学部二年〟

そしてその下には、アメリカの高校を卒業したことや、そこでいくつかのファッションショーに出たこと、タイに帰国したあともモデル関係の仕事をしていたことなどが書いてあった。

さらに、インスタグラムとフェイスブックのキャプチャが載せられていた。フォロワーの数を見るかぎり、彼が有名であることがよくわかった。

「俳優の経験はないみたいです。でもネット上ではかなり有名です」

「なるほど」

ヒンがささやいた言葉に、僕はうなずいた。

「でも演技したことないなら、難しいだろ」

僕はすこしがっかりした。

そして十八番の番号札をつけた彼の写真を見て、残念に思いながら、彼を選択肢から外そうと思った。ところが、僕が顔を上げると、長身のその青年が鋭い目でこちらを見つめていた。僕の体は固まった。

視線が交差する。

ど……どうしよう。

僕は瞬きをしてから、礼儀としてほほえんだ。

「…………」

「…………」

十八番の彼も、それに応えるように優しくほほえんだ。

「ナップシップくん、今日は二次選考です。この前渡しておいた台詞の部分、ちゃんと練習してきてくれたかしら」

最初に口を開いたのは助監督だった。僕と十八番の彼は、そちらに視線を向けた。

「はい」

彼は、小さくうなずいた。

それ以上の笑顔やアピールはなかった。これまでの候補者はできるかぎり自分のよさを伝えようとしていたが、彼は違った。

「じゃあ、準備ができたら、始めてください」

その言葉のあと、真っ白な部屋の中に沈黙が流れた。

オーディションのために選ばれたシーンは、攻めが受けを追いかけるシーンだった。前の晩に二人はようやく結ばれたにもかかわらず、翌朝受けが逃げ出したくなり、攻めの住んでいる高級コンドミニアムから出ていってしまう。それを追いかけていった攻めが受けを見つけると、彼を壁際に追い詰めて、強引な態度で脅《おど》しながら独占欲を剝《む》き出しにするというシーンだった。

そのシーンを書き上げてウェブサイトにアップロードしたとき、最高です、というコメントが返ってきたのを僕は覚えている。ピンクや緑、白や黄色の絵文字とともに、興奮したような感想コメントが次々に書き込まれていった。

僕は一方の手で頰づえをつき、もう一方の手でペン回しをしていた。十八番の彼にはとくに期待していなかった。

「ここにいたのか。今朝、俺の部屋から出ていくとき、なぜなにも言わなかった」

「…………」

しかし、長身の青年の喉から最初の台詞が発せられたとたん、ペンを回していた僕の手はとまった。その青年から離れていた僕の視線が、ふたたび彼の方に引き寄せられる。

彼がまとっていたもの静かな雰囲気は、その瞬間、一気に変わった。

まるでスイッチが入ったかのようだ。表情も視線も、威圧的なものに変わり、そのすべてが妖艶なものになった。そして低音の声が、それを聞く人の体を硬直させた。

「おまえ、よく走れたな。昨日あんなにやったのに、まだ体力が残ってたのか」

僕は、目の前の人物の演技に鳥肌が立ち、彼を見つめたまま目をそらすことができなくなった。だが空想の世界の役を演じているはずの彼が、僕を見つめ、僕の方に顔を向け、僕に向かってその台詞を言っていることに気づいたとき、僕はハッとした。

ちょっと待て。

僕は心の中でそう抗議した。視線をそらしたかったが、なぜかそれがうまくできない。

僕は、部屋の中にいるほかの人たちと同じように、その青年に魅了されていた。

長身の体が一歩、また一歩と、僕の方へゆっくり近づいてきた。攻めが受けを追い詰め、背中が壁にぶつかるまで追い込むシーンをいま目の前で再現されていることに気づいた。

脚を組んで座ったまま固まっている僕の体まであと数歩のところで、彼は立ち止まった。

パッ！

「わっ！」

突然彼が大きな手を伸ばしてきて、驚いた僕は声を発した。彼はわずかに口角を上げげた。

「逃げても無駄だ……」

彼のすらっとした指と手のひらが、僕の喉元に触れた。それからシャツの一方の襟《えり》をつかんで、開いた。鎖骨のあたりの一点に指先を這《は》わせ、円を描くようにそこを撫でる。彼に触れられた僕の肌は、奇妙なほどに火照《ほて》った。

「…………」

「俺がつけたその跡が、おまえに思い出させてくれるはずだ。おまえが俺のものだってことをな」

ほかの候補者たちが声に出したのと同じ台詞のはずなのに、彼の言葉は、それを聞いている人全員をドキドキさせた。

僕の心も同じだった。それは台詞のせいではなく、ハンサムな顔がこんなにも近くにあるせいに違いない。僕の体に覆いかぶさるようにして、彼はもう一方の手を僕の椅子の肘掛けに置いた。

その距離で、僕は彼の熱い吐息を感じた。

「ちょっと、待って……」

「失礼しました」

彼の低い声がもう一度聞こえて、それから僕に覆いかぶさっていた影が離れていった。その瞬間、二人の鼻先がわずかに触れた。

「えっ?」

僕は混乱し、口をポカンと開けた。

「どうしてそんなに驚かれてるんですか?　僕の演技にお付き合いいただき、どうもありがとうございました」

「…………」

僕の体は、イースター島にある石像のように固まったままだった。いま聞こえた彼の声は、さっきと同じ魅力的な低音だったが、とても礼儀正しいものだった。彼がまとっていた強引で威圧的な雰囲気も、すこしずつ薄れていっている。妖艶さだけがまだかすかに残っていた。

僕は目をぱちくりさせて、そしてなにが起こったのかを理解してから、ようやく体を動かした。

「ああ……うん、演技、すごくうまかったよ」

これ以上は勘弁してほしいけど。彼の演技が真《しん》に迫りすぎて、僕は思わず息を呑《の》んでしまった。

「ほんとですか」

彼は濃い眉をわずかに上げ、それから小さくほほえんだ。

「ありがとうございます……」

僕もほほえみ返したが、それは苦笑いに近かった。監督とほかのスタッフたちもようやく夢から覚めたように、一斉に拍手をしながら立ち上がった。そして十八番の彼を長机の前に呼び、インタビューのようにいろいろと質問をしていた。

僕の方は……高鳴る胸を押さえ、それから一人でうなずいた。

この子はほんとうに素晴らしかった。ぱっと見た感じでは、この役に合わないのではないかと思ったけれど、演技が始まったとたん、まるでスイッチが入ったかのように雰囲気が変わった。予想を超えるような、そして僕の心臓が高鳴るほどのいい演技だった。

「いやあ」

ずっと黙っていたヒンが、うめくように言った。

「なんだよ」

「さっき、自分も彼の相手役になった想像をしちゃいました。心臓がまだドキドキしてますよ」

ヒンは手で胸を押さえながら言った。

僕はうんざりしたように口をへの字に曲げた。

「いまは受け役のオーディションじゃないだろ」

「もう、冗談ですよ。でもさっき、ナップシップが先生を相手役にしたとき、先生だって固まってたじゃないですか」

からかうような視線でそう言われ、僕の顔は勝手に赤くなった。僕はヒンをにらみつけてから、脚を伸ばして隣に立っている奴のすねを蹴った。

「あとで刺してやるからな」

「はいはい、いつでも刺してくださいよ」

ヒンは目を大きく開いた。

「それで、結局どうするんです」

「俺はこの十八番に一票」

僕は間髪《かんはつ》を容《い》れずにそう言った。

「僕も、ナップシップを推します。監督たちももう決めたみたいですね。まだあと十人以上残ってますけど」

ヒンがそう言うのを聞いて、僕は監督の方に視線を向けた。一人のスタッフが、十八番の彼を別室へと案内していくのが見えた。それは、審査後に外の部屋で一緒に待機させられているほかの候補者たちとは異なる対応だ。

そのあと、どことなく心配そうな表情で監督が僕のところに意見を訊きにきた。

彼の表情からすると、心の中でもう結論は出ているようだった。もし僕が十八番を選ばなかったら、彼は間違いなく不満を露《あらわ》にして反論してきただろう。だが僕も十八番がいいと思うと伝えると、彼の顔はすぐ笑顔に変わった。そして僕の肩をポンポンと叩いてから自分の席に戻った。そのあとスタッフに声をかけ、次の人を呼び込むよう指示した。

もう結果はわかっているのに、全員が終わるまでオーディションを続けるというのは、正直フェアなものではないと思う。だがたとえフェアではなくても、それをこの場で口に出すわけにはいかない空気だった。

それから三十分後、ようやく候補者全員の審査が終わった。あとのことはキャスティングチームに任せることにして、僕は自分のバインダーを閉じ、それをスタッフに返した。

……十八番の彼よりいい人はいなかったな。

「ジーン先生がいらっしゃる前に、僕たちの方で受け役の選考をしました。これが詳細です。なにかご意見はありますか」

僕は手を振って、資料は必要ないことを伝えた。

「なにもありません。監督にお任せします」

今日の彼らの判断を見るかぎり、彼らには見る目があるし、十分信頼できると思った。……といってもそれが彼らの仕事なのだから、見る目があるのも当然のことだろう。

「別室の方に、審査前の説明を担当していたスタッフを二名待たせています。ジーン先生、ちょっと一緒に行きましょう。彼らはまだあなたが原作者だって知りませんから。すこしだけ顔を出してやってください。ね、行きましょう」

「あ、いや」

僕は、自分の肩にまわされそうになった監督の腕を手で押さえた。

「今日はちょっと。また今度にさせてください」

「なにかご予定でも？」

僕はすこしだけうしろめたさを感じながら、ほほえんだ。

「ええ、すこし。次の原稿を書かないといけないんです」

「そうでしたか、すみません。じゃあ、また次回にしましょう。いろいろ細かいことも、そのときにまたお伝えしますね。二週間後にキャストと細かい打ち合わせをやります。ヒンくんから、ジーン先生もいらっしゃるって聞いてますから、またそのときにお会いしましょう」

「え⁉　あ、はい……」

……僕が参加するってヒンが言った？

僕は、黙ったままうしろに立っている奴の方をパッと振り返り、レーザービームのような鋭い視線を向けた。僕の視線など意に介さずヒンは満足げに笑っていた。

監督は僕の肩を何度か叩いて笑った。そして互いに挨拶のワイをしたあと、彼は別の待合室の方に入っていった。おそらく選ばれた攻め役と受け役の俳優に詳しい話をするのだろう。さて……。

僕は手で胸を押さえ、ゆっくり息を吐いた。

「俺はもう帰っていいんだろうな」

「はい……あ、ちょっと待ってください！」

「まだなにかあるのか」

「僕おなか痛いんで、ちょっとトイレに行ってきます。先生、帰りに僕を出版社まで送ってくれませんか。でもその前に、僕うんちしてくるんで、ちょっと待っててください」

「おい、待てこのバカ。俺はおまえの部下か。なんでおまえがクソするのを待って、わざわざ送っていかなきゃいけないんだよ」

「やだなあ、だれも先生が部下だなんて思いませんよ。先生は僕が面倒見ないといけない人なんですから」

「ああ、そうかよ」

僕は顔をしかめて、小さく鼻を鳴らした。それから払うように手を振って、奴にさっさとトイレにいくよう促した。

ヒンの奴はへへッと笑い、漏らさないように足をぎゅっと閉じた格好で歩いていった。

僕はやれやれとため息をつき、ヒンが向かった方向に自分も歩いていく。トイレの前にはベンチが置いてあり、その近くにはタイではほとんど見かけない自動販売機があった。

ざっとながめてから、僕は硬貨を入れ、アイスの甘い缶コーヒーのボタンを押した。それを飲んで気分転換することにした。どうせヒンの奴はしばらくトイレから出てこないだろうから、ここですこし休憩しよう。

まったく。作家のお守《も》り役の編集アシスタントのくせに、こっちがお守りしてる気分になる。あいつは文句なしのダメ編集者だ。

僕は、トイレに大便をしにいったバカのことを考えながら首を振った。片手に缶コーヒーを持ちながら、もう一方の手の中で自動販売機から戻ってきたおつりの硬貨をくるくる回していた。

チャリン！

手がすべって、硬貨が指先から落ちてしまった。

「……！」

僕はすぐに転がっていく十バーツ硬貨を目で追った。硬貨は絨毯の上を転がっていき、最後にだれかの靴のつま先にぶつかった。硬貨を追いかけて前かがみになっていた僕もそこで足をとめた。

まるで映画のワンシーンのように、新しい登場人物であるその人の足元から顔へ、僕はゆっくりと視線を上げていく。

「………」

「………」

そこにいたのは、あの十八番の青年だった。

三歩離れたところに長身の彼が立っていた。彼はゆっくり腰を曲げ、十バーツ硬貨を拾って僕に差し出した。

「どうぞ」

「ああ……ありがとう」

彼がほほえんだ。まるで高貴な紳士のような雰囲気だ。

「さっきは、ほんとうにありがとうございました」

そのハンサムなオーラは、あまりにまぶしすぎた。僕は長く直視することができず、視線をそらす。

「ああ、いやいや……」

もしこれがマンガだったら、ここでキラキラした演出か書き文字の効果音が入ったかもしれない。だが残念ながらマンガの世界ではないので、実際にはぎこちない沈黙が流れた。

「あなたが『バッドエンジニア』の原作者だと、ついさっき聞きました」

「……っ！」

十八番の彼に突然そう言われて、僕は手に持っていた缶コーヒーを落としそうになった。

「監督がさっき教えてくれたんです。これから、よろしくお願いします」

「ああ、そんなにかしこまらなくていいよ」

僕は手を振った。

「僕はただの作家だから。テレビ局との契約ももう済んでるし、そっちと……」

そこまで言って、僕は口をつぐんだ。彼は僕のことをピー――年上の人を呼ぶときの言い方――とは呼ばなかったが、言葉使いがとても丁寧だったので、僕は彼のことをなんと呼ぶべきか一瞬悩んだ。あなたと呼ぶのもよそよそしいか……。

「えっと、きみ……とはそんなに頻繁に会うこともないと思うから。僕よりも、監督とかスタッフの人たちにお世話になるんじゃないかな」

それを聞いた彼は、眉をわずかに上げた。

彼はもの静かだが、まるで本物の王子のように優雅だ。彼と話をしていると、なにかを言うときには言葉を慎重に選ばなければいけないという気持ちになる。

別の場所でヒンを待つという言い訳でその場をあとにしようとしたとき、トイレのドアが大きな音を立てて開いた。

「もーお尻が超痛いです、先生……って、わあ！」

長々と大便をしにいっていたバカは、攻め役を務める長身の青年が立っているのを目にした瞬間、びっくりして小さな女の子のように恥ずかしそうに笑った。

「ナップシップくん」

「どうも」

「もう監督とのお話は終わったの？」

「監督は急用の電話が入ったみたいなんです。だから、そのあいだにトイレに行かせてもらおうかと思って」

「そっかそっか」

ヒンの奴はうんうんとうなずいた。

「そうだ！　えっと、僕はヒンです。ジーン先生の編集アシスタントをしてます。僕ら、きっとこれからちょくちょく会うことになるね」

「………」

僕はそう言った奴の方をにらんだ。

ヒンのクソやろう。ついさっき、そんなに頻繁に会わないと思うって言ったばかりなのに、おまえがそんなこと言ってどうする。

僕は目を細めて、遠回しに反論を試みた。

もう十分仕事が溜まってるんだから、だれがそんなにちょくちょく現場になんか行くもんか。

「はい」

まだ同じ場所に立っている十八番の彼は、口元に笑みを浮かべていた。

「それじゃあ、また今度」

「うん、またね」

ヒンは親しげに言葉を返した。僕の方は、十八番の彼が意味ありげにこちらを見つめながら挨拶してきたのを見て、一瞬固まってしまった。彼のオーラが、また僕をおちつかなくさせる。彼の光に呑まれたまま、僕は笑顔をつくってうなずいていた。

僕はベンチからパッと立ち上がり、空《から》になった缶をゴミ箱に投げ入れた。そして僕を待たせてくれたヒンの襟首《えりくび》をつかんで、エレベーターの方へと引っ張っていく。僕に引きずられながらも、奴はまだそこに立っているナップシップの方を振り返り、手をひらひらと振っていた。

エレベーターのドアが開いた瞬間、僕は奴を中に押し込んだ。そして自分もその中に足を踏み入れようとした。だがそのとき、なぜかうしろを振り返らずにはいられなかった。

十八番の彼が、まだそこに立っていた。彼は僕の方をじっと見つめている。二人の視線が交わると、彼は僕にほほえみかけてきた。僕はそれに気づかなかったふりをして、エレベーターに急いで乗り込んだ。

僕は監督でもないし、プロデューサーでもない。ただのしがない作家だ。僕に媚《こ》びる必要なんかないのに……。

「ジーン先生、ちゃんと会社まで送ってくださいよ。あっ、そうだ！　角の焼きそば《パッタイ》屋さんで牡蠣《ホーイ》の鉄板焼《トート》き買いたいんで、そこにも寄ってくださいね」

「…………」

# カウント２

今朝、ヒンの奴が朝っぱらから僕を起こしにきた。

グッと堪《こら》えなければ、立ち上がってナイフをつかみ、それで奴を思いっきり刺してしまうところだった。

ヒンはチャイムを遠慮なく鳴らしたあと、まだ何時間も寝ていない僕を叩き起こし、シャワーを浴びて服を着替えるように言った。そして僕がまだふらついている中、奴は僕をコンドミニアムから外に引っ張り出しやがったのだ。

昨夜、僕は新作の原稿を一晩中書いていて、眠りに就いたのは朝の六時か七時だった。

僕は、すらすらと書けるタイプの作家ではない。それはたぶん、自分が満足できないとなかなか先に進めない性格だからなのだろう。なので、消しては書き、消しては書きというのを繰り返してしまう。休憩もせいぜいコーヒーを飲んで目を休める程度しか取らない。原稿が終わっていないときには、休憩中でもすぐに執筆に戻りたくなってしまうのだ。

昨日は一晩中パソコンの前に座っていたが、それでもまだ一章の半分しか終わっていなかった。結局、睡眠時間は三時間ほどしか取れていない。

ヒンは僕を車の中に押し込み、そしてなにも言わずに奴はアクセルを踏み込んだ。車のドアを開けて逃げるにはもう遅かった。

結局、僕が文句を言い始めるまでヒンは黙っていた。

「そう頑固にならないでくださいよ、ジーン先生」

僕は目を見開いた。

「頑固なのはどっちだよ。俺はずっと嫌だって言ってるのにおまえが聞かないんだろ。俺に拒否権はないじゃねえか」

「でも、もう先方と約束しちゃったんですよ。それに僕が昨日の夜先生に電話したとき、先生もわかったって言ってたじゃないですか」

「ふんっ！　そんなこと言うわけ……待てよ」

昨日の夜……。僕は昨晩のことを思い返した。たしかにヒンから電話がかかってきたような気がする。でもそのときは、ちょうど執筆をしている最中だった。スマホが鳴っているのを見て、片手でそれを取り、もう片方の手でタイピングを続けた。

そこまで思い出して、僕は奴をにらんだ。

「執筆中はおまえの話なんかちゃんと聞いてないって、わかってるだろ」

そう言うと、ヒンはわざとらしく目をぱちくりさせた。

「ああ、そうですか。じゃあ覚えてないんですね。先生、ご自分から行くって言ったんですよ」

「おい、ヒン。おまえわざとやったな」

僕は人差し指を奴の顔に向け、ドスのきいた声で言った。

「おまえにエントランスの暗証番号教えるんじゃなかった」

僕がいま睡眠不足よりなによりイライラしている問題は、ただ一つだった。

あのドラマの打ち合わせだ。

攻め役のオーディションのときに初めて監督に会ってから、何日も経っていた。あのとき、ヒンも監督も次の打ち合わせについて話していたが、僕は新作の執筆のことで頭がいっぱいで、そのことをすっかり忘れていた。

ヒンを代わりに行かせて、あとで結果を聞けばいいと思っていた。次の打ち合わせはキャストと細かい話を詰めることが目的なのだから、原作者がいてもいなくても、とくに関係ないだろうと思ったのだ。なのにいま、強制的に車に乗せられ、その打ち合わせ場所へとまっすぐ向かっているのはどういうことだ……。

ヒンのクソったれ、いつか肘鉄を食らわせてやる。

打ち合わせの会場は、この前と同じ、あのきらびやかなWKエンターテインメントビルだった。僕のコンドミニアムからそこまでの距離はさほど遠くなかったが、道がかなり渋滞するせいで時間がかかりそうだった。なので僕はシートを倒し、イヤホンをつけて、自分の世界に入って眠ることにした。どれくらいの時間が経ったのかわからないが、ヒンが肩を強く揺すっていることに気づき、僕はふたたび目を覚ました。

僕は頭を振って、眠気を追い払った。そしてヒンのあとについてビルの中へと入っていく。最初はまだ頭がうまく働いていなかったせいで、意識がぼんやりとしていた。だがエレベーターに乗って目的の階に到着するまで待っているうちに、頭がはっきりし始めた。

「ヒン、今日の打ち合わせの内容は聞いてるのか？」

「だいたいのことは聞きました。クランクインまでに、いろんな情報をキャストと共有しておく必要があるんですよ。テレビ局側は効率的に撮影を進めたいんです。その方が時間を無駄にせずに、早く放送できますから。時流に乗ってるいまのうちにね」

「おいおい」

僕は嘆くように言った。

「おまえがそんなに細かく知ってるなら、なんで俺が行かなきゃいけないんだよ。おまえが代わりに行って、あとで報告してくれればいいだろ」

「先生は原作者ですよ。すこしは責任感を持ってくださいよ」

奴がそう言うのを聞いて、僕は顔をしかめた。

これまでも、僕はとくにこだわりはないから、とヒンに言い続けてきた。たしかにドラマ化の契約にサインはしたが、ドラマに関するあれこれは僕よりもテレビ局や監督がうまくやってくれるだろうと思っていた。彼らはずっとこの業界で働いているのだから、ほんとうに重要な会議などでないかぎり、僕は彼らに任せておけばいいと思っている。

それに僕はいま、新作の執筆に取り組んでいる最中だ。僕はなにかをし始めると、それ以外のことを考える余裕がなくなるほど、一つのことに集中してしまうタイプだった。

「あと十分で会議が始まります。とりあえず中に入りましょう」

そう言って奴は部屋の方へと歩いていった。部屋のドアは全面すりガラスだった。

ヒンは軽くノックをしてから、失礼しますと言ってドアを開けた。僕もそのあとについて中に入る。だが部屋の中の様子がはっきり見えたとたん、僕の動きはとまった。

会議が始まるまであと十分もあるのに……。

もうすでにたくさんの人がそこに座っていたのだ。いま来たばかりなのは、僕とヒンだけだった。

「あら、ジーン先生。おはようございます〜。ヒンくんもおはよう」

「おはようございます」

僕らは声をかけてくれた人に向けてワイをした。彼女は、このあいだのオーディションの日にも会った助監督だった。この場にいる人たちの中で面識があるのは彼女だけだったので、会議室にいるほかの人たちに僕を紹介してくれた。

僕は、できるかぎり礼儀正しくフォーマルな表情でいるよう努力した。そして部屋にいる全員と挨《あい》拶《さつ》を交わした。多くの人が、自己紹介のあとで、僕の小説についての感想を社交辞令的に言ってくれた。何人かからは、僕の顔をまじまじと見るような視線を感じた。

「シップくんは、オーディションの日にジーン先生と会ったよね？　シップくんの次は、ウーイくん。彼がナムチャー役です」

僕の視線は、助監督が手を向けた方を自然と追っていた。

そして鋭い二つの目と視線が交わった瞬間、僕はそれがこの前会ったときから自分の脳の奥深くに残っているものだと気づいた。

僕はすこし困《こん》惑《わく》した。ナップシップは、まっすぐこちらを見つめ、それからゆっくりとほほえんだ。その仕草と表情は、相変わらず王子のようだ。それを見ていると、僕はなぜかうまく呼吸ができなくなってしまう。

僕は彼に軽くうなずき返し、その隣に座っている人の方に視線を移した。

「おはようございます、ジーン兄さん」

隣に座っていたウーイくんが、満面の笑みで僕に挨拶した。彼は小さな口が魅力的で、ほほえむと頬にえくぼができた。丸くて大きな瞳は、キラキラと明るく輝いている。その顔のつくりが彼をかわいらしく、守りたくなるタイプに見せていた。

受けのナムチャー役に、まさにぴったりだと思った。

僕はほほえみ、彼が僕のことを〝兄《ピー》さん〟と呼んでくれたことに対して僕もフレンドリーに返すことにした。

「おはよう、ウーイくん」

「お次がタワン役のサーイモークくんです。そしてメール役のクラークくん、それからレイニー役のアンプくんです」

「やあ、よろしく」

僕は、主要キャストである彼らの方を向いて、彼らが両手でワイをするのを受けた。まるで自分がすっかり年長者になったような気分だった。

「では、プロデューサーが来るまですこしお待ちください。どうぞ、こちらにおかけください」

僕は、助監督が示した側の椅子に腰を下ろした。その席は、ちょうどナップシップやウーイくんといった主要キャストの向かい側だった。ヒンは僕のアシスタントという立場上、うしろのベンチの方に離れて座ることになった。僕は奴の方に向かって、重要なことはちゃんとメモするか録音しておけよ、と手で指示を送った。

それから十分後、一人の男性が会議室のドアを開けて入ってきた。彼がおそらく、助監督の言っていたこのドラマのプロデューサーだろう。今日は監督のマイさんはいないようだった。この打ち合わせに参加する必要がないのかもしれない。あるいは、なにかほかに用事があったのか。

「九月十四日から『バッドエンジニア』がクランクインになる予定です。先日スタッフチームから説明があったとおり、台本はすでに完成しています。ただ、みなさんわかっていると思いますが、撮影は台本の順番どおりにやるわけではありません。設定や状況を説明するようなシーンからまず先に撮影します。出演するキャストには、シーンごとに撮影の段取りをその場でスタッフがマネージャーを通して伝えます。それから各回のタイトルは、テレビの放送に適したものになるよう、すこし変えることになると思います」

プロデューサーは、書類をめくりながら話し続けた。

「このドラマはすでに注目を集めていますが、これからもっとＰＲ活動を増やしていきたいと思っています。小さなイベントや商業施設でのイベントをやって、それをメディアに取り上げてもらう予定です。ぜひとも関係者のみなさまのご協力をいただければと思います。そうだ、それから……『バッドエンジニア』の台本は、原作の小説からほとんど変えていません」

「………」

話し手がこちらの方を向いたとき、僕はもぞもぞと体を動かした。

「その点につきましては、原作者のジーン先生に大変感謝しています。今後も、先生にはぜひご協力いただければと思います。とくに俳優たちが演じるキャラクターについては、当然ですが原作者であるジーン先生が、だれよりもよく理解していると思います。それを共有いただければ、俳優たちもより深みのある演技ができると思います。ドラマがうまくいけば、視聴率もいい結果が出るはずです。あとそれから、ソーシャルメディアでのＰＲは、テレビ局の担当者がいますので、そちらで随時進めていきます」

僕は自分の顔がひきつるのがわかった。そんなふうに言われたら、うなずいて了承するほかないではないか。

「キャストのこと、どうぞよろしくお願いします」

「はい……」

ほかの作家であれば、こんなふうに関われることを嬉しく思い、積極的に協力しようとするのかもしれない。ただ僕の場合は、やや気が重かった。

その理由の一つは、彼らが求めているものを僕が十分に提供できないかもしれないという不安だった。僕はエンタメ業界の事情に詳しいわけではない。最初に聞いていたのは、契約書にサインをするだけでよく、あとは制作側に任せればいいという話だった。たとえ作家に意見を訊《き》くことがあったとしても、それを取り入れたくなければ、彼らにはそうする権利があるのだから。

しばらくして、プロデューサーは体の向きを変えてほかの話をし始めた。それは、原作者である僕にはあまり関係のない話だった。

こんなふうにエアコンの効いた涼しい部屋でじっと座っていると、どうしても眠くなってくる。三時間しか寝ていないことも、僕にダメージを与えていた。スマホをいじるかなにかをしていないと、まぶたが重くなってきて、ほとんど目を開けていられなくなった。

僕はうしろに座っているヒンの方にちらっと視線を向けた。奴の元気そうな顔を見るだけで腹が立った。僕はまた向き直り、眠気を追い払うため、ペンを手に取ってだれにも見えないように書類の隅に小さな絵を描いた。それはナイフで刺されているヒンの姿だ。

実際に刺すことはできないので、僕は絵の中で奴を刺してやることにした。あふれ出る血も気持ち多めに描いておいた。

「ふふっ」

「…………」

顔を上げた瞬間、僕は固まった。向かいに座っているナップシップが僕のことをずっと見ていたのだ。いつからこっちを見ていたのか。

ナップシップは、僕の描いた絵を見ている。それから彼はその魅力的な目を動かし、僕の顔を見つめてきた。

一瞬、それは非難の視線なのかと思った。だが彼は逆に……僕にほほえみかけた。

僕はいま年下の子に笑われている。

そう思うと眉間《みけん》に皺《しわ》が寄った。僕は小さくコホンと咳払《せきばら》いをして、真面目な顔を取り繕った。それからゆっくりと手を動かし、自分が描いた絵を覆うように隠した。無意識にやっていた行動を年下の俳優に見られてしまった僕は、恥ずかしさでいっぱいだった。

あー、クソ。いますぐ家に帰って、布団の中に隠れてしまいたい。

ようやく打ち合わせが終わった。

そのあとも、僕は会議室にいたほかの人たちとすこし話をした。そして彼らがぞろぞろと部屋から出ていくタイミングで、僕はトイレに寄るのでと口にして、手を合わせて別れの挨拶をした。ほんとうは僕ももうすこしおしゃべりしたいのですが、と名残惜《なごりお》しそうなふりをして別れる。

しかしだれも見ていないところまで来ると、僕はヒンのシャツの襟首《えりくび》をつかんで、奴を引きずりながら急いで彼らとは逆の方向へ向かった。

僕はいまにも倒れてしまいそうなくらい眠たいというのに！

「ちょっと、ジーン先生！　首がちぎれちゃいますよ」

「ちぎれたらちぎれたでいいだろ」

「まだ怒ってるんですか。打ち合わせはもう終わったじゃないですか」

「俺はおまえに怒ってるんだよ。よく覚えとけ」

僕は、二度目はないぞという目で奴を見た。それから財布を取り出し、硬貨を探した。そしてトイレの前にある自販機に硬貨を入れ、この前と同じメーカーの甘い缶コーヒーのボタンを押した。僕はそのコーヒーをこの前よりも速いスピードでごくごくと飲み干す。

会議室の前にいる人たちが全員いなくなるまで、おそらく十分か二十分はかかるだろう。彼らがいなくなってから、ゆっくりエレベーターで下に降りて、車に乗って家に帰ろうと考えていた。

「それにしても、先方はずいぶん力を入れてくれてますね。先生、運がいいですよ。テレビ局の方にあそこまでＰＲもしてもらえるなんて」

「そうかよ」

僕はそう言いながら、壁にもたれかかってコーヒーを飲んだ。

「原作者だって意見を言っていいんですよ。そんなふうに意見を言えることなんて、めったにないいんですから」

僕は大きなため息をついてから言った。

「わかってるよ」

僕自身、そんなチャンスをもらっているにもかかわらず、全力で取り組んでいないことにうしろめたさはある。

「先生、ちゃんとやった方がいいですよ。もしこのドラマがうまくいけば、先生の名前はもっと知られるようになります。そしたら次の作品だって売れますよ」

「ちょっと待て」

僕は眉をひそめた。

「それはつまり、俺にBL専門の作家になれってことか?」

「もー、そういう意味じゃありませんって。ただ……そう言われてみると、先生が前にホラー小説を書いてたことはすっかり忘れてましたね」

「この、クソったれ」

「だって先生の作品、BLが一番有名じゃないですか」

ヒンは、自分は間違っていないという顔をしながら言った。そのあとも僕の機嫌を取るためのお世辞を二つ三つ口にしてから、スマホを取り出して時間を確認した。そして、打ち合わせのメモを送ると言ってスマホのカメラでそれを撮ろうとしていた。

僕はなにも言わずに一瞬奴の方を見てから、目を閉じる。壁によりかかりながらしばらく目を休めた。帰ってから寝るとすると、たぶん夜の九時か十時に目が覚めるだろう。そこからまた原稿の続きに取りかかればいい。

僕は自分の脳内でそんな計画を立てていた。だが、次に目を開けたとき、僕はびっくりして跳び上がらずにはいられなかった。

「うわっ！」

ゴンッ！

「いてっ！」

「ジーン先生」

僕は顔をしかめ、思わず壁にぶつけた後頭部を手で押さえた。うとうとしていたところで、視界に星がチカチカと光るのが見えた。

「大丈夫ですか。痛いですか」

僕は眉間に皺を寄せた。目を開けると、ナップシップが目の前に立っていたのだ。二人のあいだの距離は、わずか一歩分ほどだった。僕を心配するように、彼の整ったハンサムな顔がぐっと近づいてくる。しかしそのせいで、僕はまた心臓がおかしくなりそうなほどドキドキし始めた。

反射的にあとずさろうとしたが、自分が壁によりかかっていたことを忘れていたせいで、僕は後頭部をふたたびドンッと壁にぶつけてしまった。

ナップシップの方も、僕と同じくらい驚いた顔をしていた。僕の様子を見て彼はさらにこちらに近づいてきた。

「ちょっと見せてください」

そう言うと彼は手を伸ばした。右手で僕の頭をかばうように壁から離して、それからぶつけた場所を指先で探るように撫《な》でた。すでにそこには僕の手があったので、自然と二人の手が触れ合う。

僕はさらに顔をしかめた。もう一方の手で、彼を押し返そうとした。

「ちょ、ちょっと待って……」

「強くぶつかったから、腫《は》れてるかもしれません」

「ああ、そうかもね」

「とりあえず、痛くならないように氷を当てた方がよさそうです」

「わかった。それより……いったん離れてくれないかな」

僕はそう言いながら、頭を押さえていた手で相手の太い手首をつかみ、押し戻した。ナップシップも僕の困惑《こんわく》した顔が見えたのか、明らかに申し訳なさそうな表情をして、体を離した。

目の前に立ちはだかっていた大きな体が離れると、僕はやっと息ができるようになった気がした。僕はとくに背が小さいわけではなかったが、この青年はあまりにも背が高い。

「すみませんでした」

最初僕は顔をしかめていたが、その謝罪の言葉を聞いて、すこしずつ表情を和らげた。そして手を振りながら言った。

「いいよ、気にしないで」

ぶつけたところの痛みも薄れつつあったので、僕はもうこれ以上顔をしかめないように努めた。

意識がはっきりし始めると、相手のことを観察する余裕が出てくる。頭のてっぺんから足のつま先まで完璧な彼は、すこし心配そうな表情を浮かべていたが、それは彼を弱々しく見せることはなく、むしろさらに紳士的に見せていた。

今日の彼の服装は、この前のように役柄に合わせた悪い男のスタイルではなかった。

こざっぱりしたシンプルなシャツを着ているだけなのに、まるでこれから撮影にでも行くのかと思わせるような雰囲気を醸し出していた。どこかの王子が宮殿の外に遊びにいくために変装したようにも見える。

彼の鋭い目はまだ僕のことを見つめていた。僕は困惑しながらも、どうにか笑顔をつくって見せた。

ヒンのクソったれ！　どこに消えやがった！　この子がまた俺に媚《こ》びを売ろうとしてるのが見えないのか⁉

「トイレに来たの？」

「いえ、違います」

僕は眉をわずかに上げ、それから左右を見回した。右側は廊下の突き当たりで、左側は……。

「ああ、飲みものを買いにきたのか」

「違います。僕はジーン先生を探しにきたんです」

僕は一瞬固まった。

「ん？　僕を探しに？」

「そうです。もう帰ってしまわれたのかと思ったのですが、スタッフの人に訊いたら、ジーン先生はトイレに行ったと言っていたので」

「なるほど。それで、僕になにか用？　台本についての質問かな？」

僕がそう訊くと、目の前にいる人物は遠慮がちに言った。

「はい。台本と登場人物の性格について、まだ理解しきれていない部分があるんです。それで、ジーン先生にうかがいたくて」

「ああ」

僕は納得した。隣にあるゴミ箱にコーヒーの缶を捨てた。それから彼の方に向き直り、本題に入ることにした。

「いいよ、どの部分かな」

「いえ、いまじゃなくていいんです。えっと……もしよければ、連絡先を教えてもらってもいいですか」

「ああ、いいよ。なにか訊きたいことがあれば訊いて。電話番号……じゃなくて、ラインの方がいいな」

僕はスマホを取り出し、ラインを開いて、自分のアカウントのＱＲコードを表示した。

仕事の話ということもあって、最初は電話番号を教えようかと思った。だが僕は不規則な生活をしている人間だ。就寝中にナップシップからかかってきた相談の電話に出るようなことがあったとしても、なにかをアドバイスできるような状態にはないだろう。急を要することでなければラインのメッセージを残してもらう方がいい。

「シップ！」

目の前の相手にそれをスキャンしてもらうためにスマホを差し出したそのとき、だれかが彼を呼ぶ声が聞こえ、作業が中断した。

僕と彼は同時にその声のする方を向いた。小柄な体がこっちに向かって走ってくるのが見えた。その人物がナップシップの腕をつかんで、揺さぶった。

「シップ、ずいぶん探したよ。これから大学に戻るんだろ？」

それは、ドラマで受け役を演じるウーイくんだった。

「え、ああ」

ナップシップは一瞬言葉に詰まった。彼の鋭い目は、まるで薄い氷の膜に覆われたようになった。

スマホを持つ手を下ろしながら、その二人の親密な様子を見て、僕は意外に思って眉を上げた。

こんなふうに近くで見ると、ウーイくんはほんとうにかわいらしい顔をしている。小柄な彼は、僕より身長が何センチか低いのだろう。華奢《きゃしゃ》な腕はニットのカーディガンに包まれ、長い袖から指先だけが出ていた。

「あれっ、ジーン兄さんじゃないですか」

そのとき、ウーイくんが僕の方を振り返って、よく通る声で驚いたように言った。

「まだ帰られてなかったんですね。さっきプロデューサーが、ジーン兄さんはもう帰ったって言ってたんですよ。ほんとは僕もジーン兄さんとお話ししたかったんです」

僕は軽くほほえみながら応えた。

「いまちょうど帰るところだったんだ」

「そうでしたか」

「ウーイくんと、十八番の……えっと、ナップシップは友達なの？」

僕はそう訊かずにはいられなかった。

普段の僕は、詮索《せんさく》好きなタイプというわけではない。だが彼らは二人とも、僕の作品のドラマに出演することになった俳優だ。二人の様子を見ていても、彼らはぴったりな組み合わせだった。二人の親しげな様子を見て、僕はさらに嬉しい気持ちになっていた。

「そうです。僕ら、一番の親友なんです」

「そっか。それで一緒にオーディションを受けにきてたんだね」

「それが……そうじゃないんです」

ウーイくんはばつが悪そうに笑った。

「マネージャーがシップとオーディションの話をしているのを僕がこっそり聞いて、それで僕も応募したんです。僕は普段は広告とかファッション雑誌のモデルをすこしやってるだけなんです。だから、ドラマに出演するのはこれが初めてです」

……そうだったのか。

僕はその説明にうなずいた。

「二人一緒に選ばれてよかったね。もともと親しければ、演技のときもやりやすいだろうし」

ウーイくんは目を大きく開き、かわいらしい表情を見せた。

「でも、逆に気恥ずかしいかもしれません」

「あはは。でも、ほかの人と恥ずかしいシーンをやるよりはましでしょ」

「たしかに、そうですね」

僕はほほえんで、余裕のある大人の雰囲気を醸《かも》し出した。

「それじゃあ、僕はこのへんで。またね」

僕は手を上げて、ウーイくんからのワイを受けた。だがナップシップの方に視線を移したとき、彼が僕をじっと見つめているのに気づいた。僕の体は一瞬固まってしまう。彼の表情は読めない。けれどずっと目を合わせているわけにもいかなかったので、僕は身を翻《ひるがえ》してその場を離れることにした。

二人がなにか言い合う声が背後で小さく聞こえたが、僕は関心を払わなかった。僕は別の人間のことを考えていた。

ったく……ヒンの奴め……今度こそ蹴っ飛ばしてやる。それにしても、あいつはいったいどこに消えたんだ？


その日の打ち合わせは終わったが、それですべてが終わったわけではなかった。ドラマの撮影にはいくつものやるべきことがあった。そのリストはまるで凧《たこ》のしっぽのように長かった。打ち合わせは無事に終わったが、次は……撮影成功を祈願する儀式だった。

今回僕はヒンに、用事があるから儀式の後半部分しか参加できないとスタッフにちゃんと伝えておくようにと言っていた。その用事は、サボるための言い訳ではなく、ほんとうの用事だった。

僕はその前日、数日分の服を持ってコンドミニアムから実家に帰ってきていた。母方の祖父が手術のために入院をしたので、その付き添いで病院に泊まらなければならず、そのあいだは原稿に触れることもなかった。

そして祖父を車で実家まで送り届けたちょうどそのとき、タイミングを見計らったかのようにヒンから電話がかかってきた。

「おまえはほんとに時間どおりだな」

僕は電話に出て、うんざりしたような声で言った。

「先生がだいたいこの時間に用事が終わるって言ってたから、アラームを設定してただけですよ。それで、もうご実家まで送ってきたんですよね。おじいさんの具合はいかがですか」

「ああ、大丈夫。問題ない。今回のことを除けば、まだ健康そのものだから」

僕はそう答えながら耳にイヤホンをつけ、住宅街のソイ——大通りから延びる小路——から車をバックで出すためにギアチェンジした。

「それはよかったです。それで、先生は大丈夫ですか。来られそうですか」

「大丈夫じゃないって言ったらどうする」

「大丈夫じゃなくても来てください。先生、衣装合わせの日も来なかったんですから」

僕はふんと鼻を鳴らした。

「わかったよ。いまから行くから。あと二十分で着く」

ヒンとの電話を切ると、僕は目的地までの運転に神経を集中させた。

実際これまでに何度も、原作者の協力がほんとうに必要なとき以外は、僕が出向くことはないとヒンに言っていた。なのに、奴は毎回こりずに僕を迎えにいくというラインをよこしてきた。

ヒンはいろんな理由をつけて僕を引っ張り出しては、僕も参加すべきだと説得してきた。キャストの衣装合わせも撮影成功祈願の儀式も、とにかく自分の目で見るのが一番だからと言って聞かなかった。

僕は、ヒンがラインで位置情報を送ってきた場所まで車で向かった。そして到着したことをラインで伝えると、ヒンはすぐに迎えにきた。奴はきちんとした白い服に身を包み、手を振って、反対側に車を駐めるよう僕に合図した。

「いまちょうどお経を読んでるところです」

僕はうなずいて、前方の会場をまっすぐ見つめた。真昼の強い日差しに僕は目を細めた。

高さのあるテントが三、四張り設置されている。式典用のテーブルには、供えものを載せた金製の脚付き盆がたくさん置かれていて、立ち上る線香の煙が、視界をぼやけさせていた。参加者はそれぞれ白い服を着て、礼儀正しく合掌していた。カメラを手に、写真を撮っている人もいた。おそらくメディアでの広報用に撮っているのだろう。

「お経が終わったところで入ろう」

僕はそう決めた。

「じゃあ、先生はちょっとここで待っててください。僕、水を取ってきます。一応サンドイッチもありますけど、いります？」

「水だけでいい。ありがとう」

ヒンはうなずいたあと走っていって、すぐに戻ってきた。僕は奴から水の入ったコップを受け取ると、体を冷ますためにそれをすこしずつ飲んだ。あたりをゆっくり見回すと、向こうに水色のプラスチックの椅子が置いてあるのが見えた。だが僕は、木陰に立っている方が涼しそうだと思い、そっちを選んだ。まわりを見るのにも飽きたので、スマホを取り出してそれでひまをつぶす。

編集部のライングループには、僕の小説のハッシュタグがついたツイートのスクリーンショットが貼られていた。そしていままさに行われている最中の儀式の写真もあった。

僕は好奇心から、その画像をタップして拡大した。そこには監督、プロデューサー、そしてナップシップやウーイくんら主要なキャストたちが、爽やかな白色の服に身を包み、じっと立っている姿が写っていた。その下にはキャストを褒めるコメントが続いていた。

僕は新しく受信したラインのメッセージを読んだ。

〝ナップシップが攻め役を演じてくれることに感謝しないとね。視聴率が上がること間違いなしだよ。ネット通販での本の注文数もかなり増えてる〟

それは編集長のメッセージだった。それを読んだ僕は顔に力を入れた……そうしないと、嬉しさでにやついてしまいそうだった。

「ジーンか……？」

「………」

「ジーン！　ジーンだろ⁉　ジーンだ！」

グループラインに返信を打ち込んでいたところに、自分の名前を叫ぶ大きな声が聞こえた。

顔を上げると……白いワイシャツを着た一人の男がいた。その男は太いフレームのめがねをかけていた。髪の毛はボサボサだったが、不衛生な感じはない。彼は数歩離れたところに立って、僕のことを見つめていた。

「えっと……」

僕は眉を上げた。

「そうですけど」

「やっぱりジーンだ！　俺だよ、タムだよ」

「タム？」

その名前の主は、歯が見えるほどの笑顔を浮かべて、僕の目の前まで近づいてきた。

「なんでそんな顔するんだよ。忘れたとか言うなよ。大学卒業してまだ十年も経ってないだろ」

僕がまだ眉をひそめて彼の顔を見ていると、彼は分厚い手を僕の肩に乗せてポンポンと叩いた。

「タム……タム？　あのタムか？　おまえ、タムなのか⁉」

「ははっ。ああ、俺だよ」

僕は目を見開き、驚いて口を開けた。目の前にいる人物を頭の先から足のつま先まで観察するように見た。

大学時代、同じ学科の同じ専攻で学ぶタムという名前の友人がいた。タムは、オタクかといえばそうでもなく、かといってケンカっ早い不良というわけでもなかった。めがねをかけて、パンパンになったリュックを背負っていたが、一方で酒やたばこも嗜《たしな》んでいた。彼がたばこをやめたいと思ったとき、すでにそれをやめるのに成功していた僕のところに来て、なにから始めるべきかと訊いてきたこともあった。

だが特別親しいわけでもなかったため、卒業後はまったく連絡を取っていなかった。同じグループにいた親しい友人でさえ、卒業してから一、二年は連絡を取っていたが、だんだんとそういうこともなくなっていった。みんなそれぞれ環境が変わっていくのだから……それも自然なことだろう。

僕はそんなことを考えながら、口をぽかんと開けたまま、目の前にいる相手のことを上から下まで舐《な》め回すように見ていた。

「そんなにじろじろ見てどうしたんだよ」

「いや……あのタムかと思ったら、変わってるといえば変わってるような、変わってないといえば変わってないような気がして」

僕のその言葉にタムは笑った。

「もう何年経ったと思ってるんだよ。おまえだって同じだろ。顔は相変わらず童顔だけど、前よりずっと色が白くなってる」

「ほとんど家から出てないから」

「ほとんど家から出てない？　おまえ、まさか実家でゴロゴロして、親に食わせてもらってるとかいうんじゃねえだろうな」

僕は目を細めてタムをにらんだ。いますぐこいつの頭を叩いてやりたい。

もしほかの人間だったら、きっともっと腹を立てていただろう。だが僕はタムの性格がどんなものか知っていたし、こいつがこんなふうに言うのは、昔の感じを思い出させようとして、そして長いあいだ会っていなかった分の距離を縮めようとして、わざとからかっているだけだとわかっている。

「バカ。家から出てないのは、家で仕事してるからだ」

「仕事？」

最初、タムは驚いた表情を見せた。それから情報を整理するかのように目をキョロキョロと動かした。そしてどうやら結論にたどり着いたらしく、目を大きく見開いた。

「待てよ。さっきそこで話してた、ドラマの原作を書いたジーン先生って、もしかして……」

僕はそこで言葉が途切れた相手の顔を見た。やや気恥ずかしくもあったが、なんでもないような顔をしてうなずいた。

「ああ、俺だよ」

「マジかよ」

「………」

「前から、作家のジーン先生っていう名前は聞いてたし、うちの彼もジーン先生がどうのって言ってたわ。でもそのジーンが、まさかおまえだとは思わなかった。まったく、世界が狭いにもほどがあるな」

タムの言葉はなんてことのないもののようだったが、僕はある一点にひっかかった。

「ちょっと待て。うちの彼？　おまえの彼が俺のことを話してた？」

「ああ。おまえの作品のオーディションに行って、合格したってよ」

タムはふふっと笑いながら言ったが、今度は逆に僕の方が目を丸くした。

こいつ、彼氏がいるのかよ……⁉

「それって、まさか、ウーイくんか？」

奴は眉を上げて、手を振った。

「違う、違う。おまえももう会ったと思うけど、シップだよ。ナップシップ」

「ナップシップ⁉」

「ああ。なんでそんなにびっくりするんだよ」

「おまえ、ナップシップと付き合ってるのか⁉」

僕はバカみたいに口をパクパクさせてしまう。しばらくのあいだ思考が停止した。僕は眉を寄せて、さっきよりもさらに注意深く目の前の相手を観察せずにはいられなかった。

タムは、いたって普通の男だ。身長はどう見ても僕とどっこいどっこいだし、僕と同じくらいということは、間違いなくタムよりナップシップの方が背が高いということになる。身長は恋愛には影響しないが、それにしたって衝撃的な話だった。

「待て待て。おまえ、なんか勘違いしてるだろ。さすが、作家なだけあって想像力豊かだな」

タムは首を振った。

「そういう意味じゃない。うちの彼っていうのは、俺が担当してる彼って意味だ。俺は芸能マネージャーの仕事をしてるんだ」

「芸能マネージャー……」

僕はタムの言ったことを反復した。その説明を理解し始めると、僕の顔のこわばりはすこしずつほぐれていった。

内心、すこしホッとした。僕は別に同性愛を毛嫌いしているわけではない。ただ、そういう関係を知ってしまうと、本人たちの前でどう振る舞えばいいかわからなくなってしまうことがある。この友人と、あの王子のようにハンサムなナップシップが深い仲になっていることを想像すると、どうしても奇妙な感じがしてしまったのだ。

「それなら最初からそう言えよ。そしたらだれも変な想像なんかしないって」

「あっはっは」

タムはまた笑った。だいぶおかしかったらしい。

「それより、なんで芸能マネージャーになったんだよ。おまえ、全然そういうタイプじゃなかっただろ」

タムは肩をすくめた。

「俺の姉さんがモデル事務所を始めたの、知ってるだろ。俺、大学を卒業したころまだちゃんと働きたくなくて、ちょうど姉さんに頼まれたからいろいろ手伝ってたんだよ。で、いつの間にかそれが仕事になってた」

「そういうことか。家の仕事を手伝えていいな」

「手伝ってるけど、別にそれが好きなわけじゃない」

「でも、おまえんとこの彼、礼儀正しくて素直じゃん。どこが大変なんだよ」

「礼儀正しくて素直だって⁉」

奴は目を大きく見開いて、顔をしかめた。

「あいつが礼儀正しくて素直って……イメージってのはほんとに怖いもんだな。それより、おまえこそどうなんだよ。作家になってるなんて知らなかったぜ。しかも書いたもんが売れて、ドラマ化するなんてな」

タムはにやりと笑い、僕の肩をもう一度ポンと叩いた。

「シップの台本を読んだよ。なかなか刺激的だった」

「クソ」

僕はつぶやくように言った。

「なんでおまえが読むんだよ」

「おいおい、俺はシップのマネージャーだぜ。あいつがどんな役をやるのか、知っておくのは当然だろ」

「…………」

僕はなにも言わずに、タムをギロッとにらんだ。

タムは僕が恥ずかしがっていると思ったのか、からかうような表情で笑った。だがそのあとはなんとか話題を変えることができた。長く会っていなかったため、話し始めると次から次に話題が出てきた。そして最後は、このあとの食事会の話になった。

最初僕はあまり気が進まなかったが、すくなくともタムが一緒ならすこしは楽しくなるだろうと思った。

「とにかく、久しぶりに会ったんだし、今晩またゆっくり話そうぜ。俺、ラインのアカウントと電話番号が変わったんだ。新しいのを教えとくから、今度はそれで……」

「タムさん」

僕とタムは同時に声がした方に目を向けた。その低くて柔《やわ》らかい声がだれのものかすぐにわかった。ナップシップが、模様のない真っ白な服を着てそこに立っていた。そのハンサムな顔のおかげで、白い服を着ていても、彼は中国寺院で働く爺《じい》さんのようには決して見えなかった。ただ、こちらを見つめる視線はすこしよそ行きの感じがした。

「ああ、シップ。お経終わったのか？」

「はい」

彼は短くそう答えてから、僕の方に向き直って静かにほほえんだ。

「ジーン先生」

見ろよ……タム。おまえんとこの子は、こんなふうに媚びてくるんだよ。

僕は心の中でにやりと笑った。だが実際には感じよくうなずきながら、彼にほほえみ返した。

「やあ」

「いつからいらしてたんですか」

「さっき着いたところだよ。でもたまたま昔の友達に会ってね」

「友達……」

ナップシップはつぶやいた。それから自分のマネージャーの方に視線を移した。

「ジーン先生はタムさんと友達だったんですか」

「そうだ。ジーンは俺の大学時代の同級生だよ。俺もさっき久しぶりに会ったばっかりだけど」

タムが僕の代わりにそう答えた。

「そういうこと」

僕も小さくうなずいた。ナップシップはそれ以上なにも言わなかった。僕は隣に立っているタムの方を見た。奴はシャツの胸元をつかんで、上下にパタパタと振って空気を入れている。

「それより、ここにずっと立ってると暑いから、あっちに入ろう。もうお経も終わったし、スタッフに呼びにこさせるのも悪いし」

タムは一方の手を僕の肩に、もう一方の手をナップシップの肩にまわして、歩くように促した。僕の体はそのまま前に進む。

昔の友人に会ったせいで、僕はヒンのことをすっかり忘れていた。

テントの中に入り、スタッフに挨拶をしてからそれぞれ席に向かった。僕はタムに隣に座るように手招きをした。

そのおかげで、なんとか知らない人ばかりの撮影チームの中でも、僕は最初のときほど気まずさを感じなくて済んだのだった。

# カウント3

「うん、いいじゃない。こういう無口でツンとしたキャラは、人気が出るよ」

編集長はそう言って、iＰａｄをテーブルの上に置いた。その画面には文字で埋め尽くされたワードのファイルが表示されていた。

「これでいいから、このまま進めて。契約に関しては、ヒンの方から改めて連絡するようにしておくから。ああ、あと一つだけ。今回のセックスシーンは刺激的な感じでお願いね。読者がクラクラしちゃうくらいのがいいな」

「はあ⁉」

「ほかの作家さんがセックスシーンを書くときは、だいたいみんな一つずつステップを書いていくでしょ。唇にキスしたあと、首にキスをして、乳首を舐《な》めて、それから下の方に手を伸ばしていって、指で慣らしてから挿入して、それから出し入れするっていう順番で」

「ちょっと……編集長」

僕は眉をひそめた。首は動かさずに、目だけをキョロキョロと動かし、左右を見回す。編集長の発した声が、やや大きすぎるような気がしたからだ。かなり静かな午後のカフェでは、会話の内容がまわりの人に丸聞こえだろう。

「でも今回の作品は、そういうお決まりの流れとは違う感じにしたいんだよね。強引で意地悪な言葉責めとかで、もっと刺激的な感じにしてほしい。行為の順番とかやり方とかも、前の作品と同じじゃなくていいから。たしか、前に本をたくさん送っといたよね？　海外の作品も参考にしてみて。プロットはいまのところ問題ないけど、いま言ったような方向にすこし直してくれたら、絶対もっとよくなると思うから」

「わかりました。帰ったらいただいた本も見てみます。その点はまた次回相談させてください。セックスシーンに入るまで、あと六章か七章くらいあるので」

「うん、それでいいよ。じゃあ、そろそろ行かないといけないから、今日はこのへんで。二時間しか取れなかったけど」

「大丈夫です。ありがとうございました」

僕は、かばんを手にガラスドアを押して外に出ていく編集長を見送った。それから小さく息を吐いた。

この日の前までに、僕は新しい小説の五章から六章くらいまでを書き終えていた。最初はメールで原稿データを送るつもりだったのだが、たまたま今日外出の予定のある編集長が、僕と話したいということだったので、朝早くに待ち合わせることにしたのだ。

指定された場所はシーロム通りのビルの一階に入っているカフェだった。外をながめると、幹線道路をさまざまな種類の車が通り過ぎていくのが見えた。歩道の脇には、ザクロのジュースを売っている人がいる。ザクロを包丁で切る彼女の手の動きをぼんやり見ながら、僕は頭の中であることを考えていた。

ＢＬ小説を書き始める前に……僕が最大の問題だと思っていたのは、セックスのシーンを書くことだった。僕だってこの歳まで生きてきたのだから、男性同士がセックスするときに、どこをどうするのか知らなかったわけじゃない。けれど、実際それを手順ごとに細かく描写するとなると、本を読んだりネットで検索したりして研究するしかなかった。そのころもし両親が僕の検索履歴を見ていたら、息子はゲイになったに違いないと心配していたことだろう。

だが僕は思いきったことをできるわけでもなく、結局、型どおりの手順に沿って書くことにした。編集長が、僕がいま書いている新作も前の作品と同じ感じになることを案じている理由は、そこにあるのかもしれない。だからこそ、先に釘を刺す意味で、さっきのようなアドバイスをくれたのだろう。

僕はもう一度深く息を吐いた。いまはまだいい考えがなにも出てこない。家に帰って、部屋でゆっくり考えよう。

そう思い、僕は編集長が置いていったお金と伝票を持って支払いを済ませ、灼熱の日差しの中を歩いて車に戻った。

だが、駐車場からバックで車を出すために発進しようとしたところで、突然スマホが鳴った。

♪〜

画面には、この前連絡先を交換したタムの名前が大きく表示されていた。沈んでいた気持ちがパッと明るくなり、僕はすぐに電話に出た。

「もしもし。どうした、そっちから電話かけてくるなんて」

あの日電話番号とラインを交換したあと、また今度改めて会おうという話になっていた。タムは、自分のグループの友人たちとはいまでも連絡を取り合ったり、会ったりしているらしい。しかしながら僕もタムもそれなりに忙しく、結局あの日以来まだ会えていなかった。

「ジーン、急で悪いんだけど、いまから会えるか？」

「はあ!?」

タムの発した言葉に、僕は動きをとめた。電話の向こうから聞こえた奴の声は、焦《あせ》ったような、申し訳なさそうな声だった。

「別にいいけど……いまシーロムにいるから、このへんに来てくれれば」

「いや、できればおまえのコンドミニアムで会いたい」

「うちで？」

「ああ。詳しいことは会ってから話すよ。場所をラインで送ってくれないか。すぐに行くから」

「あ、ああ。わかったよ。でも俺もまだ外だから、もしおまえが先に着いたら、下のとこで待っててくれ。なるべく急いで帰るから」

「ありがとう。じゃあ、またあとで」

タムはそれだけ言うと、電話を切った。友人からの突然の連絡にまだ困惑《こんわく》していたが、いまその目的を無理に聞き出すわけにもいかない。僕は助手席にスマホを投げ、駐車場から車を出すためにアクセルを踏み込んだ。

それにしても……なんで僕の部屋で会わないといけないんだろうか。

友人が自宅を訪《たず》ねてくることがどうこうというわけではなく、純粋に不思議だった。タムとは何年も会っていなかったのに、偶然再会してから関係が復活し、そして突然電話がかかってきて、急用があるから部屋で会いたいとだけ言われたのだ。

僕はなんとも言えない疑問を抱えたまま自宅に向かう。そしてコンドミニアムの下にあるいつもの駐車位置に車を駐めた。鍵を持って正面のフロントに回ったところで、足がとまり、僕はその場に立ち尽くした。

「ジーン！」

ガラスドアの前に立っていたタムが、手を振りながら大声で叫んだ。

僕は一瞬顔をしかめたが、仕方なくタムがいるところまで歩いていった。そこにいたのは、友人であるタムと……ナップシップだった。

最初の一秒で、僕は自分の友人よりも先に、ナップシップのハンサムな顔の方に目を奪われていた。彼の存在感はあまりにも突出している。

ここで会うはずのない人物がそこにいるのを見て、僕は呆気《あっけ》にとられた顔になった。それだけではない。ナップシップの隣には、大きな黒いスーツケースが置かれていた。

なんだ？　撮影で地方にでも行くのか？

「ああ、もう来てたのか」

僕は眉をひそめて言った。

「それで、急用ってなんだ？　なんで俺の部屋じゃないといけないんだ？」

「部屋に行ってから話そう」

「なんなんだよ？」

そのとき、僕の眉はもうこれ以上ないくらいにまで近づいていた。タムもそれに気づいたようで、一瞬間があってから、すまなそうな表情で言った。

「邪魔しちゃまずいか？」

僕は小さく息を吐き、タムの顔をもう一度見た。

「いや、いいよ。部屋でいいから、行こう」

「迷惑かけちまって、悪いな」

タムはふたたび心底すまなそうな顔をしたので、僕は顔をしかめることしかできなかった。ずうずうしい奴め。電話してきたかと思えば、急用があるって呼び出して、俺の部屋にまで押しかけてきやがって。そんなことをしておいて、まだわざとらしい表情をつくってやがる。

タムの顔を見ていると、僕は頭をかち割ってやりたい衝動に駆られた。

僕は手を伸ばして、ポケットからカードキーを取り出した。前に出て、ナップシップが立っているガラスドアのところにそれをかざしたあと、僕は振り向いて合図するようにうなずいた。

「…………」

ナップシップはかすかにほほえみを浮かべただけだったが、それだけで十分すぎるほどのオーラを放っていた。

僕は二人の先に立って歩く。なぜスーツケースを持ってきているのか訊《き》きたかったが、余計なことはなにも口にしない方がいいという声が頭の中から聞こえた。

エレベーターのところでもう一度カードキーをかざし、自分の部屋がある十七階のボタンを押した。

このコンドミニアムが建ったとき、僕は父と兄から半額ずつお金を借りてこの部屋を購入した。僕がグラフィック関係の会社で働き始めて半年ほど経ったころのことだった。

職場は都心部にあったのだが、僕の実家はそこからかなり離れた場所にあった。そのため、会社の最寄り駅の近くにいい物件がないか、コンドミニアムの展示会に行って探すことにしたのだ。ここを購入したあとは、仕事で稼いだお金を実家への返済にまわした。

いまはその返済も終わり、車のローンもそろそろ終わりそうなところだ。そのせいで、貯金は一バーツも貯まらなかったけれど。

僕の部屋は廊下の突き当たりにあった。ドアハンドルの下のところにカードキーをかざしたとき、僕は先に言い訳をしておくことにした。

「部屋、すこし散らかってるから。忙しくて片付けるひまがなかったんだ」

「ああ、構わない」

タムは急いで中に入ってきた。

だが一歩中に入ったとたん、タムは圧倒されたかのような声を出し、言葉を詰まらせた。僕は口元を引きつらせていた。

「おお……」

タムが驚いたのは、僕の部屋がラグジュアリーな部屋だったからではない。散らかり方が〝すこし〟なんてものではなかったからだろう。

言わせてもらうが、散らかっているのであって、汚れているわけではない。

部屋のまんなかにあるローテーブルとテレビを見るためのソファは、山のような紙の中に埋もれている。その中には、勉強用のBL小説やマンガの数々も含まれていて、それらはいずれも執筆のモチベーションを高めるためのアイテムでもあった。

恥ずかしかったが、この二人はすでに僕が書いているジャンルを知っているし、ほかの人に見られるよりはましだろう。

「まあ、適当に座って。水はキッチンの冷蔵庫にある。俺はちょっと本を片付けるから」

「手伝います」

ソファに散らばった本を移動させるためにまとめて持ち上げたとき、ナップシップが割り込んできた。彼は体をかがめて、僕からの許可を待つことなく、僕の手の中にあった本を代わりに取り上げた。

「どこに置けばいいですか」

「…………」

僕はその場に立ち尽くした。空《あ》いた手を下ろしながら、訝《いぶか》しげに目を細めて相手を見る。

しかしナップシップはなぜか笑顔だった。

「そんなかわい……いえ、そんな顔をされてるのは、どういう意味でしょうか」

「はあ⁉　なんでもないよ！」

僕の眉がぴくりと動いた。心の中で、この青年はいつまで僕に媚《こ》びを売るつもりなのかと考えていた。だが彼の整った顔を見てしまうと、僕は照れくささをごまかすためにうしろにある棚を指さすことしかできなかった。

「あっちのキャビネット。一番奥の部屋の前」

長身の彼はうなずいてからその場所に向かい、軽々と本を収めていく。彼の方から手伝いを申し出てくれたのだから、断る理由はないだろう。ありがたいことだ。

僕はリビングに戻り、キッチンに水を取りにいったタムを待つことにした。

しばらくして、タムはすこし元気になった顔で戻ってきて、ナップシップに水のボトルを渡した。

僕はスマホを置いて、向かいにナップシップと一緒に座っている友人の方に顔を向けた。

「それで？　急用ってなんだ」

「ああ、えーっと……」

「………」

「ジーン、この部屋、寝室が三つあるよな」

「あるけど」

あの日タムとラインを交換してから、僕らはとりとめのない話をしていたが、その中でいま住んでいる場所のことも話題に上がっていた。タムはまだ実家にいたが、ときおりモデル事務所の隣のビルに泊まったりもしているらしい。

僕はいつか家族が増えたときのことを考えて複数の寝室がある部屋を購入していた。

「いまおまえ、一人暮らしだよな。それなら、ちょっとだけナップシップを……」

「ダメだ！」

「おい！　まだ話の途中だって」

「最後まで聞かなくたってわかるに決まってるだろ、バカ」

僕は友人をにらみつけた。即座に提案を拒否したとき、僕はナップシップの方に視線を向けることはしなかった。

きっとこのあと二人は地方に仕事に行く予定があって、それでナップシップもタムについてきてここに来たのだろうと勝手に思っていた。だからスーツケースも一緒に持って上がってきたのは、きっと車に置いておきたくない貴重品が入っているのだろうと。だが、この忌々《いまいま》しい友人が僕の部屋に寝室が三つあることを口にした瞬間すべてを悟った。

どうやらこいつを部屋に上げたのは間違いだったようだ。

「待ってくれよ、ジーン。頼むよ。いま家のことで困ってて、シップを何カ月か泊めてもらいたいんだ。一カ月でもいいから」

「ダメだ」

「なら三週間」

「できない」

「二週間」

「あのな、何週間でもダメなものはダメだ！」

タムは困った顔を見せた。

「そこをなんとか、頼むよ。このとおりだ。俺だって、ほかに打つ手があればわざわざおまえに迷惑をかけたりはしないさ。シップの実家は遠くて、でも大学に通いながら仕事もしてもらわないといけないから、モデル事務所のビルに泊まれるようにしてたんだよ。だけど、ちょうど俺の姉さんが新人を二、三人入れるっていう契約にサインしちゃってさ」

「………」

僕は、こちらを見つめながら別のアプローチで説得しようとするタムから顔をそむけた。

「その新人の子たちも、同じように部屋を探してたんだ。でもシップが……ほんとに、結局はシップのせいなんだよ。姉さんとこいつがどういう話し合いをしたんだか知らないけど、いつの間にかシップが出ていくことになってたんだよ」

タムはそう言って額に手を当てた。それから独り言のようにつぶやいた。

「もうほんとに困ってるんだよ。これからドラマの撮影だって始まるのに」

「なら、実家に戻ればいいだろ。一カ月だけなんだろ？」

「一カ月って言ったのは、だいたいそれくらいっていう意味だよ。もしおまえが部屋を貸してくれるなら、その一カ月のあいだに新しい部屋を急いで探すから」

「だったらホテルに泊まればいいだろ。おまえ、お金持ってんだろ。自分の担当の子のために出してやるのくらい、簡単だろ」

それに……見たところ、ナップシップもお金がないという感じではなさそうだった。実家は都心から離れたところにあるという話だったが、それも二つのパターンに分けられる。お金に余裕がないからという場合と、広いスペースが必要だという理由で、コンドミニアムを買わずに郊外の住宅地の戸建てに住むという場合だ。僕は、ナップシップの家は後者の方だろうと思った。

「バカか、おまえは」

タムが目を見開いた。

「シップは有名人だぜ。ホテルなんかに泊まったらすぐに大騒ぎだ」

「…………」

「ファンの出待ちとか、ストーカーとか、ホテルだとプライバシーが守れないんだよ」

「外国人しか泊まってないホテルをおまえが探せばいいだろ。そんなに難しくないと思うけど」

「あのな、ジーン。パパラッチだっているんだよ。もしシップがホテルに入っていくのを撮られたら、一時的にホテルに滞在してるなんて言ってもだれも信じないよ」

僕はため息をついた。

「おまえ、心配しすぎだよ。ならおまえの家に泊めてやればいいじゃないか」

「俺だって最初はそう考えたさ。だけど俺の家も郊外にあって、シップの家より遠いんだよ。こいつが大学と仕事に通うのは距離的に厳しい」

「………」

タムが何度も言い返してくるのを聞いているうちに、僕は目の前のローテーブルに自分の頭を叩きつけたくなった。結局僕はなにも言えずに黙り込むしかなかった。

なにか解決策はないかと頭を働かせる。考えをめぐらせているうちに、黙りこくって座っているナップシップの方に視線が向いてしまった。彼が僕の方を見つめているのがわかった。

ナップシップは……恐縮して、申し訳なさそうな顔をしていた。

ああ、もう。そんな目でこっちを見ないでくれ。そんなふうにされると、まるで王位継承問題に巻き込まれて宮殿から逃げてきた王子を助けるのを拒否してるみたいじゃないか。

断るかどうかは僕が決めることだ。ここは僕の家、僕の部屋なんだから。僕は間違っていない。そのはずなのに、僕はなぜか自分が薄情な人間に思えた。

「あのな……」

「………」

「おまえもわかってると思うけど、俺はナップシップとそんなに親しくもないだろ」

僕は相手が困るだろうとわかっていて、ゆっくりとしゃべった。

「一時的にって言ったって、俺は家で仕事しなきゃいけないんだ。プライベートな空間が必要なんだよ。俺だけじゃなく、ナップシップだってそうだろ」

「シップは別に問題ないよな？」

「………」

僕はナップシップの方を向いた。彼はうなずいた。

おいおい！　やめてくれよ。

「真面目に、ほかに泊まれそうな場所ないのかよ」

「俺もおまえに言っておきたいんだが……ここに来るまでの二日間、俺だっていろんな人のところに直接頼みにいったり電話したりしたんだよ。でもシップの大学の近くのマンションとか寮は、いまは入居できる時期じゃないんだ。俺だってな、最近久しぶりに会ったばっかりのおまえのとこに突然押しかけて悪いと思ってるよ。でもいまは、ほんとにおまえ以外に頼める人がいないんだ」

「………」

「ジーン、頼む。タダでとは言わないから。水道代も電気代も、シップの分はちゃんと払わせるから。あと……」

「………」

「あと……あと……えーっと」

「僕、部屋の掃除もやります」

タムの方を見つめていた僕の視線は、その言葉を発した方に自然と移った。

「部屋の掃除？」

「はい。ジーンさんが忙しいなら、僕がやります」

今度は僕の眉がわずかに上がった。

「そうそう。こいつ、家事はお手の物なんだよ。塵《ちり》一つないくらい、隅から隅までピカピカにするから」

タムは本人よりもオーバーに、広告のような宣伝文句を口にした。

「ほんとかよ」

僕はタムの方に視線を戻し、それ以上なにも言わなかった。

家事が得意なんてタムのでまかせだろう。

僕はミシン針が打ち込まれるような速さで頭を回転させた。どうするべきか、すぐに決められるわけがない。同情する部分もあったが、一方で面倒だと思う気持ちもあった。

一カ月か……。

「一カ月だけだから、ジーン」

ためらう僕の心を読んだかのように、タムがもう一度懇願してきた。

「シップも言ってたけど、こいつにいろいろ手伝わせればいいからさ。なにかやってほしいことがあればこいつに言って。面倒かける分のお返しってことで」

「………」

「光熱費はいくら払えばいい？」

「ふん。どうせいくらでも払うんだろ」

僕は嫌味を言わずにはいられなかった。嫌味ったらしい目つきのままタムの方を見ると、奴が笑っているのが目に入った。

僕はなにも言わず、しばらくのあいだ友人の顔と彼が担当する俳優の顔を交互に見た。それから大きなため息をついた。僕はソファに背を預けるようにもたれかかり、心を決め、肩の力を抜いた。

「結論としては……」

「もういいよ、わかった。絶対に一カ月だけだからな」

「ジーン」

タムは感激したように顔をほころばせ、僕の名前を叫んだ。

ナップシップもさっきより口角が上がっている。その目尻からは、感謝の言葉を口にしたい様子が伝わってきた。だが僕は、彼と視線を合わせたりはしなかった。

「でも別に家のことはやらなくていい。光熱費もいらない」

僕は手を振りながら言った。僕だって大変な状況にある若者をさらに追い詰める気はない。それに……ナップシップは甘やかされて育った王子のようにしか見えなかった。家の掃除なんかできっこないだろう。

「おまえはほんっとうにいい奴だな、ジーン。いままで電話で助けを求めただれよりも、おまえはいい奴だ」

「…………」

「最高にいい奴だ。思いやりがあって、慈悲深い」

「もう十分だ、気色悪い」

それでもタムはまだにこにことほほえんでいた。解放されてホッとしたような表情に苛立《いらだ》ちが募る。

奴は指でめがねを押し上げてから、体を動かした。

「シップの仕事のことで俺もときどき寄らせてもらうけど、なるべくおまえの邪魔にならないようにするから」

「ああ」

「あとは……ちょうどいいタイミングだしな。シップがおまえのドラマの攻め役をやるだろ。もしなんか気に入らないとことか、こうしてほしいってとこがあれば、直接こいつに言ってくれ」

タムはナップシップが僕の部屋にいるあいだの彼の仕事について細々《こまごま》したことを僕に説明した。そのあとナップシップの方に向き直って話をしていた。

僕は座ったまま二人をしばらく見つめていた。それから仕方なく立ち上がり、テレビ台のそばの棚にあった鍵の束を手に取った。それはすべての寝室の鍵を束にしたもので、引っ越してきてからずっとそこに置いていた。

メインベッドルームは僕が使っている。もう一つの寝室はそれより狭いが、十分な広さがあり、作り付けの家具がついている。ただしバスルームは寝室の外にあるため、いったん廊下に出なければいけない。そしてもし浴槽に浸《つ》かりたいのであれば、僕の寝室の隣のメインバスルームを使うしかない。

鍵を握ったままソファのところへ戻ると、タムがそそくさと立ち上がった。

「まだやることがあるから、俺はこのへんで。姉さんと話して、シップの荷物の片付けもしないといけないし」

急いで帰ろうとするタムの言葉に、僕は……すこし気が重くなった。ナップシップを連れてきたかと思えば、僕に押しつけて部屋の中に二人っきりにするなんて。

「じゃあ、また来るから。なにかあればいつでもラインしてくれ。電話でも構わない」

「ああ」

「それじゃ……」

タムは僕の肩越しにちらっとうしろに視線を向け、ナップシップを見てから、ふたたび僕に視線を戻した。そして僕の肩を手でポンポンと叩いた。

「ナップシップのこと、よろしく頼むな」

「………」

「ほんとにありがとな」

僕は大きくため息をついてから、同じ言葉を繰り返した。

「ああ」

「じゃあ行くわ。またな」

タムは玄関から出て、そのままドアを閉めようとした。だが僕が手を伸ばしてそれをとめると、奴は困惑した顔を見せた。

「なんだよ……」

「一人で降りていっても、外には出られない。おまえカードキー持ってないだろ」

「ああ！　たしかにそうだな」

奴はおどけたような声で笑った。僕はタムと一緒に下に降りていくために部屋の外に出た。

部屋の中を振り返ると、ナップシップがこっちに来ようとしているのが見えた。仕方なく僕は言った。

「きみは部屋で待ってて。タムを送ってくるだけだから。トイレはキッチンの方にあるから、適当に使って」

「わかりました」

彼は静かにほほえんでいる。だが僕の方は、ドアを閉めながら、王子のごときオーラを輝かせるナップシップを死んだ魚のような目で見ていた。

もう、仕方ない……。

僕は、悟りを開いた人のように心の中でつぶやいた。


ガチャッ。

それから十分後、僕はまた玄関のドアを開けて家の中に戻った。靴を脱いでそれをシューズボックスにしまい、体を起こした瞬間、ややたじろいでしまった。

玄関から入ってすこし高くなっているところに、いつからいたのか、長身のナップシップが立っていたのだ。

「わっ……ナップシップ」

「タムさんは無事に出られましたか」

「うん、大丈夫」

僕がそう答えると、ナップシップのほほえみは一段階明るくなった。彼の笑顔を見ていると鼓動が速くなるので、僕は視線をそらした。

イケメン俳優の笑顔っていうのは、とんでもない破壊力だな。

僕は、彼のいるこの部屋が急に自分の部屋ではなくなったかのように思えて、その場に立ち尽くしていた。それでも意識の片隅から聞こえる声で、僕はなにがどうなっているのかを思い出し、歩きながらナップシップに説明することにした。

「きみの部屋はこっちだよ。荷物を持っておいで」

ナップシップに与えた部屋は、ほとんど使ったことのない部屋だった。家族が一、二回だけ泊まりにきたが、それももうずいぶん前のことで、ベッドにもほこりよけのカバーがかかっていた。

ドアを開けてすぐ、スーツケースを引きながらついてきたナップシップの方を振り返った。

「一人暮らしだから、こっちは全然使ってないんだ。ほこりが結構溜まってるかも。いま掃除道具持ってくるよ」

「僕、自分でやりますよ」

「いいよ、今日は時間あるから。きみはとりあえず家具のカバーを外してくれるかな。ほこりに注意して」

最後の台詞《せりふ》は不安と心配から出た言葉だった。僕はナップシップだけではうまくやれないときには自分も手伝おうと思っていたが、考えれば考えるほど、結局僕が一人でやることになるような気がした。

僕はありとあらゆる掃除道具を持って戻ってきた。けれど、普段部屋が散らかっても、僕が自分で片付けたりすることはないせいで、どれをどう使えばいいのかはよくわからなかった。

探しものが見つからず、もう耐えられないという状態になって初めて、コンドミニアムのメイドサービスに電話をかけることにしていた。なので、部屋のまんなかに掃除道具を置いて、僕はしばらくそれらを見つめていた。

「じゃあ、僕は掃除機かけるから。これかな？　きみも自分の荷物を片付けて」

うまくできなかったら、そのときは電話でメイドを呼ぼう……。

「はい」

僕は掃除機をつかんで、スイッチを入れてみた。バッテリーはまだ満タンのようだったので、さっそく掃除に取りかかる。

結構なほこりが積もっていた。掃除機を動かしながら、層のようになったほこりを吸い込んでいく。メイドが掃除に来るときも、ほとんど使っていないこの部屋は掃除してもらっていなかった。だが小さいソファとベッドにほこりよけのカバーをしていたので、幸いそのあたりは無事だった。

「ジーンさん」

「…………」

「ジーンさん」

「…………」

「ジーン」

「うわあっ！」

突然右手にぬくもりを感じて、驚いた勢いでパッと手を引っ込めた。

掃除機をかけるのに夢中になっているあいだに、彼がいつの間にか僕のそばに近づいてきて、その大きな手を僕の手の上に重ねていたのだ。

僕がスイッチを切ると、掃除機のウィーンという大きな音が消えてあたりが静かになった。僕は彼の方を向き、眉をひそめて言った。

「なに？　どうした？」

「そんなに驚かないでください。何回もジーンさんのこと呼んだんですよ。でも聞こえてなかったから」

彼の説明を聞いて、僕はおちつきを取り戻した。自分が手にしている掃除機を見て、これの動作音のせいだったのだろうと思った。

「そっか、ごめん。どうかした？　なにか問題？　掃除が苦手でも気にしなくていいよ」

「いえ、違います。僕はただ……」

その鋭い目は、僕が持っている掃除機に向けられた。

「床じゃなくて、家具の上とかを掃除するときは、細いノズルを使うといいですよ」

「………」

そう言うとナップシップはかがんでボタンを押し、掃除機の本体から細いノズルを取り出した。

「ベッドとかテーブルの上は、こっちを使う方が掃除しやすいので」

目の前の彼は丁寧な口調でそう言った。大きなヘッドを取り外すと、代わりにその細いノズルを差し出す。

僕はまたこの子の前で恥をかいてしまった。

「ああ、そうだった。うっかりしてたよ、ありがとう。そっちも続けて。じゃないと終わらないからね」

言い訳のように聞こえるかもしれないが、僕はローテクな人間というわけじゃない。日本製のこのスティック型掃除機をまだ使ったことがなかっただけで、つけ外し可能な、すき間を掃除するための部品があることはちゃんと知っている。忘れていただけだ。

掃除機を十分にかけ終わると、僕はそれを部屋の外に立てかけた。部屋の中を改めて見回し、部屋がきれいになったことを確認した。その途中、どうしてもナップシップが視界に入ってしまう。

「そっちは大丈夫?」

「はい?」

「大丈夫だよね。一人暮らしなら、いろいろやらないといけないんだし」

僕がそう言うと、ナップシップはすこし間を置いてから、小さく笑った。

「はい。ちょっと大変ですけど、でも大丈夫です」

「疲れてるなら、先に休むといいよ。夜ゆっくり片付ければいい。この部屋、大したものもないけど、なんでも使っていいから。バスルームは部屋の外にあるからちょっと面倒かもしれないけど。キッチンにあるものもなんでも使っていいよ。気にしないから。僕の部屋は左側だから、なにかあればノックして」

ナップシップは、静かにほほえんだまま、僕の長い説明にうなずいた。

よし、これで十分だろ。

僕もうなずいた。そして彼にプライベートな時間を与えるため、部屋を出た。だがドアを閉める前にあることを思い出して、僕はそれを伝えるために振り返った。

「ああ、そうだ……僕の生活リズムは普通の人と違うから、深夜に物音がしてもあんまり気にしないで。なるべく静かにやるようにするけど、もし音が大きくて我慢できないことがあれば言ってね。遠慮しなくていいよ」

「大丈夫です。ジーンさんのやりやすいように生活してください」

「…………」

「こんなふうにいさせてもらえて、お邪魔してるのは僕の方ですから」

「うん、それならいいけど。そうだ、これ、寝室の鍵」

ナップシップはふたたびほほえみ、手を伸ばしてそれを受け取った。彼の指先が僕の手のひらにわずかに触れた。

「ありがとうございます」

……やっぱりいい子なんだよな。

僕もほほえんで、それからドアを閉めた。

なにか手軽に飲めそうなものを探して、それを持って自分の部屋に戻ることにした。

これを飲み終わったら、掃除でかいた汗をシャワーで洗い流そう。そのあと昼寝をするか原稿の執筆に戻るかは、ゆっくり考えればいい。

# カウント 4

次に目が覚めたとき、僕は手の中にあったスマホを持ち上げ、まず時間を確認した。

……九時か。

たしか、明け方の四時ごろに眠りに就いたはずだ。どうやらスマホを握ったまま眠っていたらしい。

昨夜、僕はノートパソコンの画面の前に何時間も座ったあと、休憩のために立ち上がり、ママー――インスタントラーメン――をつくって、深夜一時からのバラエティ番組を観ながら食事をした。食事のあと、ふたたび精神を集中させて原稿に向かった。きりのいいところまで書き終えてからパソコンの電源を切り、ベッドに倒れ込んだ。

背中の凝《こ》りをほぐすように体を伸ばす。

結局五時間しか寝ていないということになる。普段は八時間寝るようにしているのでまだ寝足りない。今日は間違いなく日中眠くなってしまうだろう。

けれど、いまのところこれ以上眠れそうにもなかったので、僕はしぶしぶ起き上がり、顔を洗ってめがねをかけた。

だがドアを開けて部屋の外に出た瞬間、僕はびっくりした。

「わっ……ナップ……ナップシップ」

僕は驚きをなんとか抑えた。ちょうど長身の彼がキッチンから出てきたところだった。

「ジーンさん?」

彼の濃い眉がすこし上がった。それから口角を上げて、僕に向かってほほえんだ。

「もう起きたんですね。もっと遅いのかと思ってました。昨日ジーンさんがママーを食べたどんぶりがシンクにあったので」

そうだった。ナップシップをここに一カ月泊めることにしたのをすっかり忘れてた。

「ああ……寝起きはいつもこんなで……それより……」

僕は視線を上下に動かし、彼の姿を観察した。今日のナップシップは、白いワイシャツと黒いスラックスという出で立ちだった。シャツの袖《そで》は肘までまくられている。髪の毛はすこしだけ癖がついていたが、自然な感じに流したスタイルだった。

「これから大学に行くところ?」

「はい、もうすこししたら出ます。でもちょうどよかった。さっき朝ごはんを買いにいってたんです。ジーンさんも食べませんか?　いま温めます」

「朝ごはん?」

「はい、目玉焼きとハムです」

「いいね、食べたい」

僕がまだ起き抜けの顔でうなずくと、ナップシップはキッチンの中に戻っていった。僕も彼のあとについていく。キッチンのまんなかにあるテーブルには、竹編みの小さな蓋《ふた》で覆われた皿がいくつか置いてあった。

ナップシップはそれらの蓋を外して、皿を電子レンジへと運んだ。僕はその様子をながめながら椅子に座り、なにも言わず静かに待っていた。ナップシップが相変わらず僕に媚《こ》びを売ろうとしているか、あるいはここに泊めてくれたことに対するお礼として、家主にサービスしようとしているのだろうと思った。

「はい、どうぞ」

僕がぼんやりナップシップの広い背中を見つめていると、彼がこちらを振り返り、新鮮なミルクを入れたコップを僕の目の前に置いた。

彼の突然の行動に、僕は顔をそむけることもできなかった。

「冷蔵庫の中にあったので。ジーンさん、いつもこれを飲んでいるのかと思って」

「ああ、眠れないときに飲もうと思って買ってたんだ……ありがとう」

「パンもいかがですか」

「うん。いちごジャムでお願い。たっぷり山盛りのせてね」

僕は、ほとんどなにも考えず反射的にそう答えた。だがすぐにミルクのコップを持つ手がとまった。自分がうっかり子供のような受け答えをしてしまったことに気づき、僕は彼の顔を見た。

ナップシップは笑顔でテーブルの向かい側に立っていた。見ているだけで、そのまぶしいオーラに目がチカチカする。

だがまぶしさよりも、年下の彼の前で恥をかいてしまったことの方が問題だ。

ナップシップが僕のドラマのキャストではなく、ただの知り合いなのであれば、僕だってそんなに気にしたりはしない。だが仕事で関わる以上、僕は真面目な顔だけを見せるようにしたかったのに。

「できました。山盛りです」

「………」

リクエストどおりだが、どことなく腹立たしい。

数分もしないうちに、彼はナイフとフォークと一緒に、温めた皿を運んできた。僕はおとなしく自分の分の食事に手をつけながら、めがねのレンズ越しにナップシップを観察していた。彼はトースターからパンを取り出して、僕の向かい側に座ると、赤いいちごジャムをさっとパンに塗った。いい匂いが漂ってくる。

「えっと……そういえば、大学まではどうやって行くの？　だれか迎えにくるの？」

僕は差し出された皿の上のパンを取るために手を伸ばした。そのタイミングで、雰囲気を悪くしないように彼に話しかけた。

「一人で行きます。タクシーか、それかバスで行くつもりです」

「バス⁉」

僕は驚きのあまり、すっとんきょうな声を出してしまった。

「乗れるの？　バスなんか乗ったら大変じゃない？　ファンがいたら大騒ぎになるよ」

「マスクをすれば大丈夫です」

「ほんとに？」

僕が信じられないという顔で訊《き》き返すと、ナップシップは困ったような顔をした。

「嘘です」

「だろうね。そのハンサムな顔と高い身長じゃ、マスクしてもむしろ目立っちゃうでしょ」

「………」

「なんで笑ってるの」

相手が急に静かになったので顔を上げると、ナップシップが静かにほほえみながら僕の顔を見つめているのに気づいた。その顔に……僕はどぎまぎしてしまう。

「いいえ、ただジーンさんが僕のことを褒めてくれたので、驚いただけです」

「え……」

今度は彼が僕を赤面させる番だった。うまく言葉を返すことができず、思わず彼から視線をそらしてしまった。

「僕はただ、事実を言っただけだよ。だから……別に驚かなくていい。そんな見た目なんだから、褒められたのだって僕が初めてってわけでもないだろ」

「ほかの人のことはわかりませんが、僕はジーンさんに褒めてもらえる方が嬉しいです」

「…………」

まただ。また媚びを売りにきてる。

僕は目をぱちくりさせた。そしてそれ以上なにも言わないことにして、手にしていたパンを食べることに集中した。口に広がるジャムの甘さが、僕の頭をすっきりさせてくれる。ミルクを飲み干すと、僕は椅子の背にもたれてひと息ついた。

僕が朝食のおいしさに満足しているあいだ、向かいに座っているナップシップはほほえみながらずっと僕を見つめていたが、あまり気にしないことにした。

普段の僕は起きてから二時間くらいしないと食事をしないのだが、今日は起きてすぐにおなかを満たすことができたため、いい気分だった。

「何時に出るの？」

「えっと……十時十五分くらいですかね」

僕はスマホを手に取って時間を確認した。

「そしたら、僕が送っていくよ」

「え？」

彼は驚いて固まった。

「ジーンさんが送ってくれるんですか？」

「うん、まあ、朝ごはんも買ってきてもらったしね。きみを送ったら、僕は戻ってきてシャワーを浴びてまた寝るから」

「ありがとうございます」

「うん」

「ジーンさんは優しくて……かわいいですね」

まだ寝ぼけ眼《まなこ》だった僕の目が、一瞬で大きく開いた。彼の魅力的な目と視線が交わったとき、その神秘的な瞳に吸い込まれそうになった。

ナップシップは視線を僕の鼻へと移した。それはさらに下へと下がっていき、彼は長いあいだ僕の唇を見つめていた。

僕は反射的に唇をぎゅっと結んで、姿勢を正した。

「急いで準備してきて。僕が寝ちゃう前に出ないと、きみ、バスに揺られなきゃいけなくなるよ」

「はい」

長身の彼がキッチンから出ていくのを僕はしかめっ面で見ていたが、自分自身も急いで着替えなければならないことを思い出した。いくら車の中とはいえ、Tシャツと短パンという部屋着姿で外に出るのはまずいだろう。

ふたたび自分の部屋から出たとき、ナップシップはソファに座って待っていた。

「行こう。遅れるよ」

僕は財布と車の鍵を手に取り、彼を連れて下に降りていった。ナップシップもプリントの入ったファイルと本一冊を脇に抱え、距離をあけずに僕のあとをついてくる。車に乗り込むと、僕は隣に彼が座ったのを確認してから、ドアをロックしてエンジンをかけた。

「ナップシップはX大学だよね？　ここから大通りに出るのに赤信号にひっかかるかも。間に合うかな……って、うわっ！」

話し終える前に、僕はびっくりして大きな声を出した。隣でおとなしく座っていたはずの彼が、突然体の向きを変えて僕の方に近づいてきたのだ。

ナップシップの顔が僕の鼻先と唇から数センチも離れていないところにあるのを見て、僕は固まってしまった。体がシートに沈み込みそうなくらいのけぞった。

「ジーンさん、シートベルト忘れてます」

ナップシップは低い声でそっとささやきながら、僕に顔を向けた。

目の前の彼の吐息が、自分の唇のあたりにかかるのを感じた。

「…………」

僕はなにも言えずに目を見開くことしかできなかった。体のどこかが彼に触れてしまうかもしれないと思って身を固くする。

「はい、これで大丈夫です。授業が始まるまであと四十分あります。すこし渋滞してるでしょうけど、問題ありません」

体を離してから、ナップシップはほほえみ、さっきの僕の問いに答えた。

「…………」

心臓が……とまるかと思った。

我に返った僕は、肩の力を抜いて、それからすぐ眉をひそめた。文句の一つでも言ってやろうと思って彼の方を向いたが、彼は〝なにか問題でも?〟といったように口元に笑みを浮かべていた。

彼のハンサムなその顔に、僕はたじろいだ。

「わかった。きみもシートベルトちゃんと締めてよ。ほら」

僕はそう言って、手を伸ばしてナップシップの方のシートベルトを引っ張り、強引に彼の体を押さえるようにベルトを固定した。それからなにもなかったかのようにほほえみを返し、もう一度注意を促した。

「出発するから、おとなしく座ってて。もうふざけたりしないで」

「はい」

だから、そんなにこにこした顔で返事するなって!

それから三十分ほど、僕はX大学に向かって運転した。

オーディションで彼の経歴書を見たとき、その完璧さに驚かされた。こんなにイケメンでスタイル抜群で声もよくて学歴まで高いなんて、狂ってるとしか言いようがない。だからこそ、僕は密かに彼にこんな役はもったいないと思っていた。

だけど、彼みたいに王子のような主人公がミステリアスな面を持っているっていうのも悪くないな……。


「ジーンさん」

「………」

「ジーンさん、もうすぐです」

「うわあっ！」

僕は叫んだ。今朝から、もう何回ナップシップに驚かされたのかわからない。

自分の小説のことをぼんやり考えていたところに、ナップシップがまた突然顔を近づけてきた。

叫び声を上げてからすぐに手を伸ばして彼の肩を強めに押さえ、それ以上近づかせないようにした。

「なんでいつもそんなに距離が近いんだよ。びっくりするだろ」

「何度も呼んだんですよ。でもジーンさん、ぼんやりしてたから」

「肩でも叩けばいいだろ」

僕が非難するようににらむと、彼はすこし申し訳なさそうな顔で「ごめんなさい」と言った。

ほんとにもう……。

「それで、なんだよ？」

「僕の学部のビルがもうすぐです、って言おうとしたんです。このまま直進しちゃうと、Uターンするのが大変です」

「おっと……」

僕は急いでアクセルを踏む力を弱めた。ナップシップの指示に従って、彼の学部棟のある敷地の中に車を入れる。

道の両側にはさまざまな種類の木が植えられていた。木の枝が揺れて葉と葉がこすれ合うのが見え、外は気持ちのいい風が吹いているようだった。

「ここで停めてください」

「はいはい」

僕はウィンドウ越しに外を見た。そこはビルの前の広場で、いろいろなタイプのベンチが置かれている。学生たちは座っておしゃべりをしたり、お菓子を食べたり、スマホをいじったり、ぶらぶら歩いたりしていた。それを見ていると、自分が学生だったころのことが懐かしく思い起こされた。

僕が卒業した大学はナップシップの通う大学のような一流大学ではなかったし、僕は彼のようにきちんとした学生でもなかった。父は、僕が兄よりも不良だったといつも言っていたくらいだ。ただ不良といっても、普通の男子学生がやるようなことしかやっていない。友達と遊んだり、ゲームに熱中したりといった程度のことだ。夜遊びをして家に帰らないとか、何人もの女の子と遊ぶとかいうほどのレベルではなかった。

僕は昔のことを思い出しながら、ナップシップの通う校舎を見ていた。

僕の車は派手なものではないので、車を停めてもとくに関心を持つ人はいない。しかし僕の隣に座っている彼は、どうしても目立ってしまう存在だった。彼のオーラは車で隠しきれるものではなかったようだ。女の子たちのグループが、カーフィルムを貼っていないフロントガラス越しにこっちを見て、彼の方を指さした。大胆な子は、車に近づいてきて中をのぞき込もうとしてくる。

すごいな……。

「なんで僕のこと見てるんですかね」

「さあな！」

僕は肩をすくめた。

「きみが有名人だからじゃないのか。あっ、そうだ」

僕はあることを思い出して、自分の財布を取り出した。カードが何枚も入ったカードポケットの中から真っ白なカードキーを出すと、それを彼に渡した。

「はい、これカード。昨日渡すの忘れてた。今朝は守衛にエントランスのところ開けてもらったでしょ。今度からはこれを使って。コンドミニアムに入るときと、あとエレベーターに乗るとき、これをかざしてから階数を押して。でも面倒だったら暗証番号を押すのでも大丈夫。なくさないようにちゃんと持っててね。再発行の手数料、高いから」

ナップシップは僕が差し出したカードキーに視線を向けた。そして笑顔でそれを受け取った。

「ジーンさんからいただいたものは、なくしたりしません」

まったく、ほんとうにお世辞が上手だなこの子は。

これまでは媚びを売られることにどことなく気色悪さを覚えていたが、いまはそれがすこしかわいく思えた。

「オーケー。じゃあもう行きな。遅刻しちゃうよ」

「はい。送っていただいてありがとうございました」

「うん。授業がんばって」

僕は一応のマナーとしてそう声をかけた。だが彼はそれを聞いて驚いたような顔をした。それから彼は手を伸ばしてドアを開け、車から降りて僕の方を振り返ってほほえんだ。

「ジーンさんも、気をつけて帰ってくださいね」

「………」

なんだか愛人を送る金持ちのパパみたいじゃないか……。

目を細めて、歩いていくナップシップの背中をめがねのレンズ越しに見ていると、そんな思いがふとよぎった。僕は首を振って、自分の頭の中からバカげた考えを振り払う。

シフトレバーに手を伸ばし、ギアを変えるために引いた。

寝よう寝よう。家に帰って寝てしまおう。


そのあと昼寝をして、僕が次に目覚めたのは、太陽が沈んで空が真っ暗になってからだった。

ベッドに横になったままスマホをつかんで画面を開くと、ヒンからラインのメッセージが来ていた。

ヒン：ジーン先生～　取材のための情報の入力お願いします　ファイル送りました

僕はスタンプで返事をした。そしてタムからも三、四時間前にラインが来ていたことに気づいた。

タム（連絡は事務所の番号に）：ジーン、明日十一時にナップシップに会いにそっちに行く　衣装合わせですこし直しがあったんだ

タム（連絡は事務所の番号に）：シップに準備しておくように伝えて　俺が電話したらすぐ降りてきて出られるようにって

ジーン：自分で言えよ　めんどくさいな

返信してから部屋のドアに視線をやると、ドアのすき間から光が漏れていた。ナップシップが大学から帰っているみたいだ。もしくは帰ってきたあとでベランダかどこかに出ていて、明かりを点《つ》けたままにしているのかもしれない。

僕が寝ているあいだはなんの物音もしなかった。僕の眠りが深かったにしても、ナップシップは音を出さないようにかなり気を遣ってくれたのだろう。

タムとのラインはまだ既読にならず、返信もなかった。僕は手を伸ばして電気のスイッチをつけ、シャワーを浴びてさっぱりするためにバスルームへ向かった。

必要な時間分の睡眠を取れたので、だいぶ頭がすっきりした。今晩はじっくり原稿に取り組めそうだ。あとで下のスーパーに行って、夜食用に冷凍食品やお菓子をいっぱい買ってこよう。

僕はめがねをかけ、部屋のドアを開けて廊下に出た。

今回はナップシップがそこにいるとちゃんとわかっていたので、もう驚かない……はずだった。

「ナップシップ……」

おかしいだろ！　なんでリビングを上半身裸のままうろうろしてるんだ。

「ジーンさん」

彼はその場に立ち尽くしたまま、小さいタオルで髪を拭《ふ》いていた手を下ろした。

「起こしてしまいましたか」

「いや……」

僕はくぐもった声で言った。僕の視線は彼の均整の取れた体に引きつけられる。その体から目を離すことができなくなってしまった。こんなふうにじっと見るべきではないと頭ではわかっているのに、僕の体は言うことを聞かなかった。

「ジーンさん？」

「えっと……」

「そんなに見つめられると恥ずかしいです」

本人から指摘されて、僕はようやくナップシップの美しい腹筋から視線を外すことができた。だがハンサムな顔に視線を移すと、僕の方がむしろ逃げ出したくなった。目の前の彼は笑顔で、すこしも恥ずかしそうにはしていなかったからだ。

「きみ……その、いい体してるね。ジムにでも行ってるの？」

……というまぬけな質問で僕はなんとかごまかそうとする。

「ときどき行ってます。ジーンさんももし興味があれば、一緒に行きましょう」

「いいね。今度また誘って。ああ、それより……」

僕はタムからのメッセージを思い出したので、さっさと話題を変えることにした。

「タムが、明日の十一時にきみを迎えにくるってさ」

「十一時に迎えにくる？」

「うん。衣装合わせの直しがあるとかなんとかって」

「ああ、わかりました」

「成功祈願の儀式の前に、衣装合わせがあったんだよね？　どうだった？」

なぜそれを知りたいと思ったのかよくわからない。頭の中で思いついたことが、ついポロッと口からこぼれてしまった。

「順調でしたよ。衣装はかなりたくさんありました。タムさんが写真を撮ってくれてたので、ジーンさんも今度見せてもらってください」

「うん、そうするよ。そういえば、攻めのキンは左胸のところにタトゥーがあることになってるけど、スタッフはなにか言ってた？」

「タトゥーシールを注文するって言ってました。ジーンさんも気になるようでしたら、明日一緒に行きませんか？」

彼はほほえみながら僕を誘った。

「今日は遅くまで仕事するつもりだから、たぶん起きられないよ」

「それは残念……」

「もしちゃんと起きられたら、一緒に行くよ」

僕はそう答えてから、玄関の方へまっすぐ歩いていった。僕が自分のサンダルを出すためにシューズボックスを開けていると、ナップシップが上半身裸のままついてきて僕に訊いた。

「ジーンさん、出かけるんですか？　どこに行くんですか？」

「下にあるマックスバリュだよ。なにか食べるものを買おうと思って」

僕がそう答えると、彼はやや驚いたような顔をした。

「僕も行きます。ちょっと待っててもらえますか」

「えっ⁉　ちょっと、なんできみも行くの」

「ごはんを買いにいきます。僕もまだ食べてないので」

ナップシップの言葉を聞いて、僕はとっさにテレビの上の掛け時計を確認した。

「まだ食べてない？　もう夜の九時だよ」

「ジーンさんと一緒に食べようと思って待ってたんです」

「…………」

返ってきた彼の言葉に、僕は驚いて目をぱちくりさせた。

「ねえ！　なんで待ってたの。僕の生活リズムは不規則だって言ったよね？　食事の時間も不規則なんだよ。だからおなかが空《す》いたら先に食べてよ。僕を待たなくていいから」

それに……ナップシップは一カ月だけの居候《いそうろう》であって、ルームメイトでもないし、そんなに親しい間柄《あいだがら》というわけでもない。

僕と一緒に食べるために待つ必要なんかないのに……。

彼がただのいい子なのか、それともまた媚びを売ろうとしているのか、僕にはよくわからなかった。

「ジーンさんが起きてこなかったら、十時には買いものに行こうと思ってたんです。ジーンさんがちょうど起きたのでよかったです」

「……そう。まあ、わかった。早くシャツ着てきて」

それから僕はその場でスマホをいじりながら、部屋に入っていったナップシップを待った。すこしして、彼は部屋着と思われるTシャツとゆるっとしたズボンで出てきた。髪の毛は洗いざらしでまだすこし濡れていたが、王子のようなオーラは変わらなかった。

僕らはなにもしゃべらずに並んで歩きながら、下に降りていった。スーパーの中に入ると、僕は冷凍食品のコーナーに一直線に向かっていった。ナップシップはのんびりした様子で僕のあとについてくる。

僕はいくつかの商品を手に取りながら比較した。もう遅い時間だったので、あまり選択肢は残っていなかった。どれにするか決めたとき、僕の心を読んだかのように、目の前に買いものかごが差し出された。

かごを持つ大きな手からがっしりした腕、きれいな喉仏へと視線を移すと、最後はナップシップのハンサムな顔にたどり着く。

彼はまた僕のことをじっと見つめていた。

「きみの分は？　早く選びなよ。おなか空いたままだとそのうちおなか痛くなるよ」

「なにを食べたらいいですかね……」

ナップシップはそう言いながら、鋭い視線を惣菜《そうざい》売り場の方に向けた。僕はそんな彼を見て、小さくため息をついた。どうやら世話を焼いてあげなければいけないらしい。

「じゃあ、これは？」

「ジーンさん、こっちの半額シールが貼ってある方がいいんじゃないですか」

「値段は気にしなくていいから。こっちにしときな」

「はい」

笑みはひかえめだったが、彼が満足しているのがわかった。僕はさらにお菓子とアイスを取ってきて、かごの中に追加した。全部入れ終わると、僕は自分でかごをレジに持っていった。彼がお金を出そうとする前に、僕は自分が払うからいいと断った。

うしろで商品を整理していた女の子の店員が、レジを打つためにカウンターの中に入った。だが、顔を上げて僕のうしろに立っているナップシップを目にしたとたん、彼女は固まった。

「………」

その目を見れば、彼女が彼のイケメンっぷりにやられてしまったことは一目瞭然《いちもくりょうぜん》だった。

僕も彼女につられて、ついうしろを振り返った。僕が振り向いたことに気づいたナップシップは、僕に笑顔を向けた。なにもわかっていないようなその様子に、僕はやや辟易《へきえき》してしまう。店員の方に向き直ると、彼女はまだ固まっていたので、僕はため息をつきながら自分でかごの中の商品を出していった。

ところがそのとき、ナップシップが僕の隣に来て、僕の腰に手をまわすようにして商品を出すのを手伝い始めた。その瞬間、思わず僕も固まってしまった。

店員の女の子がなんとか意識を取り戻し、レジを打ち終えた。袋をナップシップに手渡すタイミングで、彼女は口を開いた。

「すみません。ナップシップさんですよね？」

財布をしまいかけていた僕はドキッとした。最初、僕はナップシップも驚いた顔をしているだろうと思った。しかし彼はきっとこういう場面に何度も遭遇して慣れているのだろう。彼は軽くほほえむだけだった。

「いいえ、違います」

「えっ……そうですか？　でも顔が……そうだと思うんだけど……」

最後は独り言のように彼女はつぶやいた。

「人違いですよ。よく間違われるんです」

女の子の店員はまだ信じていない様子で、眉をひそめた。

「そ……そうですか。ここに引っ越してきたばかりなんですか？」

「ええ。恋人のところに引っ越してきたんです。じゃあ、失礼しますね」

「はあっ⁉」

僕は口をあんぐり開けた。

……店員も同じように口を開けていた。だがそれ以上なにかを言う前に、ナップシップはすばやく袋を受け取って、もう一方の手を僕の腰にまわした。呆気《あっけ》に取られた僕はそのまま彼と一緒に店を出ていくしかなかった。

歩みを進めながら、僕はパチパチと何度も瞬きをした。脳がふたたび回転し始めると、僕は立ち止まり、パッと彼の顔を見た。

「さっきのは……」

「人違いだって信じてもらうために、ああ言ったんです」

彼はまるでその瞬間を待っていたかのように答えた。

すぐに答えが返ってきたことに一瞬たじろいだが、僕は彼に文句を言った。

「なんでだよ。あれじゃあこっちも困るよ。きみは一カ月で引っ越せるけど、僕はずっとここに住むんだから」

「僕の恋人がジーンさんだとは一言も言いませんでしたよ」

「こんなふうに一緒に買いものに行ってるのに、そう思わないわけないだろ！」

「そうだとしてもとくに問題はないと思いますけど」

「シップ、きみ……」

僕は顔をしかめ、感情に任せて隣にいる人物の名前を呼んだ。手をうしろにやって、怒りをぶつけるように腰にまわされていた彼の腕を振り払った。

ところが、ナップシップはしゅんとするでもなく小さく笑っていた。その表情と視線は、とても自然で魅力的だった。僕は彼のイケメンっぷりとその圧倒的なオーラにやられて、文句の続きを言うのも忘れてしまいそうになる。

「なにがおかしいんだよ」

「いえ、ただ嬉しくて」

「きみの家では嬉しいとそんなふうに笑うのか」

僕は嬉しくないんだよ。クソ……。

「嬉しいです。ジーンさんがこんなふうに僕と親しく話してくれることが、僕は嬉しいんです」

僕はびっくりして眉をひそめた。

「なら僕もシップって呼んでやろうか」

そうだ……たしかにいままで僕はナップシップのことをそう呼ぶのをためらっていた。絶対にふさわしくないと思っていたからだ。

「はい」

だがナップシップは、その呼び方に満足したようにほほえんだ。

「…………」

なにか嫌味でも言いたかったのに、言葉が出てこない。

「僕といるとき、ジーンさんにリラックスしていてほしいんです。だからもっと仲良くなりたいんです」

「でもきみだって僕のことジーンさんって呼んでるじゃん」

そう言うと、彼の眉が片方だけ上がり、それから口角が上がった。

「ジーンさんはほかの呼び方で呼んでほしいんですか？」

「…………」

彼の顔がさらに僕に近づいた。

「ジーン兄《ピー・ジーン》さんとか？」

ナップシップの低く柔《やわ》らかい特別な声で〝ジーン兄さん〟と呼ばれたとき、僕はドキッとした。耳の中と心臓の中に手を入れられてくすぐられているような気分だった。

僕は耐えきれずに顔をそむけ、急いで足を動かして歩き出した。

「呼び方なんて、なんでもいいよ」

「僕、ジーンさんのことを兄さんとは呼びたくないんです」

「………」

それはつまり、年上である僕のことを尊敬してないってことか？　それならおまえを刺して、いままで十点満点だったお世辞の点数を減らしてやるぞ！

僕は彼をギロッとにらみつけた。口をもう開きたくなくて、足早に帰路につく。ナップシップが僕のうしろをついてくる足音が聞こえていた。

僕は早足で歩いていたが、ナップシップの方は大きな歩幅で、そしておちついた足取りで歩いているようだった。

「もっと仲良くなったら、呼び方を変えますね」

「きみの好きにすれば」

「ジーンさんが拗《す》ねてるところ、僕は好きです」

「………」

どこのだれが、拗ねてるって？　意味がわからない。僕はただ怒ってるだけだ。

振り返ってそう反論したくなった。けれど、言い返したりすれば子供っぽいと思われるかもしれない。こういうときは結局、相手にしないのが一番だ。

うしろをついてくる彼の方を見て、一度嫌味っぽくため息をつく。それからカードキーを取り出し、エントランスのロックを解除した。

ナップシップがどんな表情をしていたかわからない。彼の楽しそうな笑い声がうしろから聞こえてきたが、僕はそれも聞こえなかったふりをした。

僕ともっと仲良くなりたい？

僕から見たナップシップは、もの静かできちんとしていて品があり、王子のようなほほえみを浮かべているという印象だった。その反面、僕はといえば、彼の前で尊敬されるような大人として振る舞おうとしても、ことごとく失敗している。

なにか見えない力か魔法の力でも働いているのかもしれない。ナップシップがうちに来てからまだ二日目だというのに先が思いやられる。

……タムはいったいどんな子を僕に押しつけていったんだろうか。

# カウント5

僕は締め切りを破るようなことはしないと決めている。

昨夜も原稿と格闘して、ふたたび目が覚めたときには正午を過ぎていた。

僕は大きなあくびをしながら廊下に出た。今日はそこでだれかに遭遇することもなかった。ナップシップは、昨日タムがラインで言っていた例の衣装合わせに行ったのだろう。

僕はキッチンに向かい、砂糖たっぷりのコーヒーを入れて飲んだ。その瞬間、もはや体の一部といえるほど常に持ち歩いているスマホからラインの受信音が鳴った。タムが写真を送信したという通知が画面に表示されている。

タム（連絡は事務所の番号に）が写真を送信しました
タム（連絡は事務所の番号に）が写真を送信しました
タム（連絡は事務所の番号に）：おまえの攻め役、イケメンだろ

僕は画面をタップして画像を開いた。ナップシップがスタイリストと思われる人の隣に立っている写真だった。彼は悪い男の雰囲気を漂わせる服に身を包んでいた。ヘアスタイルやアクセサリーも含めて、まるで小説の中のキンがほんとうに現実世界に出てきたかのようだった。

その写真のほかに、ナップシップが工学部のシャツを着ている写真もあった。髪をばっちりセットしてスラックスの代わりにジーンズを穿《は》いていたので、普段のナップシップとはまったく違う雰囲気だった。

ジーン：まあ悪くない　とりあえずがっかりしなくて済んだ

タム（連絡は事務所の番号に）：起きたのか？　シップがおまえはたぶんまだ寝てるだろうって言ってたけど

僕が返事を打ち込む前に、タムがライン電話をかけてきた。しかも普通の通話ではなく、ビデオ通話だ。

「もしもし」

僕は通話ボタンを押し、ソファに移動して腰を下ろした。ネット回線が安定しているおかげで、相手の姿もはっきり映っている。

タムはいやに楽しそうだ。スマホを持ったまま移動し、まわりを映そうとしていた。

「おまえにも衣装を見せてやるよ。ほら、これがシップの衣装。どうだ、おまえのドラマの攻め役だ。なあ、気に入ったか？」

「おまえな、俺にファッションがわかると思うか？」

「ははっ。ならこっちに任せとけ。心配ない。おまえにファッションセンスがなくても、シップに着させればなんでも様になるから」

「ふん」

僕は口をへの字にして、コーヒーを一口すすった。

「ほんとだって。さっき送った写真見ただろ。カッコよすぎて女の子たちも間違いなく恋に落ちるね」

「褒めすぎだろ」

「あのな、自分がマネージメントしてる子を褒めてなにが悪い」

「………」

あー、イライラする。

「そうだ、クランクインの日だけど……」

「タムさん」

「え!?　なに？」

カメラがズームになり、向かい側を向いたタムの顔がアップになった。奴が振り向く前に、聞き覚えのある声が奴を呼ぶのが聞こえた。タムはうっかりスマホを落としてしまったらしく、慌《あわ》てているようだった。僕の画面には奴の二重あごだけが映っていた。

「だれと話してるの？」

「ジーンだよ」

「ジーンさんはもう起きたの？」

タムが相手に近づいて、さっきよりもはっきり相手の声が聞こえたとき、僕はその低い声がナップシップのものだと気づいた。ただ、ノイズではっきり聞こえない部分もある。僕はタムにもう電話を切って構わないと言おうとした。しかしタムはこっちをちゃんと見ていないようだった。カメラがくるくると回転するので、僕の目までまわりそうだ。

「ああ。ラインが返ってきたから、ビデオ通話してたんだよ」

「ビデオ？」

「そうだ。いまちょうど話してたとこだよ。おまえはさっさと試着を終わらせて……」

僕はそれ以上聞くのも面倒になって、スマホを置いて立ち上がり、食器棚のところに食べものを探しにいった。賞味期限が近いパンを見つけると、袋ごと手に取ってソファに戻る。ふたたびスマホを手に取ると、画面にタムではなく、優しくほほえむハンサムな顔が映っていてびっくりした。

「あ……」

僕は口いっぱいにパンをほおばっていた。

「ジーンさん、もう起きてたんですね」

「ああ」

僕は急いで咀嚼《そしゃく》して、そう答えた。

「さっき起きたとこ」

「朝ごはんのパンですか？」

ナップシップは僕が手にしているものを見て、やや眉をひそめた。

「パンそのまま？」

「うん、そのへんにあったから」

僕はコーヒーに手を伸ばしてそれを飲んだ。ただのスティックコーヒーだったが、いい香りを漂わせていた。好きなだけ砂糖を入れた甘いコーヒーを、一滴も無駄にしたくなくて、僕はつい舌先で自分の唇を舐《な》めてしまった。

だがスマホの画面に視線を戻したとき、僕の体は固まった。

「ナップシップ……」

「はい？」

ナップシップは静かにほほえんだ。僕の口元をじっと見ていた彼の視線と僕の視線が交差した。

「どうしました？」

「いや、なんでもない」

電話の向こうでクスクス笑う声がした。

「ジーンさん、今日はずっと部屋で小説を書く予定ですよね？」

「うん、そのつもりだけど」

僕がここ何週間か格闘していた原稿は、ようやくクライマックスにさしかかっていた。

この原稿を書き始めたとき、僕は編集長から言われた締め切りよりも前に仕上げてしまおうと思っていた。そうすれば、すこし休みが取れるし、ダークファンタジー小説を書く時間を作れると思ったからだ。

「じゃあ、そろそろシャワー浴びて原稿の続きやるから。またね」

僕がそう言うと、ナップシップはがんばってくださいと言って笑顔を見せて、なんとなく名残惜《なごりお》しそうに挨拶《あいさつ》をした。

一方の僕は、すぐに通話を切ってスマホをソファに投げた。ナップシップの様子がなんだかすこし変だったような気もしたが、僕はその考えをすぐに頭の中から払いのけた。

そしてコーヒーのしみがついたカップを持ってキッチンへ行き、蛇口の水を注いでそのままシンクの中に置いた。


前日に食べものとお菓子をどっさり買い込んでいたおかげで、その日は買いものに行かずに済み、昼も夜も自分の部屋で仕事に集中することができた。

ナップシップが夜に帰ってきて、また翌朝には大学に出かけていったような物音が聞こえたが、僕は関心を払わなかった。机に向かって一心不乱に文字を打ち続け、最後にエンターキーを二回叩いて物語を書き終えた。

僕は大きな椅子の背にもたれかかり、固まった体の凝《こ》りをほぐすように腕と足を伸ばした。午後の日差しがカーテン越しに入ってきて、僕の疲れた顔を照らした。

よーし。とりあえず今週の目標の分は書き終わった。何日かはパソコンの電源を入れずに思いっきり休むことにしよう。

僕はしばらくのあいだ目を閉じて脳を休ませた。眠たくなったらそのままベッドに入ってしまおうと思っていた。しかしその前におなかがグーグーと鳴ったので、ひとまず眠るのはやめて、バスルームに行って顔を洗うことにした。

「はあ……ひどい顔」

徹夜したせいで目の下にクマができている自分の顔を見て、疲れたようにつぶやいた。

それでも空腹の方が眠気を上回っていた。僕は部屋に戻って服を着替え、コンタクトを入れた。急にしゃぶしゃぶが食べたくなったので、僕はショッピングモールに出かけることにした。アイスとケーキも食べて、帰ったら朝までぐっすり眠ろう。

玄関を出て、エレベーター前の廊下を掃除していたメイドに笑顔で会釈《えしゃく》をした。車の鍵を指でくるくるまわしながら歩き、カードキーをかざして駐車場に出た。いつも車を駐めている場所まで行こうとしたそのとき、僕の視線は一台の高級車に向けられた。

光沢のある黒い欧州車が、エントランス前のプルメリアの木のところに停まっていた。このコンドミニアムに住んで何年も経つが、ここでこんな高級車を見たのは初めてだった。

僕が前に常にピカピカに磨き上げられている高級車を見たのは、子供のころ、実家がある住宅地の中の、大きなプールのあるお金持ちの家でのことだった。

目の前にある高級車にすこし面食らったが、そのまま歩き続けようとした瞬間、その車から降りてきた人を見て僕はふたたび足をとめた。

「ナップシップ?」

大学の制服を着た、本物のナップシップだった。髪形は昨日僕が見たときと同じだったが、その表情は……。

すこし苛立《いらだ》っているようで、彼は濃い眉をひそめていた。まるで意に沿わない出来事に遭遇した王子のようで、いままで見たことのない表情だった。

「ジーンさん?」

「………」

彼は自分が見つめられていることに気づいて、鋭い視線をこちらに向けた。自分を見つめていたのが僕だとは思っていなかったようだ。ハンサムな彼の顔はすぐに表情を変えた。僕の方に近づきながら、彼は口元をほころばせて優しい笑顔を見せた。

「えっと……大学の帰り？　だれかが送ってくれたの？」

「ええ、ちょっと」

「ふうん」

僕は走り去っていく黒い欧州車を彼の肩越しにちらっと見た。

「大変じゃない？　自分の車買わないの？」

ナップシップは小さく笑った。

「僕がどうやって買えるんですか」

「両親が出してくれなくても、自分のお金があるでしょ。きみ、ドラマの仕事とかあるんだし、ちょっと貯めたらすぐ買えるんじゃない？」

僕はそう言ったが、ナップシップは困ったような顔で笑い、それ以上なにも言わなかった。僕は彼が気の毒になり、ある提案をしてみた。

「じゃあこうしよう。時間がある日は僕が送ってあげるよ」

「ほんとですか？」

「うん」

「…………」

ナップシップはすこし黙ったあと、さっきよりも嬉しそうに笑った。

「ジーンさんはほんとうに優しいですね」

「さあ、どうかな」

「ところで……」

彼は僕を観察するように見た。

「めがねなしで、どこか行かれるんですか?」

「ああ、そうそう。ごはんを食べにいこうと思ってたんだよ」

「外食ですか?」

ナップシップは明らかに驚いた顔をした。

「そう。近くのモールにでも行こうと思って。一緒に行く? もうなにか食べた?」

「まだです」

ナップシップはそれしか言わなかったが、僕にはそれで通じた。僕は上を指さした。

「先にシャワー浴びて着替えてくる?」

「帰ってきてからで大丈夫です。ジーンさん、おなか空《す》いてますよね」

僕はすこし笑った。

「それくらい待てるよ。男のシャワーなんてそんなに時間かかんないだろ」

僕はそんなふうに大人の余裕を示しつつも、とくに強制もしなかった。僕は自分のグレーのセダンに向かって歩いた。まるで脳の代わりにおなかが手足の動きをコントロールしているかのようだった。

僕は車のエンジンをかけた。今日はちゃんと自分でシートベルトを締め、隣に座る彼にもシートベルトを締めるよう言った。

近くのモールに行くと決めていたので、僕はまっすぐそこへ向かって車を走らせた。三十分もしないうちにモールの上にある立体駐車場に到着した。車を駐めて、手荷物検査のゲートを通って中に入っていく。モールの中はたくさんの人であふれていた。レストランもきっと長い列ができているだろうと思って僕は顔をしかめたが、あることを思い出してふと立ち止まった。

たくさんのファンがいる有名人を人の多い場所に連れてきてしまったな……。

パッと振り返って自分のうしろを歩いている人物を見た。ナップシップはいつもと同じ表情をしている。思わず心配になって彼に訊《き》いた。

「きみ、大丈夫？」

「はい？」

ナップシップは質問の意味がわかっていないようだった。

「ファンに見つかっちゃったりしないかな？」

ナップシップは普通の大学生の制服を着ていたが、何百人もの人の中に混ざって歩けば、そのオーラでどうしても目立ってしまう。

「大丈夫ですよ。みんなそれぞれ目的の場所に向かって歩いてますから、だれも気にしません」

「そうかな……」

そう言われてまわりを観察すると、たしかにそのとおりだった。

彼らがナップシップを知らないからではない。彼がどんなに目立つ存在であったとしても、モールに来ている人たちはみんなそれぞれの目的を持っている。食事をしたり、おしゃべりをしたり、買うものを選んだり。彼らはバスに乗るときのようにじっと座っていたり、歩道ですれ違うときのように接近したりするわけではない。多くの人はまさか有名人が歩いているとは思いもしないのだろう。

それでもナップシップのオーラは強烈だ。だれも気にしないとはいっても、やはり彼に気づく人も何人かいた。けれど彼らは指をさしたりひそひそ話をしたりするだけだった。ほんとうに本人なのか確信が持てず、ためらいがあるようで、こちらに近づいてきたりはしなかった。僕はすこしホッとした。

「それで、なにか食べたいものある？」

「うーん……」

「あのさ、僕しゃぶしゃぶが食べたいんだけど」

ナップシップはほほえんだ。

「行きましょう。ジーンさんが食べたいものなら、僕はなんでも大丈夫です」

僕はもうすっかり聞き慣れた彼の媚びを売る言葉を聞いたあとで、ナップシップを連れてブッフェ形式のしゃぶしゃぶレストランに入った。幸いすこし待っただけでスタッフが僕とナップシップをテーブルへと案内してくれた。

「なにが欲しいか言って。僕が取ってくるから」

そうは言ったものの、僕はほぼ丸一日なにも食べていなかったせいで、結局食べる方に集中してしまった。けれどもともとたくさん食べる方ではないため、しばらくすると食べるスピードが落ち始めて、ついにはおなかがパンパンになった。

顔を上げると、ナップシップが鍋に具材を入れていた。僕の方は……その作業をすこしも手伝えていなかった。

「ねえ、もっとたくさん食べなよ。ほら貸して。僕がやるから」

僕は急いで彼が持っていた生の具材の皿を引き取った。

「もうおなかいっぱいですか？」

笑顔の彼からそう訊かれたとき、僕はうっかり口の中を噛んでしまったので、うなずいて返事をし、彼にもっと食べるよう手で促した。それでようやく媚びばかり売る彼は食べものを口にした。彼は速すぎず遅すぎないスピードで箸《はし》を進めていく。その姿はやっぱり上品で、魅力的だった。

僕はその様子を楽しく見ていた。

「ところで……もうすぐクランクインだったよね」

「はい？　ああ、そうですね」

「どう？　台本はもう覚えた？」

僕がそう訊くと、彼は濃い眉をわずかに寄せた。なにかに悩んでいるような様子だ。

「台本は読みました。ただ、まだ実際の演技の練習ができてないんです」

「そうなの？」

演技の練習もしないといけないのか……。俳優って普通はどうやって練習するものなんだろう。鏡に向かって一人でしゃべるのか？

「そういえば、前に台本のことで僕に訊きたいことがあるって言ってなかったっけ」

僕は打ち合わせの日に言われたことを思い出した。あのときはナップシップの疑問を訊かずに終わってしまった。

「はい。その……まだよく理解できてない部分があるんです」

「なら訊いて」

僕はすぐに言った。

「遠慮しなくていい。なるべく協力してほしいってプロデューサーからも言われてるし」

「それじゃあ……」

「………」

「帰ったら、僕の演技の練習相手になってくれませんか？」

「えっ？」

鍋に具材を入れていた僕の手がとまった。

「練習相手？　演技の練習相手？」

「はい」

「ちょっと待って。無理だよ、僕は演技なんかできないよ」

「相手役の台詞《せりふ》を読んでもらうだけで大丈夫です。僕はただ、台詞を返してくれる相手が欲しいんです」

僕は顔をしかめた。

「僕はただ台詞を読んで、きみがそれに答えるの？　それって……」

恥ずかしい。

死ぬほど恥ずかしい……。

作品の中に出てくる言葉は、読者を楽しませるためのものであり、日常生活では使わないような言葉も含まれている。とくにこういうラブストーリーでは、そういった傾向が強くなる。僕はドラマの台本に目を通していなかったが、ヒンやほかの関係者から聞いた話では、台本は原作からほとんど変えずに書かれているということだった。

自分で書いたあれを読まされるなんて……とにかく恥ずかしすぎる。

「大丈夫ですよ。ジーンさんはただ読むだけでいいんです。あとは僕が自分で練習しますから」

「………」

懇願するような真剣な態度と笑顔を見せたナップシップに、僕はなにも言えなくなった。

「お願いできますか」

「あ……ああ」

僕は彼から魅力的な視線で落とすように見つめられ、ついうなずいてしまった。我に返ってから、僕は大きなため息をつかずにはいられなかった。感謝を示すように優しく笑っているそのハンサムな顔から目をそらす。

やってくれるよ。タム……おまえんとこの子は僕のことも利用するんだ。どうだ、満足か。

それからナップシップも満腹になるまでにさほど時間はかからなかった。僕は伝票を持って会計に向かい、格好つけてごちそうするためにクレジットカードを出した。お金を出そうとするナップシップに手を振り、それを断った。

レストランを出てから、僕は彼になにか買いたいものはあるかと訊いた。しかしナップシップはどこまでもいい子だったので、なにもありませんと遠慮がちに言った。

そのまま僕らはまっすぐ家に帰って、シャワーを浴びた。

二十分後、シャワーを終えた僕は、ｉＰａｄで動画配信サービスの映画を観ながら髪を乾かした。

それからパジャマを着て、スプリングがきしむほどの勢いで柔《やわ》らかいベッドに飛び込んだ。

手足をぐーっと伸ばして体の緊張をほぐすと、自分の体がだいぶ疲れていたことに気づいた。

けれどシャワーを浴びたばかりで、まだ目は冴《さ》えている。しばらくスマホでもいじっていれば、そのうち眠くなるだろうか。

コンコン！

スマホを手に取って指紋認証でロックを解除したとき、ドアをノックする音がした。

「ジーンさん……」

ナップシップの低い声がかすかに聞こえたので、僕は肘を立てて体を起こし、不思議に思ってドアの方を見つめた。ドアの下のすきまから漏れ入る光が影で遮《さえぎ》られていたため、彼がドアの前に立っているることがわかった。

「もう寝てますか」

「まだだけど」

僕は大きな声で答えた。

「なにか用？」

「ジーンさん、さっき僕と話したこと忘れちゃったんですか？」

「へっ⁉」

僕が気の抜けた声で返事をすると、ナップシップはすこしがっかりしたような様子で言った。

「ジーンさん、僕の練習相手になってくれるって言ってくれましたよね……やっぱりお邪魔ですか？」

「………」

僕は大きく口を開けた。

「もし眠いようでしたら言ってくださいね」

「えっと……」

なんと答えるのが正解なのかわからず、結局ナップシップのしょんぼりした顔を想像してしまって、僕はめがねを手にベッドから飛び降りるしかなかった。急いで鍵をまわし、ドアを開ける。

「わかったよ。どこの部分か、教えて」

ナップシップは急《せ》かすような僕の態度にやや面食らったようだったが、僕と目が合うと、また魅力的な笑顔を見せた。

「僕、ご迷惑じゃありませんか？」

「ああ、迷惑じゃないよ」

「ジーンさんもシャワー浴びたんですね」

彼の鋭い目が、見下ろすように僕のパジャマを観察した。そしてその視線はふたたび僕の顔まで上がってきた。僕の心の準備ができる前に、彼は体をかがめて僕に近づいてくる。僕の頬をかすめるように、彼の美しい鼻筋が僕の耳のあたりに接近した。

静かに息を吸ってから吐き出された彼の熱い吐息に、僕はゾクッとした。

「シャンプー、いい匂いですね……」

「………」

僕は目玉が飛び出そうなほど大きく目を見開き、とっさにあとずさりした。もしうしろになにかがあったら、間違いなくそれにつまずいて頭を床にぶつけていただろう。

ナップシップから三歩ほど離れることができて、彼が濃い眉を上げるのが見えた。

「どうしてそんな顔してるんですか」

「別に、なんでもない。それより、どこ？　どこを訊きたいの？　練習相手になってほしいシーンは？　早くしないと、眠くなっちゃうよ」

「あっ、はい。すみません」

僕はリビングのソファまで歩いていって、そこに座った。同じようにシャワーを浴び終わっていたナップシップは、自分の部屋から台本を取ってきた。

彼は二冊持っている台本の一冊を僕に手渡してきた。それから僕の隣に腰を下ろした。

彼から清涼感のあるシャンプーの香りを感じた。

こいつのシャンプーだっていい匂いじゃないか……。

「さっき言ってた、よく理解できてないっていうところからいこう。どの部分？」

「キンの性格についてです。ここのところと」

ナップシップが僕の方に近寄って、自分の台本を開いてその部分を指し示した。

「あとここです。感情が二つに分かれていて、ここで彼がどっちの感情の方により傾いているのかを知りたいんです」

「ふんふん」

僕は首を伸ばしてその部分を見た。それは、攻めが受けを責め立て、どこかへ行ってしまえと言って追い払い、そのあと一人で苛立ちを感じながら座り込むというシーンだった。

「ああ、ここはすこし矛盾を感じてるんだよ。登場人物の気持ちを考えてみて。キンはナムチャーのことが好き。というか、愛してるよね。だけど彼の気持ちとしてはつまり……どう言えばいいかな」

僕は言葉を選ぶあいだ、視線をさまよわせた。

「受け入れることができないんだ。彼は恥をかくことに慣れていないというか、プライドが高くて、自分が相手を愛してることを認められないんだ。キンはラブストーリーは受け入れられるけど……」

「………」

「自分のことがわからない感じ。自分自身に戸惑《とまど》ってるような、そんな感じ」

「自分のことがわからない？」

ナップシップがつぶやいた。

「それで責め立てて、追い出したんですか？」

「うーん……説明が難しいね。でもそういう感じ。きみにはそういう経験はない？　愛してるのに、それを認められないみたいな」

「ありません」

「そうか。じゃあ、そうだな、なんて説明すればいいかな……」

「ジーンさんはあるんですか？」

「えっ⁉」

唐突にナップシップからそう訊かれ、びっくりした。僕は隣に座っている彼にパッと顔を向けた。すると、相手のいつもとは違う視線とぶつかった。

彼の目は相変わらずうらやましいほど魅力的だったが、その中にはなにかを探るような視線が混じっているような気がした。しかし僕には、ナップシップのようにもの静かな人の心の中を読み取ることなどできなかった。

「そういう愛情が理解できるような経験、ジーンさんはありましたか？」

僕は自分の方に近づいてくるナップシップのハンサムな顔を見ながら、なんとか体をうしろにそらして逃げようとした。

「僕は……」

「ジーンさん、いままでに恋人はいましたか？」

「なんなんだよ。なんでそんなこと訊くの」

「いましたか？」

彼はさらに僕に接近してきた。いまはその質問の答えだけが欲しいという切実さを感じる。

「いや……ないよ。恋人がいたことはない」

「…………」

勢いに押されてしまったせいだろう。僕は取り繕うひまもなく、つい口をすべらせてしまった。ナップシップが無言になった瞬間、僕はとてつもなく恥ずかしい事実をしゃべってしまったことに気づき、自分の頭をクッションで殴りたくなった。

それは……僕の秘密の一つだった。

僕のことを好きになってくれた人がいなかったわけでもないし、女の子に振られ続けていたわけでもない。けれど、中学でも高校でも大学でも、僕は友達とくだらない話ばかりして過ごしていた。

同じグループの友達の中には彼女ができる奴もいて、友達をほったらかして彼女とイチャイチャする時期もあったが、そのうち彼女のわがままにはうんざりだと文句を言い始めるのがお約束だった。

そういうことを目にするたびに、僕はますます恋人が欲しいと思わなくなった。大学を卒業して、仕事をするようになってからもそうだった。しかしいま、恋人がいたことがあるかと訊かれて、僕はこれまでにないほど羞恥心を覚えていた。

恋人がいたことがないということは、まだ経験がないと思われるかもしれないが、僕は友達と一緒に女の子と遊びにいったことがあるので、実際にはそうではない。

「恋人がいたことはない？」

ナップシップの大きな声が、僕を現実の世界へと引き戻した。どう答えようか考えをめぐらせてから、僕は唇をぎゅっと結んだ。

「そうだよ……」

「…………」

最初、きっと笑われるだろうと思っていたのに、もう一度彼を見ると、さっきよりも嬉しそうにほほえんでいる。

その嬉しそうな笑顔は僕をクラクラさせる魔力を放っていた。ナップシップがオーディションに来たあの日のように、僕の心臓はドキドキと高鳴った。

「なんで笑ってるの」

「なんでもありません」

僕はこれ以上問い詰められなかったことに小さく安堵《あんど》のため息をつき、話の続きをするために座り直して、姿勢を正した。

「それで、もう理解できた？　僕のさっきの説明で」

「はい」

「ほんとに?」

ナップシップは優しくほほえんでいる。

「ほんとです」

「ならいいけど」

あとは……。

「台本を読む練習だ」

ナップシップは台本をめくって最初のページを開いた。僕も自分の台本を開いた。自分が書いた小説の台詞を声に出して読むのは恥ずかしかったが、もう彼と約束をしてしまった。ナップシップをがっかりさせたくなかったので、嫌でもやるしかない。

最初に撮影するシーンは、ナップシップの友人であるウーイくんと一緒にいるシーンのようだった。ウーイくん演じるナムチャーが大学に入学した初日のシーンだ。彼は戸惑いと緊張でいっぱいの一年生として入学する。そして大学で新しい友人に出会う。ナムチャーの友人は全部で三人だ。彼らは大学生活についてあれやこれやとおしゃべりをしている。そして大学の中でも有名な先輩である四年生のキンのことが話題になる中、彼らは連れだって昼食を食べにいく。

食堂はかなり混んでいる。おっちょこちょいなナムチャーは――読者にはそこがかわいく見えるのだろうが――歩いている途中で背の高いイケメンとぶつかり、その人のシャツにコーラをこぼしてしまう。

僕とナップシップは、そのシーンから読み始めることにした。

「よし、やろう」

僕はそう言って、自分が読まなければいけない行を見つめた。

「おまえ、いま自分がなにをしたかわかってんのか？」

「…………」

だが……ナップシップが言葉を発した瞬間、僕の体はまた固まってしまった。

彼の柔らかくて低い声は、台詞を読むときには凶暴さに満ちた声になっていた。とっさに視線を台本から上げると、いつものナップシップとは違うナップシップがいた。僕はまるで剥製《はくせい》にされてしまったかのように動けなくなった。

「ジーンさん？」

「…………」

「ジーンさん」

「えっ、ああ」

僕は慌てて自分が手にしている台本に目を落とした。

「あ……ごめんね。まだ心の準備ができてなかった」

僕は受け役の台詞を棒読みで読んだが、ナップシップは今度は最初の台詞と同じようには読まなかった。彼は大きな手で台本を近くのテーブルに置いた。そして台本を見ずにしゃべり始めた。どうやら台詞は暗記しているようだった。

「このまぬけが」

「僕が洗って返します」

「いい」

怒っていた声が、抑揚のない声に変わった。演技をしているナップシップは、まるで獲物を襲おうとしている本物の獣のようだった。

「おまえのせいで俺の服はベタベタだ。このあとも授業があるのに、どうしてくれんだよ」

「それじゃあ、僕はどうすれば」

「全部拭《ふ》けよ」

「え……拭くんですか？　でも……それだと……」

ナムチャーは口ごもってしまう……。

「きれいにしろ。これ以上俺をイライラさせるな」

「そ……それはできません……」

「さっさとしろ！」

僕は驚いてビクッとした。まさにここでナムチャーがびっくりすると台本に書いてあるとおりだった。

僕はしどろもどろになりながら台詞の続きを読んだ。

しっかり者でかわいらしいナムチャーの台詞は、僕のせいで細切《こまぎ》れになり、セメントのように冷たく感情の欠けたものになってしまった。ナップシップの練習相手として台詞を読みながら、僕は自分がこんなに下手くそで、彼は演技を続けられるんだろうかと心配になる。

ただの練習であっても、キンの影がナップシップに重なるのが僕には見えた。彼をキャスティングしたことは間違いじゃなかった。

「お願いです、どうか……」

パンッ！

「おいっ！」

大きな手に急に両頬を挟まれた瞬間、思わず抗議の言葉を口に出してしまった。痛みは感じなかったが、僕は突然のことに目を丸くした。

ナップシップはすぐに手を緩めて、親指で僕の頬をそっと撫《な》でた。

「ごめんなさい。痛かったですか」

「あ、いや……」

「優しくやったつもりだったんですけど」

「大丈夫、痛くないよ」

気まずくなった僕は首を横に振った。しかしナップシップは、手を引っ込めてからも心配そうな表情をしていた。

「っていうか、そうじゃなくて。なにしてるの。そこまで本気でやらなくてもいいだろ。台詞を読むだけで十分じゃない？」

「でもそれだと練習になりません」

「けどそういう本気の練習は無理だよ。そこまでやらなくていいって。台本どおりに演技するなんてできないよ」

自分が手にしている台本を見ると、ナムチャーは体がぶるぶる震《ふる》えて目の前に立っているキンを直視することができないと書いてあった。

ナップシップは僕の文句を聞いて、優しくほほえんだ。

「ジーンさんは演技しなくても大丈夫です。僕が一人でやればそれで十分です」

「はあ⁉」

「ジーンさんは読むだけ。僕が演技をします。それなら難しくありませんよね？」

「きみが一人で演技するって、そんなの不自然だろ」

「じゃあジーンさんも演技してくれますか？」

「嫌だ」

僕が即座に断ると、ナップシップはクスクス笑った。

「じゃあ僕が一人で演技しますから。いいですね？」

僕はナップシップの顔を一瞥《いちべつ》してから、ため息をついた。

「好きにしてくれ」

ナップシップは僕に呆《あき》れられても、なにごともなかったかのようにまた役に入っていった。まるで自分の中にスイッチがあって、いつでもそれをオンにしたりオフにしたりできるかのようだった。

「まぬけなくせにそんな口のきき方しやがって。これ以上口をきけないようにしてやる」

ナップシップの大きな手がふたたび伸びてきて、僕の頬に触れた。彼は僕の顔をぐっと引き寄せ、身をかがめて顔を近づけた。僕は恥ずかしさと居心地の悪さを感じたが、彼がさっき本番と同じように演技をすると言ったので、なにも言わずに黙っていた。キンになったナップシップが威圧的な鋭い目で見つめてくるので、僕はなんとか別の方向を見ようとした。

その視線は、普段のナップシップの視線ほどくすぐったくはなかったが、それでも彼のオーラには耐えられなかった。そして……。

「ちょ、ちょ、ちょっと」

「はい？」

もう何度スイッチを僕に切り替えられたかわからないナップシップは、僕の顔を引き寄せていた手を緩めた。その手で、彼の胸を押している僕の手首をつかむ。

「なにしてるの？」

台本どおりに練習していたら突然ナップシップが迫ってきたので、僕は手で彼の体を押し返さなければならなかった。もう一方の手に持っていた台本を横目で見ると、僕は顔をしかめた。

「台本どおりに練習してます」

「でもここはキスシーンだよ」

「それは……」

ナップシップは、なぜ僕がそんなことを訊くのかわからないといった顔をした。

「そうですね」

「キスシーンだよ。まさかここもやるつもり？」

「ダメですか？」

ダメに決まってるだろ！

僕は怪訝《けげん》な顔をした。

「きみ、男とキスできるわけ？」

「撮影のときは男とキスしないといけませんから」

「でも僕は俳優じゃないから。無理無理、ここは飛ばそう。いまのでもう十分だよ」

僕がそう言うとナップシップは黙り込み、切れ長の目で僕を見つめた。不躾《ぶしつけ》な感じではなかったが、なにかを探るような目つきだった。僕が眉をひそめ、ぶっきらぼうにその真意を訊こうとしたとき、彼が先に口を開いた。

「ジーンさんはだれかとキスをしたことがないんですか？」

「はあ⁉」

僕は目をぱちくりさせた。

「なんの関係があるわけ」

「ジーンさんがキスをすごく気にしてるようなので……」

「………」

キスしたくないのは、別にキスしたことがないっていう意味じゃないだろ。それに……気にするに決まってる。ナップシップは男なんだから。

見たところ、彼はキスすることをとくに気にしていないようだ。ナップシップは台本どおりに演技の練習をすることに集中していた。彼はただ、本番のように練習がしたいのだろう。でも……キスはできない。

「問題はそこじゃないだろ」

「………」

ナップシップは困っている僕の顔を見た。最初、彼はまだ疑っているようだったが、それからすぐに理解したような表情になった。僕を不快にさせてしまうことを案じたのか、僕から体を離し、口元に笑みを浮かべた。

「ジーンさんがキスは恥ずかしいということでしたら、しなくて大丈夫です」

「…………」

「僕もジーンさんを嫌な気持ちにさせたくありません」

「…………」

僕の眉がピクッと動いた。どうしてか僕は彼の言葉にがっかりしていた。

僕は目の前にいる彼の顔を見つめた。優しくほほえむ彼は、慰めるような視線で僕のことを見つめ続けている。僕はそれを見て、なんだか年下の子供にバカにされているような気分になった。

ナップシップにとってキスは大したことではないのだろう。彼はそこまで練習するくらい演技に対して真剣だ。なのに僕は……。

原作者である僕は、演技の練習をしているだけなのにキスで大騒ぎして、さぞ器の小さい奴に見えていることだろう。

クソ、これじゃどっちが大人だかわからない。

たかがキスだ……。

「いいよ」

「え？」

「いいよって言ったの。キスするならしろよ。たかがキスだろ。別に問題ない」

ナップシップは眉を上げて、それから眉間《みけん》に皺《しわ》を寄せた。

「いいんですか？　僕はジーンさんを困らせたくはありません」

「いいってば！　問題ないって言っただろ」

ナップシップの鋭い目にまだためらいがあるのが見えた。僕は自分から相手に近づき、急かすように手に持っていた台本を小さく振った。

「キスするんじゃないの？　するならさっさとしろよ」

「じゃあ……」

「……」

彼の温かい手のひらがすっと伸びてきて、僕の頬とあごに触れる。彼はもう一方の手で僕のめがねをゆっくりと外した。

「台本だとジーンさんの役は驚くところですけど、いまは目をつぶっててもいいですからね」

「……」

頬に触れたその手から、僕は彼の体が熱くなっているのを感じた。

目を開けたまま、台本どおりに演技してやろうと思っていた。だがハンサムな顔が近づいてくると、鼓動が速くなり、僕はそれを見ていることができず、無意識にまぶたを閉じてしまった。

ナップシップが台本どおりに台詞を読む声も耳に入らなかった。

それから数秒後、彼の唇が自分の唇に押し当てられるのを感じた……。

# カウント6

僕は息をとめていた。

ナップシップの唇は温かく、熱く、そして柔《やわ》らかかった。

それが押し当てられた瞬間、心の準備をしていたにもかかわらず、僕はびっくりして体が硬直してしまった。相手の体を手で押し返したくなったが、自分がした約束を破りたくないという気持ちもあった。

ナップシップは、僕がおちつくのを待つかのように、唇を重ねたままじっとしていた。そしてそれからすこしずつ動き始めた。

彼の大きな手のひらが僕の頬から耳のうしろへと移っていき、僕の頭を支えるように髪をかき分けて後頭部にまわった。

彼は僕の顔を上に向かせることで角度を変え、さらに深く、ぴったりと唇を重ね合わせてきた。下唇を吸われて、僕はゾクッとした。頭の奥がジンとしびれる。

キス……。

僕は、キスの感触がどんなものだったかも忘れてしまうくらい、長いあいだキスをしていなかった。

それにいままで僕は、自分がキスをする側だった。

小説の中ではたいてい、キスをされると頭の中が真っ白になると書いてあるが、僕がいま感じているのは熱さだった。頭の中全体が熱かった。

熱く濡れた舌が下唇を舐《な》めたかと思うと、中に侵入してきた。

驚いて唇を閉じようとしたが、間に合わなかった。仕方なく歯を食いしばる。

ちょっと待て。これじゃあまるで……。

おかしいと思った僕は、なんとかこの状況から抜け出そうとした。しかしナップシップは逆にもう一方の腕を僕の腰にまわして、ぐっと引き寄せてきた。彼の力はかなり強くてすこし力を込められただけで、僕の体はたやすく彼の方に引き寄せられてしまう。

僕の胸がナップシップの厚い胸板にぴったりくっついた。

今度こそおかしいと思った僕は、手で彼の胸を押し返そうとしたが、それもうまくいかない。

「ん……んんっ」

彼が恥ずかしげもなく舌で僕の歯を舐め始めたとき、僕の喉から声が漏れた。彼はさらについばむように唇を吸い、軽く甘噛みするようなキスをした。

息をするひまもない。

彼が顔の向きを変えるために離れた瞬間、ようやく息を吸うことができた。待ちに待った酸素を肺に取り込もうと、口を開けた瞬間……。

それは罠《わな》だった。緩めた唇のすき間から熱い舌がすぐに入り込んできた。

彼の舌が、びっくりして固まっている僕の舌に触れ、それをつかまえようとする。彼は前歯で僕の舌をそっと噛み、それからふたたび深く唇を合わせてくる。彼の舌と僕の舌がさらに絡み合う。

今度はキスで二人の唾液《だえき》が交わる音がはっきり聞こえた。僕の口の端から唾液がしたたり落ちたが、それさえもナップシップに舐め取られた。

濃密なキスに何分翻弄《ほんろう》されたのかわからなくなったころ、ようやく熱い彼の唇が離れた。どちらのものかわからないくらい混ざり合った唾液が、二人のあいだで糸を引いていた。

「シップ……」

僕はハアハアと息をした。頭が混乱して、クラクラしている。

ぼやけた視界の中で、僕はナップシップの鋭い目を見つめた。その目の中で小さな嵐が吹いているようだった。

見間違いかもしれないが、彼の口元には笑みが浮かんでいた。それはいつものナップシップの紳士的なほほえみとは違っていた。

彼はハンサムな顔を僕の耳に近づけ、なにかをつぶやいたが、僕には聞き取れなかった。

「………」

なんだって……。

僕は混乱していて、脳がまだ正常に動いていない。ただ目の前の相手をじっと見ることしかできなかった。

ナップシップが小さく笑った。

「ジーンさん、台本の続きをお願いします」

「………」

「ジーンさん……」

「え?」

「ジーンさんの番です」

そのとき、体中の血が一瞬で頭に上り、僕の頬は真っ赤になった。僕はうつむき、慌《あわ》てて手の中の台本を持ち上げ、台詞《せりふ》を探す。

「あ……えっと、先輩、なにするんですか……」

僕の声は……台本にあるような怒りと驚きに満ちた声にはまるで聞こえなかった。

「おまえの口がどれくらい強情でいられるのか、教えてやったんだよ」

「………」

ダメだ。台詞の練習をこのまま続けられるような精神状態じゃない。

僕は唇を結んだ。そして意を決して座っていたソファからパッと立ち上がった。ナップシップは困《こん》惑《わく》した表情で僕を見た。

「ジーンさん?」

「もう、眠い」

僕はとっさに大きな声で言ったが、すぐ我に返って声を落とした。

「これくらいでもういいだろ」

「あ、はい」

ナップシップは理解してくれたようで、その顔は優しい笑顔に変わった。

「練習に付き合っていただいて、ほんとにありがとうございました」

「ああ……」

「寝る前にホットミルク飲みますか? 僕、温めますよ」

「いい。もう寝るから。おやすみ」

「おやすみなさい」

彼と目を合わせないようにそれだけ言って台本をテーブルの上に置き、急いで自分の部屋に戻って、うしろ手に鍵をかけた。ベッドにうつ伏せて、大きな枕を頭にかぶせる。

あー。なんでまだ顔がこんなに熱いんだ……。

それでも……しばらく顔を埋めているうちに、一時的に思考停止していた脳がふたたび動き始めた。突然光が差し込んだような感じがした。

僕は慌てて枕を放り投げ、ベッドから跳ね起きて、窓際の大きな仕事机に飛んでいく。そして、急いでＭａｃＢｏｏｋの電源を入れた。

キスされるのは……女性のようにキスでドキドキさせられる側というのは、こういう感じなんだ。僕はすでに書き終えた原稿を全部直さなければと思った。


その日以降、僕はパソコンの電源を入れることも原稿のファイルを開くこともなかった。今度こそ正真正銘《しょうしんしょうめい》の休暇だ。

寝っ転がってバラエティ番組を観たり、溜まっていた海外ドラマを観たりして、一日中ベッドの上で過ごしていた。自分の部屋から出るのは、買い溜めしておいたママーをつくるか冷凍食品を温めるときだけだった。

部屋に引きこもっていたので、ナップシップと顔を合わせることも一切なかった。ただ彼がバスルームを出入りする音や、ときおり静かに歩く足音が聞こえるだけだった。

彼は分《ぶ》をわきまえた子であり、幸か不幸か、僕のところに邪魔しにきたりはしなかった。

それは僕にとって都合がよかった。もし顔を合わせたら、僕の脳は間違いなくあの日のことを思い出してしまうから。

溺《おぼ》れるような欲情。

それは、ナップシップが僕から体を離したとき、彼の目に映っていたものだった。

彼の演技は真《しん》に迫っていた。あそこまでリアルな表情や視線をつくれるのは、登場人物に感情移入することができているからだろう。

ナップシップはいままでドラマに出演した経験がなく、僕の作品が初めてだということだったが、これが全国に放送されれば、間違いなくマネージャーのタムの電話がパンクするくらい話題になるだろう。

ピンポーン。

チャイムの音で、シャツのボタンを留《と》めていた手がとまる。頭の中でぐるぐると考えていたことをいったん忘れることにした。

仕事机の上の掛け時計を見ると、もうすぐ午後一時になるところだった。

今日は急いで玄関に向かうようなことはしなかった。シャツを着て髪を梳《と》かしてから、財布と身の回りのものを手に取って、ドアを開けた。

「ジーン先生、なにしてたんですか」

「服を着てた」

そこには、おなじみのヒンが立っていた。奴はチャイムを連打しようとしていたようだ。僕を見たヒンの顔はしかめっ面だったが、安心したようでもあった。

「もう、先生、二度寝しちゃったんじゃないかと思いましたよ」

「行くって言ったんだから行くよ」

「どうでしょうね。先生は気まぐれですから。部屋の前で大声出そうかと思いましたよ」

「そんなことしてみろ。すぐに刺してやるから。ほら、行くんだろ」

僕がそう言うと、ヒンは表情を変えて急いでうなずいた。

今日はヒンが自分の車で僕を迎えにきていた。それはつまり、またドラマの撮影に関する用事に行かなければいけないということだった。

今日はクランクインの日で、ヒンは原作者の僕よりもずっと興奮していた。クランクインの正式な日付がわかると、ヒンはすぐそれを僕にラインしてきた。僕がなにも返信せずにいると、昨晩ついに電話をかけてきて、一緒に行きませんかと訊《き》いてきた。結局僕は奴の説得に折れて、目覚まし時計をセットする羽目になったのだった。

撮影は早朝から始まっていた。しかし今日、ヒンは運悪く、編集長の指示で印刷所に打ち合わせに行かなければいけないらしく、一〜二時間しか空《あ》いている時間がないということで、一瞬現場に顔を出すだけにしようという話になった。そのあと奴は僕を家に送り届けて、それから打ち合わせに行くという流れだ。

僕のドラマの主な舞台は、大学だ。撮影チームは、郊外のとある大学のビルを撮影場所として借りていた。そこは僕のコンドミニアムからはかなり遠く、車の中で一眠りするにはちょうどいいくらいの距離だった。着きましたよというヒンの声で起こされ、僕は目を開けた。午後の強烈な日差しのせいでどこもかしこも暑く、あらゆるものが蒸したようになっていた。

「撮影は何時まで？」

「予定だと六時までです。でもテイクが多くなると、もっと延びるかもしれません」

「俺は一時間しかいないからな。今日は原稿の続きをやるんだから」

「はいはい。ほんとに、もう。ほかの作家さんは撮影もずっと見たいっていうくらい熱心なのに、先生はいつも帰りたがるんだから」

ヒンは最後の台詞をぼそっとつぶやくように言った。それからビルのガラスドアを開けて僕に道を譲り、先に入るよう促した。

大学の食堂の中に足を踏み入れると、エアコンでキンキンに冷えた空気が肌に当たった。ドラマの撮影現場の雰囲気は、昔見たことのある、映画の撮影に関するドキュメンタリーと同じだった。

そこには僕の知らない機材や道具がたくさん並んでいる。なによりも最初に目を引いたのは、食堂の中央にいる人物だった。照明とカメラの両方がその一点に向けられている。

「わあ。もうやってますね。あ、あれあれあれ！　ナップシップがいますよ」

ヒンは僕の腕をつかんで、外れそうになるほどぶんぶん振った。

「ああ、見えてるよ」

「イケメンすぎる！　オーラが！　王子！　大変大変。写真撮ってみんなに自慢しなきゃ。スマホスマホ」

「叱《しか》られるぞ」

「直接会った人に見せるだけですよ。SNSには載せませんから。いやー。イケメンー。どうしよー」

「ヒン、おまえはクソだな」

「はっきり言いますけど、僕はもう彼に夢中なんです。キャー」

僕は隣でキャーキャー言っているヒンは無視することにした。

まっすぐ正面を見ると、食堂の中央にあるテーブルに座っているナップシップが目に入った。工学部のシャツとジーンズに身を包み、おしゃれなアクセサリーをつけた彼は、いつもの姿とはまったく違っていた。

それにしても、顔がいい人はなにを着ても様になる。キャラクターが普段の王子からドラマの攻め役に変わっただけだ。監督の前にあるモニターに彼の美しい顔がはっきり映し出されたとき、僕は慌てて視線をそらした。

あの日のキスが、僕の脳内によみがえってきた……。

やめろ、ジーン。やめるんだ！

僕は肺の奥まで届くよう深呼吸した。それ以上考えないようにして、意識をそらすためにまわりを見回した。

いま演技をしているのはナップシップだけではなかった。ほかにもキンの友達役の若手俳優が三、四人いた。

だがウーイくんの姿が見えなかった。攻めと受けが初めて出会って、食堂のまんなかで激しいディープキスをするシーンの撮影を見逃したのはすこし残念だった。

「おい、アート。おまえ昨日、女と遊んでて大学に来なかっただろ。おまえ、すげえのを見逃したぜ」

「ああ、そうそう。キンとあのちっこい奴だろ」

「あのちっこい奴、キスされて泣きそうになりながら逃げてったな」

そこでナップシップが低い声で言った。

「おまえら、しゃべりすぎだ」

「ひゃー。かっこいいー」

隣に立っていたヒンがまた興奮したような声を出した。振り向くと、ヒンは頬を真っ赤にして心臓を撃たれたかのように胸に手を当てていた。

僕は怪訝《けげん》な顔をした。

「おまえどうした」

「なんでもありません」

ヒンは少女のように胸の前で両手を組んでいた。

「ただ、ナップシップくんとだったらどうなってもいいです」

「…………」

「ジーンノンさん、こんにちは」

僕が目を細めてヒンを見ていたそのとき、女性の——たしか助監督だ——甘く透き通った声が背後から聞こえた。彼女はこちらに駆け寄ってきて、鮮やかな色のネイルをした手で挨拶《あいさつ》代わりに僕の肩を軽く叩き、それからすぐにその手を離した。

「こんにちは」

「いらしてたんですね」

彼女は嬉しそうにほほえんだ。

「いかがですか。感想は」

「いいと思います。キャストの演技も上手ですね」

「ジーンさんはほかの俳優の子をあまり見たことがないかもしれませんが、心配ありません。みんな上手な子たちですから。だいたいの子は、学生もののドラマに出演した経験があるんです。新人はウーイくんくらいですが、彼の演技もすごく上手ですよ」

「……そうですか」

僕はほほえみながらうなずいた。

「ほんとに息がぴったりなんです。二人が出会って向かい合うシーンなんか、もー。身長差もすっごくかわいくて。見られなくて残念でしたね……」

「………」

「でもキスシーンは、ナップシップくんが、カメラのアングルを調整してキスしてるように見せてほしいって言ってきたんです。実際に舌を絡ませてる口元を映せたら、もっとよかったんですけどね」

最初は笑っていた僕の口が突然閉じた。ため息をつきながら残念そうにそう言った人物の方を見る。鏡を見なくても、いま自分の顔には大きなクエスチョンマークが浮かんでいるだろうと想像できた。

カメラのアングルを調整して、キスしてるように見せる？

おいおい。どういうことだ？　この前、僕と練習したんじゃなかったのか。なんで急に実際にやるのをやめて、カメラのアングルで調整することになったんだよ。

僕は無意識にモニターの方を振り返った。そこには、キンの仕草や表情や視線をすべてリアルに演じているナップシップが映っていた。それはほんとうにリアルだった……。なのに、女の子たちが悲鳴を上げるようなキスシーンだけ、カメラアングルを変えた？

もしかしてウーイくんの口が臭かったとか？

いやいや、ない。それはない。彼は清潔感があったし、どう見ても身だしなみに気を遣うタイプの男の子だ。

「監督は彼の言うことにOKを出したんですか？」

僕はそう訊かずにはいられなかった。

「いやー。NOなんて言いませんよ」

彼女は笑った。

「マイさんはもうナップシップくんに甘々ですから。自分が次に撮る映画にも、シップくんに出てほしいみたいですよ。だからいまはなんでもかんでも、彼の希望どおりにやってますよ」

それを聞いた僕は、乾いた笑いを返すことしかできなかった。

「ただ、やっぱりあのシーンはもっと刺激的な感じでもよかったなあって。最初は私もなにも考えてなかったんです。でも、あの二人が一緒に立ってるとこを見れば見るほど、ぴったりだなって思うようになりました。放送されたら、間違いなく話題沸騰ですよ。ふふっ」

彼女のおしゃべりはそのあとも続いた。その大半は、ナップシップとウーイくんの組み合わせがどれほど最高かという話だった。

別のスタッフが彼女を呼びにきたところで、ようやく彼女は手を振って自分の仕事へと戻っていった。それはちょうど監督がカットをかけたタイミングと一緒だった。

スタッフたちが一斉に俳優のケアやさまざまなセッティングに入っていったので、僕は邪魔にならないようにその場を離れることにした。

ヒンの奴は……隣に立っていたはずなのに、気づいたらどこかに消えてしまっていた。

僕は食堂の端でぼんやりと立っていたが、座る場所を探すことにした。そのとき、こっちに近づいてくるナップシップと目が合った。彼はまだ衣装のままだったが、メイクはきれいに落としたようだ。

「ジーンさん」

「………」

僕は反射的に体をこわばらせてしまったが、なんとか口角を上げて自然な笑顔をつくろうとした。

「ああ……」

ナップシップが優しく笑った。

「今日はもう、来てもらえないかと思ってました」

「出版社の奴が見にいきたいって言うから」

彼はなるほどという顔になった。

「最近ジーンさんはずっと部屋にいて、何日も顔を見られなかったので」

「それは……僕は休みのときはそういう感じなんだよ。寝っ転がって映画を見るだけなの」

彼の濃い眉がわずかに上がった。それから表情が柔らかくなり、安堵《あんど》したような顔になる。

「そうですか。僕が一緒に住んでることで怒ってるのかと思ってました」

彼の言葉に僕は驚いた。

怒ってる？

「バカじゃないの」

僕はとっさに高い声で言い返した。

「なんで怒るんだよ。きみは別に僕に迷惑をかけたりしてないだろ」

「………」

「きみはいつも信じられないくらい静かだし、僕が置きっぱなしにした皿もきみが洗ってくれてるし」

ナップシップが黙ったままなのを見て、僕はさらに言葉を続けた。すこし焦《あせ》っていたのだろう。僕が彼のせいで機嫌を損ねていると誤解させてしまったことに、罪悪感を覚えていた。

「僕が怒ってるんじゃないかなんて、心配しなくていい。面倒見るってタムと約束したんだから、ちゃんと面倒……ちょっと」

僕は眉間《みけん》に皺《しわ》を寄せた。

「なに笑ってるの？」

僕が彼を慰めようとしゃべっているのに、彼は口角を上げてほほえんでいる。

「なんでもありません。ただ……」

「ただ？」

「ジーンさんはほんとうに優しいなと思って」

ナップシップの切れ長の目が舐めるように僕の顔を見つめ、喉元に下がってから、唇、鼻、そして目の順番で上がっていった。

「そんなふうに優しすぎるのは、ちょっと心配ですね」

ナップシップの言葉に僕は驚いたが、すぐに気にすることはないのにと笑った。

「僕は別にだれにでも優しいわけじゃないよ。きみがタムの連れてきた子だから助けてるだけ」

……最初は、あの忌々《いまいま》しい友人がナップシップを連れてきて僕のところに置いていくことに散々抵抗したけれど。

ナップシップはお世辞がオーバーすぎることもあるが、そこに悪意はない。むしろ彼はまっすぐで、なんでも素直に聞くタイプだった。

「そうですか」

ナップシップが静かに笑った。

「ありがとうございます」

「ああ」

話しているうちに、あの日のキスのあとの、ぎこちなさがすこしずつ薄れて、僕はスムーズに息ができるようになっていた。

「それで、次のシーンはいいの？」

「今日は僕はもう終わりです」

「え？」

僕は驚いたように眉を上げた。

「一日中撮影があるのかと思ったよ。それで、タムは？」

「ずいぶん前に帰りました」

「なんで？」

「タムさんは用事があって、十一時ごろに会社に戻りました」

「………」

いったいどんな用事なんだよ。こんなところに自分の担当の子を一人で残していきやがって。ナップシップは無名の新人じゃないだろ。一人で帰るときに、だれかに草むらに引きずり込まれてなにかされたらどうするんだ。

「じゃあ、きみどうやって帰るの？」

「その……」

彼は視線をすこし下げて、それから遠慮がちに言った。

「ジーンさんと一緒に帰ってもいいでしょうか？」

「ええ？　僕、車持ってきてないよ……」

じゃあ出版社の奴に聞いてくると言いかけたところで、僕の脳裏にヒンがキャーキャー騒ぐ未来がよぎった。しかし、帰るにはヒンの車に乗るしかない。

「わかったよ。僕と一緒に帰ろう。もうなにか食べた？」

「まだです。十時にサンドイッチを食べただけです」

そう聞いたとき、僕はまた眉をピクッと動かした。

「なんでまだ食べてないの。タムかスタッフの人はお弁当くれなかったの？　撮影は体力がいるでしょ」

僕は苦言を呈さずにはいられなかった。もっとちゃんと彼の面倒を見なければ。僕は手を振って、彼に着替えにいくよう促した。

「じゃあさっさと着替えてきて。僕は監督と話して、それからヒンを探すから。外で会おう」

ナップシップはわかったとうなずき、その場を離れた。僕も監督のところに挨拶をしにいった。

監督のマイさんは、座ったまま、今日撮影したすべてのテイクのフィルムを真剣な表情で見ていた。部下のスタッフたちになにかを指摘したり、彼らの仕事ぶりを褒めたりしていた。しかし僕を見るやいなや上機嫌な笑みを浮かべて前と同じように僕の肩をポンポンと叩いた。それから撮影したシーンを熱心に見せてくれた。

監督は自信満々にそれをプレゼンしたかったようで、話は延々と続いた。だがさらに続きそうなところで、僕は慌ててそれをとめた。ちょうどそのとき、ヒンが目の前を通り過ぎたのだ。

僕は監督に向かって急いですみませんとワイをして、そこにいるみんなに挨拶をし、それからヒンの腕を引っ張った。

「ヒン！　おまえどこに行ってたんだよ。いつも俺を置いていきやがって」

奴をつかまえた僕は、しかめっ面でそう言った。奴の手にはスマホが握られていて、カメラアプリが起動したままになっていた。

「なんですか。写真を撮ってただけですよ。もう、先生おちついてください」

「帰るぞ」

「ちょっとちょっと。どこに行くんですか。まだ一時間も経ってませんよ」

「いいから。早くしないと、あの子が腹を空《す》かして死んじゃうんだよ」

「はあ？　どこの子ですか……キャー！　ナップシップ！」

「………」

その子だよ……。

食堂のドアを開けて外に出てナップシップの姿を見た瞬間、文句を言っていたヒンはころっと態度を変えた。興奮が抑えられなくなったようだ。僕に引きずられていた体が前のめりに変わった。

「ナップシップくん、もう出番は終わったの？」

ナップシップは礼儀正しくほほえんだ。ヒンが突然前のめりになっても、驚いたそぶりは見せなかった。

「はい」

「今日はほんとにかっこよかったよ。もう、かっこよすぎてやばかった。あっ、そうだ。この前会ったときは時間がなかったけど、今日はサインもらってもいいかな？」

「もちろんです」

「でも紙がないや。じゃあ、僕の胸の上にサインしてもらえるかな」

「ヒン！」

ヒンがシャツのボタンを上から順に外し始める前に、僕は手を伸ばしてそのシャツの襟首《えりくび》を引っ張った。

ヒンは不服そうな顔をして振り返り、僕をにらんだ。僕を振り払うと、ヒンはふたたびナップシップの方へ絡みにいこうとする。それを見て、僕は大きなため息をつかずにはいられなかった。

「話したいなら車の中で話せ。都心に戻るまで一時間はかかるんだから。そのあいだにおしゃべりでもなんでもすればいい」

「車の中ってなんですか。だってもう帰る……ちょっと待って」

ヒンがなにやら考え始めた。そして僕の方を振り返って目を見開いた。

「ナップシップくんも一緒なんですか？」

「ああ」

僕の一言を聞いて、ヒンは大急ぎで鍵を取り出した。そして手を広げて、王子のように静かに立っているナップシップを駐車場まで案内していった。僕はといえば……まるでエキストラのように二人のうしろをついていくしかできない。

ヒンは使用人のようにナップシップに車のドアを開けてやり、手を広げて中に招き入れていた。僕はヒンが憎たらしくなり、そこに割り込むように同じドアから乗り込んだ。もっと中に詰めるようにとナップシップを押した。二人で後部座席に座ったので、ヒンは運転手として一人で前に座るしかなくなった。

出発するやいなや、運転手はすぐにナップシップにあれこれと訊き始めた。その質問攻めはなかなか終わらない。

「そっか。じゃあ帰国してすぐに、この仕事に誘ってくれた人がいたんだね。ところで、なんでナップシップくんはジーン先生と親しいのかな？　もしかして、プロデューサーがジーン先生に協力してあげてくださいって言ってたときから、ずっと相談してたとか？」

「いえ、違うんです……」

「ナップシップのマネージャーが俺の大学の友達なんだよ」

僕は二人の会話をしばらく聞いたあとで、口を挟んだ。

ヒンは目を丸くした。

「先生の大学の友達⁉」

「ああ。それでいまシップは俺のコンドミニアムに一緒に住んでる」

「先生のコンドミニアムに住んでる⁉」

僕はにやりとした。ルームミラーに映る、驚きと嫉妬《しっと》が混ざったヒンの顔を見て、僕は自然と気分がよくなった。

「聞こえたか？」

「先生、僕をイライラさせないで。ちゃんと答えてくださいよ。なんでシップくんが先生のとこに泊まってんですか。しかもなんで僕に言わなかったんですか。シップくんが一緒に帰るのは、つまり一緒の部屋に帰るってことですよね？」

ヒンは今度は延々と僕を問い詰めてきた。

僕は、ヒンの奴がほんとうに性的指向を変えてしまうんじゃないかと思い始めていた。

ナップシップのオーラに魅せられてからというもの、奴は突然ナップシップに狂ったようになっている。ナップシップに会ってから、ヒンは僕の存在をすっかり忘れてしまうくらいに彼に夢中だった。

そのせいで、イライラさせられることが増えている。

「俺の友達が、面倒見てくれって預けていったんだよ」

「先生みたいな人が、他人の面倒なんか見られるんですか？」

「なんで見られないと思うんだよ」

「だって自分のことも……」

僕は目を細めた。

「なんだよ。なにが言いたい。言ってみろよ」

「いやいや、なんでもないです」

奴は慌ててごまかしてから、機嫌を取るように言った。

「ほら、また頰が膨れてますよ」

「クソ……」

僕は罵倒《ばとう》の言葉をつぶやいて口を閉じた。苛立《いらだ》ちを込めて、僕はシートを蹴って前でハンドルを握っているヒンを揺らしてやった。隣に座っているナップシップがそれを見てクスクスと笑った。その状況に僕はますます苛ついた。

僕は大きなため息をついてイライラしていることを示し、もうこの二人に構うことはやめようと決めた。

スマホを取り出して指紋認証でロックを解除し、新着メッセージをチェックする。僕はいつもと同じように、ラインのメッセージと仕事のメールをまず先にチェックした。それからほかのSNSのアプリを順番に開いていった。フェイスブックの次はツイッターだ。

僕はインスタグラムを見ることが多い。フェイスブックは、世間から取り残されないようにニュースを追いかけるのに使っている。そしてツイッターでは、情報収集や自分の小説の読者からの反応をチェックしている。

僕は「#バッドエンジニア」というハッシュタグを検索した。

小説自体はずいぶん前に完結していて、本もしばらく前に出版されていた。

ドラマでは別のタイトルが使われるが、このハッシュタグはまだ生きていた。ドラマ化が発表される前は静かなものだったが、キャストの名前がアップされるとふたたび盛り上がり始めた。たとえば今日は……。

この口の堅さレベル@Pink_0215　4時間
朝大学に着いたら第4ビルに入れなかった　一限が終わってからわかったけど撮影チームがいた　#バッドエンジニア　#ここで撮影してるよ　#BadEngineerTheseries
(画像)
3件の返信　665件のリツイート　102件のいいね

チョイ　いい子[^・ｪ・^]@siritaLL　2時間
見ちゃった見ちゃった　もーー超かわいい　ナップシップ超イケメン　あとこの人　インスタフォローしたけどナップシップの友達みたい　ナムチャー役　めちゃくちゃかわいい　弟っぽくていい　もっと見たい　#バッドエンジニア　#BadEngineerTheseries
(画像)(画像)
16件の返信　702件のリツイート　431件のいいね

僕はタップして画像を見た。僕の小説のハッシュタグがついた写真は、ナップシップの写真のほかに撮影チームの写真もあった。
主演の二人が食堂へと向かう写真は、彼らの隣にスタッフカードを首から下げた人がいて、なにか話しながら一緒に歩いている。きっと最初のシーンに入る前のブリーフィングをしているところだろう。

こういう写真は、小説の宣伝にもなる。僕の小説のファンも、キャスティングされた俳優たちに満足しているようだった。

とくにナップシップの人気はすごい。ウーイくんの方も、最近は写真がたくさんシェアされるようになっていた。彼のインスタグラムの写真を引用して、ツイッターで拡散するようなアカウントもあった。

僕はしばらく画面をスクロールしたあとで、更新ボタンを押した。するとまた新しく投稿されたツイートが表示された。僕はいいねがたくさんついた人のリツイートをたどることにした。とにかく撮影チームはドラマの宣伝がうまくできてる。まだ初日なのに……。

なんだこれ⁉

「ゴホッ！」

「ジーンさん？」

僕は唾液にむせた。

「具合悪いんですか？」

「ち……違う」

僕が一回咳《せき》をしただけなのに、ナップシップは大きな手を伸ばして僕の背中と胸をさすってくれた。

心配そうな顔が僕の顔にくっつきそうなくらい体を寄せてきた。

僕はすぐに眉をひそめて、もう一方の手で彼を押し戻した。

「近いよ、なんなのもう」

「大丈夫ですか」

「ただちょっと咳しただけだよ。大丈夫」

ちょうどそのとき僕は苦しみつつも唾液を飲み込んだ。手を振って彼を離れるように追いやってから、スマホの画面に視線を戻し、その画面を穴が開くほど見つめた。

……いったいだれが、ナップシップと僕が話してる写真をツイッターに投稿したんだ⁉　しかも僕が運転手だって？

死ぬまでシッパーです@wantwantmoment　15分
ナップシップの出番終わっちゃった😭　迎えにきた運転手っぽい人と帰っちゃった　もーー残念
#バッドエンジニア
(画像)(画像)(画像)(画像)

そこには四枚の写真がつけられていた。写真の角度からすると、スタッフに紛れ込み、食堂の前で隠し撮りしたもののようだった。あのとき、僕とナップシップは食堂のドアの近くで立ち話をしていた。だれかがドアを押して中に入るタイミングでシャッターを切ったのだろう。

写真の中のナップシップは横を向いていた。すらりと背が高く、素人が撮った写真の中でも完璧なスタイルだった。彼はほほえんでいる。それはよく見慣れた彼の表情だ。ただ……写真の中で僕を見つめるナップシップの視線には、いつも僕が見ているほほえみとはすこし違うなにかがあるような気がした。

　けれどそんなことはどうでもいい。いまは彼のことよりも、写真の中に自分が写り込んでしまっていることの方が問題だ。

　幸い僕の顔は正面ではなく、はっきり写っているわけでもなかった。写真はナップシップにピントを合わせて撮られているから、絶妙にぼやけている。

　とはいえ僕としては、自分の写真をインターネット上に大々的に載せてほしくはなかった……たとえ運転手としてであっても。

　僕はちらっと、隣に座っている彼を見ずにはいられなかった。

「⁉」

　しかし、どうやら彼の方が先に僕のことを見つめていたようだった。目が合った瞬間、僕は驚いて眉をわずかに上げた。

「なに見てるの」

「僕のことを見てるジーンさんを見ています」

「きみが僕のことを見てるのはもうわかったから。なんで見てるの」

　ナップシップは僕の嫌味にすこし黙ってから、小さく笑った。

「見たいからです」

「………………」

「ただ見てるだけなら……いいですよね？」

　ナップシップの鋭い目が奇妙に光った。しかしその光は一瞬で消え去り、僕は自分の目がかすんでいただけだろうと思うことにした。

「よくない！」

それだけ言い返すと、僕は窓の方に体を向けた。

そのあとはずっと、二人の話に割り込むこともなく黙っていた。

# カウント7

小説やエッセイを書くとき、その中で使われる情報は正確なものでなければならない。読者の知識を広げるためにも、リアリズムといったことを追求するためにも、正確さが必要とされる。読者を楽しませることに焦点を当てたラブストーリーでも、同じように合理性や正確性が求められる。そこに例外はない。たとえ……。

あんなシーンやこんなシーン、そんなシーンであったとしても。

あんなシーンやこんなシーン、そんなシーンがどういうものかといえば、それはつまりキャラクター同士のセックスのシーンだ。

数週間前に編集長と打ち合わせをしたとき、新作では刺激的なセックスシーンを書いてほしいと言われて、僕はそれを了承した。だが、いま書いているシーンをいいものにするのに精一杯で、なにもいいアイデアは浮かんでいなかった。

しかし時間はあっという間に過ぎ去り、とうとうそのシーンを書かなければいけない段階にきてしまった。

僕はゲイではない。だからセックスのシーンを書くときはいつも、いろいろ調べなければならなかった。ほかの人の小説を読んだりもしている。

だが、最も厄介《やっかい》なのは、攻めと受けの気持ちの部分だった。行為の最中、彼らはどういう気持ちでいるのか。それが僕にとって一番難しいところだった。

「Gスポット……」

僕は目で読んだ文字をそのままつぶやいた。

午前三時に僕は自分の部屋から出て、ごはんをレンジで温めて夜食を食べることにした。そしてついでにiPadとメモ用紙を持って、リビングのソファに腰を下ろした。

ナップシップは寝ているだろうと思ったので、小さな電球色の明かりだけを点《つ》けた。

それから三時間経っても、僕はまだ同じ場所にいた。

ハッと気づいて窓の方を見ると、空が白み始めている。午前三時から六時までのあいだ、僕はなんの収穫も得られていなかった。

〈男性は、前の部分を触らなくても、Gスポットを通して絶頂に達することができます〉

「正しい場所を押すと、普通にイクより百倍の快感を得られると言われています。へえ、ほんとかな……」

百倍？　……はさすがにないだろ。もしそうなら、世界中の男性がみんなうしろを使うようになっているはずだ。

チッ。ネット上の情報は諸刃《もろは》の剣《つるぎ》のようなものだった。探しやすいが、それが真実かどうかはわからない。

僕はあちこちのサイトをめぐっていたが、いろんなスレッドのコメントを読むのに疲れてしまった。体育座りのような姿勢を崩し、足を伸ばしてソファに横になった。長時間座っていたせいで体が凝《こ》っている。そして眠くなり始めていた。

けれどまだ解決の糸口を見つけられていない僕の頭の中は、〝Gスポット〟とか〝絶頂〟といったような言葉でいっぱいだった。

やめろ。そんなことに取り憑《つ》かれなくていい……取り憑かれるな。

目を閉じてしばらくすると、すこしずつ意識が沈み始めた。持っていたスマホが手からすべり落ちた。どれくらいのあいだそうしていたのかわからない。ただ、僕は夢を見ていた……とても嫌な夢だった。

それは、原稿のための情報をメモした紙の山に埋もれて、身動きが取れなくなってしまう夢だった。そして紙の山から出るために這《は》い上がろうとしても、見えない力によってタイや海外のあらゆるBL小説をつかまされ、あんなシーンやこんなシーン、そんなシーンを探すためにページをめくり続けさせられるという夢だった。

それらの本で自分の頭を叩きそうになったとき、僕は突然、頬にぬくもりを感じた。

「ジーンさん……」

だれかが低く柔《やわ》らかい声で僕の名前をささやいた。

疲れきった体が、水を得た樹木のように生き返った。

「こんなところで寝てたら、風邪引きますよ」

どうしてかはわからない。けれど、その声を聞くだけで僕の心は癒やされた。窒息しそうな息苦しさや、まわりにある紙の山の重さが消えていく。

額や頭を優しく撫《な》でられたとき、僕は無意識のうちに笑顔になっていた。気持ちよくてつい喉から声が出てしまった。そしてもっと撫でてほしいというかのように、僕は体を動かした。

「ん……」

そのぬくもりが喉の方に下りていった。それから突然、そのぬくもりは僕から離れていってしまった。僕は眉をぎゅっと寄せた。エアコンの風が体に当たって寒く感じた。だが眠すぎたせいで意識はぼんやりして、半分だけ起きているような状態だった。

僕がゆっくりと瞬きをして目を細めながら開けると、だれかの顔が近づいてくるのが見えた。しかしその人の目や耳、鼻や口がどうなっているのかは見えない。一、二時間しか寝ていなかったせいで、視界がぼやけていたのだろう。

わかるのはその顔がすこしずつ近づいてきていることだけだった。そして、吐息のぬくもりを感じた。

それはさっき離れていってしまったのと同じぬくもりだった。だから僕は動かずにじっとしていた。柔らかさのあるそのぬくもりは、僕の顔の輪郭に沿ってこめかみから頬、そしてあごの先まで順番に触れていった……。

ピンコン♪　ピンコン♪　ピンコン♪

「……！」

突然スマホから聞こえたラインの着信音と振動が僕を目覚めさせた。僕は眉を寄せながら、仕方なくまぶたを開けた。

最初に目に入ったのはリビングの高い天井だった。横を向くと、ソファの前のローテーブルに置いていたスマホの画面が明るくなっているのが見えた。

だれだ、こんなに気持ちよく寝てるときに。

僕はそれをつかむために手を伸ばした。ソファから体を起こした瞬間、体の上にかけられていた肌触りのいい毛布が床にすべり落ちた。

僕は動きをとめて目を瞬かせ、ぼんやりした顔でそれを見つめた。

ちょっと待て。だれがこれを？

僕は毛布をソファの上に引っ張り戻した。不思議に思いながら、それを揉《も》むように触れる。それからなにを思ったか、顔を埋めて匂いを嗅いだ。すっきりとした清涼感のある匂いがした。それはなじみのある香りで、ナップシップの近くを通ったときに感じる匂いだった。

ナップシップの毛布ってことか？

……だがそこまで驚くようなことでもない。いまはこの部屋に一緒に住んでいるのだから、寝落ちしている僕に彼が毛布をかけていくのも、別におかしなことではない。きっと大学に行く前にこれをかけていったんだろう。僕の眠りが深すぎたからか、彼の動きが静かすぎたからかわからないが、とにかく僕はまったく気づかなかった。わかるのは、いままで経験したことがないほどよく眠れたということだけだった。

ピンコン♪　ピンコン♪

スマホの着信音がもう一度僕の注意を引いた。今度はほかのことを考えるのをやめて、スマホを手に取り、ロックを解除した。

タム（連絡は事務所の番号に）：ジーン

タム（連絡は事務所の番号に）：この前ジムとトーに会ったんだけど　おまえの話をしたら

タム（連絡は事務所の番号に）：あいつらもおまえに会いたいってよ　だからおまえを飲みに誘っとけってさ
タム（連絡は事務所の番号に）：（スタンプ）
タム（連絡は事務所の番号に）：でもみんな仕事忙しいし予定合わせないと　だから空《あ》いている日教えてくれ

急用でもない用事で起こされた僕は、スマホに向かって舌打ちせずにはいられなかった。ミュートにしておくのを忘れた自分にも嫌気が差した。それでも指は返信を打ち込んでいた。

ジーン：直近だったら、次の土曜と月曜が空いてる

僕が返信を送るとすぐに既読がついた。なのでトーク画面を開いたままにしておいた。タムが返事を返してきたら話も済んで、もう邪魔されることもないはずだ。ところが、奴がビデオ通話をかけてきたため、僕はふたたび顔をしかめた。

「なんでおまえはいつもビデオ通話なんだよ。こっちはいま起きたばっかりだ」

タムは笑っていた。

「文字を打つのが面倒なんだよ。なんだ、寝起きの顔が恥ずかしいのかよ。俺はおまえの恋人じゃないぜ」

「なんでだよ。まだ歯磨きしてないから、口を開けたくないだけだ」

「まあまあ、すぐ終わるから。土曜と月曜が空いてるんだよな。じゃああいつらにも予定訊《き》いて、日にち決めるから」

「ああ」

「ワーンも来るぜ。そうだ、おまえ知ってるか？　ワーンの奴……」

「なんだよ？」

「トーと付き合ってるんだと。何カ月か前に婚約して、いまは結婚する日取りを考えてるらしい」

僕はそれを聞いた瞬間、眉を上げた。

「マジで？　昔は毎日ケンカばっかりだったじゃん。どうやったら付き合うことになるわけ？」

「ケンカするほど仲がいいって言うだろ。あとな、ワーンだけじゃないぜ。初耳だろうけど、ジムも恋人ができたって。どうやら残ってるのは俺とおまえだけらしい」

タムはスターバックスのカップを持ち上げて一口飲みながら言った。

「もう二十六だし、いいかげんだれか見つけないと」

「ならおまえがだれか紹介しろよ。俺は別に相手の条件とかないから」

「あのな。俺だってだれもいないから、仕事ばっかりしてるんだよ。昨日なんか会社の後輩に車貸したせいで、俺は昼間の太陽に焼かれながらバイクを運転しなきゃならなくて、熱中症になりかけたんだ」

タムは目元を揉みほぐしてから、さっきよりもカメラの方に顔を近づけた。

「おまえもずっと家にいるばっかりで、健康に気をつけろよ。一日中座って小説書いてたら、年取ったときに腰が痛くなるぞ。ちゃんと健康診断とか血液検査とか行けよ」

奴の長話に僕の表情は曇った。

「おまえは俺を脅《おど》してどうしたいんだよ」

「脅しじゃなくて、忠告っていうんだよ。ああ、それよりシップはもう大学行ったのか？」

「行ったよ」

「そうか。今日の撮影は出番がないからいいけど、明日は早朝からだから、今晩は夜更かしするなって言っといてくれ」

「わかった」

僕は今日はあっさりとタムからの伝言を引き受けた。それはきっと、ナップシップのことをいい子だと感じていたからだろう。彼は大学に行く前にわざわざ僕に毛布をかけていってくれた。だから僕もタムを手伝う形で、ナップシップの面倒を見てあげようと思った。

「ところで、おまえ時間割持ってるか？」

「時間割？　シップのか？」

「そう」

「持ってるけど、なんでだよ」

「今日の夕方、迎えにいくから。それからどこかに食事しにいく」

「嘘だろ」

最初タムは驚いた顔を見せ、それから眉を上げてウインクした。

「おれの友達はずいぶん優しい人間になったってことか。あいつはほんとに運がいい。いやあ、ナップシップをおまえに預けたのは正解だった」

「…………」

僕はなにも言わず、カメラに向かってうんざりした顔をした。

優しさとかそんなんじゃない。車を持っていないナップシップが不便そうだったから、時間があるときは送り迎えをすると彼に提案しただけだ。だけどその日以来、僕はその約束を一度も守れていなかった。

今日はちょうど外食したい気分だったし、ナップシップを迎えにいって、罪滅ぼしも兼ねて一緒に食事に行ければいいと思っている。

「わかった、時間割すぐ送るから」

僕はそれから二十分近くもタムとしゃべっていたらしい。最終的に、奴も仕事に行かなければいけないというのでようやく電話を切ってくれた。そのあとでちゃんとナップシップの時間割も送ってくれた。

一緒に暮らすようになってしばらく経つのに、ナップシップに連絡先を訊いていなかったので、タムに彼の電話番号とラインのＩＤを教えてほしいとメッセージを送った。タムは、僕らが同じ部屋に住んでいるのに連絡先を知らないことに驚いたようだった。

それらが無事に済むと、僕はスマホを閉じて反対側のソファに放り投げた。立ち上がってシャワーを浴びにいき、顔を洗って目を覚ました。

時間割によると今日、ナップシップは四時半に授業が終わる。あと三時間は原稿を書く時間が取れそうだ。

僕の生活は狭い範囲の中で完結している。だから恋人がいないのも当然で、なんの不思議もない。

それにしても今日はいままでにないほどぐっすり眠れたおかげで、すこぶる機嫌がよかった。軽快な足取りで濡れた髪を拭《ふ》きながらキッチンへ向かう。そこで、テーブルに竹編みの蓋《ふた》をかぶせた皿が置いてあるのを見つけて、僕は驚いた。

「炒飯《カオパット》？　オムレツ《カイチアオ》も」

蓋を開けると、ごはんが皿に山盛りによそってあった……。考えなくてもわかる。間違いなくナップシップだ。

書き置きなどはなかったが、ラップがかけられていたので、彼がそのラップを皿にかぶせたのだろうと思った。

僕は口に手を当て、驚いたままそれを見つめた。今日は必ず彼を迎えにいって、食事に連れていこうと改めて強く思った。

僕はそれをレンジで温め、キッチンのテーブルで食べた。食べ終わると、腹ごなしにすこし休んでから、リビング奥のキャビネットを開けにいき、山のように入っているＢＬ小説とマンガをひっくり返した。

そこには、編集長からもらったものと自分で買ったものの両方が含まれていた。その中から、中国と台湾と日本の作品の翻訳、とくに刺激的なラブシーンがある作品を選び出した。

本をローテーブルに置いたあと、自室からＭａｃＢｏｏｋを持ってきて、ソファに腰を下ろした。ナップシップの毛布があるのを見て、僕はそれを拾い上げて抱きしめた。

それからワードを開いて、一昨日から触っていなかった最後のページまでスクロールする。

鼻から息を吸って深呼吸し、集中して画面を見つめた……。

何時間か経って、僕はノートパソコンをシャットダウンしてから閉じた。ソファから立ち上がり、凝りをほぐすように腕を上に伸ばし、腰をひねってストレッチした。思わずふーっと声を出してしまった。そして顔を洗ってさっぱりしてから、暑い時期にも着られるカーディガンを選んで羽織り、財布とスマホ、車の鍵を持って家を出た。

授業が終わるころに大学に到着できるように移動時間も考慮して、僕は原稿を四時までに終わらせていた。

今日は一つのシーンだけを集中して書いていたので、区切りがつけやすく長引くことはなかったのが幸いだ。

僕はいつものようにコンドミニアムの守衛にほほえみかけてから、車のドアを開けて運転席に乗り込んだ。そしてギアをバックに入れる前、シートベルトを締めたところでスマホを取り出して、登録したばかりのナップシップの番号に電話をかけた。

調子よく出発しようとしたが、彼の都合が悪かったり、友達と約束があったりするかもしれないし、迎えにいってから発覚しては無駄足になってしまう。

「はい」

すこし待ったあとで、コール音から特徴のある低く柔らかい声に切り替わった。それを聞いただけで、相手がナップシップだとわかった。だがその声には抑揚がなく、やや冷たい感じがあり、僕はそれに違和感を覚えた。

あ、ナップシップは僕の番号を知らないままか。

登録していない番号からかかってきて怪しまれているのかもしれない。

「僕だよ、ジーン」

「………………」

「もう授業は終わった？」

「………………」

「ナップシップ？」

相手が突然黙り込んでしまったので、僕は呼びかけた。スマホを離して画面を見ると、電話はちゃんとつながっていた。

「聞こえてる？」

「はい、聞こえてます……」

「じゃあ返事してよ。いま忙しいの？」

「そんなことありません。ただ……ジーンさんから電話がきたことにちょっとびっくりして」

「びっくり？　なんでびっくりするの」

電話の向こう側で彼が小さく笑う声が聞こえた。

「だって、ジーンさんがこの番号にかけてくるなんて思わなかったんです」

「ああ。きみの番号をタムに教えてもらって、それで電話したんだよ」

僕はそう説明した。

「なにか食べにいこう」

「今日ですか？」

「うん。僕も原稿終わったところだから。都合悪い？」

「いえ、大丈夫です」

ナップシップは間髪《かんはつ》を容《い》れずすぐにそう答えた。相手も乗り気だということがわかると、僕は嬉しくて一人でニヤニヤしてしまった。

「じゃあ、いまから迎えにいくから。この前送っていった学部棟の前あたりで待っててよ」

「ジーンさん、中まで車で入ってこなくても大丈夫です。僕が大学の前まで歩いていって、そこで待ってます。その方が運転も楽ですし」

僕は眉をひそめた。

「そう？じゃあ大学の前でね。歩いていける？」

僕のぼんやりとした記憶によれば、ナップシップの大学の敷地は徒歩で簡単に一周できるほどコンパクトではなく、建物と建物のあいだはかなり距離があった。あの日も、大学の送迎バスを待つ学生たちが長い列をつくっていた。

「ジーンさんがこっちに向かうあいだにゆっくり歩いていけば、時間的にもちょうどいいくらいだと思います」

「そう、わかった。急いで行くよ。着いたらまた電話する」

お行儀のいい彼の返事を聞いてから、僕は電話を切った。シフトレバーの近くのドリンクホルダーのところにスマホを入れてから、車をバックで発進させ、コンドミニアムを出発した。

幸いにも、僕の家からナップシップの大学まではそれほど遠くない。僕はいつものように景色をながめながらの運転ではなく、普段よりスピードを出して運転した。

ナップシップは自分が移動するにもちょうどいいくらいの時間だと言っていたが、僕は彼の方が間に合わないのではないかと思っていた。だからいつもより急いで、大学前ではなく敷地内まで迎えにいった方がいいだろうと考えた。

大学の手前の交差点の赤信号で停まったときに、僕はスマホを手に取ってもう一度電話をかけた。ところが、ナップシップがもう大学前の正門の近くに立っていると言うのを聞いて、唖然《あぜん》としてしまった。

空でも飛んできたのか？　嘘だろ……。

僕はウインカーを出して、人目を引く長身の彼の近くに車を寄せた。ドアのロックを外すと、僕がなにも言わなくてもナップシップはドアを開けてさっと乗り込んできた。彼はファイルと教科書を足元に置き、それから僕の方を向いてほほえんだ。

「やあ……」

ナップシップが小さく相づちを打ったのが聞こえた。僕は、夕方学校に迎えにきた保護者にワイをするように、彼が自分に向かって両手でワイをする姿を想像して、すぐに頭を左右に振った。

違う違う。僕はパパなんかじゃない。やめろ……バカバカしい。

「ジーンさん、僕が思ったよりも早かったです」

「歩くのは大変だと思ったから、急いで来たんだよ」

ナップシップはわずかに眉間《みけん》に皺《しわ》を寄せたが、ほんのわずかだったので気づかないくらいだった。

「これからは急がなくて大丈夫です。危ないです」

「なんでよ。僕は別に急ハンドルを切るような運転で来たわけじゃないよ」

「それならいいんです。それで、ジーンさんはなにが食べたいですか」

「きみはおなか空《す》いてる？」

「すこし。でもすぐ食べたいようでしたら、ジーンさんにお任せします」

「そお？」

僕は返事をしながらアクセルを踏み、にぎやかなキャンパスの前をあとにした。

「じゃあ、なに食べようか。豚の骨付き肉《トムレン》のスープとかどう？　中華街《ヤワラート》まで行ってみようよ」

僕がそう言うと、ナップシップは笑った……。

それは大きな声を出すような笑い方ではなかった。ただそれを聞いただけで、この人はなにをしても王子のように魅力的だと思わせるような、そんな品のある笑い方だった。

でも僕はヒンのようにその笑みに魅了されたりはしない。だからスピードを落として、彼の方を向いて言った。

「なにがおかしいの」

「なんでもありません。ジーンさんがかわいくて、つい」

「はあ⁉」

キキーッ‼

僕が急ブレーキを踏むと、その衝撃で車がガクンと揺れた。

危うく事故を起こすところだったじゃないか。

僕は不機嫌な顔をしつつ、もう一度運転に集中した。

「危なかった。気をつけてください」

僕が悪いみたいな顔しやがって！

「きみのせいだろ。変なこと言うなよ。そこまで僕に媚《こ》びなくていいから。鳥肌が立つかと思ったよ」

「媚びる？」

僕は振り向かなかったが、彼が不思議そうな顔をしているのを目の端にとらえた。濃い眉が片方だけ上がった。

「僕が媚びてるってだれが言ったんですか。僕はジーンさんに媚びたことは一度もありません」

「媚びたことは一度もない？　じゃあさっきのは、媚びてるんじゃなかったらなんなの？」

そう訊かれたナップシップは、すこし黙ってから静かにほほえんで言った。

「褒め言葉です」

「…………」

もういいや……。きっとこの子は人を褒めるセンスがないんだな。

それからしばらくして、僕らは目的地に到着した。まだ早い時間だったので、人もそれほど多くない。

それぞれの飲食店が夜の営業のための開店準備をしているのが見えた。

すこし時間が早すぎたかもしれない。だがいつも行く店はもうテーブルを出していたので、とりあえずそこに座って、店の主人が材料の準備を始めるのを待つことにした。

ナップシップは聞きわけのいい子で、僕が行きつけの店に行くと言ってもとくに文句も言わなかった。僕が座ると彼も座った。店主の奥さんと店員の娘たちがキャーキャー騒ぎながら写真を撮らせてほしいと言ってきたが、店の主人がそれをたしなめ、さっさと働けと一喝した。

結局そのあと、中華街で数時間過ごした。夕食を終えてから、僕はナップシップを連れてデザートに豆花《トウファ》を食べにいった。それから揚げパン《パートンコー》とカスタードクリーム《サンカヤー》の大袋も二セット買って二人で食べた。

そんなわけで家に着くころにはおなかがパンパンで、歩くのも苦しいほどになっていた。リビングに入ってすぐ、僕はソファに体を投げ出した。あとからついてきたナップシップは、たった一日で散らかってしまったテーブル全体を鋭い目で見回した。

「ジーンさん、今日ずっとここにいたんですか？」

「へ？　ああ、そーそー。今日はぐっすり眠れたよ」

僕は適当に返事をしたが、実際によく眠れたことにほんとうに満足していた。そこでふと思い出して、僕はソファの上に丸まったままの柔らかい毛布を指さした。

「これ……今朝、きみがかけていってくれたんだよね？」

彼は僕が示したものを見て、表情を変えずにうなずいた。

「ありがとう」

「いいんです。ちゃんとお返しはもらいましたから」

「はあ？」

僕は意味がわからないという顔で彼を見たが、彼はいつものひかえめで優しいほほえみを見せるばかりで、それ以上なにかを言うつもりはないようだった。彼はすでに自分の寝室のドアの方に体を向けていた。

ナップシップはシャワーを浴びにいったか、自分のことをしにいったのだろう。学校が終わったあとすぐ僕に中華街に連れていかれ、人混みの中を押し合いへし合いしたのだから当然だ。

あっ、そうだ……毛布を返すのを忘れていた。

僕は毛布を抱きかかえるようにして座ったまま、しばらくぼんやり考えごとをしていた。結局、もう一度ノートパソコンを開いた。ナップシップを迎えにいく前に、今日の分の目標にしていたシーンまで書き終えていたが、まだひっかかっている部分があったのだ。頭の中でまだ考えがぐるぐるしていて、それがなかなか消えない。

こういうところが僕のよくないところなんだよな……。

編集長が刺激的な感じで書いてほしいと言ったそういうシーンについて、僕はネットの情報をあれこれ調べていたが、実際に自分で書く段階になると、それをうまく活用できていなかった。そこで、読者の好みをもっと理解するために、海外の作品をいろいろ読んでみることにした。

刺激的な、あるいは目新しいラブシーンの例といえば、やっぱり……日本の作品だろう。

SMや大人のおもちゃを使った作品や、男性同士がセックスするときの体位のイラスト集まである。

僕はそのイラスト集を、今回の小説の最初のラブシーンを書く参考にすることにした。

ただ、それはややリアルさに欠ける作品だった。けれど僕らだって、実際にはありえないことが起こる小説を読んで自分の欲望を満たしたりするものだ。

「なんでそんな顔をしてるんですか」

僕は四十分近く座ったまま画面を見つめていた。聞き慣れた声が近づいてきたとき、僕はハッとして顔を上げた。そこにはTシャツと長ズボンという気楽な部屋着姿のナップシップがいた。

「なに？　どんな顔？」

「いましてる顔です」

「………」

彼の大きな手が伸びてきて、親指の先で眉間をそっと撫でられたとき、僕は固まってしまった。彼の手は温かく、僕は体をそらすことも忘れてそのぬくもりに身を任せた。

「原稿のことでお悩みですか」

「ま……まあ、すこし」

ナップシップは僕の隣に腰を下ろした。だがＭａｃＢｏｏｋの画面を開いたままだったため、そんなふうに近くに来られると、僕がいま書き直している内容が彼に丸見えになってしまう！

僕が画面を隠すより前に、彼は言った。

「セックスシーン？」

彼はなんでもないことのように普通のトーンで言ったが、僕は毛根まで燃えそうなほど顔が熱くなった。一方の手で彼の肩を押して、距離を取った。

「ちょっと！　こら！　それはマナー違反だろ」

「……すみません」

ナップシップはやや戸惑《とまど》っていた。だが、まだそんなことにも慣れていないのかとでも言いたげな彼の表情を見ると、僕はますます恥ずかしくなった。

普通の男が男性同士の恋愛小説を書いてるんだ。慣れるもんか！

「このシーンがまだあんまり納得いってなくて……それでちょっと行き詰まってたんだ」

「まだ納得いってない？」

「ああ。この前編集長から、ここはその……前よりインパクトがある感じで書いてほしいって言われたんだよ。だからいろいろ調べて書いてみたんだけど、それが実際にできるのかどうかよくわからないんだ。わかるだろ？　僕自身はゲイじゃないから。ははっ」

僕は最後に苦笑いしながらそう言った。僕が説明しているあいだ、ナップシップはそれを真剣な様子で聞いてくれていた。

彼のその態度が僕はとても嬉しかった。しかし、続く言葉はあまりに予想外すぎた。

「なら、僕に手伝わせてください」

「きみが手伝う？　なにを手伝うの？　僕の代わりに書いてくれる？」

彼は静かに首を横に振った。

「ジーンさん、それが実際にできるのかどうかわからないって言いましたよね。だから、僕らで試しにやってみましょうよ」

「はあ⁉」

なにをやるんだよ！　セックスか⁉

僕の表情は一瞬で変わった。交差点にある電光掲示板よりも速いスピードだっただろう。僕は驚いたように目を見開いたあとで彼をにらみつけた。しかしナップシップの方は、真剣な表情のまま、相変わらず王子のような雰囲気を漂わせていた。

「あのさ……試しにやってみるって、なにをやるの」

彼は僕の顔を見て、それからふふっと笑った。

「ジーンさん、なにを想像してたんですか？　僕はただ、書いたとおりの体位ができるか試しにやってみれば、ジーンさんも納得できるんじゃないかと思っただけですよ。そしたら、それが実際にできるかどうか、悩み続ける必要もなくなりますよね？」

「………」

「それが一番いい方法じゃないかと思いますが、どうですか？」

「それは……まあ、そうかも」

「この前はジーンさんが僕の練習に付き合ってくれましたよね。だから今度は僕にジーンさんのお手伝いをさせてください」

「うーん……」

僕はうなるような声を出した。そんな簡単に承諾できることじゃない。

実際、男性同士を描いたイラスト集を参考にしたことに懸念もあった。イラストではうまく描くことができても、現実でそれができるかどうかはわからない。ナップシップが手伝ってくれれば、それを確認することができる。ただ、そこまでの確認がほんとうに必要なんだろうか。

僕は考え込んだ。この前、ナップシップの演技の練習に付き合ったときのことを思い返した。あのときはキスする羽目になったが、僕にも見返りがあったのはたしかだ。あのあと、僕は小説の内容をよりリアルなものに書き直すことができたのだから。

だからこそ、〝ナップシップに手伝ってもらう〟という選択肢の方に天秤《てんびん》が傾いていた。

「そのシーンがうまく書ければ、ジーンさんも次のシーンに進めるでしょうし、そうすれば原稿をもっと早く終わらせることができますよね」

「………」

僕は彼の言葉にうなずいた。

「なので……僕に遠慮しなくて大丈夫です」

「わかった。じゃあ」

僕はその言葉をしっかりと口に出した。手を伸ばして、隣にいる彼の肩を叩いた。

「面倒かけて悪いけど」

ナップシップはなにも言わず、ただ口角を上げてかすかにほほえんだ。そして僕の心の準備ができる前に、隣に座っていたナップシップの体が寄ってきて、あっという間に僕をソファに押し倒した。

僕は目を丸くした。本能的に手を上げて抵抗しようとしたが、厚くて頑丈な肩を押し返すことはできなかった。ナップシップは片手だけで僕の両手を一つにまとめ、それを持ち上げて頭の上に固定した。そして自分の下半身を僕の足のあいだに割り込ませるようにして、僕の足を開かせた。相手の体温を感じられるほど二人の距離が近くなる。

「クソッ！　なにを……！」

「こんな感じですか」

柔らかくて低い声が耳に入ったとき、僕の罵声《ばせい》は突然、喉の奥に飲み込まれた。とっさのことに混乱して思考が一瞬とまった。だがふたたび意識を取り戻すと、僕は手を引き抜こうとしてじたばたともがく。

「シップ！　放せ。なにふざけてる」

ナップシップはすこし驚いたような顔をする。

「ふざけてる？　なにもふざけてません。僕はさっき言ったとおり、ジーンさんの手伝いをしてます」

「なにが手伝いだ、クソッ」

僕は目を見開いた。粗野《そや》な言葉がつい口からこぼれる。

シーンの再現を承諾したのは、僕が作家であって原稿を書いている立場なのだから、当然僕が主導権を握って攻め役をやると思っていたからだ。ナップシップもそれをわかってくれているのだと思っていた。僕がなにも言わなくても彼はそのままじっとしているべきであって、ましてや……。

僕は腰をひねってナップシップの体から離れようとした。ところが、なぜか動けば動くほど二人の体は密着してしまう。

摩擦でこすれて、だんだん変な気分になってきた。二人ともズボンを穿《は》いていて物理的に遮《さえぎ》るものがあるはずなのに、なぜか……。

僕は自分の肌が熱くなるのを感じた。この角度からだと、自分の上に覆いかぶさっている人物の体つきと顔、視線の動きがすべて見える。そして自分の方も、まるで体のすべてを丸裸にされているような気分になった。いくら振り払おうとしても、僕の両手は頭上で交差したまきつく固定されていた。僕の両手は相手の片手の手のひらの力にも敵《かな》わなかった。

「恥ずかしいんですか」

「………」

ハンサムな顔がぐっとこちらに近づいてきた。二人のあいだの距離はわずか数センチで、僕は深く息を吐くこともできなくなった。彼の形のいい唇の一方が上がって笑みをつくり、さらに瞳の中でなにかが光るのが見えた。

それが……僕をうまく言いあらわせない気持ちにさせた。

「ジーンさん……自分でこういうことを書いたのに、恥ずかしいんですか？」

「シップ！」

彼のその言葉で、僕はさっきよりも頭に血が上ったような気がした。

ああそうだよ！　僕がこれを書いた張本人だ。攻めが受けの両手を頭の上に拘束して、それから挿入するというシーン。いまのこの状況は、まさに僕の小説とまったく同じだ。

まるで僕がほんとうに受けとして押し倒されているかのようだった。

相手が解放してくれることを期待して僕が抵抗を弱めると、深紅のTシャツを着ているナップシップが体をすこし起こし、もう一方の手のひらを僕のあそこの上に乗せた。僕は寒気がして鳥肌が立った。

クソッ……もう十分だ！

「放せ！　シップ！　もう十分だ。もうわかったから！」

彼は濃い眉を上げた。

「まだ足を持ち上げるシーンを試してませんけど、もういいんですか？」

「………」

こいつ、いつの間に僕の書いたセックスシーンを全部読みやがったんだ。クソガキめ！

「僕に遠慮しなくて大丈夫って言ったじゃないですか。僕はジーンさんを手伝いたいんです」

「遠慮してるんじゃない！　これはおかしいだろって言ってんだよ。どかないなら、蹴るぞ」

最後に僕は脅《おど》しをかけた。言葉だけでなく、開いたままナップシップの腰を包むような状態になっていた足も動かしてみた。

ところが、この忌々《いまいま》しいソファのスプリングのせいだろうか。バネがきいているからなのか、激しく動けば動くほど、僕の下半身とナップシップの下半身がますます密着してしまう。妙なリズムで動くせいで、摩擦が最初よりも激しくなっていった。

そして動きすぎたせいで僕の腰はさらに浮いてしまった。いまや、自分の体を見せつけるために腰を持ち上げているかのような状態になっていた。

「………」

僕が黙って焦《あせ》りを感じているあいだ、僕と体を密着させているナップシップも黙っていた。仕方なく僕はもう一度抗議することにした。

「ナップシップ」

「ジーンさん……じっとしてて」

僕は目を見開いてにらんだ。

「いいからどけってば」

ナップシップは僕の顔を見た。しかし彼の腕が、僕のこわばった耳の横に押し当てられた。彼の腕の筋が視界に入る。彼のなにかをこらえているような、かすかな吐息が耳に触れた。

「じっとしてないなら……どうなっても知りませんよ」

「……!?」

最後の言葉が僕をほんとうに動けなくさせた。彼が言ったとおり、僕は人形のように固まってしまった。

それからおよそ一分……僕が我慢できなくなって体を動かすか、自分の上にのしかかっている相手を罵《のの》り始めるかする前に、ナップシップが僕の手首を押さえていた手の力をすこしずつ緩めた。

彼は体を起こして、ソファに座り直した。僕は可能なかぎり遠くに離れられるよう、ソファから落ちそうな勢いであとずさりした。

左胸の心臓が激しく鼓動している。

なんとか足を部屋の床に下ろすことができたとき、顔はまだしかめっ面で気分も最悪だったが、僕はとりあえず髪をかき上げた。どうにか呼吸を整えて、心をおちつかせようとした。鏡を見なくても、自分の顔がまだ真っ赤であることはわかる。

「よく聞いて。もう二度とこんなことするなよ。手伝うって言ったのに、僕がまだ……」

「………」

ナップシップに注意するために発した僕の叱責《しっせき》は、だんだん小さくなっていった。相手がなにも答えずにいたからだ。見ると、彼は黙ったまま眉間に皺を寄せていた。

なんだよ……悪いと思ってるのか。

僕が混乱しながら彼のことを観察していると、突然ナップシップが小さくため息をついた。俳優にふさわしいハンサムな顔がこっちを向くと、彼の鋭い目は突然暗くなり、僕はそのことに驚いた。

「ジーンさんは不満でしたか？」

「………」

「僕はただ……お手伝いがしたかっただけです」

彼の声はあまりに弱々しく、僕は怒るに怒れなくなってしまった。

「………」

「不安にさせてしまったなら、すみません」

「………」

なんなんだ。これじゃあもうなにも言えないだろ……。

僕はしばらく感情のやり場を失って口をパクパクさせた。

しかし結局、自分は年上なのだから、と言い聞かせて自分自身をおちつかせた。寛容な心を持って、もっと成熟した人間になるべきだ。きっとナップシップも手伝いたくて必死だったか、クソ真面目なせいであんなふうに混乱してしまったのだろう。

「もういい……気にするな」

結局、僕が書いた体位が実際にできるのかどうかはわからなかったが、それでも構わなかった。なんとなく編集長が求めているような刺激的なシーンを書けそうな気になったので、それで十分だ。

それに……。

僕はいま、ベッドやソファに押し倒されたときの受けの気持ちがわかるようになっていた。

「それなら僕……」

「もうシャワー浴びて寝るよ。おやすみ」

僕はナップシップが言葉を言い終わる前に、かぶせるようにそう告げた。

彼がなにを言おうとしていたのかはわからないが、僕は手を伸ばしてノートパソコンを閉じた。あまりの勢いに大きな音がした。紙類もまとめてその上に重ねた。そしてノートパソコンとそのほかの持ちものを持って、自分の部屋にまっすぐ向かった。

ドアを開けるやいなや体をすべり込ませ、すぐにうしろ手にドアを閉めた。僕はナップシップを山のようなＢＬ小説とともに一人ソファに残していった。

# カウント8

間違いない。ナップシップのおかげで二度も僕の原稿がいいものになったことは、もはや否定できない……。

最初は、僕が彼の演技の練習相手としてキスシーンまでやる羽目になったが、おかげで僕はキスされる側の気持ちを理解することができた。それを原稿の修正に活かした結果、かなりリアルに書けていると編集長から褒めてもらえた。

二度目は、ナップシップの方から僕の手伝いがしたいと言ってきた。かなり強引だったが、結果として僕はベッドに押し倒される側の気持ちを理解することができた。そしてそれを踏まえて原稿を直したところ……またもや編集長に褒めてもらえたのだ。

こうなると……ナップシップに感謝しなければならない。

事実、編集長からのメッセージを読んだあと、僕は一日中気分がよかった。僕はソファでバラエティ番組を見ながらずっと笑っていた。普段なら笑わないような冗談にもつい笑ってしまう。そしてタムから助けてほしいというラインがきたときも、僕は二つ返事でそれを引き受けた。僕がすぐに快諾したことに、むしろタムの方が驚いていた。

僕はハンドルを切って、〝国際経営学部〟という金色の文字が彫り込まれた黒い看板のある小路に入った。シフトレバーのところに置いていたスマホが震《ふる》えた。僕は手を伸ばして、発信元を確認することもなく、すぐに通話ボタンを押した。

「もうすぐビルの前に着く」

「そっちの顔が見えないぜ」

「こっちは運転中なんだよ。なんでおまえはいつもビデオ通話なんだ」

「ああ、そうか。悪い。おまえがもう着いてるかと思ったから」

「そんなに飛ばしてない。なんで？　ナップシップの授業もう終わったのか？」

「時間割だと、ついさっき終わったはずだけど……」

タムの声に加えて、ガタガタという音が聞こえてきた。その音があまりに大きかったので、僕はスマホのスピーカーが壊れるのではないかと思った。電話の相手はほんとうにバタバタしているようだ。

「電話もしたんだよ。でもあいつ取らないから、てっきりもう落ち合ったんだと思ってた。じゃあいったん切るわ。もう一回あいつにかけてみる」

「わかった……あっ！　タム、もうかけなくていい」

僕はすぐに返事を撤回した。制服を着た長身のナップシップが、人目を引きながら群衆の中を歩いてくるのが見えた。

「もう大丈夫だ。いま見つけたから」

ウインカーを出して歩道の脇に車を寄せた。タムがなにか言っているのが聞こえたが、それを無視して窓を開け、大きな声で呼んだ。

「ナップシップ！」

ナップシップは最後のコマが終わったばかりのようで、ビルの中から出てきたところだった。タムのことを待つつもりだったのだろう。タムは、ナップシップに夕方迎えにいくと約束をしていたらしい。それがついさっき、奴の代わりに僕が来ることになったわけだが、ナップシップはそのことをまだ知らないようだ。僕の声に振り向いたとき、彼のクールな顔が驚いた表情に変わった。

「ジーンさん……？」

サングラスを外して手を振り、それから手招きした。

「もう終わったんだろ？」

「どうしてここに？」

「タムに頼まれて代わりに来たんだよ。あいつはいま手が離せないらしいから。あとで撮影現場の方に行くってさ」

ナップシップは納得したようだった。

「今日はちょうどひまだったから。撮影現場まで送っていって、付き添っていてあげるよ。今日は僕がマネージャーだ」

「…………」

ナップシップが優しくほほえんだので、僕も笑顔を返した。

「よし。授業終わったんなら行こう。ほら、乗……」

「ジーン兄さん！」

僕がそう言い終わる前に、明るい声が大きく響いた。

聞き慣れない声に、僕は無意識に眉をひそめた。だが声のした方を振り向くと、見覚えのある人物がバタバタと走ってくるのが見えた。

「ウーイくん」

しばらく会っていなかった、ドラマで受け役を演じる小柄なウーイくんがやってきて、ナップシップの肩をバンバンと叩いている。ウーイくんは鼻に皺《しわ》を寄せて言った。

「ビルから出たとこって言ったじゃん。どこ行くんだよ」

それから僕の方に明るくかわいらしい笑顔を向けて、手を合わせて挨拶《あいさつ》をした。その動きは速すぎて、僕もワイを受けるのに急いで手を上げなければならなかった。

「ジーンノン兄さん、こんにちは。どうして僕らの大学にいらしてるんですか？」

「やあ。ナップシップを撮影現場に送るために迎えにきたんだよ」

「ああ、今日シップは撮影がありますもんね。僕も撮影です」

「そうなの？　なら一緒に行こうよ。僕が送っていくから」

ウーイくんは目を丸くした。

「いいんですか⁉」

「もちろん。だって行き先は同じでしょ」

僕は深く考えずに言った。

「もう大学の用事が終わったんなら、車に乗って。ここ駐車禁止だから長く停めてるとそのうち守衛に見つかって怒られる」

「はい、ありがとうございます」

僕の言葉を聞いたウーイくんは目を細めて笑った。それは見る人全員の心を明るくしてしまうような笑顔だった。彼は僕に何度もワイをしてから車に乗り込んだ。体を半分入れたところで、顔を出して子供のような仕草で手招きしながらナップシップを呼んだ。

「シップ、早くしないと。ジーン兄さんが待ってるよ」

「…………」

しかしナップシップはじっと立ったままだった……。

「シップ？」

僕はナップシップの方に顔を向けた。そのハンサムな顔からはなんの感情も読み取れなかった。僕が眉を寄せると、ようやく彼は動き出した。

ナップシップが後部座席には座らずに、車の前を横切っていつもと同じように助手席のドアを開けたのを見て、ウーイくんが驚いたリアクションをした。

僕はナップシップのお決まりのご機嫌取りにやれやれと頭を振った。それからシフトレバーに手を伸ばしながら言った。

「じゃあ行くよ」

僕はビルの前の広場のところでUターンして出発した。

今日の撮影場所は、前回と同じ大学のようだった。ナップシップを迎えにくる前にタムとラインをしていたが、奴によれば、今日は夜の大学のシーンなので撮影は夕方からになるという話だった。

僕の記憶が間違っていなければ、それはたぶん応援団のミーティングが午後九時か十時に終わるというシーンのはずだ。

前にヒンと一緒に見学に行ったクランクインの日以来、僕は一度も撮影現場に行けていなかった。もうすでにスタッフとは何回も顔を合わせていて、原作者が男だということはみんなに知られているので、その点に関してはだいぶ気にならなくなっていた。ただ最近は原稿が忙しかったせいで、用事があるときと気分転換したいとき以外は、部屋から一歩も出ない引きこもりになっていたのだ。

　それでも、幸いなことにドラマの攻め役であり一時的に僕のところに居候《いそうろう》しているナップシップと、彼のマネージャーで僕の友人でもあるタムが近くにいたので、まるで自分も毎日撮影現場に行っているかのように進捗状況を把握していた。

「僕の姉も早く見たいって楽しみにしてるんです。僕はツイッターはやってなくて、インスタしかやってなかったんです。でもインスタのフォロワーが増えたのでツイッターを見てみたら、僕の名前のハッシュタグがあるって知りました」

「そうなんだ」

　僕はどんどんしゃべってくれるウーイくんに答えるようにうなずいた。

　道中の会話を独占していたのはウーイくんだった。決してマナーが悪いとか、おしゃべりがすぎるという感じではなかった。ウーイくんはただ、しゃべり始めるとどんどんしゃべってくれる陽気なタイプだった。

　僕は彼の話に耳を傾けながら、適当に相づちを打ったり質問したりしていた。だが親しい友人であるはずのナップシップは……黙りこくっている。

　まるで玉座に座る王子が、平民と話すつもりはないという意志を示すかのように、彼は黙り込んでいた。僕は彼の美しい額を叩いて、友達とすこしはしゃべればと言いたくなった。いまの状況は、僕とナップシップだけで乗っているときよりもずっと気まずい。

「ところで、さっき授業が終わったばっかりなんだよね？　おなか空《す》いてない？」

「おなか……空いてますね」

「シップは？」

「僕は空いてません。ジーンさんはなにを食べたいですか？」

「………」

隣に座るナップシップがこっちを向いてそう答えたとき、彼はほんのわずかにほほえみを浮かべていた。僕はどんな顔をしていいかわからなかった。

ウーイくんはおなかが空いていると言っていたので、僕は途中でコンビニのあるガソリンスタンドに寄った。コンビニの前に車を駐め、財布から千バーツ紙幣を取り出して、それをウーイくんに差し出した。

「これでなにかおやつを買っておいで。タムが撮影は五時からだって言ってたし、まだ時間あるから」

ウーイくんは急いで手を振った。

「いえいえ、そんな。自分で買います。ジーン兄さんに送ってもらうだけで、十分です」

「いいから持っていって」

ウーイくんは言葉を並べて断り続けていたが、僕もしつこく押しつけた結果、彼は恐縮しつつ遠慮気味にそれを受け取った。彼が何度もお礼のワイをするので、いいから早く買いにいきなさいと笑いながら言うと、ようやくドアを開けて降りていった。

残ったのは……。

「ほんとにおなか空いてないの？」

「はい。ジーンさんこそ……なにが食べたいですか？」

僕の口角がピクッと動いたが、そのあと小さな声で言った。

「コーヒーが欲しいかな。甘くしたやつ」

相手がクスッと笑う声が聞こえた。

「ドーナツも一緒にいかがですか。あそこのお店で買ってきますよ」

「うん、じゃあそれも。砂糖がかかってるやつにして。カスタードのやつはいらない。僕……」

「好きじゃないんですよね。知ってます」

それを聞いた僕は一瞬驚いたが、もう彼のご機嫌取りにも慣れていたので、あまり深く考えなかった。僕はもう一枚紙幣を取り出した。もはや完全にパパのようだった。

「ほら。きみも食べたいものを一緒に買ってきなよ。値段は気にしなくていい。僕はなんて優しいんだろうね。ふふっ」

彼の切れ長の目が僕の手の中にある紙幣に向けられた。

「たしかに優しいですね。でもこれからは、優しくするのは僕一人だけで十分ですよ」

「はあ⁉」

「十分で戻ります」

彼の口元に笑みが浮かんだ。それからドアを開けて車を降りていった。

ドアが静かに閉まると、車内に残ったのは僕一人だけになった。風量レベル3のエアコンから、静かに風が出ている。その近くに取りつけている芳香剤の香りが漂った。僕はウィンドウ越しに、それほど遠くない有名なドーナツショップへと歩いていく彼の姿を目で追った。

それからスマホを取り出し、ナップシップを無事に車に乗せたとタムにラインを送った。

ほどなくして、ウーイくんの方が先に戻ってきた。彼はまたも恐縮しながら僕におつりを返した。彼が使ったお金はほんのわずかだった。彼が手にしている袋には、小さな水のペットボトルとサンドイッチが一個しか入っていなかった。

「それだけで足りるの？」

「大丈夫です。ちゃんとあとで現場でごはんを食べます。ジーン兄さん、ありがとうございます。ほんとに優しいですね」

「………」

僕は小さくほほえんだが、内心は満面の笑みだった。

「シップはどこ行ったんですか？　シップもコンビニに入ってくると思ってたのに、中で見かけませんでした」

「ああ、別の店に買いものに行ったよ。十分くらいで戻ってくると思う」

「そうですか」

ウーイくんはうなずいた。それからサンドイッチをほおばり、小動物のように頰を膨らませながらもぐもぐしていた。

「ジーン兄さん……ナップシップのマネージャーのタムさんとお知り合いなんですか？　この前そう聞きました」

「うん、大学のときの友達なんだ。僕も最初に会ったときほんとにびっくりしたよ」

「それでシップとも親しいんですね。シップはジーン兄さんといるのが好きみたいです。楽しそうでよかった。ちょっとうらやましいくらい……」

「…………」

うらやましい？　どこが？

そう言われた瞬間やや唖然《あぜん》としたが、僕は頭を回転させて言葉の意味について考え始めた。

考えていくうちにだんだんその意味がわかり始めた。

僕がナップシップと親しくなったのは、僕がドラマの原作者で、彼はそのドラマの出演者で、そしてたまたま彼のマネージャーが僕の友人だったからにすぎない。なのにそれがうらやましいということは、もしかしてウーイくんは……。

そうか。これはつまりそういうことだと僕は思った。

恋人がいたことはないし、恋愛の経験もなかったが、僕はこれまでに数多くの恋愛小説を読んできたのだ。

「えっと……ナップシップとウーイくんは仲がいいんだね」

「友達同士なので」

そう言ったあと、彼はどこか寂《さび》しそうな顔をした。

「…………」

僕はそんなウーイくんになんと返せばいいのかわからなかった。だけど、僕はいま、ウーイくんは間違いなくナップシップのことが好きなんだと確信した。

ナップシップはあんなにも魅力的なのだから、だれでも彼に好意を抱くだろう。ヒンの奴だってそうだ。その点についてはとくに不思議でもなんでもない。僕がすこし驚いたのは、二人が友達同士で、同じ学部で学んでいて、男同士であるにもかかわらず、ウーイくんがナップシップのことを好きで、しかもどうやら片思いであるらしいというところだった。それは……まるで恋愛小説のようだった。

小説の一部が実話に基づいているという話もよく聞くが、僕はいままさにそういうことを目の当たりにしていると言っても過言ではない。

それを理解すると、なんとなく車内の空気が微妙な感じになり始めているような気がした。仕方なく指先でハンドルをトントンと叩いていると、助手席のドアがいきなり開いて、僕はびっくりした。

「そんなに驚かなくても」

ナップシップがドーナツの袋とコンビニのコーヒーを持って戻ってきた。車内にコーヒーの香りが広がる。

「遅かったね。だいぶ待ったよ」

「え、そうですか？　まだ十分経ってませんよ」

「コーヒー」

僕がつぶやくと、大きな手が紙コップを差し出した。

「先に混ぜておきました。熱いので気をつけてください」

「うん……」

僕は最初、ここでドーナツを食べて、食べ終わってから車を出そうと思っていたが、これ以上変な空気にならないうちにさっさと二人を送っていくのがよさそうだと思い直した。僕はコーヒーを一口だけ飲むとすぐにそれをドリンクホルダーに置き、ギアチェンジをして車を発進させた。

目的地が近づいてきた。この交差点の赤信号を越えれば、あとは撮影場所となっている大学の構内に入っていくだけだった。ガソリンスタンドを出てからずっと、車内は静かだった。ナップシップの方をちらっと見ると、彼はさっきと同じ体勢のまま座っていた。ルームミラー越しにウーイくんを見ると、彼は物思いにふけるように窓の外をながめている。

……だれかのことを好きになってもその人に振り向いてもらえず、悲しんでいる主人公。小説の登場人物の気持ちはこういう感じなんだろうか。

「………」

僕はそんなことをぼんやりと考えていた。残りの赤信号の秒数を確認してからコーヒーに手を伸ばし、ぐいっと飲んだ。まだ気まずい空気が漂っていたがどうしようもない。僕は気分を変えるために、包みからドーナツを取り出して食べることにした。

「ジーンさん」

「ん？」

「砂糖が溶けてますから、ベタベタになりますよ」

「……！」

僕は固まった。突然ナップシップが手を伸ばして、僕の口元についた砂糖を指で拭《ふ》き取ったのだ。

「……!!」

「もう大丈夫です。ウェットティッシュももらってきました」

それから彼はパッケージを破ってウェットティッシュを取り出し、それで僕の口元を何度も丁寧に優しく拭《ぬぐ》った。さらに裏返して折り畳み、同じように汚れた僕の手を取って、そっちも拭いてくれた。

なにを……してるんだこいつは⁉

もぐもぐと咀嚼《そしゃく》していた僕の口がとまった。

我に返った僕は慌《あわ》てて彼の手を押し返した。しかしナップシップは僕より大きい手を使ってさらに強く僕の手を握ってきた。

「シップ……」

「はい？」

ナップシップは僕の顔を見ていなかった。だが眉間《みけん》にわずかに皺が寄っていて、僕がじっとしていないことに怒っているかのようだった。

彼はとくに深く考えていないのだろう。ただの親切心でやっているのだろうが、僕はどうしてもうしろめたい気持ちになった。後部座席に座っているウーイくんの方をちらっと見ると……やっぱりそうだ。ウーイくんは大きく見開いた目で、僕らがつないでいる手を見つめていた。

プーッ！　プーッ！

大きな音がした。信号待ちをしていた後続車にクラクションを二回鳴らされ、僕はびっくりした。見ると信号が赤から青に変わっていた。前にいた車はもうずいぶん先を走っていたので、僕は慌てて手を振りほどいた。

「これ持ってて！」

僕はそれだけ言うと、不機嫌なまま食べ終わっていないドーナツを隣に座っているナップシップに押しつけた。相手はこともなげに手を伸ばしてそれを受け取り、袋の中にドーナツをきちんとしまっている。

ったく、このゴマすりやろう。機嫌を取るタイミングがおかしいだろ！

今日の撮影現場の雰囲気は、クランクインの日に比べるとかなりにぎやかだった。この大学の学生たちがこの前よりもたくさん見物に来ていた。スタッフの手に負えなくなるほどの混乱ではなかったが、声援を飛ばしたり写真を撮ったりする人もいたので、撮影チームは立ち入り制限の範囲を前より広げなければならなくなっていた。

ドラマの撮影をここでやっているという情報が広がり始めたからなのだろう。きっと中は、写真を撮ったり口笛を吹いたりするファンがたくさんいるに違いない。

「ジーンさんはまだ帰らないですよね？」

「え？　さあ、どうかな。気分次第だけど。なんで？」

撮影現場の近くの駐車場に車を入れたあとで、僕は彼らに先に降りるよう指示した。自分はというと……とりあえずコーヒーとドーナツの残りを食べてしまいたかった。もうずっとおなかが空いたままだ。さっきはちゃんと食べられなかったし、ウーイくんのこともあって気まずい空気の中では食べる気にならなかった。

「ジーンさん、今日は僕のマネージャーになるって言ってくれましたよね」

ナップシップはおちついた表情で僕がさっき言った言葉を繰り返した。横目でキッとにらむことが得意な女性だったら、そうしていただろう。

「そんな子供みたいなこと……」

「待っててくれますよね？」

「ああ、わかったわかった。待ってればいいんだろ。さっさと行け。ウーイくんはもうとっくに行ったぞ」

僕がそう言って手を振ると、ナップシップは口角を上げて笑った。それから彼はドアを閉めて車をあとにした。その姿を目で追うと、スタッフが彼を呼び、そのまま更衣室の方に連れていくのが見えた。

僕は車の中でドーナツの残りを食べ、冷めてしまったコーヒーをゆっくりと飲んだ。

エンジンを切ってから数分後、僕はようやく車の外に出た。

何人かのスタッフがこちらをちらっと振り返ったが、僕に構うような人はいなかった。僕はそのまま中に入っていき、モニターからそれほど離れていない場所まで歩いていって、そこで立っていることにした。

ちょうどその場所では、監督が画面の前に座りながらスタッフに向かってメガホンで叫んでいる。

「おい！　マイクブーム、マイクブーム！　もっとしっかりポールを上げろ、ティット。そのままだとマイクが画面に入っちまうだろ。よし、もう一回……あれっ、ジーン先生」

「……こんにちは」

監督が振り返ったとき、ちょうど目が合った。彼はすぐに険しい表情を崩した。みんなにすこし待つよう手で指示を出してから、立ち上がって僕の方に歩いてきた。彼は親しげに、太くてがっしりした腕を僕の肩にまわしてきた。

「今日はいらしてたんですね。こっちこっち、ぜひこっちで見ててください。おーい！　だれかジーン先生に椅子持ってきて」

「いやいや、そんな。大丈夫です。気にしないでください」

「いいからいいから、こっち来てください。ジーン先生にぜひ僕の仕事を見ていただきたいんです。一緒に座っててください」

結局僕は、スタッフが持ってきてくれた小さな椅子で、監督の隣に座らなければならなくなった。監督は、スタッフ以外の人間が見にきたことで、やる気が増したようだった。

監督と同じ位置からだと、モニターをよく見ることができた。

画面にはカメラがいま撮っている画が映っていた。一台のカメラだけではなく、ドリーレール——カメラを水平に移動させて撮影するためのレール——の上にも別の大きなカメラがあった。ただし、いまはまだ使われていないようだ。

映っているのはビルの正面のところだった。それは、受けであるナムチャーが、学部の応援団のミーティングで先輩全員からサインをもらうというシーンだった。ナムチャーは先輩のサインをもらうために、偶然そこを通りかかったキンにハグさせてほしいと言わなければならなくなる。

そのシーンを書いたときのことはよく覚えている。僕は、先輩の出すお題をクリアして各先輩からサインを集めていくといった、新入生に対する歓迎活動についての情報を調べなければならなかった。僕が通っていた大学では、そういう新入生歓迎のイベントを経験したことがなかったからだ。

「いくぞ、用意！」

「二回目の応援団のシーン。シーン1、カット1、テイク3！」

カチンコの音が鳴ったあと、カメラは透明感のあるウーイくんの顔を映した。メイクのおかげで肌が一層整って見える。恥ずかしそうに頬を赤くした彼は、実際に困り果てて泣きそうになっている人のようだった。

「ねえ、ナムチャー。泣かないで。先輩のサインが欲しいなら、言うとおりにしてみて」

トランスジェンダーの女性の先輩がそう言った。

「僕は……なにをすればいいですか？」

「うーん、そうだね。なにがいいかな。タワン先輩に結婚を申し込むっていうのはどう？」

「ええ～、できませんよ」

「それじゃあ……」

トランスジェンダー役の子がナムチャーに意地悪な顔を向けていたとき、彼女がパッと視線を上げると、長身のハンサムがちょうどこっちに歩いてきていた。

今度は友達とグループで歩いてくるナップシップの方をカメラが映した。彼の演技は完璧だった。かっこつけすぎることもなく、大げさすぎもせず、悪い感じに見える男を自然に演じていた。

僕は彼の演技から目を離すことができなくなって、ドキドキしてしまっていた。

「キャー！　キンが来た！　わかった、チャーくん。キンにハグさせてくださいって言ってきて。それを見てるから！」

「えっ……」

「そしたら人生で一番きれいにサインを書いてあげる。ぎゅってハグしたら、そのまま戻ってきて。私がその手を触らせてもらうから。ほら、行った行った！」

ウーイくんは台本どおりに演じていた。先輩に急《せ》かされているときも、まだ泣きそうな顔をしていた。そして彼がナップシップの方を振り返ったとき、驚いた顔を見せたのだが、その演技もまたよかった。

ナムチャーは小股で歩いていき、キンの目の前で立ち止まると、恐る恐る話しかけた。それは守りたくなるほどかわいらしい姿で、小説の中から実際にナムチャーが出てきたかのようだった。

「キ……キン先輩」

「…………」

「あの……僕……ハグを……」

ナムチャーのしどろもどろな話し方に……モニター越しに見ている僕も一緒になって緊張してしまう。

その瞬間ウーイくんがナップシップにかけ寄って、腰に強く抱きついた。だが彼の体が小さかったせいで、相手を驚かせるほどにはならなかった。カメラがズームになり、ウーイくんの赤くなった頬を映す。彼の頬は自然と赤く染まっていた。

僕はそれを見て、彼が密かに思いを寄せている友人とくっつくことに実際にドキドキしているからだろうか、と勝手に想像してしまった。

「僕……」

「カット!!」

隣に座っていた監督が突然メガホンを手に取って、鼓膜が破けそうになるほど大きな声で叫んだ。

その瞬間すべてが停止した。スタッフが一斉に振り返って、眉間に皺を寄せている監督の方を見る。驚いて眉をひそめる人もいれば、怒られるのを恐れてビクビクしている人もいた。

「ダメダメ。まだちょっとわざとらしいよ。ウーイはもうすこし感情抑えて。ナップシップは抱きしめてるときに体がこわばってるよ。男同士の恋愛を演じるのが難しいのはわかる。でもだいぶよくなってきてるから。もう一回いこう」

すごい……。僕はいま監督がダメ出ししたポイントを、さっきの演技から一つも見つけられていなかった。きっとスタッフの中にも僕と同じように思った人がいるはずだ。だからこそ最初、混乱した顔がそこかしこで見られたのだろう。

「ははっ。ジーン先生、どうしてそんなふうに僕を見てるんですか？」

ものづくりへのこだわりを目の当たりにして圧倒されていた僕に、監督はにっこり笑いながら尋ねてきた。

「素晴らしいです。さすがプロですね」

僕の一言を聞いて、誇らしげに胸を張った監督は満足したような笑い声を上げた。

「もちろんですよ！　前にも言いましたけど、僕が監督になったこと、ジーン先生に後悔させたりしませんから」

監督の大きくて重量感のある手が、僕の肩をバンバンと叩いた……。

そして彼はさっきよりもさらに熱が入ったようにメガホンを手に取り、全員に撮影再開を呼びかけた。

「二回目の応援団のシーン。シーン1、カット1、テイク4！」


夕暮れの太陽がすこしずつ落ちていき、あと数時間で真っ暗になるような空の色に変わった。スケジュールどおり、予定していたすべてのシーンの撮影が終わるまでに数時間かかった。

こんなふうに最初から最後まで撮影を見学したのは初めてだ。

チームのスタッフ全員が協力しながら熱心に取り組んでいるのを見て、僕は感謝の気持ちでいっぱいになった。もちろん監督に対してもだ。彼はすこしオーバーなくらい陽気でフレンドリーな性格だったが、全体をまとめたり決断したりすることにおいてはほんとうに有能な人だった。

長時間座ってモニターを見ているあいだ、俳優が台本どおりに演技するのを見て、僕もだんだん楽しくなってきていた。何時間も食い入るようにモニターを見つめ、席を立つことなくそこに座っていた。

前に見学したときは恥ずかしさを感じていたが、今回は夢中になるほど楽しかった。

「タム」

座ってスマホをいじっていたタムが顔を上げた。

「ああ、ジーン」

撮影が終わるとすぐ、僕は友人を探しにいかせてくださいと言ってチームから離れた。だいぶ前にタムが現場に入ってくるのが見えていたのだが、直接話せていなかった。タムはナップシップと一緒にキャストの控え室にいると言われたので、僕は奴を夕食に誘おうと思ってそこに向かった。

「めずらしいな。今日は最後までいたのか」

「ああ。面白かった」

「うちの子の演技がうまかったからか？」

僕は一瞬口ごもった。

「……みんなうまかったからだよ」

「おい、俺を喜ばせるためにも褒めとけよ」

拗《す》ねた子供のような、ふざけたような顔をしているタムには呆《あき》れた視線だけ投げておいた。それからまわりを見渡したが、ナップシップが見当たらない。

「それでそのおまえんとこの子は？」

「あっちで着替えてる」

タムは部屋の反対側の隅を指さした。この部屋は、撮影チームが大学から借りたビルの二階にある部屋だった。もともと教室であり、ほとんどの備品はそのままの状態で置かれているようだ。一部の机と椅子だけが部屋の隅の壁に寄せられ、荷物置き場になっていた。そしてもう片方の隅に濃い色のカーテンが引かれ、そこがキャスト専用の着替えスペースとなっていた。

「前もおまえについていろいろ訊《き》かれたけど、シップの奴、一緒にいればいるほどおまえになついてきただろ」

「そんなわけないだろ」

タムは、変な顔をした僕を見てふふっと笑った。

「おまえらが仲良くやってるのを見ると嬉しいんだよ。あいつはそんなにすぐだれかと親しくなったりしないんだ。だからつまり……あいつをこれからもずっとルームメイトにしとくってのはどうだ」

「冗談だろ」

僕はすぐに言い返した。

「一カ月だけっておまえが言ったんだ。忘れるなよ。残りはあと一週間だ」

「ふん。でもシップはおまえに迷惑かけたりはしてないだろ？　あいつのこと助けてやってくれないか？」

「…………」

タムのその言葉に僕はしばらく黙り込み、最終的に視線をそらした。心苦しくなって、うまく言葉が出てこなかった。

「俺は慣れてないだけで……別に助けたくないわけじゃない」

実際、ナップシップが僕に迷惑をかけたりすることは一度もなかった。むしろかなり理想的な同居人だと言える。しかし僕は長いあいだ一人で暮らしてきたので、だれかと暮らすことにはまだ完全に慣れていない。僕にとっては、以前のように一人でいることの方が自然だった。

「時間が経てばおまえだって慣れるさ」

「俺は小説を……」

僕がまだ自分の言い訳を説明している途中で、カーテンを開く大きな音がした。僕とタムの関心は一瞬でそっちに移った。

ナップシップがメイクを落として服を着替え終えたようだ。ドラマの中の登場人物のお面は外し、見慣れた姿になっていた。だが彼はわずかに眉間に皺を寄せていた。疲れたのか眠たいのかはわからないが、その様子に思わず心配になってしまった。

大学での勉強をして、そのあと仕事もあって、疲れが溜まっていてもおかしくない。

「シップ」

僕は手招きした。

彼はすぐにこっちに歩いてきた。いつもと同じ王子のような高貴な雰囲気をまとっていたが、その足取りはいつもよりゆっくりで僕は首をかしげた。こんなふうに自分の体に鞭打《むち》つような姿は、彼に似つかわしくない。

大丈夫か？　病気とか体調が悪いとかじゃないだろうな……僕に病人の看病ができるだろうか。

「疲れてる？」

「………」

僕は彼の額に手を当てて体温を確かめようとした。けれどそれがあまりに突然のことだったからか、彼はびっくりして一瞬固まった。

「ごめん。ただきみがあんまり休んでなかったから、具合が悪くなったんじゃないかと思って」

そう言い訳してから僕は手を引っ込めた。しかしすぐに彼の手が僕の手首をつかんだ。今度は僕の方が固まる番だった。

「僕もわからないんです。確かめてもらえますか」

ナップシップが僕の手を取って自分の頬に当てた。それで僕は彼の顔の輪郭をなぞるように手を動かした。そして首のところにも触れて体温を確かめた。

「うん、とりあえず熱はなさそうだね。帰ってゆっくり休もう。ちょうど明日は土曜日だし」

「はい」

「おなか空いた？」

「すこし」

「ならなにか食べてから帰ろう。なにがいい？」

「ジーンさんはなにがいいですか？　ジーンさんの食べたいものにします」

「今日は僕の食べたいものじゃなくていいよ。きみの食べたいものは？　早く考えて」

僕がそう言うとナップシップは黙った。それから、あくまでも提案というような感じで、やっとお店の名前を一つ口にした。今日は疲れているナップシップを慰労してあげたかったので、僕はその提案にただうなずいた。そして、これ以上暗くなる前にさっさと帰るぞと言おうとしてタムの方を振り返ったとき、僕は眉を上げた。

「なんだそのまぬけ面」

「………」

タムはバカみたいにポカンと口を開けていた。なにかに納得したように僕を見たあとナップシップの方に視線を動かし、今度はじっと彼を見つめた。

「あれはなに？」

タムがしゃべらないので、僕はナップシップに訊いた。

「わかりません」

「タム、そのまぬけな顔はもういいから。俺は腹が減ったんだ」

「ああ……」

僕が指で奴の目を突くようなジェスチャーをすると、ようやくタムは我に返って開けていた口を閉じた。それからまた口を開け、自分の声を取り戻すまでしばらく口をパクパクしていた。

「だれがまぬけな顔だ。俺はただ……」

「ただ？」

「ただ……」

タムはまだ変な表情をしていたが、すぐに頭を振った。

「いや、なんでもない。行こう。飯だ飯だ」

# カウント9

「はー。食った食った」

玄関の鍵を開けて部屋に入ると、僕はすぐにソファに体を投げ出し、手足を伸ばした。部屋の中の清潔な香りが、自分の服についた炭火焼きの焼肉の匂いを際立たせた。やや気分が悪くなったが、まだおなかがいっぱいで、シャワーを浴びにいく気力は湧いてこなかった。

「臭い……」

「上着を脱いでください」

あとからついてきたナップシップが目の前に立って、僕の着ているジャケットのファスナーを下ろそうと前かがみになった。

僕は、美しい蝋燭《ろうそく》のようにすらっとした彼の指がすこしずつ下に移動していくのを見ていた。彼がジャケットの前の部分を持っているあいだに僕が体を動かすことで、簡単にそれを脱ぐことができた。

彼が僕の服を洗濯かごに入れるのを見ながら、気の抜けた声で訊《き》いた。

「明日は土曜日だけど、撮影はあるの？」

「ありません」

「そっか」

明日、僕はタムたちと飲み会の約束があった。

この前タムがラインで都合のいい日を僕に訊いてきたが、結局土曜日の夜九時にホテルのラウンジで会うことになった。数時間前、焼肉を食べながらタムから聞いた話によれば、そこはトーが働いているホテルで、ＶＩＰルームを十パーセントオフで予約できたということだった。

僕はもうしばらく飲み会に行っていなかったし友達にも会っていなかったので、彼らに会えることを楽しみにしている。明日は丸一日休みにしようと思う。

それから来週は……そうだ。

「シップ」

「はい？」

「部屋はもう見つかった？」

「部屋？」

ハンサムな顔が僕の方を向いた。なんのことかわからないといった表情で、彼は濃い眉を上げた。

「なんの部屋ですか？」

その返事を訊いた僕は眉を寄せた。

ちょっと待て。次の火曜日で丸一カ月だ。なのにこの反応はもしかして……。

「まだ探してないのか？　もうすぐで一カ月だろ」

「一カ月……」

彼は低い声で繰り返した。それからようやく思い出したかのように表情を変えた。

「忘れてたのか？」

「はい、すっかり忘れてました」

ナップシップの様子からすると、どうやら彼はほんとうに忘れていたようだ。

「おいおい。じゃあいまから探しても来週には間に合わないだろ」

僕がそう言うと、ナップシップは考えをめぐらせているのか、しばらく黙り込んだ。キッチンのドアの近くに立っている彼の表情はよく見えず、なにを考えているのかわからなかった。そもそも普段も、彼の表情からなにかを読み取ることはできていないけれど。

「どうした？」

彼が黙ったままだったので、僕は心配になってもう一度声をかけた。

どうしたものか。タムが言ったようにまだここにいさせておくべきだろうか。

「いえ。なにか方法を探さないといけませんね」

「方法？　ああ、そうだね。でもまだ数日あるんだし」

彼がため息をつくのが聞こえた。彼の方に視線を向けても、うなじと、がっしりした肩しか見えなかった。ナップシップはまだこちらに背を向けたまま立っている。僕はそれを見てすこし不安になった。

……意地悪すぎただろうか？

「僕がここにいることで、ジーンさんを困らせてしまっているでしょうか？」

「え？」

ナップシップが突然振り返って、ゆっくりこっちに近づいてきた。

「僕はなにかジーンさんに迷惑をかけていますか？」

「なんで？　迷惑なんかかかってないよ。別に怒ってないって前にも言っただろ」

「僕がここにいること、ジーンさんはどう思ってますか？」

僕はパチパチと瞬きをした。彼はおちついた様子で僕の答えを待っている。僕には彼の真意がよくわからない。

「ちょっと待って。どう思っているか？」

「はい」

「どうって……」

どう思っているもなにも……。

ナップシップはいい子だなと思っているだけだ。最初はたしかに面倒だと思っていた。けれど、彼は僕が想像していたような迷惑や干渉とは無縁だったので、面倒だと思う気持ちもすっかり消えていた。

「悪くない」

結局僕はそれしか言えなかった。

「悪くない？」

「ああ」

「それだけですか」

「それ以上なんて言えばいいんだよ。じゃあ、すっごくいいよ。きみはすごくいい子だ。きみが来てから僕はメイドも呼ばずに済んでるし、最高だ！」

「……………」

彼は黙っていた。しばらく黙ったあとで、小さく笑った。

「ジーンさん……」

「………」

「かわいい」

「………」

またバカなことを言いやがって。

「わかりました。悪くないなら、よかったです」

そう言った彼は、張り詰めたように真剣だった表情を崩した。彼はまだ鋭い目で僕を見つめていたが、その形のいい唇には笑みが浮かんでいた。そのすばやい表情の変化に、僕の方が混乱してしまう。

それでも、ナップシップのオーラから目を離すことができなかった。彼は僕が自分の顔をじっと見つめていることを不思議に思ったようで、小さく首をかしげた。思わず僕は彼から目をそらした。

「まあ……うん、悪くない」

「はい、悪くない……でももしそれ以上ならもっといいかもしれませんね」

ナップシップはそう言ってほほえんだが、僕はその言葉の意味がよくわからず眉を寄せた。しかしこれ以上彼の言葉に振りまわされるのも面倒だったので、話題を変えることにした。

「それで、結局部屋のことはどうするの？」

「大丈夫です」

「どこが大丈夫なんだよ。見つからなかったらどこで寝るんだ」

ナップシップはさっきよりも笑顔になった。

「心配ですか？」

「ああ、そうだよ」

「心配いりません。大丈夫って言いましたよね」

「ほんとに？」

「ほんとです」

「わかった。きみがそう言うなら信じるよ」

僕はうなずいた。

すこしホッとした。ナップシップのことは心配だが、なにもこの子の面倒を見ることができるのは僕一人というわけではない。彼にも家族がいるし、タムとか、タムの姉さんだっているんだから。彼が一人ぼっちで外をさまようようなことにはならないはずだ。

僕はやっぱり早急にシャワーを浴びて焼肉の強烈な匂いを洗い流そうと思い、重い腰を上げてシャワールームへ向かった。ナップシップのそばを通ったとき、僕は立ち止まって彼の方を向いて言った。

「あと数日しかないんだから、荷物も片付けておきなよ。そしたらあとで慌《あわ》てなくてもよくなるし」

「その必要はありません」

「え？　なんで？　毎日ちょっとずつ片付ければ終わるだろ」

「ジーンさんは僕を早く追い出したいんですね」

「違うよ！　そうじゃない」

僕は慌てて反論した。だがそう言ったときのナップシップは笑顔だったので、決して深刻な感じではなかった。

「先に準備しておいた方がいいって言ったのは、きみが忙しいだろうと思ったからだよ。撮影にも行かないといけないし、大学の授業だってあるんだし」

ナップシップはうなずいた。彼はいつもと変わらない笑顔を浮かべていた。


夜遅い時間に飲みに誘われることは、僕にとってはなんの支障もない。

部屋にこもって小説を書くという仕事のせいで、僕の生活リズムは不規則な上に、だいたいいつも夜中は起きていて明け方に眠りに就くというパターンだった。

なので僕は土曜日の日中をずっと柔《やわ》らかいベッドの上で過ごしていた。次に目が覚めたときには午後七時を過ぎていた。たっぷり休んだ僕は、これからどこでも何時間でも遊びにいけそうなくらい元気いっぱいだった。

目を開けて最初にしたことは、頭を上げてドアの下のすき間から部屋の外の様子をうかがい、ナップシップがいるかどうかを確認することだった。だが部屋の外が真っ暗なのを見て、僕は彼が遊びに出かけたか自分の部屋で休んでいるのだろうと思った。

僕はそのまましばらくベッドの上でゴロゴロしながらスマホをいじっていた。休日なのだから急ぐ必要はない。それから一時間ほどして、僕はようやくベッドから起き上がり、シャワーを浴びて身だしなみを整えた。

待ち合わせ場所はホテルのラウンジだったので、それなりにきちんとした感じの服にするのがいいだろう。清潔感のあるシャツにおしゃれなスーツを合わせた。そして身の回りのものを手に取り、靴を選ぶためにシューズボックスのところに向かった。

そこにあったはずのナップシップの靴がない……。

そうか、外出したんだな。

♪～

ちょうど靴を履《は》いているとき、ズボンのポケットに入れたスマホが大きな着信音とともに振動したので、僕はびっくりした。スマホを取り出すと〝母さん〟という文字が表示されていて、僕はさらに驚いて眉を上げた。

「はい、もしもし」

「もしもし、いまなにしてたの？」

よく通る特徴のある声が聞こえて、僕は思わずほほえんでしまった。靴を履くのをやめて、代わりにシューズボックスに寄りかかる。

「また起きたばっかりとか言わないでしょうね」

「二時間前に起きたよ。いまからなにか食べにいこうと思ってたとこだよ」

「いまから食べにいく？」

「うん。ちょうどいま玄関のドアを開けようとしてたところ」

「ジーン、生活リズムを直しなさいよ。ほかの人が寝てる時間に起きててどうするの」

電話を取ってから五分もしないうちに、母さんの説教が始まった。

「でも僕は小説家なんだよ」

「言い訳しないの。昼間に小説を書くこともできるでしょう」

母さんの説教は僕への心配からだとわかっていたので、それをうっとうしく感じたりはしない。僕はただ母さんを心配させないよう、笑い混じりの声で返事をした。

「もー。母さんだってわかるだろ、深夜の方が頭が冴《さ》えて仕事がはかどるんだよ」

「母さんはそういう経験ないけど」

「年取ったからじゃないの」

「あんたねえ。近くにいたら頭叩いてやりたいわ」

母さんの元気な様子に僕は笑った。

「それで、最近どうなの。おじいちゃんの様子は？　元気？」

「退院してからは普通に歩けてるわ。この前ジーンが付き添ってくれたから、今度はいつ来るんだってそればっかり言ってる」

「そっか……」

僕は普段からラインするようにはしているが、なかなか会いにいけていなかった。

昔は親戚の家によく遊びにいっていたが、大人になると仕事も忙しくなり、会う機会が減ったことでますます距離ができてしまっていた。

「次はいつ帰ってこられるの？」

「僕が全然帰らないみたいに言わないでよ」

「じゃあ、帰ってくるの？」

「帰るよ。ちゃんと帰る」

「絶対だからね。母さん、オーンおばさんと朝のエアロビに行くんだけど、毎朝オーンおばさんから訊かれるんだから」

「オーンおばさん？　そうだ、おばさんにもずいぶん会ってないや」

「そう、だからちゃんと帰ってきなさいよ。帰るときは母さんにラインして」

「料理つくってくれるの？　なら食べたいものリクエストするから」

「違うわよ。母さんの好きなフォーイトーンケーキ――スポンジの上に卵の黄身と砂糖でつくった金糸状の伝統菓子をのせたケーキ――を買ってきてもらうのよ」

「………」

僕は電話の向こうに不満が伝わるようにわざと黙っていた。僕の不満をちゃんと感じ取った母さんは慌てて、僕のお気に入りの魚の浮袋スープ《ゲーンチュート・クラポプラー》をつくってあげるから、と言ってきた。その慌てぶりに僕は思わず笑ってしまった。

そのあとも母さんはいつものようにあれこれ質問してきて、最後に夜のドラマが始まるからと言って電話を切った。

これから大学の同級生と飲みにいくとは言わず、ただなにか食べにいくとだけ言ったのは、どんなに大きくなっても、もういい歳だとしても、母さんが昔のように僕のことを心配していることをよくわかっていたからだ。

そろそろほんとうに実家に顔を出す日を考えなければ。

ちょうど車に乗り込んだところで、タムから電話がかかってきた。ほかの連中はもうみんな来てると教えてくれた。三十分も前に着くなんて、きっと彼らも待ち遠しくしていたのだろう。ホテルに向かう道すがら、もし飲みすぎたら帰りは代行を使おうと思った。

僕のコンドミニアムからホテルまではかなり距離がある。到着が最後になってしまったが、それでも遅刻ではなかった。まだ待ち合わせの時間にもなっていない。

「ジーンが来たぞ」

「ジーンだ」

「ジーンじゃねえか」

VIPルームのドアを開けた瞬間、最初に聞こえたやかましい声はタムのものだった。それから次々にほかの奴が僕の名前を呼ぶのが聞こえた。

僕も昔の友人に会えたことが嬉しくてつい笑顔になった。

「やあ」

「久しぶりだな。ほら、こっちこっち。座って座って。なんか注文してからゆっくり話そうぜ。おまえもう飯食ったか？」

僕を気遣うようにそう訊いてきたのはトーだった。このホテルで働いていて、VIPルームの料金を安くしてくれた人物だ。

かちっとしたスーツに身を包んで、髪も大学時代よりずっと短く整えられていた。昔は陽気で適当で学科の班の中でも一番怠惰《たいだ》な奴だったが、いまやまぶしいくらい完璧なホテルマンになっていた。

トーの左隣にいるのはワーンだ。彼女は昔プリーツスカートにスニーカーを履いた活発な感じの女の子だったが、今日はドレス姿だった。トーとワーンは手をつないでいたので、二人が付き合っているという先日のタムの話はほんとうなのだとわかった。

当時、僕とタムは同じグループの友人というわけではなかった。今日集まってくる三人はタムのグループの親友たちだ。僕にも親友グループがいたが、学科の中ではだれとでも仲良くやっていたので、だれかから誘われれば僕はそこへ行っていた。そこでタムを通して彼らとも親しくなったのだった。

「まだなにも。さっき起きたばっかりだから」

「おい、起きたばっかりってマジかよ」

そう訊いたのはジムだった。ジムは一番雰囲気が変わっていなかった。ただしその体つきと、ひげをはやして濃くなった顔によって印象はすこし変わっていた。

「起きてすぐ酒をあおるとは、さすがだな」

「アホか。食べものも頼むんだよ」

僕はトーが手にしていた黒い表紙のメニューを指さした。飲みものはトーに任せることにして、僕はメニューを見てタパスとカナッペを一緒に注文した。空《から》っぽのおなかにアルコールだけを入れたくはなかった。

「おまえが来る前にタムから聞いたんだけど、おまえ、小説書いてるんだってな。悠々自適《ゆうゆうじてき》じゃねえか」

「悠々自適なのは家にいられることだけだよ。仕事中はストレスも溜まるんだ」

「タムが言ってたけど、あなたの小説めちゃくちゃ有名で、ドラマ化もされるんだって？」

今度はワーンが言った。

「ああ」

「ゲイの小説だって……」

「……ちょっと」

友人の言葉を遮《さえぎ》るように僕は口を開いた。

タムのクソったれ！　僕は隣に座っている口の軽いバカの方をパッと向いて、奴の足を踏んでやった。

ほかの人に対してはもう恥ずかしくなくなりつつあったが、自分の友達に知られるのはまだ恥ずかしさがある。

「つい口がすべって。悪い」

「なにが悪いだ。ナイフがあればおまえのめがねが割れるまで刺してるところだ」

「こええなあ」

僕の台詞《せりふ》を聞いていたトーが笑った。

「それで、シップくんが主演の一人なんだって？」

「シップ……？」

僕はわずかに眉を上げた。

「ああ、そうそう」

「楽しみだな。最初の放送がいつなのか、教えてね」

「今度ラインで知らせるよ」

「わーい。シップくんはドラマに出るの初めてなんだよね。それがちょうどジーンの作品だなんてすごい」

そのあともワーンはナップシップのことを繰り返し絶賛していた。それで僕は、彼らもこれまでに何度かナップシップと会ったことがあるのだと知った。ワーンが何分もその話を続けるので、恋人のトーはとうとう顔をしかめて彼女をにらんだ。

「なんであいつのことばっかり話すんだよ。せっかくジーンが来たんだから、ジーンの話をしようぜ」

「なによ、あたしのシップくんのこと悪く言わないでよ！」

「悪く言ってないだろ。イケメンだと思ってるけど……いてっ！」

「………」

そうして二人のケンカが始まった……。

僕はワーンが口にするナップシップの話題にあまり興味が湧かなかった。彼の見た目についても振る舞いについても、いま本人と一緒に住んでいるからなのだろうが、全部僕がすでによく知っていることばかりだったからだ。

それよりも、友人たちが大学卒業後にどうしていたのかということの方に興味があった。昔話を共有していると、ＶＩＰルーム全体に響くくらい大声で爆笑してしまうこともあった。

「もう一杯持ってきて。今度は俺がおごるよ」

「じゃあ次は俺がおごる！　ウォッカとなにがいい？　もっと飲めよ。酒で頭を麻痺《まひ》させれば、ゲイ小説のプロットも思いつくさ」

僕は酒を噴き出しそうになった。慌てて飲み込んだせいで、喉がヒリヒリと痛んだ。

「おいジム、いまから俺におごるって言わないと、次はおまえを刺してやる」

そう脅《おど》されたジムは頭を掻《か》いた。

「いや、おれは別におまえをからかうつもりはなかったんだ」

「バーカ」

「その話……俺も訊いていいか？　怒んないでくれよ」

トーがグラスをテーブルに置いた。

「おまえ、いつから好みが変わったんだ？　大学のときもそういえば恋人はいなかったけど、おまえも俺たちと一緒に女の子ナンパしにいってたよな。ってことは卒業してから男の恋人ができたってことか？」

男の恋人？　僕は目を丸くした。

「バカ！　俺はゲイじゃない」

「なんだ。でもおまえそういうの書いて……」

「書いてるからって作者もそうだとはかぎらないだろ。男がそういうジャンルの小説を書いちゃいけないのかよ」

「書いちゃいけないわけじゃない。ただ俺、そういう人を知らなかったから」

「だからいまここにいるだろ」

「そうだとすると、ますますびっくりなんだけど」

トーは驚いた顔をしていた。僕がこれまでの経緯を話すと、奴は顔をしかめた。そして同情をにじませた声で言った。

「慣れてないジャンルで、しかも言われたとおりに書かされるって、おまえはそれでいいのか？」

「別に強制されてるわけじゃない。この業界で生き残るためには仕方ないんだよ」

「なるほどね。たしかに。よくわかった、もうこの話は十分だな。ストレスが溜まってんなら気が済むまで飲もう。明日は日曜日なんだし、ほら」

トーはそう言うと、たったいまウェイターがドアをノックして運んできてくれたグラスを僕の目の前に移動させた。

そのあともおしゃべりが続き、運ばれてくる酒とおつまみの数はどんどん増えていった。ウェイターが下げにこなかったら、そのうちのいくつかはテーブルからあふれていただろう。

何年も会っていなかったので、どんどん話題が出てくる。飲みながら話しているうちに楽しくなってきて、自分が何杯飲んだのかわからなくなるくらいたくさん飲んでしまった。

はっきりしていた頭がクラクラし始めて、いまぼんやりとわかるのは、友人たちからもっと乾杯しようと勧められていることだけだった。だが僕はすべり落ちるようにソファに寝そべった。

「ジーン、起きて飲めよ」

「おい、もう十分だろ。普段こいつはそんなに飲まないんだよ。もう蛇みたいになってるじゃねえか」

「まだいけるって。ほら飲めよ」

「もうダメだって。こいつは酔うと死ぬほどめんどくさくなるんだよ」

……どれがだれの声なのかわからない。ただあれこれ言い合う声が途切れることなく聞こえていた。だれかが僕の手を取って冷たいグラスを握らせたようだったが、一瞬触っただけですぐにそれは手を離れた。それからまた別のグラスを握らされる。

「飲めよ！」

僕はそれを断らなかった。グラスを持ち上げてすぐに口をつけたが、一口飲んだだけでまた僕の手からグラスが引き抜かれた。

「やめろって、トー！　だれがこいつを送るんだよ。ここに泊まらせるつもりか？　そんな安い部屋ないぜ」

「おまえが送ってけばいいだろ」

「アホ、俺は今日車じゃねえんだよ。おまえも知ってんだろ」

「ならジーンの車で帰ればいいだろ」

「それができればな。でも俺は明日急ぎの仕事で、チャーン島で撮影してる子の面倒を見にいかないといけないんだよ。だから車を返す時間がないんだ」

自分のそばでなにやら困ったような声が聞こえて、僕は思わず口を開いた。

「どうしたタム、俺のせいで迷惑かけてるのか」

最初自分の声が怒っているように聞こえたが、それはむしろ力尽きた人のようにヘロヘロな声だった。まぶたが重くて相手の顔もはっきり見えなかった。

「俺のコンドミニアムまで送るだけでも迷惑なのか？　おまえがあいつを置いていっても俺は文句言ってないだろ」

「いいよ。迷惑なんかじゃない。おまえが迷惑かけたことなんかないよ。ただ今日、車持ってきてないから」

「ふうん」

僕は眉間《みけん》の皺《しわ》をすこし緩めた。

「おまえ車売っちゃったのか？」

「いや、違う。売ってないよ。会社の用事で姉さんの秘書に貸しただけだ」

「もったいない。あの車、一生懸命貯めた金で買ったって言ってたじゃん。なんで売っちまったんだよ」

「だから売ってないっつうの」

僕はタムの方に体を動かした。だが力を使いたくなかったので、タムの腕をぎゅっとつかんでそっちに体重をかけて移動した。奴の体も熱かったが、それに触れた自分の皮膚もいまや燃えそうなくらい熱くなっていた。

「おいっ。ひっ。ジーンやめろ、くすぐったい。おとなしく座ってろバカ」

「なあタム。いい子……いい子だよ。俺はおまえが好きなんだ」

「………」

「なんで黙るんだ……おまえは俺が好きじゃないのかよ」

「違う違う。好きだよ。俺もおまえが好きだ」

タムはそう言ってから、僕の頭をぺしぺしと叩いた。奴の返事に満足した僕は、機嫌よくふふっと笑った。ジムが笑う声も聞こえて、僕はますます楽しくなって笑った。でも……なにが楽しいんだっけ？

「ジーンは相変わらず酔うとバカになるな。怒ったかと思えば笑うし。これだから作家になれるんだよな」

「早く連れて帰った方がいいかもな」

「ああ。おいジーン、帰るぞ」

タムが僕に向かって言った。

「へ？　帰る？　あー、帰るか」

「おまえはとりあえずほかの人と一緒に帰るんだ。それで今度車を取りにこい。いいな？　トーに頼んでホテルの守衛にそう言っとくから」

「わかったわかった。とりあえず飲むぞ！」

「ダメだよ。ジーン、もう飲むなって。グラスこっちによこせ！」

だれかがそう言いながら、揉《も》み合うようにして僕の手からグラスを取り上げた。僕は肩を押されて、ソファにもたれかかる。

「ジムと一緒にタクシーに乗って帰れ。もう奴には住所言っておいたから。家に着いたら奴にカードキーを渡せよ」

「ジム？　ジムってだれ？　ジムは俺のカードキーなんか持ってないって……」

僕はゆっくり首を横に振った。

「でも十八番は持ってる」

「十八番ってだれだ？」

「さあな。出版社の担当とかだろ」

「ジムは嫌だ。俺は十八番に電話して迎えにきてもらう」

僕はそう言って、自分の肩をしっかりつかんでいるだれかの手を引き離した。それからへなへなした腕をテーブルに伸ばして、スマホを手に取っていつものように指紋認証でロックを解除した。

まぶたが重いせいで画面があまりはっきり見えなかったが、発信履歴の画面から最新の相手の番号を押すことに成功した。

「十八番、おーい出ろよ」

「ジーン、おまえ大丈夫か」

僕はこっちを見ている友人の声がけも視線も無視した。何度か発信音が聞こえたあと、応答の声がした。柔らかくて低い声が最初に僕の名前を呼んだとき、僕はすぐ笑顔になった。

「ジーンさん」

「シップ」

「どうしたんですか。いまどこに……」

「迎えにきて」

「………」

僕がそう言うと、電話の向こうは一瞬驚いたように黙り込んだ。

「酔ってます？」

「だからぁ……えーっと、だれだっけ」

「いまだれと、どこにいるんですか？」

「酔ってます？」

「酔って？　いや、酔ってないよ」

「酔ってますね。それでどこにいるんですか」

「ホテル……」

「ホテル？　ホテルに……だれといるんです？」

「だからタムだって」

「タムさん？」

ナップシップの低い声がつぶやくように言った。

「そうですか。それで、もう帰るんですか？」

「うん」

「もう、僕がタムさんにラインしてホテルの場所を聞きます。ジーンさんはもう飲まないでくださいよ。いいですか」

「はーい」

僕はふにゃふにゃした声で言った。僕を心配するナップシップの声を聞くと、僕はすぐそれに従おうという気になった。

ほんとうはもうすこし話していたかったが、横を向くとタムが変な顔をしていた。それがあまりにおかしくて僕は笑ってしまい、それと同時にスマホを持つ手を下ろしたのでいつの間にか電話が切れていた。

「変な顔」

「十八番って……うちの子か？」

「なにが。十八番は十八番だろ」

「………」

なぜかタムはまだ変な顔をしていた。

「それで書かなきゃいけなくて……」

「ああ」

「すごいストレスだったんだよ」

「なるほどな」

「あっはっはっ」

「ストレスでなんでそんなに笑ってんだよ。ほんとに喜怒哀楽が激しい奴だな」

僕の話し相手をさせられているタムはぶつぶつ言いながら、ワーンがずいぶん前に水を注いでくれたグラスを手に取って僕の目の前にそれを出した。

「とりあえず水を飲め。たくさん飲めよ」

僕は顔をそむけた。

「いらない。しょんべんしたくなるから」

「しょんべんした方がいいんだよ。体からアルコールが出ていくんだから。おまえはほんとに……酔ってバカになるなら一人でやってくれ。あいつらに飲まされてこんなにベロベロになりやがって。結局俺が迷惑かけられるんだから」

タムはぶつぶつぼやきながら、なんとか僕に水を飲ませようとしていた。けれど僕は頭をうしろにそらしてそれを回避した。

「おい、こぼれるって。水がこぼれるだろクソったれ。ったく、ジムの奴もいつまで電話してやがる。あいつ人に飲ませといて先に帰りやがったな、あのダニやろう」

「だれがダニやろうだって?」

「おまえじゃないから、そんな顔しなくていい。ほら、水飲めよ」

「嫌だ」

「ジーン。ちゃんと水を飲めば、おまえはダニ天使になれる。でも飲まなかったら、おまえもあいつと同じダニやろうになる」

　タムがそう言うのを聞いて、僕はまた笑った。奴はぶすっとした顔をしていた。いまや上唇が鼻につきそうなくらいに顔をしかめている。それを見ているとおかしくて、何度もタムの顔を見てはそのたびに笑った。そんな顔でダニだのノミだの言っているのがなおさらおかしかった。

「それよりちゃんと座ってろよ。おまえは軟体生物か。ずり落ちて俺のうしろに隠れるのはやめろ」

　タムは体を動かした。一方の腕で僕の腰を支えて、まっすぐ座らせるように体を起こしてくれた。奴のその動きに僕は眉をぎゅっと寄せた。腹部を押されたせいで、さっき食べたものを全部吐き出してしまいそうになった。

「吐きそう」

「おい！　やめろよ。トイレに……」

「タムさん」

　タムがわーわー騒いでいたとき、VIPルームのドアが静かに開き、タムを呼ぶ声がした。

　僕はちょっと体を動かすことすら困難で、そちらを振り返ることもなかった。部屋のエアコンが寒くて、僕は友人にもっとくっついていたかった。

　なのに、突然だれかの温かい手に引っ張られたような気がした。がっしりした腕が僕を支えてくれたおかげで、楽な体勢を取ることができた。ただしそれは、僕がずるずるとすべり落ちてしまわないようにする程度の力でしかない。ぬくもりを感じたことで、吐きそうだった胃のむかむかも消えてなくなった。

顔を上げるとあごの先が見えた。そのまま視線を上に上げると、それがタムの事務所のハンサムな俳優の顔だということがわかった。

「十八番……なんでここに」

ナップシップの顔は最初はまるで氷像のようで、寒気を感じさせるほどだった。だがその鋭い目と僕の視線が交差すると、彼の表情はすこしずつ柔らかくなっていった。

「ジーンさんが僕に迎えにきてって電話してきたんじゃないですか」

「そうだっけ」

「………」

「ああ！　そういえばそうだった」

「それでどうしてこんなに酔っ払ってるんですか」

「さあ。タムが……」

僕はタムに誘われて友達に会いにきたと言うつもりだったが、タムの方を見ると、奴のしかめっ面が唖然《あぜん》とした顔に変わっていた。まるで幽霊にでも遭遇したかのような顔だ。いつからそんな顔をしていたのかわからないが、さっきまでの顔よりおかしかった。それで僕の言葉は途切れて、笑い声に変わった。

「タムさんが飲ませたんですか？」

タムが目を見開いた。

「いや、違うよ。俺じゃなくて俺の友達が飲ませたの」

「こんなに酔っ払うなんて、もっと早くとめた方がよかったんじゃないですか」

「いや、違うんだよ。久しぶりに会ったから、こいつも楽しくて飲みすぎたんだよ」

タムは表情を変えて、眉をすこし寄せた。

「まあとにかく、ジーンがおまえに迎えにくるように電話したんだから、おまえがこいつを連れて帰ってくれ。同じ部屋に住んでるんだし、俺やほかの奴が送っていくより都合いいだろ。こいつ、酔っ払うとこうなるんだよ。おしゃべりになるし、笑ったかと思えばすぐ機嫌悪くなるし。すこし我慢してやって。イライラすると思うけど、家に着いたらすぐベッドに放り投げとけばいいから……」

「………」

「なんでそんなふうに俺を見てる?」

ナップシップはわずかに口角を上げたが、目は笑っていなかった。

「おしゃべりなのはタムさんの方なんじゃないですか」

「はあ⁉」

「僕、車持ってきたんで。ジーンさんの車は、タムさんがコンドミニアムまで運んでおいてください」

「おいおい、俺は明日地方に出張なんだよ」

「その前でもいいじゃないですか。車の鍵はコンドミニアムのフロントに預けてもらえれば、僕があとで受け取っておきますから」

「このクソガキめ。ああ、わかったよ。明日鍵を預けたらラインする。それで……」

「………」

僕は立ったまましゃべっているタムとナップシップを見た。無意識のうちに自分のうしろに立っている人の胸にもたれかかっていた。体を起こそうとすると、長身の彼が左手を伸ばして僕の手をつかんだ。まるで体を離そうとする僕をつかまえておくかのようだった。

「それだけだ。ジーンをよろしくな。気をつけて帰れよ」

「はい」

それからナップシップが僕をホテルのラウンジから引っ張り出し、エレベーターで下の階へ降りていった。

酒の力というのはほんとうに人をおかしくさせる。僕はバカみたいににこにこするだけでなく、クスクス笑いがとめられなくなっていた。大して面白くもないことさえも面白い。僕は、ナップシップが物を運ぶように僕のことを抱えている姿を想像してまた笑った。

僕らは、ホテルのロビーと駐車場をつなぐ方の入り口から出た。そのあたりにはだれもいなかった。僕とナップシップの声と靴音だけが響く。

「ジーンさん、そんなふうにずっと笑ってると抱きかかえますよ」

「へ?」

「僕に抱きかかえられたくないですよね? だったらちゃんと歩いてください。あとすこしで車に着きますから」

「抱きかかえてもいいよ」

「…………」

「もう歩くのも面倒だし」

「…………」

「だから別に……うわっ」

僕の言葉は驚きの声に変わった。僕を支えながら歩いていたナップシップが突然立ち止まり、向き直ったかと思うと、両腕で僕のことをほんとうに抱き上げたのだ。

すべてのことがあまりにも一瞬だったからか、あるいはアルコールが脳の働きを鈍《にぶ》くしているからか、僕は彼に持ち上げられていると認識するまでに時間がかかった。そのあいだにも彼はどんどん前に進んでいく。さっき僕を支えながらよろよろ歩いていたときよりもはるかに速かった。

僕は目を大きく見開いて、相手を見つめた。

「………」

「………」

「なんで僕を見てるんですか。ジーンさんが抱きかかえてもいいって言ったんじゃないですか」

「僕はただ、きみならそれくらいできそうだなって思っただけで」

「できませんよ」

「………」

いま抱き上げているのに？　どういうことだ？

僕が困惑《こんわく》していると、なぜかナップシップが笑顔になった。

「だから落っこちて地面にお尻をぶつけたくなかったら、僕の首に腕をまわしてしっかりつかまってください」

僕は頭の中で尻を地面に強打する自分を想像した。そのイメージが浮かんだとたん、僕は目にもとまらぬ速さで両腕を相手の首にまわしてしがみついた。

ナップシップはしっかりとした足取りで歩いていく。ただし、さっきよりすこしスピードを落としたようだ。僕を落とさないようにしてくれたのだろう。

僕の鼻先がナップシップのあごに触れそうなくらいの距離で、僕は目の前にある横顔をじっと見ていた。彼の方が僕より十センチほど背が高いとはいえ、僕らは同じ男だ。僕のことを持ち上げることができる彼に、心の中で賞賛を送り続けていた。

あまりに長いあいだあからさまに見つめていたからだろう。ナップシップが視線を下げて僕と目を合わせた。そして魅力的な笑顔を見せた。

「あとでお礼に酒をおごるよ」

僕がそう言うと、それだけで相手の顔が険しくなった。

「もう十分ですよ。これ以上飲んでどうするんですか」

僕が答える前に彼の歩みがとまった。彼は僕をゆっくりと下ろした。僕には自分の体を支える力があまり残っていなかったので、ややふらついた。一方の手を伸ばしてナップシップの腕をつかむ。彼はなにも言わず、もう一方の手でズボンのポケットから車の鍵を取り出し、助手席のドアロックを解除して車のドアを開けてくれた。

ほのかに漂う芳香剤のすっきりした香りと、本革シートの匂いが鼻をくすぐる。シートを撫《な》でてから、僕はそこに体を預けてリラックスした。そして半分しか開いていない目で、ピカピカの高級車の中を見回した。

「きみの車?」

ナップシップが運転席に座ったとき、僕はつぶやくように言った。

「きみは車持ってないよね」

「酔ってるのによく覚えてますね」

「もちろん」

まだあまり脳は働いていなかったものの、僕は褒められたことが嬉しくて笑顔になった。顔を動かして横を見ると、ナップシップも同じようにほほえんでいるのがわかった。彼は僕の方を見ずに、エンジンをかけ車を駐車場から出した。

酒を飲み終わってからしばらく経ったとはいえ、まだときおり頭が重くてフラフラするような感じがある。

僕が座っているシートは、車の持ち主によってかなりリクライニングするように調整されていた。僕は一本ずつ通り過ぎていく街路灯を見ていたが、とくに面白くもなかったので別の方向に視線を向けた。

車のコンソール部分に、クリーム色のベロア生地でできた小さなクマの人形が置いてあった。車の雰囲気と対照的なその装飾品はとてもかわいらしく、僕は手を伸ばしてそれに触らずにはいられなかった。

「ジーンさん、いたずらしないで」

僕は眉をわずかに寄せた。触るのを禁止されたことにすこし不満を感じた。

「なんで」

「なんでじゃないですよ。酔ってるんだからおとなしくしてて」

「そんなに大事なんだ。恋人にもらったの？」

「なんでですか」

今度の低く柔らかな声は、ややうんざりしたトーンだった。

「ジーンさんがいたずらするからそう言っただけでしょ」

僕は彼が僕を子供扱《あつか》いすることは気にならなかった。ただ、別のことが気になった。肘掛けのところに肘をついて前のめりになり、彼に顔を近づけた。

「じゃあきみの恋人はなにをくれたの？　小説で使うための情報収集だ」

「ジーンさんは僕と一ヵ月近く一緒にいて、まだ僕に恋人がいるかどうかわからないんですか」

「いるに決まってる」

「…………」

彼は僕の言葉に驚いたように濃い眉をわずかに動かした。僕は笑いながら続きをしゃべった。声はヘロヘロだったが、気分はよかった。

「だってきみはイケメンだ。イケメンはだいたいみんな恋人がいる。ヒンだってきみのことが好きなんだから。もしあいつがきみの恋人がだれなのかを知ったら、失恋間違いなしだ」

「そうですか。じゃあジーンさんは？」

「え？」

「僕のこと好きで……」

「好きだよ」

彼の質問を最後まで聞かずに、かぶせるように僕は答えた。

「…………」

「初めてきみを見たとき、僕は胸がドキドキした」

ナップシップはまた黙った。ちらっと彼の方を見ると、僕が初めて見たとき胸がドキドキしたそのハンサムな顔に、優しい笑みが浮かんでいるのがわかった。

ナップシップはこれまでに何度も僕にほほえみかけてくれている。けれどなぜかこのときの笑顔は、すでに陽気な気分になっていた僕を、さらにいい気分にさせた。僕は彼の顔だけを見つめた。

自分の行動をコントロールすることができなくなっていく。アルコールの影響がさっきよりも強くなったせいで脈が速くなり、心臓も早鐘を打っていた。

「きみはいい子だ。この前も僕の原稿のことで助けてくれた」

「…………」

「きみが先に試してみた方がいいって言ってくれたけど、ほんとうにそのとおりだったよ。そうじゃなかったら、編集長がリアルに書けてるって褒めてくれることもなかったと思う」

「…………」

「ほんとにいい子だ」

僕の褒め言葉はとまらなかった。すこしだけ表情が変わったナップシップの顔を見て、それから僕はまたケラケラ笑った。さらに話を続けようと思ったところで、堪《こら》えきれずに出てしまったような小さな笑い声が聞こえた。

さっきまで驚いた顔をしていたナップシップが、今度は僕に代わって笑っている。

「なにがおかしいの」

「ジーンさんがおかしくて」

これまでずっといい子だと思っていた相手からあまりに単刀直入な答えが返ってきたので、僕は唖然として口を開けた。酔っていて頭の働きが鈍くなっていたせいもあるのだろう。僕の笑顔はすぐに消えた。

ずっといい気分だったのに、いまは逆にイライラし始めていた。いい気分のときは箸《はし》が転がっても笑えたが、イライラし始めると自分の体をコントロールできなくなるくらい腹が立った。

地団駄《じだんだ》を踏むように足を揺すった。

「僕のなにがおかしいの」

「……………」

僕の目が悪いのだろうか。彼の口角がさっきよりも上がっているのが見えて、僕はますます苛立《いらだ》った。

「おい、面白がるな」

「それ、禁止できるんですか？」

僕が知っているナップシップはこんな感じだっただろうか……。

いまはなぜかそれが思い出せない。僕は笑っているそのハンサムな顔をただただ見つめていたが、彼はこっちを向いて目を合わせようとはしなかった。

「知るかよ。とにかく禁止って言ったら禁止だ」

僕はぶっきらぼうに言った。

「なんなんだよ。もしかして、僕がきみにずっと頼らないといけないくらい作家としての能力がないとでも思ってるのか」

「ええ？　僕がそんなタイプに見えますか？」

「…………」

僕が答えずにいると、ナップシップの笑顔がまた変わった。僕はそれにもイライラしてしまう。それはよく見慣れたいつものほほえみだった。

「僕はただ、ジーンさんがああいうことに詳しくないって知ってただけです。ジーンさんの助けになるなら、必要なときはいつでも僕を呼んでください」

「…………」

なんなんだ。慰めてるつもりなのか。

そこまで聞いた僕は、体を動かして頭を反対側に向けた。突然体勢を変えたせいですこしめまいがした。高級車のシートのカーブに合わせて体をもたせて、僕はまぶたを閉じた。そのあとは一言もしゃべらなかった。

このときもしナップシップが振り向けば、僕がまだ眉を寄せているのが目に入っただろう。

そしてもし僕の心を読むことができたなら……。このあとできるかぎり遠くに逃げるべきだということがわかったはずだ。


車がコンドミニアムに到着するころには、僕は自分がだいぶ酔いから醒《さ》めてきた気がした。にもかかわらず、なぜか自分で自分の表情をコントロールすることができなかった。頭の中でなにかを考えていると、それがすべてわかりやすく顔に出てしまう。

僕はうつむいて顔を隠すことにした。だが顔を下に向けると、めまいがしてふたたび吐き気が襲ってくる。

ナップシップが車から降りるときに支えてくれたが、僕はフラフラだった。一瞬、車のドアの角に顔をぶつけそうになった。

「気をつけて」

「抱っこして」

「………」

「僕もう歩けないから、さっきみたいに抱っこしてよ」

自分の声がどんな調子だったかはわからないが、僕の腰に添えられていたナップシップの大きくて温かい手が、さっきと同じように僕を抱きかかえるためにすばやく移動した。彼が僕を落とさないように抱きかかえると、僕は彼から言われる前に彼の首に両腕をまわしてしがみついた。

僕はナップシップに成人男性を一人で運ぶ苦行をやらせた。僕が彼を手伝ったのは、カードキーでエントランスのロックを解除するときだけだ。

時刻はすでに深夜だったので、ロビーも薄暗いオレンジ色の照明が点《つ》いているだけだ。ほかの部屋の住人はだれ一人歩いておらず、廊下も静まり返っていた。

部屋に着くと、ナップシップが足を使って玄関ドアを閉めた。それから中に入って……。

「ちょっと待って」

「………」

「寝室に行って」

「…………」

彼が驚いているのが僕にはわかった。だから僕は彼の首にまわしていた腕の力を緩めて、相手の顔を見た。

「聞こえなかった？」

「聞こえてます。でもジーンさんは他人が寝室に入るのを嫌がるから」

「だからいま許可してるでしょ」

僕がかすれた声でそう主張すると、ナップシップには断る理由がなくなったようだ。彼は一言も文句を言わずに僕を部屋まで運んでいく。

僕は、ドアを開けてから寝室の中に足を踏み入れるまでの彼の行動をずっと観察していた。

「ドアを閉めて」

「…………」

ナップシップはほほえんだ。なにも答えずに言われたとおり肩を使ってドアを閉めた。

彼はベッドの端まで僕を運んできた。そして僕を下ろすために体をかがめた。もちろんそのときは僕もそれに協力した。背中に心地よい柔らかさを感じた瞬間、体の力が抜けて、そのまま眠ってしまいそうになった。ひんやりすべすべした肌触りのサテン生地のシーツに、ため息をつかずにはいられない。

だがあることを思い出して僕は目を見開き、ベッドから跳ね起きた。

あまりにも急な動きだったせいで、目の前が一瞬くらっとした。

「ジーンさん、気をつけてください」

ナップシップがすぐに動いて僕の腕をつかんでくれた。

数秒間よろめいたが、なんとかおちつくと僕は相手の手を払いのけた。この瞬間をずっと待っていた。チャンスが訪《おとず》れたとき、僕は顔を上げてナップシップと目を合わせた。ナップシップが僕の顔を見つめている隙に、彼を自分の方に引っ張って体を回転させ、自分に出せる最大限の力を使って、彼を大きなベッドの上に押し倒した。

酒が僕をヘロヘロにしていたが、それ以上に僕を大胆にもさせていた。

彼を押し倒したとき、その勢いで僕は額をナップシップのあごにぶつけそうになった。幸いにも、ギリギリのところで手のひらをベッドについて踏みとどまることができたが、手をついた場所は相手の耳のすぐ横だった。

「…………」

「…………」

僕の視線は、覆いかぶさっている相手の鋭い視線と交わった。

その数秒間、テレビの上の掛け時計の秒針の音がやけに大きく聞こえた。ナップシップはびっくりして固まっていた。

僕は内心、こいつみたいな王子でもこんなふうに慌てることがあるんだと、つい意地悪なことを考えてしまった。

僕が冗談を口にする前に、ナップシップから驚いた様子は消え去り、不思議そうに眉をひそめていた。

「なにをしてるんですか」

僕はまだにこにこしていた。話が長くなりそうだったので、彼のがっしりした腰の上にまたがるように座った。

「見ればわかるだろ」

「わかりません」

ナップシップはかすかに笑いながら首を横に振った。

「ふざけるのはやめて、シャワーでも浴びた方がいいですよ。眠いんじゃないんですか」

「僕はふざけてなんかない」

彼が信じていないような顔をするのを見て、僕は歯ぎしりした。だがその顔を見ているとなぜか無性に相手に対する欲情が湧いてきた。手を伸ばしてナップシップが着ていたシャツをつかんで、それから自分の方に引っ張った。

「僕はきみが欲しい！」

「…………」

今度こそナップシップの体は固まった。

「きみは、自分にできることがあれば手伝うって言ったんじゃなかった？」

「はい、たしかに……」

「そうだろ。いまそれが必要だ。僕は　きみが　欲しい」

僕は最後の部分をゆっくり、はっきり、一語ずつ強調して言った。

さっきナップシップが僕を抱きかかえながら部屋に入ったとき、彼の手はふさがっていたので電気を点けていなかった。部屋全体が薄暗い。僕がいつも仕事をしているパソコンデスクのところの窓のカーテンが開いていたのはラッキーだった。そのおかげで道路やほかの建物からの光が薄く差し込んでくる。窓枠から入った光が、僕の下にいる人物の体に沿って長く伸びていた。

僕の視界はぼやけていたが、それがナップシップをいつもよりさらに魅力的に見せた。

そのとき、彼がなにかを言おうとして形のいい唇を開けたのが見えた。どうせうるさい文句だろうと思い、僕は自分の唇を彼の唇に勢いよく押しつけて、いつもの低く柔らかい声を出せないように封じた。

唇をぶつけるように重ねて、それを押しつけたまましばらくじっとしていた。

僕が体を離すと、ナップシップが濃い眉をひそめているのが見えた。その顔を見るとなぜか僕は心の中がざわざわして、ますますイライラした。それで僕はもう一度顔を近づけることにした。

なんでそんなにしかめっ面なんだ。その態度はなんなんだ？　不満ってことか？

僕の唇がふたたびナップシップの唇に触れた。

しかしさっきのように激しくぶつかったわけではなく、その軽いタッチは、美しい羽の蝶《ちょう》がとまったか、あるいは柔らかい筆で撫でられているような、そんな繊細な感覚だった。

不思議なくらい軽いキスだったのに、心臓がとまってしまいそうなほどの強い衝撃を受けた。脳の一部は混乱していて、この短い時間で理解することは難しい。

だが体は動いていた。僕は自分の唇をぴったり重ね合わせ、ナップシップの唇を食《は》むようにした。前にキスしたときに自分がされたのと同じように、相手の下唇を吸った。前回彼が僕の舌を甘噛みしてきたことを覚えていたので、僕は口を開けて舌をすこし絡めたあとすぐに唇を離した。

「なんでそんな顔するの」

彼はまた眉をひそめ、さっきよりもさらに顔をしかめていた。

「そんな挑発的な台詞、どこの小説から仕入れたんです？」

「なんで。ただ……んっ！」

僕は、ただ我慢できなかっただけだとそっけなく言うつもりだった。

だが口を開いた瞬間、彼の大きくてがっしりした手が伸びてきて、僕の首のうしろをつかんでぐっと下に引き寄せた。彼自身も体を起こして僕の方に近づいた。

ナップシップは自分の口で僕の口をふさいだ。唇が触れ合うのはこれで三回目だったが、湧き上がった感情はさっきと同じではなかった。ナップシップが仕掛ける側になったとき、僕はまるで感電したかのように体が硬直した。薬を塗ったわけでもないのに、彼は熱く濡れた舌で僕の舌を麻痺させた。彼の舌が僕の舌を追うようにして舌を絡めてきたときも、僕はまぬけな声を出すことしかできなかった。

ナップシップの舌が、僕の口の中を舐《な》め尽くすように動く。知らないうちに体中のすべての毛が逆立っていた。彼の舌がふたたび僕の舌をとらえるために戻ってきたとき、ゾクッとする感覚が下腹部から脳へと駆け抜けた。

「んっ」

何分もそんなふうにしたあとで、ようやく……。

ナップシップは顔を横にずらした。濡れた唇が頬に沿って動いた。それが耳のところまで来たとき、僕は思わず首を縮めた。耳たぶを吸われて甘嚙みされたとき、僕は目を大きく見開いた。唇が移動して、舌先が耳の中を舐《ねぶ》る。

「ジーンさん」

「ん？」

「いま自分がなにをしようとしてるのか、答えて」

すこしかすれた彼の声が僕をくすぐったくさせた。

「えっと……」

「一度始めたらそのあとどうなるか、僕にもわかりませんよ」

「………」

「どう？　気が変わってシャワーを浴びたくなった？」

柔らかい声だったが、すこしだけ震《ふる》えていた。もっとたくさんの言葉で念押ししたいところ、それをぐっと堪えているような声だった。

そのあいだも彼の唇は僕の喉や肩へと、どんどん下に移っていった。僕はそれを制したりはしなかった。ただ相手の着ているシャツを手でぎゅっとつかみ、くしゃくしゃにするだけだった。

脳のおそらく一番深いところにある部分が、強く抵抗していた。自分が混乱しているとわかっていながら、僕はなぜか断固とした口ぶりで答えていた。

「いや」

「………」

「言っただろ……僕はきみが欲しい」

ナップシップはなにも答えなかった。彼の頭は僕の首元のところにもぐり込んでいたので、彼の表情を見ることはできなかった。

# カウント10

僕らはふたたび唇を重ね合わせた。ただキスをする以外、ほかのことはなにも考えられなくなっていた。

押し倒されていた姿勢から体を起こしたナップシップは、片方の腕を僕の腰にまわした。唇をくっつけたまま体勢を変え、向かい合った状態でベッドに横になった。

ナップシップの肌は熱く、舌はさらに熱かった……。

「もう一度乗ってください」

「…………」

ナップシップはベッドのヘッドボードのところに上半身をもたせかけた。大きな手が僕の足をポンポンと叩く。

「僕が欲しいんですよね？」

「ああ……」

「ならもう一度上に乗ってください」

彼の表情や声色は相変わらず柔《やわ》らかかったが、そのほほえみは人を騙《だま》すときのような笑顔だった。

僕の視線は縫い留《と》められたようにナップシップの顔からそらせなくなっていた。両手をそっと伸ばして彼の肩に置いて、彼の膝の上に自分の臀部《でんぶ》を乗せた。体重を百パーセントかけきる前に、ナップシップの手が僕の腰をつかんで、あっという間に自分の体に密着させた。もう一方の手も同じように腰にまわされる。

僕らの下半身はわずかなすき間もないほど密着していた。自分の局部が硬くなってきたことに気づき、僕は顔をしかめた。

ナップシップの人差し指が僕のワイシャツのボタンをそっと押した。

「脱いでください」

「………」

「もしこれがほかの人だったら、相手にリードさせませんよね？」

「わかってる」

「ふふっ……」

僕は彼のがっしりした肩から手を離して、自分の着ているスーツの上着を脱いだ。それを肩から下ろした瞬間、自分の指が小刻みに震《ふる》えているのに気がついた。腕を抜くときも必死だった。だがナップシップは、静かにほほえんだままこっちを見つめているだけだ。

彼が面白いものを見ているかのようにじっとしていたので、僕は堂々と脱いでやることにした。脱いだ上着は適当にそのへんに放り投げた。

最終的に、僕の上半身を覆うものはなにもなくなった。シャツを脱いでしまったあと、僕はじっと固まっていた。しかしナップシップの顔と目が〝それで次はどうしますか？〟と言っているのを見て、僕は心を決めた。

これまでに読んだいろんな小説を思い返した。

僕は手を伸ばして相手の手首をつかみ、それを引っ張って自分の素肌に触れさせた。自分でそうしたにもかかわらず、その瞬間僕は思わずビクッとしてしまった。ナップシップの手のひらは、僕の体の中を流れるアルコールと同じくらい熱かった。

彼の指先が僕の胸の突起をこすった。そこは大して意味のない体の一部だと思っていたのに、なぜか僕の体はビクンと痙攣《けいれん》した。

僕は無意識のうちに体をそらして逃げようとしたが、すぐに引き戻されてまた相手の体とぴったりくっついてしまった。ナップシップの太い腕がまるで鉄のベルトのように、僕をどこにも逃がさないようきつく巻き付いてくる。

「それだけ?」

「…………」

「それでおしまいですか?」

「ちが……ただ、びっくりしただけ」

結局僕はなにをしたらいいかわからなくなった。僕は動揺を消し去るためにもう一度唇を重ねた。ナップシップもそれを受け入れ、口を開けてゆっくりと舌を絡めてきた。

「んっ……んあっ」

僕の胸に置かれていた彼の手が動いた。今度はその手の持ち主の意志によって動いている。突然、彼の親指が僕の左の胸の突起をこするように押した。

ナップシップは僕の下唇を一度舐《な》めてから、あごの方へと舌を動かしていく。二人の唾液《だえき》が混ざり合って、どちらのものなのかわからなくなった。

鎖骨のところまで下りていった熱い舌先が、舐めてはキスをするのを繰り返していて、その音が広い部屋の中に響き渡っている。僕の手はずっとナップシップのシャツをぎゅっと握りしめていたが、鋭い痛みを感じるほど乳首を吸われて噛まれたとき、僕はそのシャツを引きちぎりそうになった。

「シップ……」

ただ痛いだけではなかった。それはジェットコースターに乗ったときのようなゾクッとする感覚に似ていた。さっき触られたのと同じ側の胸の突起を彼の舌先が舐めたとき、彼は鋭い視線を上げて僕の顔をちらっと見た。

僕は自分の頰のあたりが一瞬で熱くなるのを感じた。

ナップシップが自分の乳首を見ていてそこに触れていると認識しただけで、僕の頭は沸騰しそうになる。

「ねえ……あっ！」

僕がなにかを言おうとした瞬間、ナップシップの熱く濡れた唇が乳首を強く吸い上げた。

思わず声が漏れてしまい、僕は歯を食いしばった。彼が乳首を吸っては舐める恥ずかしい音を聞いていることしかできない。

「いっ」

彼が僕の乳首を噛むように引っ張ったせいだ。その痛みを散らそうと、僕は彼の肌に爪を立てた。

「痛いっ……なんで噛むの」

「ジーンさんはこういうのが好きでしょう」

「好きじゃない！」

「……？」

彼は濃い眉を上げた。

「好きじゃないなら、これはなんですか」

からかうような声でそう言われた僕は、うつむいて彼が示した方に視線を向けた。いつの間にか僕のズボンのファスナーが下ろされていた。僕の下半身にある器官は、黒のボクサーパンツ越しにその形がくっきりわかるほど勃起していた。

いままでの彼の愛撫《あいぶ》や彼と体を密着させていたことへの反応が、そこにむき出しにあらわれていた。ナップシップは人差し指の先で優しく円を描くように、下着の濡れた部分をなぞる。いじられればいじられるほど、僕のそこはビクビクと震えた。

「っ…………」

僕は……バカみたいに目を大きく見開くことしかできなかった。

男には我慢汁というものがある。僕だって男なのだから、自分で自分を慰めてきた経験があるから知っている。ただ、同性であるナップシップに触られたときにこんなふうになるなんて思っていなかったのだ。

「さわ……」

僕が〝触るな〟と言い終わる前に、ナップシップの手が僕のそこにぴったり重ねられた。すらっとした五本の指にそっと握られた。それからゆっくり動き始め、緩急をつけながら上下にしごいた。

「ナップ……あっ」

相手を罵《ののし》るつもりが、喘《あえ》ぐような声しか出てこない。

僕の体の中心にある敏感な部分は、強くも弱くもない力で握られていた。その手がゆっくり上下に動くだけで、僕は歯を食いしばってそこからの刺激に耐えなければいけなかった。

僕はうつむいてナップシップの肩に額を乗せた。顔を隠しているにもかかわらず、そしてもはや体をまっすぐ保てなくなって相手に寄りかかっているにもかかわらず、僕は体をひねって声を出したくなってしまうほどの刺激に襲われた。

「う……あっ……ああっ」

遅いのが速くなり、それからとまる。最初は果ててしまいそうなほど高ぶるのだが、そのあと遅くなるところで高ぶっていたものも一緒に勢いをなくしてしまう。その繰り返しに僕はとうとう我慢できなくなっていた。

頭をぐるぐるまわされているような感じだった。実際、僕の酔いはまだ醒《さ》めていなかった。

「下も脱いでください」

彼の手が突然とまった。ナップシップの声に僕は恐る恐る顔を上げた。ぼやけた視界の中にナップシップの顔が映ったとき、彼はじっとしていた。

それから僕の方に顔を近づけると、彼は大きな音を立てて僕の口にキスをした。

「脱いでください。ねえ、僕が欲しいんじゃなかったんですか?」

「………」

僕はまだ動けずにいた。結局ナップシップが手を下に伸ばして僕の臀部を支えた。一度揉《も》まれただけでビクッとしてしまう。

「じゃあお尻を上げて。僕がやってあげますから」

きっと他人に触られた体のまんなかがうずいているからだろう。それにまだ酔っているから……。

僕はすべて彼にされるままに体を動かした。ついに僕の体はなにも身につけていない状態になった。目の前の人物がまだすべての服を身につけているのとは対照的だ。

ナップシップの頬が僕の頬にくっついた。彼の唇が僕の耳に近づいたとき、彼が小さく笑うのが聞こえた。

「恥ずかしいけど、もうとめられませんね。こんなにして」

ナップシップの言う〝こんなに〟とは僕のそれのことだった。彼はそう言うと、熱い手のひらでふたたびそれを握った。

「ああっ」

そこがすでに敏感になっていたからだろう。もう一度触れられたとき、僕は眉をぎゅっと寄せて苦しげな顔をした。涙が出そうなほど体が熱くなっていた。

「先に手伝ってほしい？」

「ん……あっ」

「どうしますか？」

「………」

彼の質問はまったく耳に入ってこなかった。僕は苦しさに悶《もだ》えるあまり、無意識に自分から彼の手にこすりつけるように体を動かしていた。僕の脳はなにも考えられなくなっていた。

ただわかるのは、もう我慢できないということだけ……。

僕が答えずにいると、ナップシップもそれ以上なにも言わなかった。今度は彼の手は躊躇《ちゅうちょ》なく動いた。

彼はもう一方の手を持ち上げて僕の唇を撫《な》でた。そしてその指がすこしずつ僕の口の中に侵入してくる。彼は人差し指と中指で僕の舌にそっと触れた。

僕は自分の中の高ぶりがさらに募っていくのを感じた。ナップシップが指を口から離したとき、僕は自分の唇をぎゅっと結んだ。その瞬間、僕は快感に身を任せるように目を閉じた。ところが、一分もしないうちに僕はふたたび目を開けなければならなくなった。

「あ……あっ」

「…………」

突然、うしろの敏感な部分に彼の指先が触れたのだ。

急なことに僕は戸惑《とまど》った。とっさに頭を上げて目の前にいる人物の顔を見た。彼の鋭い目は、僕の様子を観察するかのようにじっとこちらを見つめていた。僕は自分の中に渦巻《うずま》く感情を隠しきれなかった。

ナップシップの肩に置いている自分の手が緊張して震えているのがわかる。結局、僕は無意識にその手のひらに体重をかけてしまっていた。そしてどうやらナップシップも僕の不安に気づいたようだった。

自分だけが触れることができるはずの部分をこれ以上他人に知られてしまうのかと考えていたとき、彼の手と指先がそこから離れた。

……彼が小さくため息をついた。

まだ意識がぼんやりしている中、すべてが僕を混乱させていた。

「ナップシップ……？」

「残念、ローションがありません」

彼の声はまだかすれていたが、そう言って笑った。

「いまはここまでにしておきましょう」

「………」

「でも次のチャンスがあれば、僕はもう気が変わることはありませんから」

僕が言い返そうと思って口を開く前に、彼の大きい手のひらがふたたび僕のそれに触れた。脳の思考回路がまた散らばっていく。

そしてそれだけではなかった。ナップシップは僕の手を取って、同じように自分のズボンの冷たいファスナーの部分に触れさせた。そしてそれを下ろすと、もう十分すぎるほど我慢したというように、すぐに僕の手に、熱くて硬い自分のものを押しつけた。

ナップシップの手が僕の背中にまわり、二人の体をさらに密着させるように引き寄せた。そしてもう一方の手は、二人のものを合わせて握り込んだ。そんな状態でしごかれて、僕はもう喘ぐのと唇を嚙むのとを繰り返す以外、なにもできなくなった。

ぼんやりした視界の中で、なにかを必死に抑えているようなハンサムな顔が見えた。

僕は顔を近づけて、ふたたび自分の唇をナップシップの唇に重ね合わせた……。

何時間閉じていたのかわからないまぶたがゆっくりと開いた。最初に見えたのは、自分の寝室のきれいな白い天井だった。丸い蛍光灯もいつもと同じだ。

ただ、すべてのものがぼやけて見えていた。そして徐々にめまいと頭痛がしてきた。何度かまぶたを閉じては開けるのを繰り返す。だけどまだすこし眠かったので、僕はもうしばらく眠ろうと思った。

だが……。

ちょっと待て。

僕は目を見開き、ベッドから飛び起きた。脳の一部が警告音を発していた。

昨日の夜……。

一分もしないうちにいろんな映像が脳裏に浮かんできた。それをすこしずつ思い起こしていく。

僕は昨晩大学時代の友人たちと飲んでいた。トーがおごってやると言ったので、僕は調子に乗って何杯も飲んでしまった。それからナップシップが僕を迎えにきたような気がする。

だがどうやって帰ってきて、いつ家に着いたのかはまったく思い出せない。なんとなく覚えているのは、彼が苦労しながら僕を部屋に運んできたこと、それから……。

『僕はきみが欲しい』

「クソ……」

僕の顔は青ざめた。

アルコールのせいで頭が混乱して、夢と現実のはざまにいるような感じがした。それでもまったく思い出せないわけではなかった。酔っているときは脳が体をコントロールできなくなって、心の奥にある心配ごとや考えごとがすべて表に出てしまう。

僕は自分の原稿のセックスシーンのことで悩んでいて、それをナップシップにぶつけて……彼をベッドの上に押し倒した。

僕はいったいなにをした？

いくら反芻《はんすう》しても、僕とナップシップにいったいなにが起こったのか確信が持てなかった。僕が彼の上に倒れるように乗っかって、そのまま二人で寝てしまった。きっとそうだ。そうに決まってる。大したことはなにもなかったはずだ。

なにも……なかったよな？

僕の体の方は間違いなくなにもなかった。体を動かしたり立ち上がったりしても、なんの痛みも感じなかったからだ。だから僕に関してはなにも問題ないと言いきれる。だが……ナップシップは？

「………………」

僕は呆然《ぼうぜん》としたままベッドの上で固まっていて、部屋のドアが開いたことにも気づかなかった。名前を呼ばれたとき、僕は跳び上がった。

「ジーンさん」

「……！」

気楽な部屋着を着た、見慣れた長身のイケメンが部屋に入ってきた。そのハンサムな顔はいつもと同じ優しい笑みを浮かべている。

「なんでそんな顔をしてるんですか？」

「………………」

ナップシップが笑うのと正反対に、僕は幽霊を見たかのような顔をしていただろう。さらにその顔を指摘されたことで、僕の表情はますますおかしくなっていった。

僕が汗をかいて目を泳がせながら焦《あせ》っていると、ナップシップが近づいてきた。彼は僕から数センチしか離れていないベッドの上に腰を下ろした。彼の鋭い目が、いまの僕の状態をチェックするようにこちらをじっと見つめる。それから彼の温かい手が僕の頬に触れ、僕はふたたび身を固くした。

「具合が悪いですか？」

「すこし頭が痛い」

僕の口は無意識のうちにそう答えていた。

「じゃあ、なにかおなかに入れてから薬を飲んでください。いま持ってきます」

「待って！」

……僕は両手を伸ばしてナップシップの腕をつかんだ。そこで我に返った。焦った勢いで力を込めすぎてしまい、彼は半歩うしろによろめいた。

「はい？」

ナップシップは濃い眉を上げて僕の顔を見た。僕は相手を一瞬見ただけで、視線をそらしてしまった。

「あのさ、昨日の夜……」

「はい？　昨日の夜がなにか？」

「昨日の夜は……」

僕は突然自信のない人のようになってしまった。顔を上げてナップシップを見ると、その鋭い目の中にわずかに面白がるような気配が感じられた。

「昨日の夜は……なにも問題はなかったよね？」

「問題？」

彼の濃い眉の片方が高く上がった。

「どんな問題ですか？」

「問題は問題だよ。僕ときみに関する問題」

「なかったですよ。なにも問題はありません」

「それはつまり、僕はきみになにもしてなくて、きみも変わったところはないってこと？　全部いつもどおり？」

「………」

僕がそこまで訊《き》くと、ナップシップはなぜか黙り込んだ。すこしずつおちつきを取り戻していたが、ふたたび不安が募っていく。

「なんで黙るの。そうならそうだって早く答えてよ。僕はきみになにもしてない、そうだよね？」

頼むよ。僕はきみを襲ってないって、頼むからそう言ってくれ。なあ。

「なにかしたかと言えば……なにもしてません」

「よかった……」

「ただ、ジーンさんは僕のあそこを触りました。それと何度も強引にキスしました」

「はあっ!?」

安堵《あんど》のため息もついていないうちに、僕は顔を上げて大声を出した。熱いものを触ったときのように、僕は相手の腕をつかんでいた手をパッと離した。

あそこを触った？　強引にキスした？

僕とナップシップが……。

僕は間違ったものでも見るように、〝他人のあそこを触ってしまった〟自分の手を見た。

それからなんとか口を開いて言葉を紡《つむ》いだ。

「その……あそこを触るのは、男にとっては別に大した問題じゃないよな」

「………」

「僕も男だし、きみも男だ。僕の方は気にしてないから、あんまり深く考えないで……」

「考えます」

「………」

僕のフォローの言葉は途中で遮《さえぎ》られてしまった。

「もしジーンさんがだれかにあそこを触られたら、深く考えずにいられますか？」

そう言われて、僕はうまく返すことができなかった。彼の言葉どおり、自分だったらと想像してみた。

そうだ、僕だって間違いなく深く考えるはずだ。もしかしたらこの世界には、男友達と一緒にAVを観て、隣で自慰を手伝ったりお互いに触り合ったりする人もいるのかもしれない。だがあいにく僕はそういうタイプではない。

心の中では結論が出ていたが、僕は彼に深く考えさせないようにしたくて別の答えを口に出した。

「僕は考えないけど……」

「ジーンさんの顔には考えるって書いてありますよ」

「……。ああ、そうだ！　考えるに決まってる。それから僕は自分のあそこを触った奴を殴るだろうよ。なんでそのとき、きみは僕を殴らなかったの？　口の中が切れるまで殴って、それから蹴っ飛ばしてノックアウトすればよかっただろ。それで話は済んだのに」

今度はナップシップが表情を変えて眉をひそめる番だった。

「僕にはそんなことできません」

「なんでできないの？」

もしそうなっていたら、起きたときに体が痛んだだろう。でもそっちの方が、起きたときに自分が同居人に強引にキスしたりあそこを触ったりしたと知るよりもまだましだ。

「ジーンさんの顔に傷をつけたくなかったから」

そう言うと、ナップシップはふたたび手を伸ばして僕の頬に触れた。彼の鋭い視線が、頬のあたりをそっと撫でている指先と一緒に下がっていった。

それから彼は軽く頬を押した。

「実際にやったらすごく痛いですよ。耐えられます？」

「ああ！」

「でも僕は耐えられない」

「…………」

僕は不思議な顔をして、相手の手を引き離した。

「きみが殴られる側じゃないのに、なんで耐えられないの……」

「ジーンさんが痛がってるのを見るのは、たとえほんのわずかでも僕には耐えられない」

「…………」

「それに……もしジーンさんが訴えたりしたら、僕は罰せられてしまいます」

「それできみは殴らなかったわけだ。わかった、もういい。話を元に戻そう。結局は……僕が悪かったっていう話だね。ごめん。でももう起こったことはどうしようもない。時間を戻すわけにもいかないし」

「それはつまり……ジーンさんは責任を取らないってこと？」

「なんで責任を取らないといけないの。責任ってなんの責任？」

相手は口を曲げた。そのハンサムな顔が僕の方に近づいてきた。あまりに近かったので、僕は体をのけぞらせてしまう。その体勢が自分が相手をベッドに押し倒したときのことを思い出させて、勝手に顔が赤くなる。

ナップシップの低く柔らかい声がゆっくりしゃべるのを聞いていると、催眠術にかけられているような気分になってきた。

「ジーンさんが僕のあそこを触ったことについてです」

「それは……責任を取らないといけないわけ？」

「ほかの人のことはわかりません。でも僕はもうあなたのものです」

「きみが僕のもの⁉」

そんなバカな。ナップシップの言葉に、僕はまるでだれかに無料で一億バーツをもらったかのように唖然《あぜん》として、口をあんぐりさせ目を見開いた。

「はい。あなたのものです」

「いや、えっと……」

僕はなにも言えなかった。いつもならきっと軽く笑い飛ばしていたところだろう。だがいまは、信じられない気持ちで目の前の人物を上から下まで何度も観察することしかできなかった。

「きみだって男なのに、なんで女の子みたいなこと言うの。だいたい僕らは男同士だろ」

そこまで言ったところで僕の顔はすこし険しくなった。

「なのにその……とにかく、そんなのおかしいだろ」

実際、同性同士なのにまるで男女間のことと同じように訴えてきている。僕はなにかよからぬことが起こるのではないかと不安になった。たとえば……彼が僕に強姦《ごうかん》されたと通報しにいくとか。

「僕はこういうことに……かなり敏感なんです」

「わかったよ。それで、きみは僕にどう責任を取らせたいの？」

それだけで、ナップシップはわずかにほほえんだ。

「僕はジーンさんを困らせたいわけではありません。でも、僕はもうジーンさんのものなので」

「はあ⁉」

「僕のこと、面倒見てくださいね」

僕は窒息しそうになるほど息を呑《の》んだ。そして目を大きく開いて、すぐに首を横に振った。

「バカじゃない。僕のものってなんだよ⁉　聞いただけで鳥肌ものだ。僕は愛人を囲うパパじゃない。それにあそこを触っただけで面倒を見ないといけないってどういうことだ。ならもし僕がきみを強姦したら、僕はきみと結婚しないといけないのか？」

「もちろんです」

「………」

こんなの……いままでの人生で遭遇した中で一番ふざけた話だ。

「ありえない。僕はだれかの面倒を見るつもりなんてない。自分一人だって大変なのに」

「つまりジーンさんは自分の責任を放棄するということ？」

「ああ、クソッ。きみみたいな人、だれかに面倒を見てもらう必要なんかないだろ。それに……次の火曜日にはきみは出ていく約束だろ」

「………」

そこまで言ったとき、僕を見つめるナップシップのハンサムな顔には、非難するような感情が混ざっていた。彼の表情を見て、僕は黙り込んでしまった。大きな罪悪感の塊《かたまり》が、僕の胸に押し寄せる。

僕は唇をきつく噛んだ。なんとかこの問題を解決する方法はないかと考えをめぐらせる。

僕は厚い布団をめくり上げた。手を伸ばしてナップシップの近い方の手を取り、黒のボクサーパンツを穿《は》いている自分のまんなかに当てた。それからすぐに相手の手を引き離して、布団を引っ張って元どおりにかけた。

「僕……僕のも触らせたから、これでおしまい」

「………」

「…………」

すべては一分もしないうちにすばやく終わった。けれど僕がそう言ったあと、長い沈黙が続いた。

「ふっ……」

「なにがおかしいの……」

沈黙を破ったのは、かすかに漏れた笑い声だった。最初は驚いて固まっていたナップシップの表情がすこしずつ変わっていく。彼は笑っているのを隠そうとするかのように、うつむいて顔を下に向けた。

「だって、そんなかわいいことをするからですよ」

「はあ⁉」

「そんなふうにタッチするだけだったら、僕だって気にしません……」

ナップシップの体が僕の方にさらに近づいてきた。口元には笑みが浮かんでいた。

「でもジーンさんは、撫でたり、触ったり、握ったり、しごいたりしたんです。なのに僕にはそれしかさせないなら、あんまりフェアじゃないですよね」

撫でたり、触ったり、握ったり……しごいたりした⁉

「…………」

「ジーンさんは前に、僕のことを迷惑とは思ってないって言いましたよね。それなら、僕が一緒にいても問題ないはずですよね？」

もう何度目か、僕がどうすればいいのかわからずに黙り込んでいると、ナップシップが体を離した。彼の表情が変わった。口元の大きな笑みは、いつもと同じ王子のようなひかえめなほほえみに変わり、そのまま真剣な雰囲気に戻った。僕がさっき引っ張って自分のあそこに触れさせた方の手がゆっくり持ち上げられ、そしてその手が僕の頭の上に置かれた。

彼の細長い五本の指が、起き抜けでボサボサの髪の毛を梳《と》かすように優しく撫でる。

「ジーンさんは僕のこと嫌いじゃないですよね？」

「それはまあ……」

「ジーンさんは僕のことが好き」

「……!?」

「初めて僕を見たとき、胸がドキドキして……」

「わあああ」

彼が聞き覚えのある言葉を口にしたとき、僕の顔は火が点《つ》いたように熱くなった。

『好きだよ。初めてきみを見たとき、僕は胸がドキドキした』

アルコールによってすべてを忘れたわけではなかった。だがなぜ、よりにもよってそんな恥ずかしい部分だけを覚えているのか。

「どうしました？」

「僕……僕、おなか空《す》いた」

そんなふうに話をそらすと、彼は笑った。笑顔の中に含みを持たせたまま彼は小さくうなずき、手を離して立ち上がった。

「いまなにか持ってきます。ジーンさん、頭が痛いって言ってましたよね。食べ終わったら薬も飲んでください」

「うん、ありがとう」

相手がこっちを見ていないとわかると、僕は部屋の外へ歩いていく彼の広い背中を目で追いかけた。それから大きくため息をついた。自分のまわりに漂っていた恥ずかしさが、すこしずつ薄まっていくような気がした。

『ジーンさんは僕のことが好き』

……好き。

僕とナップシップが使っている〝好き〟にそんなに深い意味はないはずなのに、それを聞くとどうしてもくすぐったくなる。顔はまだ熱かったが、僕はその熱さのことをなるべく考えないようにした。

僕は結局ナップシップの質問にまだ答えていない。話は途中で終わったままだ。

昨日の出来事は僕のせいで起こったことで、二人が意図した結果ではなかったとはいえ、それはよくないことだ。罪悪感はあったが、この先また同じようなことが起きるかもしれないと思うと、ナップシップはどこか別のところに引っ越させた方がいいという考えがさらに大きくなった。

あと二日……。

僕は手を動かして自分のスマホを探した。枕の近くにあるのを見つけると、それをつかんですぐにラインを起動した。

ジーン：タム　おまえいつ地方から戻ってくる?
ジーン：どうにかしてほしいことがある

# カウント11

僕がタムに送ったラインは、午後十時くらいまで何時間も未読のままだった。シャワーを浴びていると、スマホが鳴る音が何度か聞こえた。濡れた体で出ていって画面を確認すると、タムからの不在着信が残っていた。

昼間、タムにラインを送ったあと、ナップシップがいい匂いのする食事と、薬と水の入ったコップを持ってふたたび部屋に入ってきた。それを差し出すと、彼は僕の仕事机の椅子を引っ張ってきて、僕の近くに座って見ていた。追い払おうとしても、彼は食器を下げるから待っていると言って聞かなかった。結局僕は一人で恥ずかしさを感じながら、大急ぎで食事を口に運び、咀嚼《そしゃく》して飲み込んだ。すっかり食べ尽くすと、僕はもうすこし眠りたいと伝えた。彼はうなずいて、子供にするように僕の頬と頭を撫《な》でてから、笑顔でおやすみなさいと言って部屋を出ていった。

僕は部屋を出ていこうとする彼の広い背中を不思議な気持ちで見つめた。いや、違う。どこかおかしいのはナップシップのはずだ。

「もしもし」

耳に当てたスマホを肩で押さえて、考えごとをしながらクローゼットを開けてパジャマを探していると、スマホからタムのうるさい声が聞こえた。

「さっきはなにしてたんだよ。それになんでビデオ通話じゃないんだよ」

僕はタムの言うことは無視して、単刀直入に訊《き》いた。

「それよりおまえ、いつバンコクに戻ってくるんだ？」

「あ？　なんでだよ。また飲みにいこうって話か？」

「いつ帰ってくる？」

信じてもらえないかもしれないが、もう当分のあいだ酒は見たくない。

「火曜日までに戻ってくるか？」

「それくらいだ。たぶん火曜の早朝くらいだと思う」

「それならちょうどいい」

タムの返事を聞いた僕の声のトーンは一段階明るくなる。

「家に帰る前にうちに寄って、ナップシップを連れて帰ってくれ」

「ナップ……はあ⁉」

「いいな」

「シップを連れていくって……あいつを連れて、どこに行けって？」

「おい、わかるだろ。別の場所に泊まれるように連れていってくれってことだよ。火曜日でちょうど一カ月だ」

タムはしばらく黙り込んでいた。混乱する頭をなんとか回転させようとしているようだった。それから不安げな弱々しい声で尋ねてきた。

「おまえ……それ、あいつとはもう話したのか？」

「話したさ。おまえにもそう言っただろ。もう忘れたのか？」

「そうか」

タムの声はすこし明るくなった。

「それでシップはなんだって？　もう荷造りはしたのか？」

「まだだ」

「まあ、荷物もそんなに多くないしな」

「違うんだ。シップは、まだここにいるつもりだから荷造りはなにもしてないって言ってる」

「はっ!?」

電話の向こうから大きな声がした。タムの奴が何回も同じ言葉を繰り返すのを聞いて、僕は顔をしかめた。

「ちょっと待て……待てよ、待て待て。シップはまだいるつもりだって？」

「だからそうだって。それでおまえに迎えにきてもらいたいんだよ」

「…………」

僕はスピーカーをオンにした。スマホをベッドに投げてTシャツを着た。Tシャツの襟《えり》から頭を出して、スマホの方を振り返る。

「なんで黙るんだよ」

「お……俺は、まずあいつとよく話し合った方がいいと思う」

「だから話したって。ただ……その、ちょっと問題があってそれ以上話せなかったんだよ。だからおまえが迎えにくる方がいいんだって」

「いや！　絶対よくない。おまえがあいつと話して納得させるのが先だと思う。あいつが納得してちゃんと荷造りも終わったら、そのとき連絡してくれ。そしたらすぐに車を飛ばして迎えにいくから」

「時間の無駄だろ。おまえが来て彼の荷造りを手伝ってやればいいだろ」

実際のところ、僕だってこういうやり方は心苦しいが、仕方ない。そのくせ自分からはどうしても伝えにくい。ナップシップの非難するような顔は見たくなかった。

さっきも別の問題が勃発したばかりだ。僕には、いま彼と話をできるほどの勇気はない。

「おまえが先に話した方がいい。俺を信じろ」

「なんなんだよ、まったく」

「なあ頼むよ、ジーン。俺にはとても……」

「なにが俺にはとてもだ」

僕はちらっと時計を見た。

「知らないよ。火曜日、忘れるなよ。もし来なかったらどうなるかわかってるな」

「頼むよ、ジーンノン」

僕はスマホのスピーカーから聞こえるタムのうめき声を無視して、通話終了のボタンを押した。それからスマホをベッドライトのところの充電器に挿した。髪を拭《ふ》いて乾かすため、ベッドの端に腰を下ろす。

髪を乾かしているあいだもどうしたものか考えていたが、うまくまとまらない。十分ほど経って髪もすっかり乾いたころ、僕は頭を左右に振り、手にしていたタオルを適当に放り投げた。

いつもなら僕は面倒くさくてスリッパを履《は》かないのだが、今日は足を使ってベッドの下からそれを引っ張り出した。スリッパを履けば足音がしなくなる。これで僕が部屋の外に出ても、ナップシップには気づかれないはずだ。

ナップシップが食事を持ってきてくれて以降、なにも食べていなかったので、死ぬほどおなかが空《す》いていた。とりあえずママーを茹《ゆ》でて食べようと思った。

ドアノブに手をかけてゆっくりまわす。顔を出してみると、部屋の外は電気が消えていて真っ暗だった。

……きっともう寝てるんだろう。明日は大学もあるはずだし。

僕はなるべく足音を立てないようにそうっと歩いた。キッチンのところの小さな電球を点《つ》けて、IHコンロ用の鍋を取り出し、水を入れて加熱した。沸騰するのを待つあいだに冷蔵庫を開け、なにか一緒に入れる具材はないかと探す。

野菜に……豚ひき肉？　僕の家の冷蔵庫にこんなものがあっただろうか。

「使っていいかな……」

「どうぞ」

「わっ！」

突然の声に僕は手にしていた豚ひき肉のトレイを落としそうになった。しかし幸いにも、もう一人の手が僕の腰の横から伸びてきてそれをつかんでくれた。僕は反射的に小さく口笛を吹いた。

だがいまの状況を思い出して、すばやく体をそらした。

「ナップ……ナップシップ？」

部屋着姿のナップシップがそこに立っていた。

僕がぶつぶつ独り言を言っているあいだに、彼はいつの間にか僕のうしろに立っていたのだ。

ナップシップはにっこりと笑った。

「ママーをつくるんですか」

「あ……ああ。それよりきみ、なんでまだ寝てないの。もう深夜だよ」

そう言ったときの僕の表情はややぎこちなかっただろう。僕がわざわざ自室で長時間空腹を我慢していたのは、彼と顔を合わせたくなかったからだ。そのために今日は仕方なくママーを夕食にすることにしたのに。こんなふうに鉢合わせるなら、僕の我慢代をピザで弁償してもらいたい。

「ドアのすき間から、キッチンの明かりが見えたので」

「ああ……そう。じゃあ僕もさっさとつくるから、きみは寝なさい。電気もすぐに消すから」

「僕はまだ眠くありません」

「横になってればそのうち眠くなるよ」

ナップシップは小さく首を横に振った。

「まだ寝たくないんです」

「目をつぶって瞑想《めいそう》でもしてればすぐに眠くなるよ。僕を信じて」

彼は小さな笑い声をこぼした。

「そんなに僕を追い払おうとするのは、昨日のことがまだ恥ずかしいからですか?」

僕の手がすべって、ふたたび豚ひき肉のトレイを落としそうになった。

「き……昨日のことは関係ない。僕はただ、明日きみが早く起きて授業に行かなきゃいけないんじゃないかと思っただけ。早く寝ないと起きられなくなるよ」

「明日は授業はありません。午後二時に撮影現場に行くだけです」

「あっそう……」

僕が彼を部屋に追い返す手立ては完全になくなってしまった。

これ以上なにを言えばいいのか……。

ちょうど鍋の中の水が沸騰したので、僕はスプーンを手に取り、トレイの中の豚ひき肉をすくって入れた。

ポチャッ！

「あっつ……っ」

僕のすくった豚ひき肉が鍋に勢いよく落ちて、沸騰したお湯が僕の手にはねてしまった。

背後から感じる自分を見つめる鋭い視線が、僕をおちつかなくさせていた。

よくもやりやがったな、悪い豚め。

ひとまず豚ひき肉のせいにして、僕は顔をしかめた。

だがそれ以上なにかをする前に、手に持っていたトレイが大きな手に引き取られた。それと同時にもう一方の手が伸びてきて、熱湯がはねた僕の手をシンクの蛇口のところへ引っ張っていった。

冷たい水を出して、やけどした箇所に当てるように流した。彼の親指がその部分を優しくさする。そのあいだ僕は立ったまま目を瞬かせながら、自分の手と、濃い眉をわずかにひそめたナップシップのハンサムな顔を交互に見ていた。

「えっと……」

「座っててください」

「え？」

「僕がやります」

「いいよ。自分でやるよ」

ナップシップはわずかに目を細めた。

「さっきみたいになったら危ないですから」

「ちょっとはねただけだよ。鍋のお湯が全部かかったわけでもないし」

「でもやけどはやけどですよね？」

「こんなの、だれでもやるだろ」

「ほかの人のことはどうでもいいんです。でもジーンさんはやるべきじゃないです。座っててください」

「…………」

なんでこんな子供をたしなめるみたいな言い方されなきゃいけないんだ……。

結局ＩＨコンロの前に立つのをナップシップに代わった。

僕はふてくされた顔をして、豚ひき肉を入れてからママーの麺を鍋に入れて調理する彼をそのまま立って見ていた。

「野菜も入れますか？」

「きみが買ってきたの？」

僕は彼が冷蔵庫を開けて白菜を取り出すのをながめながら、そう訊いた。

「そうです。ジーンさんに食べてもらおうと思って」

ナップシップはいつもと同じ低くて柔《やわ》らかい声でそう言った。

その声になにかとくに変わったところがあるような感じはしない。だが、なにか妙な感じが耳から忍び込んできた気がして、僕は一瞬固まってしまった。

「ママーばっかり食べるのはよくないです」

「だってほかに食べものがないから……」

ナップシップはどんぶりに中身を注ぎ入れて、それをテーブルの上に置いた。僕はお礼を言ってからすぐにそこに座った。肉と野菜がたっぷり入ったそのどんぶりを見て、おなかがいつもより大きな音でグーグーと鳴った。

だがスプーンと箸《はし》で麺をすくって口に入れようとした瞬間、僕は手をとめて顔を上げた。

「きみ……部屋に戻らないの？」

ナップシップは椅子を引いて僕の正面に腰を下ろした。

「人が食事してるのを見るのが好きなタイプ？　昼も一回見たよね」

「ジーンさんといるときはそうなのかもしれません」

「…………」

もっといろいろ言ってやりたかったが、目の前のどんぶりを見て、それをつくってくれたのはナップシップだと思い、それ以上考えるのはやめることにした。口を開けてママーの麺をすする。

僕を見る彼の鋭い視線と口元に浮かぶ優しいほほえみに違和感を覚えながらも、僕はわざと大げさに麺をすすって咀嚼した。

食べ始めてから完食するまでに十分もかからなかった。どんぶりをシンクのところに持っていき、明日自分で洗うと彼に伝えた。

「じゃあ、僕部屋に戻るから」

ナップシップはほほえんだままうなずいた。

「おやすみなさい」

「うん……おやすみ」


火曜日の朝。

枕の近くに置いていたスマホが何度も震《ふる》える音がして、僕は目を覚ました。

昨夜は寝たのがすこし遅かったので、だれかが電話をかけてきていると気づいたのは三回目の着信のときだった。

僕は目を閉じたまま手を伸ばしてスマホを取り、画面のロックを解除して通話を開始した。電話の向こうからタムの声が聞こえてきた。

「もしもし？　やっと出たな、悪友め」

「ああ……」

「まだ寝てんのか。人を呼びつけたときくらい起きておけよ。いまおまえのコンドミニアムの下に着いた」

「コンドミニアムの下？」

僕は耳に入った言葉を寝ぼけた声でつぶやいた。脳がその重要性を理解し始めると、僕は目を開けた。ベッドから体を起こしたが、まだすこしふらついていた。

「ああ。シップにもさっき電話して……」

それを聞いただけで僕は目を大きく見開いた。

「電話した⁉　タム、ちょっと待て。おまえ昨日の俺のライン読んでないのか⁉」

「ライン？　なんのラインだよ。まだラインは見てない。帰り道の4Gが死ぬほどひどかったんだ。だからいま電話してるんだって。ビデオ通話じゃないけど。見えてないのか？　寝ぼけてんだろ」

タムの文句はそのあとも続き、僕が口を挟む隙はまったくなかった。

「とにかく、いま下にいるから。シップがいまから下りてくるって言ってたぜ。おまえも……一緒に下りてくれれば。じゃあな」

「タム！　ちょっと待て！」

電話はそこで切れた……。

僕の顔は急に険しい表情に変わった。隣の部屋のドアが開く音がかすかに聞こえて、ナップシップも慌《あわ》ててベッドから飛び起きたのだろうと思った。

タムの奴、ラインを読んでないのかよ。

昨日の夜……僕は自分の部屋に戻ったあと、横になってかなり長いあいだナップシップのことを考えていた。

あんなふうにママーをつくってくれたり、食材を買っておいてくれたり。この前はハプニングがあったが、あれは事故だし、そもそもことを起こしたのは僕の方だ。

ナップシップはおそらく住む場所がまだ決まってないだろう。それなのに強硬手段で追い出そうとするのは、やはり大人げなさすぎたと反省したのだ。

結局、昨日の深夜二時に、もう迎えにこなくていい、自分でナップシップと話す機会を見つけるからとタムにラインを送ったのだった。

だがタムは、こういう大事なときにかぎってラインを読んでいなかったらしい。

「ナップシップ！」

僕は同居人の名前を大きな声で呼んだ。

「はい？」

Tシャツに長ズボンという部屋着姿の彼は、キッチンのドアの前に立っていた。僕がパッと出ていくのを見て、彼は一瞬動きをとめた。

そのハンサムな顔も彼の態度も、あまりにすべていつもどおりで、僕の方が動きをとめてしまった。

ナップシップは僕の妙なそぶりを見ていたはずだが、それでも表情は笑顔だった。

「どうしました？　悪い夢でも見ましたか」

「いや。それよりきみ、どこ行くの？」

「ああ、タムさんを迎えにいくところです」

彼の様子からは、ピリピリした感じも重苦しい感じもまったく見られなかった。話しているあいだに彼は僕の方に近づいてきた。

「ジーンさんはまだ寝ててください。まだ眠そうな顔してます」

「あ……うん」

僕はすこし複雑な気持ちだった。僕に追い出されて行き場をなくしてしまうナップシップがピリピリしているのではないかと思っていた。だが彼がいつもと変わらずなんの問題もなさそうなのを見ると、どこにも行かなくていいと言うために自室から飛び出した僕は、肩透かしを食らったようになってその言葉を口に出せなかった。

もしかして、この数時間でタムが引っ越し先を用意したのか？

「きみ……」

「はい？」

「なんでもない」

僕が首を横に振ると、ナップシップは朝からまぶしいほどの優しい笑顔を見せて、大きな手を僕の頭に乗せた。その笑顔にうっかり魅了された僕はぼんやりと立ち尽くし、彼のあとについて玄関の方へ歩いていった。

ふと我に返ったときには、玄関のドアがぴったり閉じられていた。僕だけが静かな部屋に残り、一人たたずんでいた。

あいつ……。

「あんなふうに年上の頭を触るなんてどういうつもりだ」

ナップシップにまだ寝ているように言われたが、自分も降りていって二人と話をしようと思った。もしナップシップが、僕がタムに連絡したと知ったら、僕を恨めしく思うのではないかと思った。

僕はカードキーを手に取って部屋の外に出た。まだ早朝だったので建物全体が静かだ。エレベーターの前のところに柔らかい光が差し込んでいた。

エレベーターとロビーのあいだのガラスドアを押して、ロビーに出た。タムの話し声が聞こえてきた。二人はエントランスからそれほど離れていないところで立ち話をしているようだ。大きな柱が遮《さえぎ》っていて、二人から僕の姿は見えないだろう。だが僕の方からは、二人の姿がはっきりと見えている。

「さっさと荷造りしてこい。それから急いで行くぞ」

「どこに行くんですか?」

「………」

二人の会話を聞いて、僕の足はぴたっととまった。

ナップシップの声が聞こえたとき、僕はなにか言おうとしていた口を急いで閉じた。

「はあ⁉　だから……」

気が変わった僕は柱のうしろに隠れた。顔をすこしだけ出して、二人をこっそり見る。言葉に詰まったような顔のタムとそれを静かに見つめているナップシップが見えた。

「僕の新しい部屋はまだ見つかってないいんじゃないですか?」

「まだ探さなくていいって、おまえが言ったんだろ」

まだ探さなくていい?

「そうです。ならどこに行くつもりですか」

「とりあえず会社の俺の部屋に泊まればいいさ。空《あ》けてやるから。そしたら俺が家から車で送り迎えしてやるよ」

そう言われて、ナップシップはなにか間違ったことを聞いたような顔になった。その表情に僕は眉を寄せた。

探さなくていいっていうのは……まだ探す準備ができてないとか、探すためのお金がないからだろうか。

「タムさんの部屋、汚いから嫌です」

タムは痛恨の一撃を食らったように顔をしかめた。

「いますぐ清掃会社に電話して掃除してもらうから。荷造りが終わったら、会社のビルで待ってればいい。夕方には全部終わって、間違いなくきれいになってるはずだ」

タムがそこまで言ったとき、ナップシップが呆《あき》れたように息を吐くのが見えた。

「それで僕が行くと思いますか?」

「いや……思わない」

「ならそんな話はしなくていいです。最初の話に戻りましょう」

「…………」

タムは苦虫を噛みつぶしたような顔をした。僕はナップシップの反応が知りたくて、彼の様子を観察するように見てしまう。

出ていってもう口論しなくていいと言うつもりだったが、タムが発した次の言葉が僕を不安にさせた。

「あのな……シップ。おまえもわかってると思うけど、ジーンが昨日俺に電話してきたから、俺がこうして迎えにきたんだ」

クソッ。たしかに僕は電話した。けどあとで気が変わったんだよ。

タムの言葉を聞いたナップシップはおちついた顔をしている。

「…………」

「ジーンを困らせたくないんだったら、荷物をまとめてこい。俺だって最初はジーンに迷惑をかけたくなかったんだ。でもほかにだれもいなかったし、おまえがジーンなら大丈夫だって言うからあいつに連絡したんだ」

「…………」

「ジーンはああいう奴なんだよ。あいつがおまえをほかのところに行かせようとしてるのは、別に追い出したいからじゃないと思うぜ。あんまり考えすぎるなよ。あいつはただ、一人でいるのが好きなだけなんだ。その方が小説を書きやすいっていう、それだけだよ。ジーンの性格は……」

「タムさん」

タムの長い話は、途中でナップシップの低くて柔らかい声に遮られた。ナップシップはいつも見慣れた笑みを口元に浮かべていたが、その目は笑っていない。

「もう十分です」

「なんだよ、急に不機嫌になってどうした」

「ジーンさんがどういう人か、どんな性格か、僕は知ってる。教えてくれなくても大丈夫」

タムは黙り込んだ。だがそのあと、奴はガチョウの卵のように目をまん丸に開いた。

「おい、シップ。あれ……ジーンじゃないか⁉」

「…………！」

僕は驚いて跳び上がった。出ていってどう話すべきか考えていたところで、こちらを振り返ったタムがちょうど僕に気づいてしまった。奴があまりに大きな声で叫んだせいで、ナップシップもびっくりしている。

彼は、トカゲのように柱にくっついて立っている僕を見た。

ナップシップと視線が交わる。彼はさっきまでと打って変わって、緊張しているように見える。

これ以上隠れているわけにもいかなくなり、僕は二人の近くまで歩いていった。

「タムさんがジーンさんを呼んだの？」

「違う、俺じゃない」

「僕が勝手に降りてきたんだ」

僕の言葉を聞いたナップシップはすこし黙ってから、こわばった顔を徐々に緩めていった。声色《こわいろ》も柔らかくなる。

「もう眠くないんですか。まだ寝ててくださいって言いましたよね」

「大丈夫。あとで寝るから。先にこっちの話を解決しておいた方がいいと思って」

「…………」

「…………」

その場が沈黙に包まれる。

僕は友人の顔とナップシップの顔を交互に見た。タムの方もナップシップの顔と僕の顔を交互に見ている。ナップシップ一人が、あからさまに僕の顔だけをじっと見つめていた。

結局タムが上で話そうと提案したので、僕は急いでうなずいて賛成した。この話は長くなりそうだ。

部屋に戻ってくると、僕が先に中に入り、そのうしろにタムとナップシップが続いた。

タムは靴を脱ぎ終えた瞬間、突然僕の方に駆け寄り、自分の腕を僕の肩にまわした。僕の体を押すようにして、寝室へと向かわせる。

タムがナップシップに向かって、ちょっとこいつと話があるからと言った。

寝室に入るやいなや、タムはすぐにドアを閉めて鍵をかけた。

そのあまりのすばやさに僕は呆気《あっけ》に取られてしまう。

「タム、おまえなにを……」

ドンッ‼

タムは両手を僕の肩に置いて、恐ろしいほど真剣な顔を近づけてきた。

「ジーン、おまえどうやってシップを落とした？」

「はあ⁉」

「あいつがこんなにおまえに執着《しゅうちゃく》するなんて……。いままでこんなふうにだれかに執着したことなんかない。こんなのは初めてだ……」

「ちょっと待て。なんの話だよ」

「だからシップのことだって」

「ナップシップが俺に執着してるとかなんとかって？」

「ああ。いまは執着してるってだけじゃない。おまえは宝くじに当たったようなもんだ。俺は前にシップは悪ガキだって言っただろ。あいつはおまえの前でだけいい子のふりをしてるんだ。さっきあいつが俺と話してたところ、おまえも見てただろ？」

「ああ。住む場所のことだろ。それでナップシップがイライラしても別に不思議じゃない」

「イライラ⁉　イライラしてるだと？」

タムは叫んだ。

「あいつのせいでイライラしてるのは俺の方だよ！」

「叫ぶなよ。鼓膜が破れるだろ」

タムは感情が高ぶりすぎたことに気づいたようで、声を小さくした。

「あいつは俺が迎えにきたことが不満なんだよ。おまえも見ただろ？　俺が自分の部屋を空けてやるって言っても、あいつは全然納得しなかった」

「それは……その」

タムの話を聞いて僕も疑問に思い始めたが、口からは単純な答えが出た。

「おまえの部屋が汚いからだろ」

「そうじゃない。あいつはおまえと一緒にいたいんだ」

奴はそう言いながら僕の肩を叩いた。

「………」

「だから、あいつがおまえに執着してるって言ったんだ。あいつが引っ越すのを嫌がるなんて。クソ。俺に住むところがないって言って、わざとおまえのことを訊いて、結局俺にここまで連れてこさせて。最初っからわかってれば……」

タムがそんなふうにぶつぶつ文句を言うのを、僕は真面目に聞いていなかった。一通り自問自答を終えたタムは大きなため息をついた。

「まったく。こんなことなら俺は邪魔しにくるべきじゃなかったな、ジーン」

「いまさら言ってどうするんだよ」

タムは僕の肩から手を離して、自分の体の横に下ろした。

「まあな。それでどうすんだよ。おまえがこれ以上あいつにいてほしくないなら、はっきりそう言えよ。そうすればあいつもきっと理解するから……な？」

「これから自分で言う。ほんとは昨日ラインしたのに、おまえが読まないから」

「ライン？　ああ、そういえばラインがどうとかこうとか言ってたな」

「だから、もう来なくていいって送ったんだよ」

「なんだ」

奴は頭を掻《か》いた。

「じゃあ俺はわざわざシップにどやされるために来たってことじゃねえか」

「おまえがラインを読まなかったからだろ」

「とにかく、おまえはシップとはとくに問題はないんだろ。シップの奴もおまえの前ではいい子をやってる。それならあいつがここにいても、俺としては安心だ。もしあいつがおかしくなっておまえを襲ったりでもしたら、俺は一生罪悪感に苛《さいな》まれるからな」

僕はドキッとした。

「おそ……襲うわけないだろ、バカ」

タムは最後の方の言葉を独り言のように言ったが、部屋の中が静かだったせいで僕には奴の言ったことがはっきりと聞こえた。

この前のおぼろげな記憶が脳裏に浮かび、僕の顔はいきなり熱くなった。

『僕はきみが欲しい』

クソッ……。

あの恥ずかしい出来事は、この先何年も僕の脳内に刻まれ続けたままだろう。

なあ、タム。おまえは知らないだろうが、襲われそうになったのは俺じゃなくて彼の方なんだよ。

「実際、撮影現場にいるときから、あいつがおまえの前だと信じられないくらいいい子になるのを見て、俺は驚いてたんだ。でも、おまえが酔っ払ったときにシップを呼び出したのを見て、心配いらないと思ったよ。おまえらは結構うまくやってるってわかったからな。よし。じゃああとはおまえら二人で話せよ。なにかあれば言ってくれ。ただし、頼むからシップの機嫌が悪いときに俺をあいつと話させようとするのはやめてくれ。いいな？」

タムが念押しするように真剣な様子でそう言ったのを見て、僕は目をぱちくりすることしかできなかった。

「ああ……出張中に呼びつけて悪かった」

「いいんだ。こういうことならよかった。もしおまえが本気であいつを追い出したら、俺もどうしたらいいかわかんなかっただろうし。一つわかるのは、間違いなく俺が困るってことだけだ」

「……………」

こいつはナップシップのことになると、ほんとうにいつもオーバーだな。

そのあともすこしだけ話をして、話がまとまると僕はタムを部屋の外へ出すために奴の腕を引っ張った。さっきは突然タムが僕を引っ張って部屋に入ったので、もしかしたらナップシップは僕が彼を追い出す方法を相談しているのではないかと心配しているかもしれない。こんな状況では、嫌な大人だと思われても仕方ない。

想像していたとおり、ドアを開けるとすぐにナップシップの姿が見えた。彼は自分の部屋に戻らずに、リビングのソファのところにじっと座っていた。ドアが開く音を聞いて、彼は顔を上げた。

「シップ、あとはおまえとジーンで直接話してくれ」

最初に口を開いたのはタムだった。

僕はナップシップの目をのぞき込んだ。それからなにを言えばいいかわからず、僕は下を向いた。そのとき、隣にいたタムがいきなり顔を近づけてささやいてきた。

「急いで下まで送ってくれ」

「一緒に朝飯食べてから帰れよ。俺がおごるから」

僕もささやき返す。

「いや、いいわ」

「でもお詫《わ》びに俺が……」

「ジーン、もういいから。そんなに近くでささやかなくていい。シップの視線に刺されて俺の体が穴だらけになりそうだ。とにかく急いで下まで送ってくれ！」

タムが困った顔をして僕の体を押し返したせいで、僕は何歩かうしろによろめいた。

しかしそれからまたすぐにタムは僕を引っ張って、玄関の方へと連れていく。引いたり押したりの繰り返しで、僕は一瞬目が回った。

僕は振り返ってタムを下まで送ってくると伝えた。直接ナップシップの名前を呼ばなくても相手は理解したようで、すぐにうなずいた。

下に着くとタムは僕に手を振って、すぐに車に乗り込みエンジンをかけた。その急いだ様子を見ていると、僕は申し訳ない気持ちになった。地方から戻ってきたばかりで疲れているだろうし、休みたいはずだ。

僕は今度飯をおごると言ってタムの肩を軽く叩いてから、車のドアを閉めた。

時刻は朝七時になるところだ。空はもうだいぶ明るい。そして僕のおなかはグーグーと鳴っていた。

ナップシップが待っているので、僕はすぐにエレベーターへと歩いていった。

部屋に戻ると、ナップシップがまだ同じソファに座っているのが目に入った。僕は靴を脱いで、彼の方に近づいていく。

ソファの前で立ち止まると、彼も立ち上がった。

「………」

「僕に怒ってますか？」

低く柔らかい声で発せられた最初の言葉に、僕は驚いた。

怒る……？　怒るってなにに？

僕は心の中でその答えを探したが、とくに見当たらなかった。

「もし僕がまだここにいるとしたら」

「もしきみにとってほんとうに必要なら、僕は怒らないよ」

「必要です」

「………」

「すごく必要です」

「僕がきみのあそこを触ったから、僕はその責任を取らないといけない……」

僕は堪《こら》えきれずにそう言った。

だが彼は僕がそんなことを言うとは思っていなかったようで、小さな笑いを漏らした。

「それもそうですね」

「もし僕がこれからもきみをここにいさせるとして、でも僕にはきみの面倒を見る責任はないからね。前にも言ったけど、僕は自分一人食わせていくだけでも精一杯なんだ。だから……」

僕はちゃんと説明しようと思って、しっかりと彼の目を見つめた。

「きみが僕を困らせるような悪いことをしなければ、僕は怒ったりはしない。僕を手伝ったりとかそういうことも、きみがしたくなければしなくていい。きみはきみのしたいようにすればいい。無理して僕のためになにかをする必要はないよ」

ナップシップは真意を確かめるようにじっと僕を見つめてくる。僕は自分の言葉を念押しするようにうなずいた。

ナップシップは前に、僕ともっと仲良くなりたいと言っていた。だからといって、自分の意思に反するようなことを無理してやる必要はない。この前酔っ払った僕にされたようなことを我慢しなくていい。お互いにちょうどいい距離感がわかれば、僕ももっとナップシップのことを知っていけるはずだ。

「だからきみは……ちょっと、なにしてるの」

「手を握ってます」

「それはわかってる。なんで握るの？」

僕が話していると突然、ナップシップが手を伸ばしてきて僕の手を握った。僕はその手を見てから、意味がわからないというように相手の顔を見た。すると彼はほほえんだ。

「手を握ると相手が真剣かどうかわかると聞いたことがあります」

「………」

なんだそりゃ……。

「僕にはジーンさんの心は読めません。でもこうすればわかるかなと思ったんです」

「僕の言葉は全部真剣なんだけど」

僕の声はややそっけないものに戻ったが、それでも彼の手を振り払ったりはしなかった。一瞬視線を下に向けると、彼が細長い指を絡めるように手を動かしているのが見えた。

すき間がなくなるほど手のひらがぴったりくっついたとき、僕はナップシップの大きな手のぬくもりを感じた。

「ジーンさん」

「うん?」

「手伝ったりすること、僕は無理してやってたわけじゃありません」

「………」

「手伝いたいんだって、僕は前にもジーンさんに言いましたよね?」

「それは……まあ」

「それで……ジーンさんはやっぱり僕に出ていってほしいですか?」

ナップシップの方から本題を切り出してきた。僕は彼の表情を観察しようと見つめながら、質問を投げ返した。

「なんできみはそんなにここにいたいの?」

「ジーンさんと一緒にいたいからです」

「じゃあなんで僕と一緒にいたいの？　きみと一緒にいたいっていう人はいっぱいいるだろ」

「僕はジーンさんが好きだからです」

「好きって……え⁉」

　突然、僕の体は固まった。目を大きく見開いて、唖然《あぜん》としながら改めてわずか一歩離れたところに立っている相手のことを見た。

　ナップシップが……僕を好き？

「ちょ、ちょっと待って」

　僕は空いていた一方の手を上げてブレーキをかけた。

「好き？」

「はい。好きです」

　その瞬間、僕の皮膚の下の血管が沸騰したように脈打った。不思議な気持ちがあふれ出てきて、全身の血流が暴走するような感覚に陥《おちい》った。嫌悪感のようなものは一切混ざっていない。しかしそのあとすぐ、速くなっていた鼓動は徐々におちついてきた。

　おちつけ。僕は深く考えすぎだ。

「きみ……ほかに好きな人はいないの？　きみが気軽に泊まりにいけるような人は」

「………」

　ナップシップが黙っていたので、僕はだんだん確信を強めた。

「だからきみはここにいたいんだね」

ナップシップは僕を好きで、僕も酔っ払ったときに彼のことが好きだと言った。互いの意思が確認できていることで、彼はほかの人より僕と一緒にいる方がいいと思っているのかもしれない。

そう考えると、なぜかわからないが誇らしいような嬉しいような気持ちがすこし出てきた。

いやいや。僕を好きになってくれる人はほかにもいるはずだろ。もっと有名になれば、ナップシップみたいに僕のことを好きになってくれる人だって増えるかもしれない。

「ジーンさんが……」

「え？」

黙っていたナップシップに、すこしずつ笑顔が戻ってきていた。はつらつとした笑顔ではなくても、それは見る人の表情をもほころばせる笑顔だった。彼は小さく首を横に振った。

「いえ、そうです。そういう理由で、僕はジーンさんが好きなんです」

「……？　うん。きみは僕にとっていい子だし、ぼくもきみが好きだよ」

すこし恥ずかしかったが、前にもそう言ったことがあるのであまり深く考えないようにした。ナップシップと話をして、僕は心を決めた。

「きみがここにいたいなら、もうしばらくいてもいいよ。撮影が無事に終わってから、また改めて話そう」

「ジーンさんはもう僕を追い出さない？」

「だから！　きみのことが嫌で追い出したかったわけじゃないから！」

「そうですね、わかりました」

「ならよかった。そろそろ手を離して。鳥肌が立つ」

「…………」

ナップシップはほほえんだ。しかしまだ手を握られたままだったので、僕は自分からそれを振りほどいた。

「なんか食べにいこう。腹減った」

# カウント12

「ジーン、最近ラブシーンを書くのがうまくなったね」

「ほんとですか⁉」

「うん、すごくリアルになった。新作は受けの気持ちがしっかり書かれてて、『バッドエンジニア』より格段によくなったよ」

電話の向こうから編集長の賞賛の言葉が聞こえてきたとき、ノートパソコンの前に座っていた僕は、思わず飛び跳ねそうになった。スマホを握っていない方の手でガッツポーズをする。相手が編集長でなければ、僕は叫んでいたかもしれない。

自分の作品が褒められた。しかも前の作品よりもよくなったと言われた。こんなの、だれだって喜ばずにはいられないだろう。

……今夜はなにを食べよう。ピザの大きなセットにしようかな。

「いままでと違う感じ、だれから教わったの？」

「……！」

自分へのごほうびのことを考えてウキウキしていた僕は、その言葉を聞いて固まった。口元の笑みもそのままだ。

「やめてくださいよ、もう。小説を書くためにはいろいろ調べますけど、さすがにそこまではやりませんよ！」

「冗談だよ。そんなに大きい声出して驚かないでよ」

「だ……だって、僕が男を好きみたいに言うから」

「だれかに教わったのかって訊《き》いただけだよ。女性から聞くことだってあるかもしれないし」

電話で編集長がそう説明するのを聞いていると、僕は顔から湯気が出そうなほど体が熱くなった。電話越しの会話で助かった。

僕は急いで小さく咳払《せきばら》いをして気持ちをおちつかせ、自分自身を立て直した。そして話を変えるためのほかの話題を探した。

それから数分後に、電話は終わった。僕はノートパソコンの画面を見つめた。先日出版社にチェックしてもらうために送ったラブシーンの原稿をスクロールしながら、もう一度読み直す。

ターンが薄く目を開けると、マーチのハンサムな顔がすこしずつ下に移動していっているのが見えた。そのあいだもずっとマーチはターンの肌にキスし続けていた。熱い唇を感じるたびに、ビクッと反応してしまった。体中の神経がありとあらゆる感覚を感じ取ってゾクゾクした。相手は胸の突起のところで唇をとめると、ちらりと視線を上げた。

「…………」

これが酔っ払ってバカなことをしたあの日のおぼろげな記憶を元に書いたものだということは、絶対に隠し通さなければいけない。

僕とナップシップとのあいだに起こることが、意図したものではないにもかかわらず、僕がいま書いている原稿に役立ったのはこれで何回目だろう。

あのときのことを思い返すと、僕の顔はまた熱くなってきた。なぜこんなに簡単に顔が熱くなるのかわからず、自分自身にイライラしてしまう。

僕は手を伸ばしてノートパソコンを閉じた。熱を冷ますために水を一杯飲もうと思って立ち上がる。

まったく……、喉がカラカラだ。

ナップシップの同居問題が片付いた次の日から、僕はまた原稿が忙しくなり始めた。なんとか時間を見つけ、朝早く起きて実家の母さんを訪ねたが、そのあとはまた仕事に没頭した。僕はほぼ二十四時間部屋にこもる日々だった。

今日、ナップシップは朝早くから大学に行っていた。午後に起きた僕は、当然彼とはすれ違いだ。起きてすぐ、僕はだいぶ前にヒンが送ってくれた撮影の日程表を開いてチェックした。今日は夕方から夜にかけて撮影が入っていた。

ということは、撮影が終わるまで、まだ当分時間がかかるだろう。ナップシップがそれより早く帰ってくることはないはずだ。

僕はすこし気になって、寝室に置いていたスマホを取りにいった。ドラマの撮影風景を見たいと思い、いつものように#BadEngineerTheseriesというハッシュタグを検索した。だれかが撮影現場の様子を投稿しているだろうと思ったのだ。

## 話題のツイート

FarLaLa@farla14
ウーイのことを聞かれたときのこの答え方ってどういう意味!? 気になってるってことだよね ナップシップ #BadEngineerTheseries #シップウーイ #キンナムチャー #バッドエンジニア
（動画）
16件の返信 2564件のリツイート 1431件のいいね

僕は眉を上げた。最初に目に入ったツイートは、急上昇している話題のツイートだった。それは先週投稿されたもののようだ。アカウントの持ち主が、インスタグラムのライブ配信を録画して切り取った動画をつけてツイートしている。

ナップシップの名前があったので、僕は好奇心からその動画を再生した。

カメラが、白いTシャツと良質なジーンズに身を包んだナップシップに向けられた。どうやら大きなショッピングモールの中にあるチェーン店のカフェにいるようだ。スピーカーを通して、周囲のにぎやかな話し声が聞こえてくる。そのあと、マイクの近くで話す声が聞こえた。耳をそばだてなくてもだれだかわかるくらいに聞き慣れた声だった。

『シップ、ウーイくんと同じ大学に通ってるってほんとですかって質問が来てる』

……タムの声だ。

シップが公式のインスタグラムアカウントを持っているのは知っていた。だが、それはナップシップ本人ではなくタムや事務所が管理しているものだ。

その声としゃべり方を聞くかぎり、タムはいつもより丁寧にしゃべっている。

ふん、演技しやがって。

マネージャーだと知らなければ、タムもナップシップと同じ俳優だと思ってしまいそうなくらいの演技力だった。

『どうなの、ねえ。カメラの方を見て』

ナップシップはやっと呼びかけに応じてカメラの方を向いた。鋭い目がカメラに向けられると、本人に見つめられているわけではないのに、画面の左下には興奮したコメントが次から次へと出てきて、右下にはナップシップへのハートマークがこちらもとまることなく延々と出てきていた。

『うん』

『じゃあ次、二人は仲良しですかって』

『どうかな』

それはたしかに、なにか含みがあるような感じだった。

そっけない答えだったが、『どうかな』という言葉にはなにか深い意味があるのではないかとさえ思わせた。

動画はそこで終わっていた。だが、これを見た人たちはきっと投稿者や僕と同じ感想を持つだろう。その証拠にこのツイートは、話題のツイートに上がるほどリツイート数を伸ばしている。さらにそこには、僕が初めて見る新しいハッシュタグがついていた。
#シップウーイ
僕はその二人の名前をしばらく見つめていた。

最近は、ＢＬのドラマが広く受け入れられるようになってきて、ドラマに出演した俳優たち自身も、カップリングとして扱《あつか》われるようになっていた。

そしてその組み合わせが定着した結果、ほかの作品でも共演することも増えていた。

ナップシップとウーイくんも同じような感じになるのだろう。

ただ僕は、ドラマの放送がまだ始まってもいないのに、こんなに早くこの二人のタグを使う人が出てくるとは思っていなかった。あるいは僕が新しい原稿のことでバタバタしていたから、知らなかっただけなのかもしれないが……。

撮影現場にもほんの数回しか行けていないし、現場に行っても、キャストの演技を見るだけですぐに帰ってきてしまっていた。

僕はどこまでも怠惰《たいだ》な原作者なのかもしれない……。

そこまで考えて、画面をスクロールして続きを読んだ。

ヒョンくんの母@tear_1998
ひーー！　S大学の友達からの写真　一緒に練習して……イチャイチャしてる！　もーー　キスしてほしい　#シップウーイ　#BadEngineerTheseries
（画像）（画像）（画像）
37件の返信　３６５４件のリツイート　１０３６件のいいね

それはズームで撮ったものらしく、かなりぼやけた写真だった。しかしそれでも、折り畳み椅子に座っている長身の人物がナップシップだということはわかった。その手にはこれから演じるシーンの台本が握られている。

もう一方の小柄な人物はウーイくんだ。彼は大きく笑って、相手に顔を近づけて話していた。それを見たとき、僕は好奇心を抑えられなくなっていた。そしてシップウーイというハッシュタグをタップした。

すでにそのハッシュタグをつけてツイートをしている人が山のようにいた。動画もあったし、インスタグラムのキャプチャもあった。

ナップシップが自分の個人アカウントでインスタグラムになにか投稿すると、必ずウーイくんが〈いいね〉を押していることも、すべてがキャプチャで記録されていた。

気づけば、僕はナップシップとウーイくんをカップルにしたようなSNSの投稿を一時間近くも見ていた。目が疲れてきたところでスマホをテーブルの上に置いた。

それから僕はシャワーを浴び、服を着替えた。そしてコンタクトを入れて、財布と車の鍵を持って下に降りていった。


「ジーンさん、こんにちは」

「こんにちは。もう撮影してますか？」

……なぜ僕は撮影現場に来てしまったんだろう。

「はい。ジーンさん、あっちのドアから入ってください」

僕の顔を覚えていてくれたスタッフが案内してくれた。僕は相手が指し示した方を確認してからありがとうと言ってうなずいた。

建物の横の小さなドアから入り、僕は興味津々《きょうみしんしん》でまわりをきょろきょろと見回した。

小説の中には応援団のシーンというのがたくさんある。そして今回ドラマの撮影に使っている場所は、やや小さめの体育館だった。ワックスのかかった床の上には黒の太いケーブルが何本も横切っている。さらに撮影用のパネルライトと機材がこっちに一つ、あっちに一つとそれぞれ設置されていた。その場所を通り抜けるときは、機材やケーブルに触れないように注意しなければならなかった。

僕はなるべくスタッフが頻繁に通らない場所を選んで、邪魔にならないように撮影している様子を見ることにした。

しっかり髪をセットしてメイクをした長身のナップシップが、もう一人の青年と向かい合うように立っている。その人物も同じように大学の制服を着ていたが、彼の方は優等生っぽい感じの着こなしだった。

キンとタワンがナムチャーをめぐってケンカをするシーンだ……。

撮影の最初のころは攻めと受けの話が中心だったため、タワン役の俳優はまだ出番がなかったが、いまは撮影も物語の中盤まで進み、タワンが登場するシーンが増えていた。そしてタワンの存在によって、攻めと受けが仲違いするという展開に入っているようだ。

「ジーン兄さん」

僕が瞬きもせずに撮影中の二人を見つめていると、甘く澄んだ声が聞こえ、服の袖が軽く引っ張られた。小柄なウーイくんが、いつの間にか僕の近くに立っていた。彼はかわいらしい笑顔をこちらに向けた。

「おお」

「今日はいらしてたんですね」

「ちょっと時間があってね」

「もっとちょくちょくいらしてください。僕、ジーン兄さんにお会いするの久しぶりです。あっ、そうだ！　ジーン兄さんの小説、買ったんですよ」

彼は熱心に僕に話しかけてくれた。そのくりっとした目はキラキラと輝いていた。

「ちょうど持ってきてるんです。サインしてもらえますか？」

自分の小説が新たに一冊売れたことを聞いて、嬉しくなる。

「もちろん。持ってきてくれたら、いまサインするよ」

「ありがとうございます」

ウーイくんは嬉しそうにはしゃいだ様子で自分のかばんの方へ小走りで向かっていった。すぐに、本とピンク色の万年筆を持って戻ってきた。

僕はサインとお礼の言葉と、それから特別にかわいいハートマークを書いた。

僕が本を返したあとも、ウーイくんはまだその場を離れようとしなかった。僕らがそこでしばらく立ち話をしていると、それに気づいたスタッフが、小さな折り畳み椅子を二脚と、冷たい水のペットボトルを二本持ってきてくれた。

「ジーン兄さんが来てるので、いつもより緊張します」

「これから撮影に入るの？」

「はい。トイレでのシーンです」

そう言うと、彼の白い頬にすこしずつ赤みが差した。それを見た僕は瞬きした。

トイレでのシーン？

僕は脳を回転させ、自分の小説の中のシーンを呼び起こした。やがてそれを思い出し、ハッとした。

そのシーンは、物語の中で読者に人気の山場シーンの一つだった。

キンとタワンが顔を合わせたあと、キンはナムチャーがタワンと出かけたことを知って嫉妬心《しっとしん》を剥《む》き出しにする。キンはナムチャーをトイレに引きずり込んで、大きな音を立ててドアを閉め、相手を壁に押しつけて強引にキスをする……。

そこまで思い返して、すぐ僕の顔に動揺の色が走った。

「そっか。がんばってね」

なんてこった！　すっかり忘れてた。ウーイくんはナップシップのことが好きなんだった……。自分の好きな相手とキスするのは、恥ずかしいだろう。

「はい、ありがとうございます」

それからお互い黙ってしまった。なんと続ければいいかわからない。ウーイくんも同じような感じで、突然気まずい空気が流れた。

「えっと、じゃあ僕はそろそろ……」

「ジーン兄さん」

トイレに行くと言うつもりだった僕は、隣にいるウーイくんに腕をつかまれて、ふたたび腰を下ろさなければならなくなった。

「ジーン兄さんは僕がシップを好きだってこと、もうわかってますよね？」

僕は固まってしまった。最初は唖然《あぜん》としていた顔が、次第に困惑《こんわく》に変わった。

「いや……」

「ジーン兄さん、相談に乗ってもらえませんか？」

ああ、もうっ。断る言い訳をする時間くらいくれよ。

「ジーン兄さん、僕はこれからどうしたらいいと思いますか？　シップに告白するべきでしょうか。でも告白したら、シップはもう僕と話してくれなくなるかもしれない。そう思うと怖いんです」

ウーイくんは、いままで心に秘めていたことをポロッとこぼすようにそう言った。僕にはもう逃げ道は残されていなかった。彼は悲しく寂《さび》しそうな表情をしていた。

「シップが僕にまるで興味がないこと、ジーン兄さんも気づいていますよね？」

「………」

「僕はどうすればいいかわからないんです。ジーン兄さんはこういう小説を書いてるから、理解してもらえるんじゃないかと思って」

「それはたぶん、ナップシップが男だからじゃないのかな。もし彼が女の子を好きなら、男の子をそういう対象として見ないのも、不思議じゃないと思うよ」

僕はニュートラルに答えた。

「つまり僕には可能性がないってことですか」

「それは……」

僕にはわからない！　わからないよ……。

それは苦手分野に分類される質問だった。僕には決して答えられない。

僕がなにも言わずにいると、彼はいまにも泣き出しそうな悲しげな表情を見せた。僕はなんとか彼を泣かせないように、必死に提案した。

「それなら試しに……そうだな、手紙で気持ちを伝えるのはどう？」

「手紙で気持ちを伝える？」

ウーイくんはすこしぽかんとしていた。それから笑いを堪《こら》えるように僕の顔を見た。

「ジーン兄さんってほんとにかわいいですね。その方法はちょっと古すぎませんか？」

「じゃあラインで」

ウーイくんは恥ずかしがり屋に見えたので、僕はそういう方法を提案した。

「それ以外だったら、ウーイくんはどういうふうにするつもり？」

「実は、攻めてみようかと思ってます」

「攻める？」

「はい」

ウーイくんの顔は明るさを取り戻した。

「今日撮影が終わったら、とりあえずシップを食事に誘ってみるつもりです。いまシップはジーン兄さんのところに泊まってるって聞きました。なので食事が終わったら、運転手にジーン兄さんのコンドミニアムまで送ってもらうようにします。どうでしょう？」

そう話すウーイくんの表情は、まるでまわりに花が咲き誇っているかのようだった。彼の表情は、僕がうなずくことだけを期待しているような雰囲気だ。

だが僕は心の中でひどく悩んでいた。

勘弁してくれ。なんで僕に訊くんだよ。

こういう類《たぐい》の話は、僕が一番苦手としている話だった。恋愛小説を書いているくせに、僕は恋愛がまったく得意ではなかった。恋人だっていたことがなかったし、大学時代、友人からそういう相談を受けても、だれのことも手助けできなかったくらいだ。

「もしそれでよければ、ジーン兄さん、僕に協力してもらえませんか。シップに僕と食事に行くよう言ってもらうとか……」

そこまで聞いて、僕はまた固まった。

「お願いします」

「それは、ウーイくんからナップシップに直接言った方がいいと思うけどな」

協力したくないわけではないし、ナップシップがいま僕のコンドミニアムに住んでいることも事実だ。けれど、僕には彼になにかをやれと言う権利はない。どうしたいかは本人の意思によるものだから。僕はそう説明してみたが、ウーイくんには伝わらなかったようだ。

「話してもらうだけでいいんです。お願いします。そしたら……」

「カット!!」

監督のカットの声は、まるで僕の命を救う鐘の音のようだった。ウーイくんはそこで言葉を切って、急いでナップシップの方を振り返った。僕は小さく息を吐いた。それからウーイくんが立ち上がって、こっちに歩いてきた人物に急いでペットボトルの水を差し出すのを見ていた。

「シップ、お水」

ナップシップはお礼を言う代わりに小さくうなずいた。手を伸ばしてそれを受け取ったが、すぐに開けて飲んだりはしなかった。彼は僕の方を向いた。

「今日は来てたんですね」

「えっ、ああ」

「ずっと座っておしゃべりしてましたね。なんで僕の演技を見ててくれないんですか」

僕がシップに自分のしたいようにすればいいと言ってから、彼は過剰にいい子でいることをやめた。いまみたいに僕をからかったり、冗談を言ったりすることも増えた。彼の目を見ると、本気で不満に思っているわけではないことがわかった。

「見てたけど飽きたんだよ」

「僕とは違いますね。僕はどんなに長くジーンさんを見てても飽きません」

「はいはい。それより休憩しにいったら」

「それならジーンさんも一緒に行きましょう。タムさんもあっちにいます」

そう言いながら彼は大きな手を伸ばして、椅子の肘掛けに置かれた僕の手の甲を指先でそっと叩いた。僕が顔をしかめてそれを払いのけると、彼はおかしそうに笑った。

「嫌だ。ここに座ってる方が快適だし」

「シップ」

僕とナップシップが言い合っていたとき、ずっと静かに立っていたウーイくんが小さな声で呼びかけた。彼の声にはわずかに不満がにじんでいた。キューピッドとしての協力を求められていた僕は、ウーイくんの考えていることが手に取るようにわかった。

まずい。ナップシップが僕にばかり話しかけるからだ。

「なに？」

ナップシップが振り向くと、ウーイくんはすぐに明るい表情に切り替わった。ウーイくんは手を伸ばして友人のがっしりとした腕を引っ張った。

「今日、一緒にごはん食べにいこうよ。僕がおごるから。前と同じMホテルでもいいよ。食べ終わったら、ジーン兄さんのコンドミニアムまで送っていくから」

「………」

気さくな口調で誘うウーイくんに反して、ナップシップはわずかに眉をひそめた。

「別の日にしよう」

「なんで？　今日行こうよ。シップだってこのあと予定ないだろ。ジーン兄さんはこれから用事があるんだって。家に帰って一人だと寂しくて死んじゃうよ。今日は僕がおごるから。ね、行こうよお」

ウーイくんはにっこりと笑った。最後の語尾をすこしだけ伸ばして、かわいくねだるようにナップシップを上目遣いで見つめている。

一方の僕は、予想外のことに、首が落ちるくらいの速さでウーイくんの方を振り返った。

「ジーンさん、用事があるんですか？」

僕もそれを訊きたかったんだ。僕には、いつ用事ができたんだ？

「僕は……」

僕が答える前に、監督の準備を呼びかける大きな声がまた聞こえた。終わりが遅くならないようにするため、キャストとスタッフをあまり長く休憩させるわけにはいかないのだろう。メイクさんたちが急いでやってきて、彼らに準備を促した。

ナップシップとウーイくんは、準備のために一緒に向こうへ行ってしまった。僕はしばらくのあいだ二人の背中を目で追った。ウーイくんがナップシップを説得しようと懸命に話し続けているのが見える。ナップシップもなにか答えていたが、二人がなにを話しているのかはわからなかった。

それからスタッフが僕のところに来て、反対側に座るように誘導してくれた。次のシーンが狭いトイレでの撮影だったからだ。そこに入れられる機材は限られていて、基本的には撮影に使用するカメラだけだった。撮影された映像はすべて外部のモニターに直接送られていて、監督とほかのアシスタントの人たちは、トイレの外に座ってその画面を見ていた。

僕がいる場所からも、モニターがはっきりと見えた。それからおよそ二十分後、キャストとスタッフと機材の準備が整うと、監督がすぐに大声で合図した。

カメラはトイレの前の廊下から映し始めた。廊下を歩く靴音がだんだん大きくなっていく。そのあと、ボロボロになった制服を着た長身のキンが、彼より小柄なナムチャーを引っ張っていくのが見えた。彼はトイレのドアを開けて、大きな音を響かせながらうしろ手にドアを閉めた。そしてナムチャーの腕を引っ張って、壁にぶつけるように追い詰めた。

カメラはキンの顔を映した。彼がいま怒っていて、その感情を抑えようとしているのは明らかだった。

「キン先輩……痛い」

「痛くしてるんだ。そうすればおまえの脳みそもすこしは賢くなって、もう俺を怒らせたりしなくなるだろ」

彼はナムチャーの体を自分の両腕のあいだに閉じ込めるように、二本の太い腕を壁に押し当てた。カメラはアングルを変え、二人を横から映した。そうすることで、二人の表情とその距離の近さをよりはっきり見せていた。

二人の顔は、互いの吐息が混ざり合ってしまいそうなほど接近していた。カメラの近くにあるマイクは、かすかな吐息ですらもはっきり聞き取れるほど、しっかり音を拾っていた。

だれもが次に起こることを瞬きもせずに見つめていた。だが僕は、視線をそらして席を立った。

「ジーンさん、どうかしましたか？」

近くにいたスタッフが僕の顔を見てそう尋ねた。僕は首を横に振った。

「なんでもありません。ただちょっと暑くて」

僕は、大きな扇風機をもう一台持ってくるというスタッフのありがたい申し出を断って、外に出た。

空はもう暗くなっていたが、この一帯は大きな街灯のおかげで明るかった。

ここは空気がずっと澄んでいると感じた。僕は深く息を吸い込み、それからゆっくりと吐き出した。

何時に終わるのかな……。

ぼんやりまわりを見回しながらそんなことを考えていると、なじみのある声が聞こえてきた。

「はいはい、わかってるよ。もう十分頻繁にアップしてるよ。まだ足りないって？　どこまで有名にするつもりだよ。あの子は仕事受けないから、ほかの子に振ってやればいい。じゃあ僕からエマに話しておくよ。最近稼ぎたがってるし。雑誌の撮影の方も、そっちにまわせばいいだろ」

僕はそっちに近づいていった。間違いない……。

「タム」

「わっ！」

奴は跳び上がった。

「ジ……ジーン？　クソ、驚かすなよ。突然暗いところから出てきやがって」

「ごめん」

タムは僕に怒った顔を見せてから、すこし待っててくれと手で合図をして、それから電話に戻った。

「なんでもないよ、姉さん。友達がちょっと。はいはい、わかってるって。じゃあ十枚くらい写真用意するから。うん、じゃあそういうことで。はいはい。そう、スケジュールはグーグルドキュメントにアップして、あとで共有するのでもいいから。はい、じゃあね」

電話を切ると、タムは目を細めて僕の方を見た。

「なんだよおまえ、今日は来てたのか」

「ああ、家にいるのも飽きたから」

「家にいるのに飽きた？　めずらしいな。おまえみたいな奴でも飽きるのか。それで、シップはおまえが来てること知ってるのか？」

「知ってる。さっきちょうど撮影に入る前に話した」

「そうか。でもおまえが来てくれて助かった。今日は俺がシップをおまえの家まで送っていかなくて済むな」

僕らはしばらくその場で立ち話をしたあと、すこし離れたところにある大理石のベンチに移動することにした。タムは中に入ろうと僕を誘ったが、撮影スタッフが大声で仕事をしているのと暑いのを理由に、僕はそれを断った。外の方がだれもいなくて広々としていて、快適だと思った。

それからくだらない話を一時間近くしていたところで、監督の「カット！」という轟《とどろ》くような掛け声が体育館の外にも聞こえてきた。それで僕とタムはふたたび中に入った。

「あークソッ。かゆい。蚊に刺された。なんでおまえは刺されないんだよ」

「おまえの血が甘いからだろ。おまえだけが刺されてる」

「そんなもん子供騙《だま》しだ、バカ。前に読んだことがある。蚊は独特な匂いを感知して、血の供給源を見つけるんだ。たとえば、臭い足とか」

タムは僕を笑わせてくれた。

「なるほど、じゃあおまえが臭いからだな」

「クソったれ。さっきは俺の血が甘いからって言ってたくせに」

僕はタムとのおしゃべりで笑いながら、体育館のスタンド席の下にある、キャストの個室としてスタッフが用意した部屋まで歩いていった。ナップシップの低くて柔《やわ》らかい声が僕の名前を呼んだ。

「ジーンさん」

声のした方に顔を向けると、彼は濃い眉をわずかに寄せていた。

「どこに行ってたんですか?」

「ああ、タムと外で話してたんだ。それよりまだ着替えてないの?」

「ジーンさんを探してたんです」

そう言った彼は、一瞬も目をそらさずに鋭い視線で僕を見つめた。さっきまで友人と話していて笑顔だった僕は、その表情をすぐに変えることができなかった。僕が口を開いてなにかを言う前に、彼がさらに続けて言った。

「これからは僕の目の届くところにいてください」

「はあ⁉」

「そうじゃないと心配で、ほかのことが手につきません」

「…………」

僕はマネキンのように固まった。ナップシップは着替えスペースの方へ歩いていき、カーテンを開けて中に入っていった。しばらくしてからようやく僕は体を動かすことができた。ゆっくりと瞬きをして、彼が向かった先を見つめる。

……ちょっと外に行ってただけで、そこまで心配するか？

「おまえはどこにも行けないな」

隣に立っていたタムが僕の肩を叩いた。

「どこにも行けないってなんだよ」

大笑いするタムに腹が立って、僕は短く返した。

「さあな。はー、腹減った。おまえは腹減ってないか？」

「減った」

「だったらとりあえずシップの荷物を片付けるの手伝ってくれ」

タムは、散らかったテーブルの上にほかのものと一緒に置かれているメイクボックスを指さした。高級ブランドのロゴマークが入った本革のメイクボックスが開いたままになっている。どうやらタムは、自分が担当している子の化粧品にずいぶん投資しているようだ。とくにアイメイクのための道具がたくさん入っている。

僕はなるべくそうっとメイクボックスを持ち上げて、タムのかばんにしまった。

それが終わると、タムが残りは自分でやるから大丈夫というふうに手を振った。僕はほかになにをすればいいかわからなかったので、ベンチに腰を下ろしてスマホをいじっていた。

「はーい、今日はもう終わりました」

「……?」

「もうすぐ出てきますよ。いまは着替えているところです。今日も相変わらずイケメンですよ」

僕がふたたび顔を上げると、友人がいつもと違う明るい声を出しているのが聞こえた。タムがスマホに向かって笑顔で話しかけている。

「なにしてるんだ?」

「しー。いまライブ中だから」

タムはこっちを向いて小さな声で言った。

「はあ⁉」

「シップのインスタでライブしてるんだよ」

今度は片手で口元を隠しながら、ゆっくり口を動かして僕にそう伝えた。それからすぐにカメラの方に向かってほほえみ、流暢《りゅうちょう》にしゃべり始めた。

「はいはい、もうすぐ登場しますからね。え？　さっきだれと話してたかって？　ああ、原作者さんですね。撮影を見にきてたんですよ。気になったらチェックしてみてくださいね。ペンネームで検索すれば、すぐに見つかるはずですから」

タムが慣れたようにすらすらと話すのを見て、僕は驚いて口を開けた。奴はどさくさに紛れて僕のことまで宣伝してくれた。

普通、俳優や芸能人がインスタグラムやフェイスブックで配信ライブをするときは、だいたい本人がカメラの前に出てきてしゃべったりパフォーマンスをしたりするものだ。しかしナップシップは違う。ナップシップのアカウントはもはやマネージャーのものと言っても過言ではないだろう。

まあでも……ナップシップの場合は本人が自分からそれをやることはおそらくないから、こういうふうにするしかないのだろう。性格的に、彼はあまりおしゃべりが好きではなさそうだし。

シャッ！

「あっ、来ましたよ」

カーテンが開くとタムはすぐにそう言って、ナップシップの顔がしっかり映るように彼にカメラを向けた。

ナップシップは一瞬眉を上げたが、すぐに軽くほほえんだ。その雰囲気は見慣れたものだった。彼は短くなにかを言ってから、こっちに歩いてきた。

タムは彼が歩いてくるのに合わせてカメラを動かしている。

ナップシップが近づいてきたとき、僕はライブ配信に映り込みたくなかったので、急いで立ち上がろうとした。ところが僕がまだお尻を上げないうちに、ナップシップが隣に腰を下ろして、僕に寄りかかるようにぴったり体をくっつけてきた。僕の反対側は壁の柱で、前には折り畳み式のテーブルがあったので、僕はそこに閉じ込められたようになってしまった。

「シップ、なにを……」

僕は文句を言いかけたが、ギリギリのところでハッとして口を閉じた。代わりに手で相手の腕を押すことにした。

「パラゴンのイベントには出ますか？　えー、予定を確認してみないとですね。その時期は時間ありますか、シップ？」

「たぶん大丈夫だと思います」

ナップシップは僕に話しかけてくることはなく、ただタムの話を聞いて、ファンからの質問に答えている。

この状態から解放されたくて僕が何度も彼の腕を押すと、彼は煩《わずら》わしかったのか、自分の腕を僕の腕に絡ませて僕の手をぎゅっと握り、自分の太ももの上に押しつけた。

ますます身動きが取れない状況にされたことにさらに腹が立って、彼に向かってささやいた。

「シップ、なにしてんだよ」

「はい？」

「早く放せよ。これじゃあ立てないだろ」

「タムさんがライブを終わらせるまで待ってください。あとちょっとだけです」

ナップシップはうつむいて、僕の耳元でそっとささやいた。

僕は顔をしかめた。僕は、結局手を振りほどいて、彼の代わりにタムに向かって〝早く解放しろ〟と口を動かすことしかできなかった。

タムはオーケーのサインをつくった。

そのあとタムはファンからのコメントを読み、ナップシップに答えさせるというのを楽しそうに続けた。

どうやら僕はライブが終わるまでここに座っていなければならないようだった。それから数分後、タムはまるで自分が芸能人であるかのようににこやかに視聴者に別れを告げ、スマホを伏せた。僕は、我慢の限界とばかりにタムに文句を言った。

「なんでここでライブなんかやるんだよ。家でやれよ」

「だって最近シップとライブをやる時間がなかったんだよ。ちゃんとやらないと、ファンの子たちがほかの俳優に夢中になっちゃうだろ」

「だったら家に来てライブすればいいだろ。俺がいつ禁止したんだよ」

「まあまあ、そう怒るなよ。帰……」

コンコン！

ドアをノックする音がタムの言葉を遮《さえぎ》った。スタンド席の下にあるこの部屋のドアは、カーテン付きのガラスドアだったが、いまはそのカーテンが開いていたので、外に立っている人物の姿がはっきり見えた。

制服の上にうさぎ耳のフードがついたパーカーを着たウーイくんが、遠慮がちにほほえみながら立っていた。タムがドアを開けにいくと、彼は小さくお辞儀をして、ナップシップのところまで歩いてきた。ウーイくんはそのくりっとした目で、ナップシップの隣に座っている僕のことをちらっと見た。それからナップシップに向かって明るくほほえみかけた。

「シップ、もう準備できたよね？　ごはん食べにいこうよ」

もう一つ問題があったんだった……。

僕はすこし体をずらした。立ち上がりたかったが、まだ立ち上がれない。仕方なく僕は存在を消すように静かに座って、なるべく邪魔しないようにしようと思った。それでも、視線が勝手に隣を向いてしまう。


ナップシップが片方の眉をわずかに上げていた。

「さっきも言っただろ。別の日にしよう」

ウーイくんが眉をひそめた。

「今日じゃダメなの？　いまから帰って、シップはなに食べるの？」

「………」

「ちょっとだけだから。そのあと僕が家まで送っていくから。ね、ね？」

ウーイくんは甘えるような声でナップシップを説得していた。彼のかわいらしい顔と仕草のせいか、うるさくて迷惑な感じはしなかった。

「ジーンさんはどう思いますか？」

僕がなるべく邪魔しないように存在を消そうとしていたにもかかわらず、ナップシップは僕の名前を呼んでこっちに質問を投げてきた。

「はあ⁉　なんで」

「ジーンさんは僕に行ってほしいですか？」

「………」

なんで僕に訊くんだよ……。

ナップシップがこっちを向いたとき、ウーイくんだけでなく、立ったままほかのことをしていたタムも、同時に僕の方を向いた。

「ジーンさんが行ってほしくないなら、僕は行きません」

「えっと……」

僕はどう答えればいいのかわからず、しばし目を泳がせたあと、小さな声で答えた。

「それはきみ次第だよ。行きたいのか行きたくないのか、本人が決めることだろ」

「ということは、僕が行っても、ジーンさんはそれでいいってことですね？」

「………」

脳が突然停止したかのようだった。

ナップシップのハンサムな顔にすこしずつ笑みが広がっていくのが見えた。

ナップシップが行っても……？　どういうことだ？

僕がなにも言えないでいると、ナップシップがおなじみの笑顔を見せた。彼は僕に向かって小さくうなずいて、それから言った。

「じゃあ今晩はシャワーを浴びて休んでください。僕が帰るときは、なるべく音を立てないようにします」

「ああ……」

これはつまり、ウーイくんと食事に行くことにしたっていう意味だよな。

ナップシップはそこで立ち上がって、タムとなにか話をするために奴の方に近づいていった。そのあいだにウーイくんの方を見ると、最初はしょんぼりしていた彼も、すっかり明るくなっていた。ウーイくんは僕に感謝するかのように、満面の笑みを見せた。

ナップシップが外に出ていこうとしているのを見て、僕は慌《あわ》ててそのあとを追いかけようとした。だがその前に、ウーイくんに話しかけられた。

「ジーン兄さん、ありがとうございました。今晩、ナップシップに告白しようと思います。それじゃあまた」

そう言い残して足音が遠ざかっていった。

部屋の中には僕とタムだけが残った。部屋全体が一気に静まり返ったようだった。外で撤収作業をしているスタッフの声がかすかに聞こえる。

僕は頭の中でぼんやりとなにかを考えていた。だがふと我に返って、僕は首を横に振った。そしてタムの方を向いた。

「……？　なに見てるんだよ」

「別になにも」

タムは指先でめがねを押し上げた。それから僕の目の前のテーブルに置いたかばんを手に取った。

「あいつらも行ったことだし、帰ろうぜ」

「ああ」

「シップを送る必要もなくなったし、なんか食べて帰るか」

「食べる。そうだ！」

僕はあることを思い出して、笑顔になった。

「ピザを注文するつもりだったんだ。なあ、うちで一緒に食べないか？　俺がおごるから」

「ピザ⁉　なんで？　クソ、食いたいな。でもまた今度じゃダメか。今日はあとで姉さんのところに寄らないといけないんだよ」

「今日一日だけだ。ほかの日はない」

「頼むぜ。なんで俺の都合が悪い日にごちそうしようとするんだよ。な、ほかの日にしてくれよ。今日はおれがおごるから」

「俺がおごるのが先だ。おまえにまだ借りがあるからな。でもピザはもうなし。それは今日だけ。ほかの日だったら、ソイ6のタイ風ラーメン《クイッティアオ》屋だ」

僕らは連れだって体育館の外に出て、スタッフの人たちに挨拶《あいさつ》をした。

もう夜の九時になるところだ。撮影のために立入禁止になっていた大学の体育館のあたりは、普段よりもさらに静かだった。

僕は体育館横の屋外駐車場に車を駐めていた。タムは反対側のビルの方に車を駐めていたので、僕らはそこで別れることになった。僕はもうすこし話していたい気持ちがあったが、仕事があるなら仕方ない。

駐車場にはまだたくさんの車が駐まっていた。おそらくスタッフの人たちの車だろう。僕は自分の車が駐まっているところまでショートカットすることにした。僕が車を駐めた場所の斜め向かいには大きな街灯があったので、すぐに見つけられた。

白い砂利石の上を歩きながら、僕は電話で宅配ピザを注文するか、それともどこかのモールに寄ってテイクアウトして帰るかを考えていた。車のロックを解除するためにリモコンキーを握ってポケットから出したところで、その手がとまった。

「………」

僕がいまいるところから車数台分離れた街灯の下に、人が二人立っていた。

ナップシップとウーイくんだ……。

僕は眉間《みけん》に皺《しわ》を寄せ、二人を訝《いぶか》しげに見つめた。僕がタムとぐずぐずしゃべっているあいだにだいぶ時間が経っていたので、この二人はもうとっくに帰ったとばかり思っていた。

なんでまだここにいるんだ。

ナップシップは僕に背を向けて立っていたので、僕からは彼の表情が見えない。その向かいに立っているウーイくんはなにかをしゃべっていたが、距離があったのでなにをしゃべっているのかは聞こえなかった。

もちろん僕は聞くつもりもなかったし、のぞき見もしたくなかった。僕は静かに車に乗り込んで発進の準備をするつもりだった。視線を車に戻そうとしたそのとき、僕は大きく目を瞠《みは》った。

明るく笑うウーイくんがナップシップの方に近づいた。細い腕を相手の首に巻き付け、つま先立ちになり……。

僕はとっさに顔をそむけた。鼓動がいつもより激しくなる。僕は暗い色の大きなフォーチュナーのうしろに隠れた。もう一度振り返って見ようとは思わなかった。

嘘だろ……。キスした？

僕は身じろぎもせず、その場にじっとしていた。息を吐き出すこともできなかった。脳の一部がうしろを振り返るように命じていたが、心の方がそれを拒否している。

車のドアが静かに閉まる音がしたあと、タイヤが砂利石の上を走る音が遠ざかっていくのが聞こえた。他人の車のウィンドウ越しに、僕はそれを観察した。

ウーイくんがシップにキスした？　その瞬間ナップシップがどんなふうに反応したのか、どんな表情をしていたのかはわからない。

ウーイくんは告白したんだろうか。キスを拒否しなかったということは、相手もそれを受け入れたっていうことだよな。

シップもウーイくんのことが好きだったのか？　二人は付き合うことになったのか？

山のような疑問が頭の中をぐるぐる回り、僕の頭は爆発してしまいそうだった。

僕は無意識のままに体を動かしリモコンキーを押してドアロックを解除し、車に乗り込んで発進させていた。

今晩、ピザは三枚注文することにしよう。

僕はそう決めた。

# カウント13

僕はバカみたいにほんとうにピザを三枚も注文して、結局それを一人で食べることになった。ウェブサイトのメニューを見て、これも食べたい、あれも食べたいと、ためらうことなくカートに入れるボタンを押していった。

深く考えず注文した結果がこれだ……。

食べ始めて二十分ほどで、僕のおなかは限界を迎えた。僕は座ったまま、テーブルの上に広げられた三枚のピザの箱を苦しい顔で見つめている。それぞれの箱にはまだ二切れずつ残っていた。捨ててしまうのはさすがにもったいない。

僕はおなかがパンパンで、ソファの上から立ち上がる気にならなかった。もうすぐ夜の十二時になる。

僕がここに座ってから、もう二時間ほど経っただろうか。テレビをつけて、適当にザッピングしている。タイ語の字幕付きの西部劇映画をやっていたが、すこしも興味が湧かなかった。

ナップシップはまだ帰ってこない……。

いったいどこまで食事しにいったんだろう。エベレストの頂上？　それともシルクロード？　それとも食事のあと、どこかに行った？　今日はもう帰ってこない？　いまは……あーもう、まただ。僕はまたあの二人のことを考えている。

僕は車で家に帰ってきてから、スマホでピザを注文し、それを下まで受け取りにいって、リビングのソファに座って食べていたが、驚くべきことにそのあいだじゅうずっと、ナップシップとウーイくんがあのあとどうなったのかということばかりを考えていた。

僕はこんなに詮索《せんさく》好きな人間だったただろうか。

ガチャッ。

座ったまま自問自答していた僕は跳び上がった。玄関のドアを開ける音がかすかに、しかしたしかに聞こえた。映画の方は登場人物が斧を持って地下を静かに歩いているシーンなので、間違いなくうちの玄関ドアの音だ。

ナップシップが帰ってきた……。

片肘をついて寝そべっていた僕は、急いで起き上がって背筋を伸ばした。片手でテレビのリモコンをつかみ、もう一方の手でピザを取ってから、僕は映画の中でサイコパスな殺人鬼と戦うヒロインに夢中になっているふりをした。

僕は……なんでこんなバカなことをしてるんだ。日増しに自分のことがわからなくなっていく。

「ジーンさん？」

僕は振り返ってナップシップを見た。その瞬間にピザを元の位置に戻す。

「ああ、おかえり」

「はい。ジーンさん、まだ食事終わってなかったんですか？」

「え……ああ、映画見ながら食べてたから」

「ピザを三枚も？　一人で？」

ナップシップが近づいてきて、ピザの箱が散らばったローテーブルに視線を向けた。彼は一人で食べるには多すぎる量を広げている僕に対して、驚いて不思議に思っているようだった。

「ああ、それよりきみの方は？」

「ちゃんと済ませました」

それを聞いた僕は、相づちを打ったあとでコーラのコップを手に取って一口飲んだが、それ以上なにも言わなかった。

彼はシャワーを浴びると言って僕に背を向け、自分の部屋にタオルを取りにいってしまった。僕は視線をテレビに戻し、ちょうど殺し合いをしているテレビの画面を見つめた。

麻袋を頭にかぶったサイコパスがゆっくりと歩いている。それから……いやにくっきりとした男の美しいシックスパックと鍛えられた肉体が僕の目の前に現れた。

「うわあっ⁉」

下半身にバスタオルを一枚巻いただけのナップシップが、僕の目の前にやってきて仁王立ちしていた。

「なんなんだよ？　なんでテレビの前に立つんだ」

まだドキドキしている僕がパッと顔を上げると、ナップシップが笑っているのが見えた。

「僕はただ、あんまり食べすぎないでって言いにきただけですよ。もう遅いですから、太りますよ」

……それだけ？

「わかってるよ。早くシャワー行きなよ」

僕は片手で相手を押しやって、自分の視界から追い出した。ナップシップはクスクスと笑いながら素直にバスルームへと向かっていった。

僕は顔をしかめたままその背中を目で追った。ナップシップがいなくなると、すこしずつ緊張がほぐれていったが、胸はまだドキドキしていた。目の前の映画を見ることに集中しようとしても、どうしてもバスルームの方が気になってしまう。

そして脳がようやくまともに働き始めるようになると、一緒に食事に行ったナップシップとウーイくんの関係がまた気になり出し、僕は苦しくなった。

訊《き》いた方がいいだろうか……。なんて訊けばいいんだろう。もしシップになんでそんなこと訊くんですかって言われたら、ただ知りたいからだと答えるのか？

そもそも僕はなんで知りたいんだ？　問題はそれだ。でもとにかく知りたかった。

僕が自分の好奇心と葛藤しているあいだに、ナップシップがシャンプーの匂いを漂わせながらバスルームから出てきた。その姿を見ると、自分もシャワーで汗を洗い流して、さっさとベッドに飛び込んでしまいたくなった。けれど、好奇心が僕をその場に留《とど》まらせた。

ナップシップは自分の部屋へ戻っていった。それからもう一度出てきて、キッチンに向かった。横目でちらっと見ると、どうやら冷たい水をコップに注いで飲んでいるようだ。そのあとペットボトルの水を持って、ふたたび自分の部屋に戻っていった。だが一分もしないうちに彼はまた出てきた。

彼は僕の向かいに腰を下ろして、ほほえんだ。

「なんですか？」

「えっ？」

「なにを訊きたいんですか？」

王子のように優しい声で発せられたその質問に、僕はドキッとした。

「き……訊きたいってなにが」

「ずっと僕のことを見てましたよね。なにか訊きたいことがあるんじゃないですか？」

「…………」

「ジーンさんからの質問なら、僕はなんでも答えますよ」

僕は口をあんぐりと開けた。

こいつ、なんで僕がこっそり見てたことを知ってるんだ。

「僕は別に……」

それを否定するつもりで考えた言い訳の言葉が途中でとまった。どうしても気になっていた気持ちは否定できない。

「わかった。訊いてほしいなら訊くよ。きみ、どうなったの？」

「元気ですけど」

……バカ。

「そうじゃない」

「え？　じゃあどういうことですか？」

「食事に行ったことだよ」

「ああ！　よかったですよ。おいしかったです。ジーンさんも今度行きたければ、一緒に行きましょう」

「だから、そういうことじゃないいんだってばー」

僕はイライラして無意識に語尾を伸ばし、不満げに舌打ちをした。

僕はなぜかナップシップにからかわれているような気がした。彼のハンサムな顔を見るかぎり、わざと怒らせようとしている感じではなかったが、いつもよりどことなく嬉しそうな笑顔を見ると、無性に腹が立った。

「じゃあどういうことですか？　はっきり言ってもらわないと、僕も答えにくいです」

鋭い目に見つめられて、僕はますます戸惑《とまど》った。結局、僕は自分の中の好奇心に負けて、一気に質問をぶつけた。

「きみはウーイくんと食事に行っただろ。ウーイくんはきみになにを言ったの？　きみはウーイくんと付き合うことになったの？　きみたちは恋人同士になったの？」

「…………」

「…………」

リビングは急にシーンとなった。木のドアに斧を叩きつける音だけがテレビのスピーカーから聞こえてくる。

ナップシップが黙っているのを見て、僕は時間を巻き戻したい気持ちになった。間違ったことをしてしまったような気がした。

僕は顔をそむけ、ナップシップになぜ知りたいのかと訊かれたらなんと答えるか、必死に考えた。だけど、〝ただ知りたいから〟という以外になんと答えればいいのだろう。

「そういう話ですか」

「…………」

「ジーンさんはどうして僕とウーイが恋人同士になると思うんですか？」

「それは……」

ウーイくんがナップシップのことを相談してきたから、とは言えなかった。二人の関係がどうなったのか、いまの段階ではまだはっきりしていない。僕は、ウーイくんが駐車場のところで告白したんだろうと思っているが、それをそのまま答えるわけにもいかない。

「のぞき見するつもりはなかったんだよ。ただ、帰るときに駐車場できみとウーイくんが一緒にいるのを見かけて」

それだけでナップシップは理解したようだった。彼の表情が変わった。いつも口元に浮かんでいるほほえみも同時に消えた。

「見てたんですか？」

「まあ……うん。たまたま見かけただけだよ」

ナップシップは濃い眉をひそめた。だが、彼の鋭い目は僕を見つめているわけではなかった。それで僕は、彼が顔をしかめている理由は僕のことではないのだろうと思った。すこし間があってから、彼は口を開いた。

「そういうんじゃありません。僕はただ、すこし話したいことがあったから、ウーイと食事に行くことにしただけです」

「話したいことって？　どういう話……」

僕は自分の口をコントロールできず、気づいたときにはそう訊いていた。

「今日、ウーイがジーンさんとなにかしゃべってましたよね。それでジーンさんが困った顔してたから」

「………」

困った顔？　そうか、ウーイくんが僕に協力してほしいと言ってきたとき……ナップシップはそれを見てたのか？　じゃあ彼と食事に行くことにしたのは、ウーイくんが僕を困らせてると思って、そのことについて話をするためだったってことか？

ナップシップの口から発せられる言葉に、僕は混乱するばかりだった。

これはつまり、ウーイくんはまだナップシップに告白してないってことだよな？　ナップシップも、友達から好意を持たれていることをまだ知らないってことか？

ナップシップは、僕のことが好きでここにいたいと言っていたが、シップがウーイくんにそんなことを言ったのだとしたら、シップとウーイくんの関係にひびが入ってしまったのではないだろうか。

「ねえ……きみ、ウーイくんとケンカしたりしてないよね？」

「してませんよ」

「……そう」

「それからキスもしてません」

僕は一人で必死にいろんな仮説を立てていたが、ナップシップのその言葉にハッとして顔を上げた。

彼は訊かれてもいないのに、僕が二番目に知りたかったことを教えてくれた。

「キスしてない？」

「ジーンさんは、僕が友達とキスすると思ったんですか？」

「僕は……いや……別に？」

僕はうまく答えられなかった。それまでは、ウーイくんがナップシップに告白したかということばかり考えていたからだ。

視線を上げると、彼がじっと僕を見つめていた。自分が心の中で考えていることを、僕に読み解いてほしいと訴えるような視線だった。

最終的に彼はまたいつもの柔《やわ》らかい声で、ただしはっきりとした口調で言った。

「ウーイはただの友達です。それだけです。それ以上はなにもありません」

「……そっか」

「やきもちですか？」

「やきもち？」

「もしジーンさんがやきもちをやくなら、僕はもうウーイと出かけたりしません」

彼の声は笑っていて、口元にはかすかに笑みが浮かんでいた。

おちつきつつあった僕の心臓がまた早鐘を打った。僕はしばらく顔をしかめ、眉間《みけん》に皺《しわ》を寄せた。

やきもちだって？　なんで僕がナップシップにやきもちをやかないといけないんだよ。すこし気になっただけで、僕がやきもちをやいてるように見えたってことか？

「バカじゃないの。僕はただ知りたいから訊いただけ」

「へえ」

彼は信じていないかのようにすこし首をかしげた。わざと僕のことをからかっているような目だった。

「僕とウーイがキスをしたと思ったから、いろいろ想像していたんじゃないですか？」

「僕はただ、きみとウーイくんがネットで噂《うわさ》になってるのを見て、それから駐車場で二人を見かけたから、きみたちがほんとにお互いのことを好きなのかと思っただけだよ。ただそれだけ」

「テレビ局からプロモーションを行うように言われてるの、ジーンさんも知ってますよね？」

「で……でもほんとにそれっぽく見えたから」

「それっぽく見えるようにしなきゃ、だれも信じないでしょう？」

「それはまあ、たしかに」

「それから……僕はジーンさん以外、だれともキスしてません。僕はジーンさんのものですから。忘れちゃったんですか？」

「…………」

僕は固まってしまった。

ナップシップのその発言に戸惑いを感じるべきなのか、それとも納得するべきなのか、よくわからない。

とはいえ、ここで僕とのキスの話を持ち出したのは、別に僕に責任を取らせたいとか恩を売りたいという理由からではなさそうだった。

「もうやきもちをやく必要はありません」

「バカじゃないの。別にやきもちなんかやいてないってば」

「そうですか？」

彼は眉をすこし上げて笑ったが、僕にはその笑みが意味するところがよくわからなかった。僕は視線をさまよわせた。顔をそむけて、相手と目を合わせないようにした。けれど向かい側のソファに座っている彼が手を伸ばして僕の頬を撫《な》でたとき、僕は驚いてビクッとした。

すぐに相手の手を払いのけて、子供を叱《しか》るような目で彼をにらみながら距離を取った。

「なにふざけてるの」

「拗《す》ねるといつも頬が膨らみますね」

「……………」

「そこがかわいいです」

僕の胸がまたドキッとした……。

ナップシップからかわいいと言われたことは何度もあるが、何回言われても慣れることがない。彼の目が僕の頬と口元をじっと見つめている。僕は頬の内側をそっと噛み、唇をぎゅっと結んだ。これ以上かわいいとからかわれないように顔を引き締める。

「シャワー浴びてくる」

ナップシップはそれに対してなにも言わなかった。僕も彼の方を振り向かなかった。

大急ぎでピザの箱を閉じて、ソファから立ち上がり、そのままタオルを取りに自分の部屋へと向かった。


「なんだ、今日も来てたのか」

隅っこに座ってパズルゲームの画面をひたすらタップしていた僕は、タムに声をかけられて顔を上げた。タムはちょうど通りかかって、たまたま僕を見つけたようだった。奴は驚いた顔をしていた。

「もうだいぶ前からいるけど」

「はっ！　今日は朝からの撮影なのに、おまえが来てるとはな。部屋から出た理由はなんだ？　シップか？」

　僕は奴をにらんだ。

「ナップシップとなんの関係があるんだよ」

「じゃあなんで来たんだよ？」

「昨日二時に寝て、今朝十時に起きたから。それだけだ」

「ほおお。それはそれは」

　タムは何度もうなずいていたが、その顔はなぜか僕を苛立《いらだ》たせた。奴は僕のそばに立ったまま動こうとしない。

「それで、シップはおまえが来てるって知ってんのか？」

「さあ。知らないんじゃない。さっき彼が撮影に入っていくのを遠くから見ただけだし。俺はマイさんと話してから、ずっとここに座ってたし」

「シップのとこに行くぞ」

「これを見ろ」

　僕はスタッフが近くに置いてくれた大きな扇風機を指さした。

「ここに座ってる方が快適だ」

「ああ、そうかよ。でもそのうちどうせシップがおまえを見つけるぞ。あいつは目に見えないGPS

をおまえにつけてるから」

「………」

「ったく。またあとで来るから。ちょっと電話してくる」

「ああ、さっさとどっか行け」

僕は手を振ってタムを追い払い、ゲームに戻った。

ゲームは難しくないはずだった。なのになぜこんなに何度もゲームオーバーになるのか。僕はそのステージをクリアすることに集中していたせいで、まわりに注意を払っていなかった。そのとき……。

背の高い人物が僕の隣に折り畳みの椅子を持ってきた。

「なんで来るって言ってくれないんですか」

……ナップシップだった。

「い……言わなきゃいけないわけ？」

ナップシップはわずかに眉をひそめた。

「あたりまえです。僕たちは一緒に住んでるんですから」

これまでは言わなきゃいけないなんて言ってなかっただろ。

「じゃあ今度はラインするから……忘れてなければ」

そう言って隣を見ると、彼は笑顔でうなずいた。その笑顔はあまりにも破壊力が大きかったので、僕はとっさに顔をそむけてまた画面に目を落とした。

「それで、何時に終わるの？」

「もうすぐです。監督が食事休憩にしてくれると思います。ジーンさんはもう食べましたか？」

「おなか減ってないから」

僕は首を横に振った。

「きみは朝から撮影で、これからまた大学に行くの？」

「今日はプリントを取りにいくだけです」

僕は「ふーん……」と小さく相づちを打ち、それ以上はなにも言わなかった。

ちょうどスタッフがナップシップのところに来て、なにか話し始めた。僕はまったくクリアできないステージに挑むため、またさっきと同じようにゲームに全力で集中することにした。


どのくらいのあいだそこに座っていたのかわからないが、突然、ごはんを山盛りのせたプラスチックのスプーンが僕の口の前に差し出された。僕はなにも考えずに口を開けた。揚げ鶏のせごはん《カオマンガイトート》のごはんとチキンを絶妙な配分ですくったものを口に入れ、咀嚼《そしゃく》して、飲み込んだ。

それからまた次の一口が運ばれてきた。僕の目はまだスマホの画面に夢中だった。カラフルな花火とともにクリアの文字が出てきたのを見て、僕はようやく顔を上げた。

「…………」

僕は十人ほどのスタッフの視線が自分に集まっているのを見て、固まった。

なんだ⁉

「ジーンさん、よく嚙んでください」

「…………」

声のする方を向くと、隣に座っているナップシップが次の一口がのったスプーンを持って待っているところだった。僕がごはんをほおばったまま固まっているのを見て、彼は眉を上げた。

「ハムスターになったんですか？　このごはんは貯めとけませんよ」

彼がふふっと笑うのを聞いて、僕はにらむように顔をしかめた。そして急いで咀嚼して飲み込む。

僕は手を伸ばして、プラスチックのスプーンを持っている大きな手を押しやった。できることなら自分の椅子を持って、向こうの隅に移動してしまいたいくらいだ。

「なにしてるの」

「ごはんを食べさせてます」

彼はなにがおかしいのかと不思議そうな顔をしていた。指でその目を突いてやりたい……。

「それはわかってる。そうじゃなくて、なんできみが僕に食べさせてるのって訊いてるんだよ」

「食事の時間ですから、食べないと」

「自分で食べるよ。それに僕、おなか減ってないって言ったよね？」

僕は目を細めながらまだスプーンを持っている相手の手を見て、それがまた近づいてこないように牽制《けんせい》した。幸いナップシップは素直に従ってくれた。彼はテイクアウト用のパックにスプーンを戻した。その中の揚げ鶏のせごはんは、あと五口分ほどしか残っていなかった。

クソ。僕はいったい何口食べたんだ。

「水もどうぞ」

まだ冷たい、水のペットボトルをナップシップが置いてくれた。僕がなにか言い返す前に、ちょうどスタッフが次のシーンの準備をするように合図した。僕の隣にいたナップシップは立ち上がった。彼は僕に言い聞かせるようにもう一度ペットボトルを指さしてから立ち去った。僕はその指先を追うよりも、彼の広い背中をじっと見つめていた。

ゲームをする気分は当然のようにどこかへ消えてしまった。僕は仕方なくスマホを膝の上に置き、手を伸ばして水を取り口にした。ペットボトルの蓋《ふた》を閉めて元の位置に戻そうとしたとき、ある人物の視線を感じて僕は固まった。

ウーイくん……。

彼は僕が座っている場所からかなり離れたところに立っていた。だがコンタクトのおかげで、僕には彼の表情がはっきり見えた。かわいらしい顔が僕の方をじっと見つめている。そこにはいつものように明るく元気な笑顔はなかった。僕と目が合うと、彼は眉を寄せた。彼が苛立っているような不満げな表情を見せたので、僕は驚いて眉を上げた。

自分の目が悪いせいだろうと思って僕は笑顔を見せたが、ウーイくんはそっぽを向いて別の方向へ歩いていってしまった。

やっぱり……。

彼はさっき僕とシップのことを見ていたのだろう。それで誤解しているに違いない。

僕はウーイくんがナップシップを好きだということを知っている。彼が僕にそう言ったのだ。だからこそ、ナップシップがさっきのように振る舞うのを見て、ウーイくんが不満に思うのは不思議ではない。

たとえ僕とシップのあいだになにもなくても、普通はだれかにごはんを食べさせたりはしない。

それに、昨日シップがウーイくんになにかを言ったのかもしれない。

僕は小さくため息をついて、頭の中から厄介《やっかい》ごとを払いのけた。彼らのことにあまり首を突っ込むのはやめよう。撮影が終わるまでの関係だ。いまは親しくしていても、その後は頻繁に会うことはなくなるだろうし。

「おい、ジーンノン」

一人でぼんやりしていると、電話をしにどこかに行っていたタムが突然現れた。

「このあとのシップのこと任せたから」

「はあ⁉」

「俺は会社で用事があって戻らなきゃいけないんだよ。さっきシップにも話してきたから。あいつはおまえと一緒に行くってよ」

「どこに?」

僕は話についていけていなかった。

「家に帰るんだろ、アホか。なんでそんな顔してやがる。いいな? 頼んだぞ。俺はもう行く。じゃあな」

タムは一気にまくしたてて、僕がなにかを言う前に僕の肩をポンポンと叩いて去っていった。そしてほかのスタッフの方に走っていっておざなりな挨拶《あいさつ》をして、すぐに体育館の外に出ていってしまった。その慌《あわ》てぶりから、さっきの長電話でほんとうに急用ができたのだとわかった。

それから一時間後、僕はまだ同じ場所でゲームに集中していた。監督の撮影終了の呼びかけを聞いて、ようやくスマホをしまった。

ナップシップに一緒に帰ろうと言いにいこうとしたところで、監督のマイさんに声をかけられた。

「ジーンさん、いまちょっといいですか」

「はい？」

「前にもすこしお話ししましたけど、テレビ局の方での調整が進んだようです」

そう言いながら監督は嬉しそうに笑った。僕の肩を軽く叩き、眉を上げてウインクをした。

「結論としては……十二月上旬にオンエアになりそうです」

「十二月上旬ですか」

「そうです。やりましたね！　ふふっ。僕が思ってたよりずっと早いです。撮影も順調に進んで六十パーセントくらい撮り終わっていますし。上の人たちのあいだで放送枠について話していたみたいで、もうすぐ正式発表が出ると思います。そのときまたお知らせしますね」

「はい。どうもありがとうございます」

監督は口ひげが揺れるほど笑った。

「こちらこそありがたいですよ。最近、ジーンさんがよく顔を出してくれて嬉しいです。そういえばヒンくんはどうしてます？」

「いまは来年のブックフェアプロジェクトの準備の方に関わってます」

「ああ！　それで見かけなかったんだ」

監督は納得したようにうなずいた。それからすこし話をしてから、監督は仕事に戻ると言ってその場をあとにした。

僕もナップシップを探しにいったが、彼の姿が見えなかった。きっと着替えているんだろうと思って、とりあえず待つことにする。そのあいだ、僕はドラマのオンエアのことを考えた。

オンエアが早くなって嬉しいかと言われると……まあまあかなという気分だった。いずれにしても必ず放送されるのだ。それでも、ワクワクしているのは間違いない。ナップシップやほかのキャストの演技を完璧に編集したものを、画面越しに見ることができるのだから。

僕の知るかぎり、タイでは撮影がすべて終わってからオンエアになる場合と、撮影中にオンエアが始まる場合の両方があった。それぞれにメリットとデメリットがある。たとえば撮影中にオンエアされる場合は、ファンや周囲の反応を見て台本や話の内容を変えることができる。しかし、それこそが僕にとっては問題だった。

僕としては、テレビ局が人気や時流に合わせて物語のラストを変えたりすることがないようにしてほしかった。最初はこういうジャンルを書くつもりではなかったにせよ、原作者としては自分が書いたものをそのままの形で世に出してほしいと思うようになった。

「なにを考え込んでるんですか」

「……!」

突然声をかけられて、僕はびっくりした。

一人で立ったまま考えごとをしていると、ナップシップが僕の顔の横でささやいていた。

このやろう……。

「ずっとどこに消えてたんだよ。もう終わった?」

「はい。帰りましょう」

その答えを聞いて僕はうなずいた。外に出るとき、僕はちらっと左右を確認した。この大学のファンの子たちがナップシップの出待ちをしているかもしれないと思ったからだ。今日は昼間の撮影だったが、撮影スタッフがうまくやってくれて、立入禁止のところに見張りの人を配置していた。おかげでこの前と同じ駐車場のあたりも静かで、だれかに邪魔されるようなことはなかった。

「ジーンさん、急いでますか？」

車のドアを閉めたところでナップシップが尋ねてきた。

「え？　なんで？」

「これから大学にプリントを取りにいかないといけないんですけど、大学の前にあるカフェにケーキ食べにいきませんか？」

「ケーキ？」

僕は興味を引かれた。車のエンジンをかけてバックしようと思っていたところで、彼の方に顔を向ける。

「おいしいの？」

「僕はあまり甘いものは食べないので味はわからないです。ただ、そのカフェは新聞にも載ったことがあるんです。ジーンさん、甘いもの好きかなと思って」

教えたことはないはずなのに、僕が甘いものが好きだなんてよくわかったな……。

「へえ。じゃあきみがプリントを取りにいってるあいだ、僕はそのカフェで待ってるよ」

そんなふうに話がまとまると、僕はすぐにギアチェンジをしてアクセルを踏んだ。撮影場所の大学からナップシップの大学までは、かなり距離があった。ただ、夕方前のこの時間はあまり渋滞していないのが幸いだった。

僕はブルートゥースをつないだスマホから曲を再生した。そのあとは静かに運転しながら、ときどき曲に合わせて鼻歌を歌った。

ナップシップも勉強のことで友達と連絡を取っているらしく、ラインの返信かなにかをずっとやっていた。

しばらくして大学のある区域に入った。そのあたりまで来ると、車が混み始めてきた。

「ジーンさん、そこの駐車場に駐めてください」

「えっ、大学の中まで行かなくていいの？」

「大丈夫です。一回入ると出るのが大変ですから。ここに駐めてもらって、先にジーンさんをカフェまで案内します」

ナップシップは道を指し示した。僕も異論はなかったので彼に従った。

エンジンを切って、車の中の熱を逃がすためにサイドウィンドウをすこしだけ下げた。それからドアを開け、彼のあとに続いて降りた。彼は僕の腕に触れ、それから手のひらで僕の背中を押すようにして前に進ませた。

多くの学生はまだ授業中のようで、大学前にいる人はまばらだった。

ナップシップが僕のためにカフェのガラスドアを開けてくれたとき、キャーという声が聞こえた。店の中のいくつかのテーブル席にいた女子学生たちは、店の外にいるときからナップシップを見ていたようだ。

僕はそれを見て、うんざりせずにはいられなかった。

僕だってキャーと言われるようなイケメンになりたかったよ……。

ナップシップはもう慣れっこなのか、気にしていないようだった。彼は僕を窓際のテーブルに連れていくと、メニューを取ってくれた。

「すぐ戻りますから」

「うん、わかった」

「どこにも行かないでくださいよ。なにかあったら必ず電話してくださいね。いいですね？」

「わかったって。子供じゃないんだから。早く行きなよ。いつまでも帰れないだろ」

ナップシップは僕を見て、それから笑った。彼は座っている僕の頭をひと撫でしてから店の外に出ていった。メニューを手にしたまま座っている僕の方は、顔をしかめて彼の背中を見つめるしかなかった。

親しくなればなるほど、態度がでかくなるな、あいつ。

僕は、メニューにあるケーキの中から、どれにするか選ぶことに集中した。メニューには全部で十種類のケーキの写真が載っていた。見ているだけでもよだれが出そうになる。

僕は別に大食いではない。しかし、実はとにかく甘いものには目がないのだ。結局我慢できずに、二種類注文してしまった。

メニューの中にはフォーイトーンケーキもあった。それを見て、母さんのことを思い出した。このあいだ連絡したとき買ってきてほしいって言ってたな……。あさってくらいにまた実家に帰ろう。この前寄ったときはほんのちょっとしかいられなかったし。

店員がケーキを運んできて、僕はそれをゆっくり食べることにした。ケーキを食べながら、スマホをいじったりしていたが、さっきナップシップにキャーキャー言っていた女子たちにずっと見られていて、それがすこし気詰まりだった。

パシャッ！

「……⁉」

唐突に聞こえたシャッター音に、僕はびっくりした。音のした方を振り向くと、あるグループの女子が慌ててスマホを下に向けるのが見えた。シャッター音を消していなかったせいで、僕に気づかれてしまい、撮影者は同じテーブルの友人から手で叩かれていた。

「すみません。きみがすごくかわいかったから。私の友達、かわいい男の子に目がないの」

「やめてよ、ティム！」

「………」

僕は苦笑いするだけでなにも言わなかった。僕のことを年下だと勘違いしているようだったが、それも訂正しなかった。ふたたび目の前のケーキに向き直る。今度は店内のほかのテーブルすべてに背を向けるようにして座った。

一皿食べ終えると、おなかがいっぱいになってきたので、すこし休んでから次のケーキにいくことにした。そのとき、またキャーという歓声が上がった。この声の感じは考えなくてもナップシップが戻ってきたのだとわかった。

ナップシップは、薄いクリアファイルを持って店に入ってきた。ただ今回、彼は一人ではなかった。隣に男の友人が二人いた。それでも長身のナップシップが一番目立っていて、通り過ぎるとだれもが振り返るほどだった。

「シップと歩いてると、俺のイケメン度が三十パーセントくらい減るんだよな」

「おまえがイケメンだったことがあんのかよ」

彼らはテーブルの前で立ち止まった。僕は戸惑いながら彼らを見つめた。

「すみません。待たせすぎてしまいましたか？」

ナップシップが訊いた。

「大丈夫。まだ食べ終わってないし……。きみの友達？」

「はい」

「これから友達と出かけるの？」

「違います。こいつらはケーキが食べたいって言って、ついてきただけです」

ナップシップは僕と同じ側の席に腰を下ろした。二人の友人は僕らの向かい側に座った。二人とも親しげな笑みを口元に浮かべていた。一人が僕の方を見て、にっこりと笑顔を見せた。

「こんにちは」

僕は慌てて手を上げてワイを受けた。

「こんにちは」

「ジーンさんですか？　目が大きくてほっぺも丸くて、ほんとにかわいいですね。僕はウィンです。こいつはシン。こんな坊主頭なのは、学期休みに短期出家してたからなんですよ」

「もういいって。おまえは会う人全員にそれを言うつもりか」

「まあまあ。かっこいいじゃないか」

僕は、彼らのフレンドリーな感じに合わせて、笑いながら言った。ウィンくんはほほえみながら僕のことを観察するように見ていた。

「ウーイがジーンさんの話をするのを何度も聞いてたんで、初めて会った気がしません」

「ウーイくんが？」

ちょっと待て。なんでウーイくんが僕の話なんか……。

「そうそう。シップはこっちが訊かないと、なんにも言わないんですよ。いまシップはジーンさんのところに住んでるんですよね？」

「そうだよ」

「どうですか、シップは」

僕はまだ困惑《こんわく》していたが、そのまま答えるしかなかった。

「問題ないよ。ナップシップは優しいし」

「優勝だ！」

突然ウィンくんがそう言い放った。店内にいる人が振り返るほどの大きな声だった。ウィンくんは隣に座っている友人の手を取ってぶんぶん振っている。僕の方は、困惑した表情がすっかり驚きに変わっていた。

「優勝ってなに……」

「ウィン、シン、ケーキ頼まないのか？」

そのとき僕の隣に座っていたナップシップが、友人の方に薄いメニューシートを差し出した。二人はなぜかすこしびっくりしていた。そしてふふっと笑ってから、急いでメニューを手に取ってながめた。

五秒もしないうちに彼らは立ち上がって、カウンターのところに注文しにいった。僕は代わりに隣に座っているナップシップを見た……。僕のことを見つめていた彼は、目が合うと笑った。

「このお店、おいしいですか？」

「うん、おいしい」

「テイクアウトしましょうか。でも一個だけですよ。そうしないとおなかが出てきちゃいますから」

彼の鋭い目が僕のおなかを見下ろしているのを見て、僕は手を上げて彼の視界を遮《さえぎ》った。

「出てないよ。自慢じゃないけど、僕はどれだけ食べても太らないいんだから」

彼は驚いたように眉を上げたが、口元には笑みが残っていた。僕が油断していたそのとき、彼の手が伸びてきて、僕のおなかをつまんで一度だけ揉《も》んだ。

「⁉」

「うーん、たしかに。でもこんなに柔らかいおなかだと、血糖値に注意しないといけませんね」

僕はナップシップの手を叩こうとしたが間に合わなかった。

「そんなにたくさん食べてないってば」

僕はイライラしながら言った。

「はいはい」

仕方なく認めるというような返事をしたその笑顔が、無性に腹立たしい。

しばらくするとナップシップの友人二人がケーキを一皿ずつ持って戻ってきて、さっきと同じ場所に座った。目の前のスイーツに興奮しているようだった。僕も甘いもの好きだったが、自分以外にこんなふうにスイーツに興奮している男子にお目にかかることはあまりなかったから新鮮な気分だ。

「インスタに載せよう。ストーリーも更新だ。ジーンさん、一緒に写真撮りませんか」

通知を見るのに夢中になっていたウィンくんが、僕に声をかけてきた。ＳＮＳに写真が載るのはいやなので断るつもりだったが、相手が期待に満ちたキラキラした目でこちらを見ていて、うなずくしかなかった。

年下の彼らと知り合ってから、自分が押しに弱い人間であると思い知らされている気がする……。

「シップと一緒に撮りますね。はい、いきますよー」

ウィンくんがカメラを向けた。ナップシップと一緒に撮ると言われて、僕はすこし緊張した。隣の彼の方をちらっと見た。ナップシップが笑顔でなにも言わずにいるのを見て、僕もカメラに向かってほほえむ。

「画角からはみ出てるよ。二人とも肩まで入るようにしたいから、ちょっと寄って」

僕とナップシップが同時に動いたので、自然と二人の体がくっついた。僕より背の高いナップシップは、腕を僕の背中にまわして、すこし身をかがめた。

「オーケー。撮ったの見ます？　イケメンじゃなかったら撮り直しますよ」

僕は別に気にしないというように首を横に振った。けれどナップシップは、手を伸ばして写真を確認し、満足そうな声で言った。

「送って。自分で載せるから」

「はあ？　おまえが載せるのかよ」

「ああ」

「マジか！　ならそうしろ。おまえのインスタを見てるスカウトがいるかもしれないし、そしたら俺の写真も目に留《と》まるな。ちゃんと俺のタグもつけとけよ」

ナップシップはなにも答えずに、スマホを取り出して文字を打ち始めた。僕の方はインスタグラムなどに載せるつもりもなかった。僕が載せる写真は、だいたいくだらないイメージづくりのためのコーヒーか、あるいはなにか大人っぽく見えるようなものばかりだ。

だれに向けてのイメージづくりなのかわからないが、それでも僕のフォロワーは百人くらいはいた。

「ジーンさん、アカウントの名前はなんですか？　タグ付けします」

「Ｇｅｎｅ　アンダーバー　１４１８」

そう言ってから、僕はもう一つ残っているケーキを食べることにした。

ナップシップの友人たちももう授業は終わったと言うので、僕たちはそのケーキ屋に一時間以上いた。最初は年下の子たちとこんなふうにスイーツを一緒に食べていることが不思議だったが、明るいウィンくんのおかげで、楽しく過ごすことができた。彼は僕に質問をしながら、自分からもいろんな話をしてくれた。

そのあと、ナップシップがいることでお店に入ってくる人が徐々に増えたせいでおちつかなくなってきてしまい、僕はそろそろ帰ろうと三人に提案した。

「きみの友達はいい子たちだね」

車に乗り込んでから僕は言った。

「そうですか？」

「うん。大学に入ってから親しくなったの？」

「はい」

「きみが友達とどこかに出かけるのってあんまり見ないけど、みんな恋人がいるの？」

ナップシップは眉をひそめた。

「ジーンさんはなんでそれが気になるんですか?」

「いや、別にただ訊いてみただけ」

「訊くなら僕のことについて訊いてくださいよ」

僕は怪訝《けげん》な顔をした。

「なんできみのことを訊かなきゃいけないの。もう十分知ってるよ」

「ほんとですか?」

ちょうど車が赤信号で停まった。その隙に隣に座っているナップシップの方を向いた。彼は片方の口角を上げて、笑みを浮かべた。

「じゃあ、僕がなにを好きか知ってますか?」

「知ってるよ。僕のことだろ」

ナップシップは僕が自信満々に答えるのを聞いて、クスッと笑った。

「さすがですね」

「当然。きみがそうやってふざけるって、知ってるからね」

信号が青に変わった。僕は顔を正面に戻して、運転に集中することにした。そのあとはお互いなにもしゃべらなかった。けれど僕は、妙に嬉しい気持ちでいっぱいだった。

# カウント14

僕は目を覚ました。だが、まぶたは完全には開いていない。そのまま枕のあたりをごそごそして、スマホを探す。

この四角い物体は、世界中の人間にとって、もはやなくてはならない体の一器官のようになっているのだろう。

画面をひっくり返してボタンを押すと強い光が放たれ、僕は目を細めた。画面の明るさのレベルを下げた。目がだんだん慣れてきたところで、最初に目に入った通知に、僕は眉をひそめた。

Kookzuzaさん、notter13さん、他315人があなたをフォローしました

ちょっと待て。

僕は何度も瞬きした。そしてたまにしか通知が来ないインスタグラムのマークを見つめた。なぜか今日は、僕の写真にたくさんの人が〈いいね〉したという通知と、フォロワーが増えたという通知が来ていた。なによりも驚くべきことは、増えたフォロワーの数が三百人以上だということだった。

三百人以上？　三百人以上だって？

昨日の深夜に最後にチェックしたときには、たしかまだ百十人ちょっとだったはずだ。それがどこ

から三百人以上も出てきたんだ？

僕の顔に大きなクエスチョンマークが浮かんだ。

一晩のうちにフォロワーが四百人以上になるなんて、おかしすぎる。スクロールしながら新しいフォロワーを確認すると、僕の知り合いでもなんでもない人たちばかりだった。

そのとき、僕の脳の中の最も冴《さ》えている部分が、あることを思い出した。

……昨日、ナップシップが僕のことをタグ付けしてたな。彼からアカウントを聞かれたし、きっと彼は僕のことをフォローしたんだ。

昨日カフェから帰ってきてから、僕は原稿を書いたりドラマを見たりすることに夢中で、スマホをチェックしていなかった。

僕はナップシップのインスタグラムのページを開いた。

オーディション用の経歴書には、ナップシップの公式アカウントが記載されていたが、昨日投稿した方は本人が自分でやっているアカウントのようだった。写真を投稿するだけのもので、フォロワーも公式アカウントよりすこしすくなかった。それでも、三桁の数字のうしろにkの文字がついたフォロワー数は、彼の人気ぶりをよくあらわしていた。

nubsib.t ［写真］ 1／2
いいね　55497人
コメント789件をすべて表示
23時間前

ナップシップは二枚の写真を投稿していた。キャプションなどはなにもなかった。一枚目の写真は、僕とナップシップの写真だった。僕はカメラに向かってにっこり笑っていた。ナップシップの方は、いつものように優しいほほえみを浮かべている。ナップシップのあごと頬のあたりが、僕の頭にくっついていた。その写真を見て僕は眉を寄せた。

これ……僕、ちょっと笑いすぎだろ。もうすこしかっこよく見えるように笑えばよかった。

二枚目の写真は、ウィンくんとシンくんが僕に負けないくらいの笑顔でケーキの皿を持ち上げている写真だった。しかしコメント欄をタップして、たくさんの〈いいね〉が押された上位コメントを読んだとき、僕は目が飛び出そうになった。

asnaka　ナップシップの隣にいる人の名前は〝ジーン〟です　ナップシップが出演するドラマの原作者さん

（返信）jemini2015 @asnaka　原作者って男性なんですか

（返信）prewpro_ @asnaka　わーお　このドラマは俳優のキャスティングだけじゃなくて原作者まで最高なんですか

（返信）allymycat @asnaka　かわいいーー　速攻でフォローした笑

（返信）hi_earn08 @asnaka　ツイッターに #ジーンさんは運転手じゃない っていうタグがあるね

Tang.Mo　一番大きく笑ってる子がウィンくんですよね　もう一人がシンくん　おばちゃん覚えてますよ　でももう一人の子はだれですか？　すごくかわいい

---4件の返信を表示する
Jrmit_ もう一人もかわいい　内臓までドキドキしちゃう

「…………」

ふわふわの布団の下で、僕はだらだらと汗をかいていた。体が溶けてそのままベッドと同化してしまいそうだった。

クソ。僕が原作者だということが、すっかり知られてしまった。いったいどこから漏れたのかわからない。こんなふうに自分が写った写真が投稿されてしまい、僕は穴を掘ってその中に入りたくなった。だが三百人以上も増えたフォロワーがどこから来たのか、これでわかった。

僕はコメントを読んでからすぐに、インスタグラムを閉じて今度はツイッターを開いた。そして検索ボックスに「#ジーンさんは運転手じゃない」というハッシュタグを入力し、検索ボタンを押した。そのハッシュタグはまだそれほど広まっていないようだったが、最初に表示されたのは……自分の写真だった。

話題のツイート
グループくま@fcscandle
ナップシップのインスタに目が大きくて丸いほっぺのかわいい男の人が写ってた　調べてみたらバッドエンジニアの原作者で名前は〝ジーン〟っていうみたいです　前にだれかが載せた食堂の写真でナップシップの隣に立ってた人　ナップシップのマネージャーのタムさんの友達でもあるみたい　P.S.

写真はナップシップのインスタからの引用です　#BadEngineerTheseries　#バッドエンジニア　#ナップシップ
（画像）（画像）（画像）
22件の返信　2489件のリツイート　896件のいいね
（返信）ben77TM　原作者？　かわいい　原作者が男の人だって知ってちょっとびっくり笑
（返信）サポーター募集中　これじゃない？　#ジーンさんは運転手じゃない
（返信）MAX😀　この人ですよね　ナップシップがライブ中に手を握ってた人　この人でしょ（画像）
（返信）ラブリサ<3　こんなにくっついて写真撮るってどういうこと笑
（返信）ななこcoco　インスタのアカウント教えてくださ～い

僕はいくつかのツイートを読んでから、アプリを閉じた。

起きてすぐに、まだそれほど広まっていないとしても、自分がほかの俳優と同じように注目されていると知ったこの気持ちを、どう表現すればいいのかわからない。

最初は恥ずかしさだった。僕は芸能人じゃないんだ。こんなふうに自分の写真を大々的に載せられて恥ずかしくないわけがない。スマホのカメラで撮った写真だったし、加工もなにもしていなかった。

そしてなによりも恥ずかしかったのは、僕がBL小説を書いている人間だと知られてしまったことだ。ドラマ化についての連絡をもらったとき、僕は初めて両親に自分が書いているものについて説明した。けれど、家族やほんとうに親しい人たち以外は、だれにも言っていなかったのに……。

僕は何分も恥ずかしさに身悶《みもだ》えていたが、頭を激しく振って気持ちを切り替えることにした。あまり深く考えないようにしよう。僕はナップシップやウーイくんのような芸能人ではないのだから、しばらくすればきっと僕のことを話題にする人もいなくなるはずだ。そう考えるとすこし気が楽になった。

それからいつもどおりにベッドから出てシャワーを浴び、歯磨きをした。

部屋の外に出ると、ちょうどリビングで二人の人間が話しているのが目に入り、僕は驚いた。

「あれっ。ジーン、もう起きたのか」

「あ、ああ」

「最近おまえ、起きるの早いな」

「最近は早く寝てるから。昨日も四時には寝たし」

「朝の四時は早いとは言いませんよ」

ナップシップの柔《やわ》らかい声が聞こえた。僕が振り向くと、反対側に立っていた彼が近づいてきて、まだ濡れている僕の髪の先に触れた。

「ちゃんと拭《ふ》かないとダメですよ」

「え？　ああ。ほっとけばそのうち乾くよ。それより、きみのマネージャーはなにしにきたの？　今日は撮影行かなくていいんじゃなかったの」

「ドラマの撮影はない。でもプロモーション用のスチール撮影があるんだよ」

タムが代わりに答えた。

「そうか」

たしかに昨日、監督がもうすぐオンエアになるって言っていたし、きっといろんな準備が始まるのだろう。

「見にいくか？　なら一緒に行くぞ」

「俺も行っていいのか？」

「あたりまえだろ、原作者なんだから。わざわざ訊《き》くな」

僕の顔はパッと明るくなった。さっきまで、下でなにか簡単なものを買って食べてから、ノートパソコンの前に座って今日こそは集中して執筆しようと思っていた。実はこの前編集長と話して以来、なにも書けていなかった。撮影現場に行ってばかりいたからかもしれないが……。

ただ、外に出て気分転換をするのも、それはそれでいい。

「じゃあちょっと待ってて。すぐに着替えてコンタクト入れてくるから」

「ああ、急がなくていい。まだ時間はたっぷりあるから」

僕は部屋に戻って小ぎれいで仕事っぽい服に着替えて、リビングにいる二人に声をかけた。

「よし、じゃあ行こう。それとも、まだスタジオに行くには早いのか？」

「ジーンさん、まだ食事してませんよね」

ナップシップが訊いた。

僕はうなずいた。タムがあとを引き取るように続ける。

「キッチンに弁当がある。シップから頼まれておまえ用に買ってきたんだ。先にそれを食べとけ。俺はシップともうすこし打ち合わせしてるから」

「ああ、サンキュー」

僕は善意をありがたく受け取って、二人が話しているのを横目にキッチンに座ってそれを食べた。

それから一時間後に、僕らは撮影用のスタジオに到着した。今日は自分の車ではなくタムの車に乗せてもらった。今晩はタムも急ぎの仕事はないということだったので、僕はこの前の借りの分をおごることを提案した。そして帰りはタムに家まで送ってもらうということで、話がまとまった。

スタジオは高層ビルの十階にあった。スタジオの中に入ると、そこで忙しく動いている人たちの姿が目に入った。

スタジオの中央奥には、壁から床にかけて長く延びる白い背景布があった。その近くには撮影用アンブレラやソフトボックス、そのほか撮影を補助する道具が、決められた位置に置かれていた。

僕は全体を見渡して、その光景を頭の中に記憶するようにした。いつかエンターテインメント業界についての話を書くときに役立てられるかもしれない。

「ジーンさん」

「うん？」

「あとはタムさんと一緒にいてくださいね」

僕はナップシップの方を向いて目をぱちくりさせた。

「頼むから僕を子供扱《あつか》いするのはやめてくれ。さっさと準備しにいったら」

ナップシップはほかの人たちと一緒に撮影の準備をしにいった。

プロモーション用の撮影は、グループとソロの両方があった。シップやウーイくんだけでなく、ほかのメインキャストたちもいた。

ウーイくんが僕の方を見たとき、一瞬だけ目が合った。しかし彼は、この前と同じようにそっぽを向いてしまった。

ナップシップがウーイくんと話をしにいくと言ったあの日以来、ウーイくんは僕を見ようともしないし、話しかけてくることもなくなった。

それまでのいい関係が壊れてしまったことを残念に思ったが、なるべく気にしないようにした。

僕は立ったまま撮影を楽しくながめていた。だがずっと見ていてもナップシップが出てこないので、だんだん飽きてきてしまった。タムの方を見ると、奴は忙しそうにスマホの画面と手に持った書類とを交互に見ていた。それで僕は、下に行ってコーヒーでも買ってくるとタムに伝えた。

「あまり遅くなるなよ。シップが撮影終わったときにおまえがいないって知ったら、俺がどやされるんだから」

「俺はナップシップの子供じゃないんだから。おまえもいいかげんにしろ」

「はっ」

返事が腹立たしくて、思わずタムを叩きそうになった。しかしこれ以上口論しても不毛なことは明白だったので、僕はくるっと背を向け、大きくて重いスチール製のドアを開けてエレベーターへと向かった。

さっき上に上がる前に、一階に小さなカフェがあるのを見つけていた。僕はそこで温かいコーヒーでも買って、上で飲もうと思った。

「ホットのカプチーノのお客様」

「ありが……」

「もう一つアイスモカをください。これお金」

だれかの手が五百バーツ紙幣をカウンターに置き、それをすべらせるようにして女性店員の前に出した。僕と店員は同時に動きをとめた。振り向くと、そこには長身でハンサムな顔の男がいた。

僕と目が合うと、その人物は眉を上げた。

「僕のおごりです」

「サーイモークくん？」

彼はうなずいた。そしてフードのショーケースを指さした。

「ほかになにか食べます？」

「いや……っていうか、おごらなくていいよ。自分で払うから」

「大丈夫ですよ。そんなに高くありませんから」

僕の隣に立ってポケットに手を入れている青年は、サーイモークくんだった。キン役のオーディションのときに五番の番号をつけていた人物だ。ずる賢そうに見えるからキンの役には合わないかもしれないと感じたことを覚えている。

結局彼はキンのライバルにあたるタワン役を演じることになったのだ。彼のことは認識していたけれど、ちゃんと話をするのはこれが初めてだった。

「ジーンさんっておいくつですか」

僕はすでに自分のカプチーノを受け取っていたが、一緒に会計してくれたこともあって彼の頼んだアイスモカを待つことになった。

「もうすぐ二十六」

彼は目を大きく見開いた。

「ほんとに？　すごく童顔ですね。学生じゃないって知らなかったら、高校生かと思うくらいです」

「そう？」

そう言われた僕は眉を上げ、思わず店の壁に貼られている鏡に自分の顔を映した。鏡に映る自分の顔を見て、左を向いたり右を向いたりしてから、手で前髪を横に流した。

きっとこの前髪のせいだ。今度美容室に行って、もうすこしスタイリッシュなヘアスタイルにしてもらおう。

「それで、撮影はもう終わったの？」

「休憩中です。あとは最後のセットで集合写真を撮ったら終わりです」

「そっか」

サーイモークくんがアイスモカを受け取ると、僕らは一緒に上まで戻った。

彼は、ナップシップの友人のウィンくんのように、フレンドリーで気さくなタイプだった。だがウィンくんよりももっと距離感が近い印象だった。エレベーターを待つあいだも、ずっと話を振ってくれた。

この短いあいだに、彼が大学三年生で、長く演技の仕事をしてきたけれど、歌を歌う方が好きで、来年歌手としてデビューするのだということを知った。

「このドラマのオーディションに応募するように言ったのは、僕の姉なんです。姉は腐女子《サーオワイ》なんです」

腐女子という言葉は知っていたけど……こんなふうに使うものなんだな。

「姉はジーンさんのファンなんですよ。今回の原作小説も二冊買ってました。読む用に一冊、保存用に一冊です。撮影が始まる前に本を渡されて、サインしてもらってきてって言われたんです」

「ほんと？　持ってきてくれたら書くよ」

「いいんですか?」

僕がうなずくと彼は笑った。

「姉が知ったら間違いなく悲鳴を上げると思います」

そう言われて僕も笑った。自分の作品を好きだという人の話を聞くと、いつもテンションが上がる。最初は書きたくなかったり違和感を持っていたりしていたにもかかわらず、結局僕は褒められると嬉しくなってしまうのだ。

「じゃあ今度持ってくるのでサインしてください。撮影現場に来るときは僕に教えてください……ってあれ?」

「………?」

「シップ」

スタジオの中に戻ると、サーイモークくんがその名前を口にした。長身でスタイルのいいナップシップが、目の前に立ちはだかっていた。

ナップシップは冷たい表情でサーイモークに視線を向けている。

「スタッフが探してましたよ。知りませんでした?」

「なんで? ちょっとコーヒー買いにいってただけだよ」

「………」

「わかったよ」

多くを語ろうとしないナップシップにサーイモークくんは肩をすくめてそれだけ言うと、僕の方を振り返った。

「さっき話してたこと、忘れないでくださいね。今度持ってきますから」

僕がうなずくと、彼はスタッフを探しに向こうへ歩いていった。きっとメイクを直したり、髪の毛をまたセットしてもらったりするのだろう。

僕はすこしのあいだその背中を目で追っていた。が、突然ナップシップの細長い指が僕のあごに触れ、顔の向きを変えさせられた。

彼の表情はほほえんでいたが、濃い眉がわずかに寄せられている。

「話してたことを忘れないでって？」

「え？」

「なにを話してたんですか？」

「ああ、モークくんのお姉さんが本にサインしてほしいって」

そう言いながら僕は気分よくほほえんだ。

「だから今度本を持ってくるって」

「そうですか」

ナップシップは小さくうなずいた。

「今度からはほかの人とむやみに話したりしないでください。危ないですから」

「はあ!?　なにが危ないの!?」

僕は唖然《あぜん》として訊き返したが、ナップシップはそれ以上なにも答えなかった。彼は僕の背中に手を添え、体を軽く押すようにして移動させた。

最後のグループ撮影のための準備はすべて整っているようだ。スタッフからも、もうすぐ終わりますからと言われた。

全員がまさしくプロフェッショナルで、撮影はつつがなく終了した。

それからしばらくして、キャストたちが服を着替えてメイクを落としているあいだに、スタッフの一人が僕のところに、全部の写真を確認してほしいと言いにきた。僕がここに来たのは今回が初めてで、自分が原作者だと名乗り出ていたわけでもないし、だれかが紹介してくれたわけでもないのに、声をかけられて驚いた。

今回の撮影のコンセプトは、撮影チームとプロデューサーのグループが考えたものだと、そのスタッフが僕に説明してくれた。わざわざそんなふうに教えてもらえて、僕はありがたく思わずにはいられなかった。

「よし、ごはん行こう。今日はおごるから」

写真チェックを終えたあと、僕のことを待っているナップシップとタムのところへ行き、僕は声をかけた。

「なにをおごってくれんだ？　ソイ6のクイッティアオか？」

「MK――タイスキの店――だ」

タムは目を大きく見開いた。

「この前はクイッティアオって言ってただろ」

「なんだ、おまえクイッティアオが食べたいのかよ」

「スキでいいよ。行こう」

僕の気が変わるのを恐れたのか、タムは急いで僕の肩に腕をまわした。そしてもう一方の腕でナップシップを引っ張って歩かせた。

僕らはコンドミニアムからそう遠くないショッピングモールの中に食べにいった。タムへの先日の詫《わ》びも兼ねているので、二人に好きなだけ頼むように言った。

ここならタムが僕とシップを送っていくのも楽だし、ついでに……明日実家に帰るために、両親とご近所さんへの手土産をベーカリーで買って帰れると思った。せっかく人と一緒に来たし、選ぶのを手伝ってもらおうと考えていた。

家に帰るとすぐに、手土産のお菓子の袋をすべて冷蔵庫の中に入れた。そうしているあいだ、僕はナップシップに言った。

「だから、三日間いないから」

「三泊ですか？」

「いや、たぶん二泊かな。一人で大丈夫だよね？」

「大丈夫じゃないって言ったら？」

「きみは何歳だって訊くよ」

「寂《さび》しいです」

まだ片付けをしていた僕は、目を瞬かせた。

この話は早く終わらせた方がいい。僕の勘がそう告げている。

「ちゃんと留守番しててね。なにかあったらラインして」

「寂しくなったらラインしてもいいですか？」

思いもよらない質問に、僕は足がもつれそうになった。彼の方をちらっと見ると、ナップシップはキッチンのドアのところに肩をもたせかけるようにして立っていた。その口元には笑みが浮かんでいて、僕の方を見てふふっと笑った。

「重要な用じゃなかったら、返さないよ」

面白くもない冗談で僕になにを言わせたいんだ、このやろう……。

次の日。

実家に帰るため、僕は朝早くに目覚まし時計をセットしていた。僕はシャワーを浴びて、持っていくものを準備するために寝室を出る。

まだ早朝なのでナップシップも寝ているはずだ。なにをするにもなるべく音を出さないように気をつけた。

普段なら実家に泊まるときは窓の鍵や電気のスイッチなどすべてをチェックしてから出るのだが、今回は留守を預ける人がいるので、何度も確認する必要がない。

僕の実家のある住宅地はかなり郊外にあり、到着まですこし時間がかかった。早朝だったので、郊外に向かう道は混んでいなかったが、都心に向かう道の方は、相変わらず通勤や通学の人たちの車で大変な渋滞になっていた。

守衛所を通過して、大きなプールのところを曲がって住宅地の奥まで来ると、僕にとってなじみ深い屋根の家が見えてきた。そこから先の三軒は、このあたりで最も高級で最も大きな家々だった。

僕は実家の鍵を取り出して、柵の方へ歩いていった。まだ柵を開けていないうちに、背の低いカームおじさんがこっちに走ってきた。

「ジーン、いま開けますから」

僕はワイをした。

「大丈夫です。あとは閉めていただければ十分ですよ」

このカームおじさんとその妻のイムおばさんは家のことを手伝ってくれていて、すっかり家族同然の存在だった。

昔、カームおじさんは僕の父の会社で守衛として働いていたらしい。ほとんど休んだことのない勤勉な人だったカームおじさんが年を取ったこともあって、父が彼に妻と一緒にここで働くことを提案したのだった。僕にとっては子供のときから一緒にいるので、親しみを持っていた。

僕は手土産のお菓子を彼に渡した。

そういえば、いつもなら犬のサーイマイも走ってきて迎えてくれるのだけど、今日はいないな。

リビングに入るとすぐに、母さんが座ってスマホをいじっているのが見えた。

「なにしてるの」

「わっ！」

母さんは一瞬驚いてから振り返り、それが僕だとわかると顔をしかめた。

「脅《おど》かさないでよ」

にこにこしながらドアのところに立っていた僕は笑った。

「また友達とチャットしてたの？」

「いいじゃない。で、今日はどうしたの？」

「ケーキ食べようよ。ほら、買ってきたから」

僕はソファの前のテーブルに、持ってきたものを全部置いた。ついこの前会ったばかりだったが、僕は母さんに会うとどうしてもハグしたくなってしまう。母さんの隣に腰を下ろして体を寄せ、僕の方を向いた母さんをぎゅっと抱きしめた。

「この前来たばっかりじゃない。てっきり次に会えるのは来世かと思ってたけど」

「この前、ある人にケーキを食べに連れていってもらったんだ。そこでフォーイトーンケーキを見て、母さんのことを思い出したの」

「あら、ケーキを見ないと思い出してくれないの？」

「そんなことないってば」

「それで？　フォーイトーンケーキ買ってきてくれた？」

「ううん」

母さんが唖然とした顔をしているのを見て、僕は手土産を袋から出して開けた。

「あんまり甘くない全粒粉のケーキにしたよ。母さん、この前もフォーイトーンケーキ食べてただろ。あんまりたくさん食べると糖尿病になっちゃうよ」

「母さんがいつたくさん食べたっていうの。ジーンが帰ってくるとき以外食べてないわよ」

「ジェップ兄さんとか父さんに買ってきてもらってるだろ。僕が知らないとでも思った？」

お気に入りのケーキがないことに母さんが拗《す》ねてしまうのを察知して、僕は慌《あわ》てて話を変えた。

「それで、おじいちゃんはどう？　あとサーイマイも。今日は僕を迎えに走ってこなかったけど」

「おじいちゃんは上で寝てる。夕方になったら起きてくるわ。サーイマイはイムおばさんが水浴びさせてる」

「そっか。じゃあ先に二人でケーキ食べよう。いまお皿持ってくるよ」

そう言って僕は皿を取りにキッチンへと向かった。

それから二、三時間ほど僕は母さんとケーキを食べながらおしゃべりをした。僕が今日は泊まると言うと、母さんは驚いた表情を見せたが、とても嬉しそうだった。

母さんは自分が話したいことがなくなるまでしゃべったあと、SNSをチェックし始めた。僕は家の裏にまわって、イムおばさんがサーイマイの毛を乾かしているのを手伝った。そして夕方になるまで僕はサーイマイとそこで遊んでいた。

六時近くになって、父さんとジェップ兄さんが会社から帰ってきた。僕が帰ってきていると母さんが伝えてくれていたので、ゲーンソム——酸味と辛さのあるオレンジ色のカレー——や、ほかにもおかずをたくさん買ってきてくれた。

「毎日部屋の中で小説を書いてるんだったら、実家に戻ってきたらどうだ?」

僕はごはんの皿から顔を上げた。

「父さん、それじゃあ部屋がもったいないだろ。せっかく貯金して買ったんだから」

「そのままにしておけばいいだろ。都心に行くときはいつでも泊まれるんだし」

「でも最近はドラマのこととかあって忙しいんだよ。だからその話はもうすこし置いといて」

「そうだ、ドラマ化するって前に電話で言ってたけど、そのあとの話を聞いてなかったな。どうなんだよ、ドラマの方は」

今度は兄が僕に訊いてきた。ジェップ兄さんがそのことを話題にすると、父さんは急に静かになった。

きっとまだ変なふうに思ってるんだろうな……。

自分の小説がドラマになって放送されると家族に伝えたとき、母さんと兄さんはすこし興奮した様子だったが、父さんは黙ったままうなずいただけだった。おめでとうとは言ってくれたけれど、僕の書いている小説がBLだということはいまだに受け入れがたいようだ。息子がそういう小説を書いていると知っても、それを人に自慢したりするわけにはいかないだろうし、僕にもそれは理解できる。

僕の家族は全員、同性愛に偏見を持ってはいない。最近ではそういうこともかなり受け入れられるようになってきた。しかし年配の人には、やはりそれはなかなか言い出しにくい話だった。

僕自身、ほんとうはあまり言いたくなかった。もしドラマ化されるようなことがなければ、一生言わないままだったかもしれない。あのときも、言うべきかどうかかなり長いあいだ悩んでいた。だが結局、もしテレビで放送されてから家族がそれを知ったら、そっちの方が面倒なことになるだろうと思ったのだ。

あのときの家族全員の表情を僕はまだ覚えている。

僕がゲイではないことを説明してわかってもらうのに、丸一日かかった。

「もうすぐオンエアになるみたい」

「そうか。それで、主役とヒロインはだれがやるの？」

「ヒロインじゃなくて受け役ね」

「同じようなもんだろ。それでだれなんだよ？　俺も知ってるか？」

「どうかな。若い子たちだから。その子たち、僕の作品で初めて演技することになったんだよ」

だれがキャスティングされたかというプレスリリースはとっくの昔に出ていたのだが、家族がそれを知らなくても不思議ではなかった。そういう話はほんとうに業界の中だけの話に近かったし、ナップシップの人気も、主に若い人たちのあいだだけのものにすぎなかった。

「有名になっても、母さんのこと忘れないでよね」

「母さん、なに言ってんの」

結局一時間近く話しながら食事をした。そのあと、僕は母さんと一緒に、上にいる祖父に食事を持っていって食べさせた。そんなことをしているうちに九時か十時になっていた。僕はシャワーを浴びてから、自分の部屋でくつろぐことにした。

エアコンの風が頭に当たるように、ベッドのヘッドボードにもたれかかりながらスマホをいじる。数日間投稿していなかったインスタグラムにアップする写真を選ぶため、画面をスワイプした。そこで頭も服も濡れてしまっている自分の写真を見つけた。ズボンをふくらはぎまでまくり上げて、ドライヤーで犬の毛を乾かしながらカメラに向かって笑っている写真だった。

だがその写真の主役は、濡れたままぺたっと座っているサーイマイだ。

その写真だと僕はあまり大人っぽくは見えなかったが、サーイマイがかわいかったのでよしとする。

白いサーイマイ　今日は濡れてるけど水には溶けません笑

うーん……ちょっと子供っぽいかな。

僕はあまりクールに写ってないし、キャプションまで子供っぽいとよくないかな。結局僕は、サーイマイという文字のうしろに犬の絵文字をつけるだけの短いキャプションに変えた。

投稿し終わると、いつもそうするようにアプリをいったん閉じた。けれどインスタグラムからの通知が次々に届いたので、僕はふたたびアプリを開いた。フォロワー数が増えたからだろう。以前はこんなことはなかった。

nubsib.t　かわいいです
(返信) cheery22　かわいいってどっちが? 犬ですか人ですか? きゃー
(返信) im_supergirl　これはあれですよね　ジーン先生がかわいいんですよねぇ
(返信) tobTH　シップジーンに乗りかえてもいいかな笑
Ortum_　ジーン先生のせいで寝られません　もっとたくさん写真投稿してくれませんか笑
jameJr　ジーン先生もサーイマイくんもかわいいですね

「…………」

あいつ、なんでわざわざコメントを……。

僕への返信はそれほど多くなかったが、ナップシップのコメントに対する返信がかなりたくさんあった。それを読んでも、僕はどうすればいいかわからなかった。

結局すべてのコメントに〈いいね〉を押して、アプリを閉じた。そのあとの返信に対してはなにもしなかった。

それからほかのアプリでネットサーフィンをした。そして明日も朝早く起きるために、もうすこししたら寝ようとしたが、そのとき……。

ピンコン♪

ナップシップ：まだ起きてますか

ラインのメッセージが来た……。

ジーン：起きてる　なにかあった？
ナップシップ：寂しいです

ああっ、クソッ。

ジーン：冗談はいいから
ジーン：（スタンプ）
ジーン：イライラさせるだけならラインしてこなくていいって
　　　　重要な用じゃなかったら返さないって言ったよね
ナップシップ：返してるじゃないですか

ジーン：なにか用があるのかと思ったから返したの　もう返さないからね
ナップシップ：（スタンプ）

彼は小さなオレンジ色のアライグマが床に座っていじけているスタンプを送ってきたが、僕には憎たらしく見えた。かわいいスタンプを使っていたが、それは彼の性格や顔にはまるで合っていない気がした。

ナップシップ：また僕に意地悪ですか
ジーン：なにが意地悪だよ　早く寝なさい　もう遅いから
ナップシップ：まだ眠くない
ナップシップ：電話してもいいですか？
ジーン：ダメ
ナップシップ：インスタグラムにあんまりかわいい写真アップしないでくださいね

僕は彼が送ってきた文字を見て眉を上げた。突然なんの話なんだ？

ナップシップ：ジーンさんのフォロワーが増えたけど　ジーンさんが注目されすぎるのは嫌です
ジーン：きみみたいな人でも他人に嫉妬《しっと》することがあるの？
ナップシップ：僕がそんなふうに見えますか？

きっとナップシップは文字を打ちながらクスクス笑っていたに違いない。想像しただけで彼のハンサムな顔が一つのシーンのように頭に浮かび、僕は返信を打たずにはいられなかった。

気づけば、僕は十二時までナップシップとラインのやりとりを続けていた……。


「ふあああ……」

僕はハンモックの上で大きくあくびをした。

疲れていたわけではなく、静かで気持ちのいい朝だったので、イヤホンで音楽を聴きながら庭のハンモックでのんびりしていたのだ。あまりの心地よさにイヤホンから小さな音で聞こえるメロディーに合わせて思わずハミングまでしてしまうほどだ。

昨晩はほんとうにぐっすり眠ることができた。そのおかげで、朝早く起きても頭はすっきりしていた。いつもどおりに過ごしているつもりだったが、きっと実家に戻ってきたことで安心したのだろう。それと、寝る前に気分がよかったからなのかもしれない。

何時に寝たのかはあまりはっきり覚えていない。だがどうやらナップシップとラインをしている途中で寝てしまったようだった。ラインの画面を見ると、〝もう寝ちゃいましたか〟と〝おやすみ〟というメッセージが来ていた。僕はそれより前に眠りに落ちていたようで、返信をしていなかった。

正直、こんなふうにだれかと何時間もラインをしたのは初めてだった。

「ジーン」

母の大きな声に僕はイヤホンを外し、ハンモックから体を起こして振り返った。

「なに？」

「キッチンのテーブルにあるお菓子はだれの？　なんで置きっぱなしなの」

「ああ、それはオーンおばさんの」

「なんだ。じゃあ早く持っていきなさいよ。母さんテーブルで料理したいんだけど」

「わかった。じゃあいまから持っていくよ」

僕はそう言ってからすこし考えた。

「オーンおばさん、家にいるかな？」

「オーンおばさんならいつもいるから、早く持っていきなさい。あっ、あとオレンジジュースも一緒に持っていって。冷凍庫に入ってるから」

僕はうなずいて、音楽をとめた。急いでキッチンのテーブルの上を占拠していた袋を取りにいき、オレンジジュースと一緒にそれを持って家の外に出た。

オーンおばさんはうちのご近所さんだ。彼女の家は、このあたりの豪華な三軒のお屋敷のうちの一軒だった。

それだけではない。彼女の夫はこのあたりの地主であり、住宅開発事業を営む企業のオーナーでもあった。子供のとき、僕はいつもオーンおばさんの家で遊んでいた。僕の家にはプールがなかったが、おばさんの家にはあったからだ。

頻繁に行っていたので、当然その家の二人の息子とも兄弟のように親しくなった。

フェンスに沿って歩いていると、なつかしい景色が僕に昔のことを思い出させた。

高校に上がるときに、僕は学校の近くの寮に入り、オーンおばさんの息子たちも、二人とも外国に留学してしまった。それ以降僕はあまり実家に帰っていなかったので、自然と彼らとも疎遠になってしまっていた。

僕は呼び鈴の近くにある〝タナーキットパイサーン〟と書かれた表札に視線を向け、それから呼び鈴を押すために指を動かそうとした。

ギギーッ。

まだ呼び鈴を押していないのに、大きな門扉《もんぴ》が解錠され、ゆっくりとスライドしながら自動的に開いた。

僕は困惑《こんわく》したが、だれかが監視カメラで僕のことを見て、それでロックを解除してくれたのかもしれない。光沢のある高級な黒い欧州車が、僕と入れ替わるように出ていくところだった。

プーッ！

「……！」

「ジーン」

「ヌン……ヌン兄《ピー・ヌン》さん？」

僕は大きなサングラスをかけたハンサムな人物の名前を呼んだ。びっくりしていたせいで、震《ふる》えたような声になってしまった。

「なんでクラクション鳴らすのさ」

「ふふっ、ごめんごめん。母さんに会いにきたのか？」

「うん」

僕はうなずいた。

ヌン兄さんはすこし黙ってから、かっこよく笑った。

「母さんならいるよ。ちょうどいま送ってきたんだ」

「そうだったんだ。でも兄さん、会社行かないの？」

「ちょっと書類を取りにきたんだよ。母さんも送り届けたし、これから会社に戻るところ」

そう言うと彼は片手で黒いサングラスをすこしだけ下げた。黒いレンズの下にある目が、僕のことを観察するように見つめた。

「ずいぶん久しぶりだな」

「それは……あんまり家に帰ってなかったからね」

僕は苦笑いした。そう言われると、自分がほんとうに親不孝な息子であるように感じられた。

ヌン兄さんはオーンおばさんの長男で、僕より二つ年上だった。僕が知っているのは、彼が五年前に外国から戻ってきて、父親の会社を手伝っているということだけだった。実家に帰ったときに僕は何度かヌン兄さんと顔を合わせたことがあったが、それも数えるほどしかなかった。

「俺もランおばさんとティープおじさんに会いたいな。今晩はうちで食事しないか？　母さんも喜ぶから」

「えっ、そんな急にお邪魔するのは申し訳ないよ」

「大丈夫だって。ジェップの奴も一緒にさ。な、いいだろ。あとでまたゆっくり話そう。そろそろ行かないと会議に遅れちまう」

ヌン兄さんがそう言いながら手を振ったので、僕はうなずくしかなかった。彼は中に入るように僕に指示してから、リモコンを押して門扉を閉めた。

車が完全に見えなくなるまで目で追ってから、僕は振り返って大きな家の方を向いた。けれどここから建物までの距離を認識したとたん、僕はうんざりした顔になった。

クソ。これがわかってたから、呼び鈴を押してだれかに迎えにきてもらおうと思ってたのに。

ヌン兄さんがあんなふうに開けてくれたおかげで、僕は長い長いアプローチを歩いて玄関前まで行かなければならなくなってしまった。

噴水を中心とした車寄せを通り過ぎ、高級車が駐まっているガレージの横も通り過ぎた。母さんが凍らせたオレンジジュースも、もうほとんど溶けてしまっていた。それからようやく家の前のテラスまでたどり着いた。顔を動かして中の様子を確認する前に、テレビの音が漏れ聞こえてきた。

「オーンおばさん」

僕が呼びかけると、大きな高級ソファに座っているすこしぽっちゃりした人が、振り返ってこっちを見た。そしてすぐに跳び上がった。

「ジーンくん⁉」

「こんにちは」

僕は袋をいっぱい提げた手でワイをした。しかしすぐにおばさんに引っ張られて、強い力で抱きしめられた。

「やだ、ほんとに久しぶりじゃない。元気だった？　ほら、顔を見せて」

彼女は僕の体を撫《な》で、頭を撫で、まぶたも撫でた。ほんとうに嬉しそうな様子で笑っていた。何度か僕の頬をつまんで、それからもう一度抱きしめた。

……母さんもここまではしなかったんだけどな。

オーンおばさんは、子供のころから僕のことをとても気に入ってくれていた。おばさんの下の息子は僕よりもずっと年下で、おばさんが自分より僕のことを気にかけているようなそぶりが気に食わなかったらしく、よくケンカしていた。

僕もおばさんに応えるように腕を広げて抱きしめ返す。

「どうしてもっとちょくちょく帰ってこないの。ねえ？　会いたかったのよ」

僕は苦笑した。

「すみません。仕事が忙しくて……」

「そうだ、ジーンくんは小説を書いてるのよね。どんなジャンルなの？　ホラー小説？」

「はい」

「ほんとにすごいわね」

「………」

僕は苦笑いでごまかした。

実際は全然違うのに……。もしBL作品がこんなふうにヒットしてなかったら、一カ月の収入はギリギリ食べていけるくらいしかなかっただろう。

「ほら、こっちに座って。おしゃべりしましょう。今晩はうちでごはん食べていきなさい」

「さっきヌン兄さんに会って、同じことを言われました」

オーンおばさんは僕を引っ張って、自分が座っていたソファに座らせた。そして若い女性のメイドさんにお菓子とジュースを持ってくるように言った。それから僕の近況にまつわることをあれこれとたくさん質問してきた。

しばらくオーンおばさんとしゃべってから、僕は自分がどうしてここに来たのかを思い出して、慌てて持ってきたものを差し出した。

「あの、いまさらですが、これケーキとお菓子です」

「あら」

おばさんは優しくほほえんだ。僕は透明の袋からケーキをゆっくり取り出してローテーブルに置いた。

「ラズベリーケーキも？　私がそれを好きだって知ってたの？」

そう言われて、選ぶのを手伝ってくれた人物の顔が僕の頭の中に浮かんだ。彼のことを思い出し、僕は笑顔になった。

「一緒に住んでる後輩が選ぶのを手伝ってくれたんです。僕がお土産を選ぶのが苦手だって、オーンおばさんは知ってますよね」

「ジーンくんが私のために買ってくれたものだったら、なんだって嬉しいわよ」

オーンおばさんはほほえんだ。

「じゃあ庭に行って食べましょうか。風が気持ちいいから」

僕はすぐにうなずいた。オーンおばさんはさっきと同じメイドさんを呼んで、皿とスプーンを用意するように伝えた。それから、ショールを上に取りにいくからすこしここで待ってて、と僕に言った。

だれもいなくなったタイミングで、僕はスマホを取り出した。オーンおばさんとのおしゃべりに夢中だったせいで、ラインが来ていることに気づかなかった。

ナップシップ：もう起きてますか？　読んだら返してくれませんか？

ナップシップ：寂しいです

まったく……。

昨日あんなにラインしたのに、まだ足りないのか。寂しいってほんとかよ。

僕はそのメッセージを見て、思わず顔がほころんでしまうのを抑えられなかった。けれどすこし意地悪してやりたくなり、僕は既読のまま返事をせずにスマホをポケットにしまった。

まだオーンおばさんは戻ってこなかったので、僕はこの広間のまわりを歩いてみることにした。

階段は左手にあり、テレビの近くにはたくさんの品が置かれた飾り棚があった。外国から集めてきた品々を見て、僕はそれらがオーンおばさんの夫のワットおじさんのものに違いないと思った。それから装飾用の暖炉があり、その上には美しい写真立てが置かれていた。

オーンおばさんとワットおじさんが若いころの写真や、風船と卒業証書を持って立っているヌン兄さんの写真、子供時代の息子二人が庭に立っている写真、オーンおばさんが一人の青年の隣に立って幸せそうに笑っている写真……。

ちょっと待て。

「これ……」

僕は迷わずその写真立てを手に取った。

これって……ナップシップ？

僕は驚いて眉をひそめた。もっとよく見ようと、写真立てを手元に引き寄せた。

やっぱり。この青年は間違いなくナップシップだ。スタイルのいい長身にハンサムな顔、そして特徴的な優しいほほえみ。一カ月以上一緒にいる僕は、それをはっきりと覚えていた。

ナップシップが寄りかかるようにして、片方の腕をオーンおばさんの腰にまわしていた。背景はこの家の庭、プールのそばのあたりだ。

ナップシップはどうしてここでこんな写真を撮ったんだ？　知り合いなのか？　それともオーンおばさんはナップシップのファンなんだろうか。会いたくてここに招待したとか？　タナーキットパイサーン家だったらそれくらいのことはできるだろう。

僕はその写真から目が離せなくなった。頭の中でいろんな想像が膨らんだ。

「お待たせ。ジーンくんの分のショールも持ってきたから、これ使って……どうしたの？」

左側の方からオーンおばさんの声が聞こえて、僕はハッとした。振り向くと、おばさんがショールを手にこちらに近づいてきていた。彼女は僕が手にしている写真に目を向けた。僕は写真立てを元の場所に戻してから、すみませんと言った。オーンおばさんは優しくほほえんだ。

「それは去年の年末に撮ったの。私の隣がシップよ」

「シップ……？」

「そうよ。ジーンくん、うちの次男のこと覚えてる？　去年留学から戻ってきたのよ」

「…………」

その瞬間、僕の体は固まった……。

## カウント15

僕はハンドルに置いた手をきつく握りしめた。筋が引っ張られて痛みを感じても気にならなかった。目の前の信号は赤で、僕はゆっくりとカウントダウンする待ち時間の秒数にも関心を払わなかった。いま僕の頭の中では、さっきオーンおばさんと交わした会話が繰り返し再生されていた。

「ジーンくん、うちの次男のこと覚えてる？　去年留学から戻ってきたのよ」

「おぼ……えてます」

「シップはいつもジーンくんのことばっかり訊《き》いてきてね。いまはX大学に行ってるんだけど、家からだと遠いのよ。だからコンドミニアムに住んでるの。そうじゃなかったら、今日ここでジーンくんに会えたのにね」

「………」

昔、午前中から家を飛び出して隣の家に遊びにいくくらいオーンおばさんの下の息子と仲がよかった。彼といくつ年が離れていたのか覚えていないが、自分が家の中では弟だったこともあり、僕は彼をほんとうの弟のように感じていたのだ。

中学に入ってからも、僕はよく彼を誘って一緒にゲームをしていた。

高校では学校の寮に入ったこともあって、僕は学校の友達との時間の方が大事になって、隣の家の下の息子が外国に留学するという話を母さんとの電話で聞いたときも、そうなんだと言うだけで特に気にしなかった。

その後も僕はほとんど実家に帰っていなかったし、帰っても会うのは両親だけ。

十年……。

ナップシップが隣の家のあの子だったなんて、だれが気づけただろう。

僕は人の顔を覚えるのが得意なタイプではない。それに彼は背が伸びていて、顔も変わっていた。明らかに大人っぽくなっていたせいで、昔の記憶とはまったく結びつかなかった。

僕のおぼろげな記憶にあるのは、近所に住むシップという名前の子と遊んでいたということだけだ。

僕は彼の本名をまったく気にしていなかった。ヌン兄さんのフルネームだってちゃんとは知らない。だからいまのナップシップに会っても、名前が同じだというだけであの彼と同一人物かもしれないとは考えもしなかった。

「僕、ネットで彼を見ました……」

あのとき、僕は自分の声を取り戻すまでにだいぶ時間がかかった。そして僕は言葉を選びながら、なにも知らないふりをして尋ねた。

「ナップシップは俳優とかモデルをやってますよね？」

「あら、知ってたの？　若い人たちは若いタレントをちゃんと知ってるのね。私とは違うわ」

そう言ってオーンおばさんは声を上げて笑った。

「でも夫はね、そういう芸能の仕事をあんまりさせたくないのよ。だけどまだ学生だから、いまのところは好きにさせてるってわけ。自分でお金を稼ぐ勉強にもなるしね。シップが私の名字を使ってるから、ジーンくんも気づかなかったんじゃない？」

「あの名字は、オーンおばさんの名字なんですか？」

「そうよ、私の旧姓」

「そうだったんですね……」

それで名字が違っていたんだ。もし経歴書の中にタナーキットパイサーンの名字があれば、僕だってさすがに気づいていただろう。

ワットおじさんは将来二人の息子に会社の事業を引き継がせるつもりだから、イメージを大事にしているのだとオーンおばさんは言った。ビジネスと芸能界をはっきり分けて考えていて、息子が芸能界で有名になってしまうのはあまり好ましくないと考えているらしい。

しかし締めつけすぎるのもどうかということで、芸能界ではタナーキットパイサーンの名字を使わないという条件でおちついたらしい。

ナップシップは間違いなくオーンおばさんの息子だった。

ナップシップはどうしてそれを言わなかったのか。

彼も、僕が隣の家に住んでいた人間だと気づかなかったとか？　……ありえない。僕は一切自分のことを隠したりはしていないし、子供のころの写真だってリビングに飾ってある。彼がそれを見たことがないとは考えにくい。

そうだとすれば、彼は嘘をついていたことになる。

ナップシップが泊まるところがないから僕のところに泊めてほしいとタムは言ったが、タナーキットパイサーン家が所有するコンドミニアムや一軒家は都内にいくつもある。

ナップシップは僕に、バスに乗って通学するとか車は持っていないとか、友人の車で送ってもらったとか言っていたけど、あれも嘘だったんだ……。

僕がコンドミニアムのエントランスで見かけた黒い高級な欧州車も、きっと彼の実家のものだろう。

「はっ……」

すべてを知った上でいままでのことを思い返すと、僕は呆《あき》れて笑うしかなかった。

どうしてかわからないが、残念だという気持ちだけでなく、怒りまで湧いてきた。

僕はナップシップのことをずっといい子だと思っていた。だからこそ自分のところに住むことを許したし、一カ月経ってもそのままいさせていた。それなのに、彼は僕に嘘をついていたのだ。

ナップシップは僕のことをなんだと思ってるんだ。

彼がなにも知らないバカな僕を見て笑っていたのかと思うと、僕の感情はぐちゃぐちゃになった。

プーッ！

うしろの車にクラクションを鳴らされて初めて、信号が青になっていることに気づいた。

僕はアクセルを踏み、自分のコンドミニアムに帰るために運転を再開した。家までの距離が近づくほど、僕の心はますます不安定になった。

ナップシップのことを知ってからオーンおばさんと無理して話を続けていたが、結局十分もしないうちに帰らせてもらうことにした。

自分の家に急いで戻り、車の鍵を手にすると、母さんに急用ができたから悪いけど帰ると伝えた。それを聞いた母さんは驚いた様子だったが、僕の表情を見て、それ以上なにも言わなかった。

自宅の玄関ドアのセンサーにカードをかざし、ドアを開けて中に入った。部屋の中は真っ暗だった。しんと静まり返った部屋を見て、ナップシップがいないことがわかった。

僕は思わず小さく息を吐き出した。

怒りや呆れを抱えながらも、僕は、ナップシップの口から真実を聞くのが怖いと感じていた。彼の口からただの冗談だとか、ふざけていただけだとかいう答えを告げられるのを想像するだけで背筋に震《ふる》えが走る。

自分の中で、彼の存在が最初に考えていたよりも大きくなっていることを認めざるを得ない。

僕は自分の寝室のバスルームに行って、顔を洗った。それから気を紛らわせるために部屋の中をおちつきなくウロウロした。しかし、そんなことで気が紛れるわけもなく、僕は寝室を出てリビングのソファに腰を下ろした。

背もたれにどっしりと背を預けて、目を閉じた。

それからどれくらい経ったのか、玄関のドアのロックが外される音が聞こえて、僕はパッと目を開けた。顔を玄関の方に向けると、ナップシップが中に入ってくるのが見えた。

僕と目が合ったとき、その目には驚きが映っていた。それでも彼はほほえみを浮かべた。

「ジーンさん」

「………」

「二泊するんじゃなかったんですか?」

僕は、ナップシップの姿を見たら、なにも言えなくなってしまうのではないかと思っていた。だが、実際はもう何度も見た彼の魅力的な笑顔を見ると、心の中にあるモヤモヤした感情を発露させずにはいられない心境になった。

僕が質問に答えずにいると、ナップシップが僕のそばまで近づいてきた。

「今晩、荷物を全部片付けて、明日ここから出ていってくれ」

僕がそう言うと、ナップシップは固まった。

「どうしてですか。ジーンさん、僕にここにいていいって言ってくれましたよね」

僕は低い声で言った。

「きみの実家は、コンドミニアムの部屋をたくさん持ってるだろ。僕がきみをここにいさせておく必要はない」

「………………」

僕がそう言っただけで、それ以上言わなくても、彼はすべてを理解したようだった。そして僕の気持ちを察したかのように、彼はいつもとは違う表情を見せた。

「きみは僕のことを覚えてるよね？」

結局、僕の方が耐えきれなくなってナップシップの言葉を待たずに口を開いた。

「………………」

「最初から僕がだれだか知ってたの？」

「はい」

彼の口から出た言葉に、僕は拳《こぶし》をぎゅっと握りしめた。

「きみは、僕がきみのことを覚えてないことをわかってて、それでわざとほんとうのことを隠してたの……？」

「そうです」

「クソッ！」

僕はとうとう座っていたソファから立ち上がり、ナップシップのシャツの襟首《えりくび》をつかんで引っ張った。

「でも僕には理由があるんです」

「理由って、僕のことを騙《だま》すのが楽しかっただけだろ⁉　クソったれ。きみがオーンおばさんの息子じゃなかったら、とっくに殴ってるぞ！」

「どうぞ」

「バカにしてんのか‼」

「バカになんかしてません」

そう答えたナップシップの表情は、真剣そのものだった。

しかし僕はその表情を見ても、まったく信じられなかった。

「それについては僕が間違っていたと思います。だから、殴って気が済むなら、好きなだけそうしてください。ただ、その前にジーンさんに聞いてほしいことがあるんです」

「………………」

彼は僕の怒りを正面から受け止めて……言い訳をしたりもしない。これではまるで、僕が一人で怒り狂っているだけのように見える。しかし、悪いのは嘘をついていたナップシップのはずだ。

僕は下唇を噛んだ。するとそれを見ていたナップシップが眉をひそめた。

「ジーンさん、そんなに強く噛んだら切れちゃいます」

彼の大きな手が僕の顔に近づいてきたが、僕はそれを思いっきり手で払い落とした。胸倉をつかんでいた手を緩めて、彼の体を突き放す。そして玄関のドアを指さした。

「いますぐに、僕の部屋から出ていってくれ！」

「ジーンさん、僕の話を聞いてもらえませんか？」

ナップシップの声には懇願の色がにじんでいた。

「僕はなにも聞きたくない！　きみの顔も見たくない！　きみにバカな奴だと思われて騙されるのはもう十分だ！」

僕は顔をそむけた。自分をコントロールするために、深く息を吸って吐いた。

「僕は、ジーンさんのことをバカだと思ったことはありません」

ナップシップの反論を聞いて、僕はため息をついた。

「そうかよ。別にもうどうでもいいけど。僕はもうきみのことを考えたくない。僕の部屋からいますぐに出ていってくれ。荷物はタムに引き取らせるから」

「話が終わっていないうちは」

「…………」

「僕はどこにも行きません」

「また嘘でもつくつもりか？」

「僕は嘘はついていません。さっきも言いましたけど、理由があるんです」

「じゃあ聞くけど、僕が自分のことを騙してた相手のことを信じると思うか？」

「…………」

ナップシップは黙り込んだ。

視界の端に姿をとらえながらも、僕は彼の方を見向きもしなかった。

彼はなにも言い返せないようだった。明らかに困った顔をしている。

しかしナップシップがどう思おうと、僕には関係のないことだ。

彼がなにかを言う前に、僕は自分の寝室の方へ歩いていった。

「きみが荷物を片付けないなら、守衛を呼んで引きずり出してもらうからな」

吐き捨てるように告げてから、僕はわざと大きな音を立ててドアを閉めた。


しかしそれから二時間後、荷物をまとめていたのは僕の方だった。

あんなふうに言ったけれど、ナップシップはおそらく僕の部屋から簡単には出ていかないだろう。すぐに顔を合わせられる生活がずるずる続いてしまうのは耐えられない。

なにを見ても腹が立ち、すべてのことに苛立《いらだ》ちが募る……。

わざと僕を騙していたのかと訊いたときの彼の答えが、頭の中をぐるぐるまわっていた。

僕はワードローブの上の収納部分からかばんを引っ張り出した。ハンガーに吊るしてあったシャツを手に取って、畳む時間も惜しむようにそのままかばんに突っ込んだ。

必要なものを全部詰め終わると、僕はドアを開けて部屋の外に出た。

「…………」

「ジーンさん」

ナップシップはまだリビングのソファに座っていた。

僕は彼を見ないようにしようとしたが、ソファは部屋を出てすぐのところにあるので、どうしても目が合ってしまった。

いまのナップシップの顔は、普段の僕だったらどうしたのかと訊かずにはいられないような表情をしていた。

ナップシップは慌《あわ》てて立ち上がった。しかし僕はそれを無視して、玄関の方へ歩いていった。

「どこに行くんですか」

「…………」

僕は彼を見ないまま靴を履《は》いて、すぐにドアを開けて外に出た。

だがドアを閉めようとしたとき、大きな手が伸びてきてそれを押さえた。ドアに手を挟んでしまうのではないかと思い、僕はとっさに力を緩めた。

僕を見つめる彼の鋭い目には、いろんな感情が見え隠れしていた。それを見て、僕は一瞬動きをとめた。

けれど胸の中のモヤモヤから生まれる衝動を僕は抑えられなかった。僕はそのまま空《あ》いている方の手で彼の手をどかして、勢いよくドアを閉めた。

早足でエレベーターへ向かった。駐車場に降りると、急いでロックを解除して車に乗り込み、エンジンをかけた。すべてを全速力でこなす。もしかしたらナップシップが僕のあとを追ってきているかもしれないと思った。しかしうしろを確認しても実際にはだれもいなかった。

これでいいんだ……。

ここにいたいならいればいい。僕の方が出ていってやる。

渋滞を抜けて郊外に出ると、道が開けてきた。気持ちが不安定だと自覚していたので、僕はゆっくり運転することにした。高速道路をひた走っていくと、住宅街やコンクリートのビルを離れて、次第に森と小さなコテージ風の家が見えてくるようになった。

それから十分後、僕は舗装されていない小路に入った。すると木造の家が見えてきた。

僕はいつもの場所に車を駐めた。ドアを開けて外に出て、きれいな空気を思いっきり吸い込む。そう遠くない場所に植えられているジタノキの匂いがした。

静かな場所に一人でいると、すこし気持ちがおちついてきた。

頭の中からナップシップのことを消し去れるまで、とりあえずここに泊まろう……。


朝、僕は憂鬱《ゆううつ》な顔でベッドから起き上がった。毛布をめくって、十一月の冷たい空気に当たると、ゾクッとした。無垢床《むくゆか》に足を下ろして立ち上がると、立ちくらみで体がすこしフラフラした。うつむいてもめまいがする。おそらく睡眠不足のせいだろう。

睡眠不足の理由なんて、よくわかっている。

しばらくじっとしてめまいがおちついてから、僕は小さく息を吐いてキッチンへとゆっくり歩いていった。電気ケトルの電源を入れてからトイレに向かった。温かいものを飲めば、すこしは元気になれるだろうと思った。

数分後、僕はバルコニーに移動してコーヒーを飲むことにした。そこはちょうど東向きだった。昇り始めた太陽が、空気をすこしずつ変えていく。暑くも寒くもなく、ちょうどいい暖かさだ。

こんなにいい天気に、静まり返った空気。普段の僕だったら、原稿が何ページも進んでいたに違いない。けれどいまはなにもする気が起きなかった。

ここの枕は合っているのに、僕は毎晩心をおちつけて眠ることができていなかった。ずっと天井にある小さな電球と、吊るされている薄い蚊帳《かや》を見ていた。考えごとをするたびに、ナップシップのことが頭に浮かんできた。

どれだけ考えるのをやめようとしても、うまくいかなかった。

最初の夜、僕は怒りしか感じていなかった。二日目の夜になると、怒りは消えたが代わりに悲しみが襲ってきた。

気持ちがある程度おちついてきてからも、僕はここにいることにした。スマホの電源をオフにして、触らないようにした。代わりにLANケーブルをつないだノートパソコンでメールをチェックしたり、編集長と仕事の話をしたりした。

ほかのだれとも話す気にならない。

ただ、実家にだけは電話をかけて、祖父の家に泊まりにきていると母さんに伝えた。母さんはとくに驚いていなかったから、僕がいつものように執筆に集中するためにこもっていると思ったのだろう。

コーヒーを一杯飲み終えると、それ以上なにかを食べる気にはならず、僕はサンダルを履いて家の前まで歩いていった。気分転換にこの辺を散歩しようと思った。

僕はジタノキの近くまで歩いていった。こんなふうに近づくと、木の匂いがかなり強烈に感じられる。それでもやはりいい匂いだった。

ジタノキを見て、ジェップ兄さんのことを思い出した。乾季にここに来ると、ジェップ兄さんはこの強烈な匂いでくしゃみがとまらなくなってしまうのだ。そして臭いと文句を言って、いつも部屋の中に逃げ帰ってしまっていた。

僕は一人でクスッと笑った。

……ちょっと元気になってきたかな。

ワン！

僕はびっくりして跳び上がった。

「わっ！」

振り返ると、茶色の短毛種の犬が近くに立って吠えていた。

犬が僕の方に走ってきたので、僕は慌ててかがんで石を拾った。

「待て、噛むなよ。どこの犬だ？」

「…………」

「…………」

僕が石を投げる体勢になっているのを見て、その犬はそれ以上こっちに近づこうとしなかった。僕の方も、いまこの犬に背を向けて逃げるわけにはいかない。

僕と犬の膠着《こうちゃく》状態が続く。しかし、その犬が尻尾をぶんぶん振っているのを見て、僕はすこしずつ手を下ろした。犬も僕の方にゆっくり近づいてくる。そして僕のズボンの匂いをくんくんと嗅いだ。僕は恐る恐る犬の頭を撫《な》でてみた。すると犬は嬉しそうな様子を見せた。

結局……僕は二十分近くも、このどこかの家の犬と遊んでいた。見知らぬ人物にも飽きたのか、その犬が向こうへ行ってしまったので、僕も自分の家に戻ることにした。

家のドアに続く階段まであと五歩というところで、そこに長身の人物が立っているのが見えた。ハンサムな顔がちょうどこっちを振り返った。

「………」

「ジーンさん」

僕の表情は突然変わった。ついさっき消え去った気持ちがふたたびあふれてきた。

「きみ、なんで……！」

僕が言い終わらないうちに、僕の体は彼の力強い腕に引き寄せられて、あっという間に抱きしめられた。

僕は目を大きく見開いた。僕が驚いているあいだに、ナップシップは僕の耳元に顔を埋めた。熱い体に触れた瞬間、すべてを知る前のおだやかな時間に戻ったかのような錯覚に陥《おちい》った。

「会いたかったです」

「………」

耳元でそっとささやく低い声が、僕の聴覚を刺激した。僕は魂が抜けてしまったかのようにその場で固まってしまった。

ナップシップがわずかに体を離して、それから顔を近づけてきたとき、僕は眉をひそめた。

僕は、ナップシップの目を見た。そこには悲しみや罪悪感、後悔があり、なにより明らかだったのは、僕に会えたことの喜びが見えたことだった。

彼の熱い唇が、僕の唇にそっと触れた。

僕は慌てて手を上げて彼の顔を引き離した。わずかに残った力で、相手の大きな体を押し戻す。

「なにしてんだよ！」

ナップシップは一瞬とまった。やっと僕が怒っていることを思い出したようだった。彼は手を伸ばして、僕のボサボサの髪の毛を梳《と》かすように撫でた。それから小さな声で言った。

「すみません。ジーンさんのことが恋しすぎて」

こいつ、なにをバカなことを……。

僕はナップシップに嘘をつかれていたことが腹立たしく、それでこの二日間こもっていたのだ。最初の日ほどではなかったが、彼の顔を見ると、僕はまだその怒りが消えていなかったことに気づかされた。

「きみ、どうしてこの場所がわかったの」

僕はそっけない声で言った。

「ランおばさんが教えてくれました」

「………」

クソ。ここにいるナップシップは、もう僕が知るいい子のナップシップではないことを忘れていた。僕の母さんとオーンおばさんは知り合いだ。オーンおばさんは僕のことをまるで息子のように愛してくれているし、僕の母さんもナップシップのことを同じように思っているはずだ。でもいったいどうやって聞き出したのか。まさか母さんが、僕らが一緒に住んでたことを知ってたとか？　そんなバカな。

僕は深呼吸をした。

「まだ怒ってますか」

「…………」

「ジーンさん……」

「僕はきみと話したくない……」

「僕の話を先に聞いてもらえませんか」

「だれとも話したくない。一人になりたいんだ。わかった？」

「僕はジーンさんが好きです」

「……!?」

僕は息を呑《の》んだ。ナップシップのそばを通り過ぎて階段を上ろうとしていた足がとまった。僕の体は自動的に彼のハンサムな顔の方を向いた。彼はその鋭い目で僕のことをまっすぐ見つめていた。ナップシップの顔をよく見ると、彼が疲れた顔をしているのがわかった。

……睡眠不足の僕と同じだ。

意識が遠くに行ってしまいつつあったが、僕はわざとからかうように笑った。

「ははっ。ほんとに面白い。もう満足？　満足したなら帰ってくれ」

「僕はジーンさんが好きです」

「だから……」

「昔からずっと好きでした」

「きみ、どういうつもり……」

「ただ好きなだけじゃありません。僕はジーンさんに僕のものになってほしいんです」

「…………」

「僕だけのものになって、僕にしか抱きしめられなくなるように、僕のことだけを考えて、僕のことだけを愛してほしいんです」

そこまで言ったあと、彼はゆっくりと近づいてきて数十センチも離れていないところでとまった。僕は大きく見開いた目でナップシップを見つめた。僕は彼の体を突き放そうと思って右手を上げたが、その手は彼の大きな手につかまれた。

彼は僕の肌を指先でそっと撫でてから、僕の唇に触れた。

それから彼は僕の右手に優しくキスをしてきた。

嵐に襲われたかのように目の前がチカチカして、手が震えていた。触れられた皮膚はやけどしたみたいに熱くなっていた。

なにか苦しそうなナップシップの様子が、僕の胸を奇妙にざわつかせた。

「きみ……」

「僕が言ったこと、信じてもらえますか」

彼の目を見て、僕はしばらく黙っていた。

「……きみは僕のことが好きだって言ったよね」

「はい」

「昔からずっと好きだったって……」

僕は小さな声で彼の言葉を繰り返した。そしてすぐに眉を寄せた。

「また僕を騙すつもり？　当時のきみはまだ子供だっただろ。あんなに小さいときの好きってどんな好きだよ」

「僕にとっての好きは好きです」

ナップシップは、僕の手を握っていた手にさらに力を込めた。

「あのころ僕はまだ理解できていませんでした。でもいまはちゃんとわかっています」

「…………」

「僕は前にも言いましたよね、ジーンさんが好きですって」

僕は唇を結んだ。

「きみの好きがそういう意味だなんて思わないだろ。きみは男で、僕も男なんだから……」

そうだ。だれがそんなふうに思うのか。好きという言葉と彼が示した態度が、そういう意味だったなんて。

「きみは……ほんとに僕のことが好きなの？」

「はい、好きです」

「好き……」

僕は考え込むようにもう一度つぶやいた。

「ジーンさんが信じてくれないなら、僕はどんな方法を使ってでもそれを証明します」

「い……いいよ別に」

そう言ったナップシップの目を見て、僕は慌てて拒否した。彼は視線をそらすことなく、まっすぐ僕の顔を見つめていた。僕はドキッとして恥ずかしくなった。それで別の方向に視線をそらした。

「じゃあ、住む場所がないとか車がないとか、きみが僕に嘘をついたのは……」

「ジーンさんと一緒にいたかったんです」

「…………」

ナップシップが僕に嘘をついていたのは、僕のことが好きだったから？　僕と一緒にいたかったから？

「そう言わなかったら、僕はジーンさんと一緒にいられましたか？」

「きみが最初からオーンおばさんの息子のシップだって言ってくれてたら、僕は何年だってきみをいさせたに決まってるだろ！」

「もし僕がそう言っていたら、ジーンさんは僕のことをどんなふうに見てましたか？」

「…………」

「弟ですか？」

「…………」

「僕がジーンさんを兄だと思いたくないってこと、わかってくれますよね？」

「…………」

僕はなにも言えなかった。

ナップシップの言ったことはすべてそのとおりだと、自分でもよくわかっていた。

僕は昔一緒に遊んでいた男の子をほんとうの弟のように思っていたので、もし彼と再会していたら、彼はいつまでも僕の弟だっただろう。

けれどいまナップシップがあのシップだったとわかって、僕がナップシップを見る目はたしかに変わったのに、一カ月以上も知らずに一緒にいたせいで、もう彼のことを昔のように弟だとは思えなくなっていた。

「僕はジーンさんに無理に信じてもらおうとは思っていません」

僕が信じていないと思ったのだろう。あるいは彼が僕に嘘をついていたことが、まだ僕の頭の中に残っていると思ったのかもしれない。

「ジーンさんが僕を信じられるようになったときに、僕のことを好きだって言ってくれればいいです」

「………」

「ね？」

彼の形のいい唇が笑顔に変わった。輝く目で懇願するように見つめられ、僕は体が熱くなるのを感じた。

このやろう……僕が自分のことを好きだと確信してるみたいな言い方しやがって。

僕はナップシップがほんとうに嘘をついていないかを確かめるために、彼をよく観察しなければと自分に言い聞かせていた。

でもその一方で、彼が僕に嘘をついていたのは僕のことをバカにしていたからではなく、僕のことが好きだったからだとわかって、現金なことに僕はたまらなく嬉しくなってしまった。

「わかった、それでいい」

まだ僕の手を握ったままのナップシップは、視線をそらさずに僕をまっすぐ見つめた。

「なにがいいんですか？」

「きみが言ったこと全部だ。証明してもらうから」

そう言うと、僕は唇を結んだ。それはまるでドラマの中の台詞《せりふ》みたいで、口に出したあとで妙に恥ずかしくなった。

「でももしまた嘘をついたりしたら、次はきみの内臓が破裂するまで殴ってやるからな！」

「………」

僕の言葉を聞いてまたナップシップが笑った。僕の手を握っていた彼の手が、指を絡ませるように動いた。いまは彼の好きなようにさせておこうと思った。

「それと……」

「はい？」

「その性格も。これからはもう僕にいい子のふりなんかしなくていいから。思ったことはなんでも言ってよ」

僕はそう言った。

一人静かに過ごしたこの二日間、僕はナップシップのことだけを考えていた。タムはナップシップのことを悪ガキだと言っていたけれど、僕はただ彼が頑固なんだろうというくらいにしか思っていなかった。

だが住む場所や車がないという彼の話が嘘だったと知ったとき、僕は自分の鈍《にぶ》さにうんざりするほどの自己嫌悪を覚えた。ナップシップのずる賢さも見えていなかったのだから。

自分を恥じる気持ちが、さらに僕を苛立たせた。

「言いなよ。いまなに考えてるの？」

「えっと……」

「その顔はどういう意味？」

ナップシップはなにか悩んでいるような様子だったが、彼のわざとらしい様子を見て僕は眉を寄せた。僕は自分がすこし疑り深くなっているとわかっていたが、仕方ないことだろう。

怒りは消えていたものの、心の中のモヤモヤがすべて消えたわけではない。

「…………」

「ねえ、いまのいまできみがなにも言わないなら、僕はどうやってきみを信じたらいいの」

「わかりました。僕はジーンさんにキスしたいです」

「……!?」

僕は慌てて口を結んだ。

「ジーンさんが欲しいです」

「バカじゃないの。きみは僕を怒らせたいわけ？」

あの日、酔っ払った夜に僕が口にした言葉がふたたび脳裏によみがえった。とたんに顔から火が出そうなほど熱くなる。

「ジーンさんがはっきり言えって言ったんじゃないですか」

「そ……れはそうだけど、全部言わなくたっていいだろ」

こいつ、僕がいままで王子だと思っていたイメージを完全に打ち砕きやがった！

僕が顔をしかめると、僕を見つめていたナップシップはクスクスと笑った。

彼は相変わらず魅力的だった。いま、彼は僕に対していい子のふりをしたりはしていなかった。口元にほほえみを浮かべながら、意地悪くからかうような目をした彼は、前よりもさらに魅力的だった。

僕は乾いた笑いを浮かべた。

「いいことを教えてやるよ」

「…………」

「僕は右手でさっき犬の頭を撫でたばっかりだ」

「…………」

「きみは犬にキスした……っん！」

僕は突然口をふさがれた。

ナップシップは僕が気づかないうちに顔を近づけて、僕の唇に自分の唇を押し当てた。彼はお仕置きをするかのように僕の下唇を噛んだ。唇を挟んだり吸ったりするキスの音がはっきりと耳に届く。彼は僕の口の中に熱い舌をすべり込ませた。それからキスの角度を変えた。あまりにも長いキスのせいで、うまく息継ぎができない。ようやく彼が唇を離すと、僕は必死に空気を肺に取り込まなければならなかった。彼に文句を言う気力も体力も、もはや残っていなかった。

ナップシップの口元に、今度は明らかにあざといほほえみが浮かんでいた。二人の鼻先がぶつかる距離で彼はそっとささやいた。

「一緒に犬にキスしちゃいましたね」

「…………」

このクソガキめ！　こっちはやっと怒りが収まったばっかりだぞ。

……ほんとうは犬に触ったのは左手だったからよかったけど。

ナップシップに帰るように言ったところで、彼は言うことを聞かないだろうと想像できたので、僕は彼を連れて家の中へ入った。

太陽が高く昇っていて、明け方の寒さもすっかり消えていた。

僕らはずいぶん長いあいだ家の前で立ち話をしていた。

しかも抱きしめるだけでなく、キスまでしてしまうなんて……。

あまりに開放的すぎる行動を取ってしまったと思い、とにかく恥ずかしくなった。

家のまわりにだれもいなくてよかった。かなり離れたところにオレンジの果樹園があるが、そこの作業員が望遠鏡でも使わないかぎり、こちらが見えることはないだろう。

家に入った僕は、なにもしゃべれなかった。

当然だろう。怒りと不満でいっぱいだったところに、突然相手がやってきて、自分のことを好きだと言ったのだから。妙な空気になるのは不思議ではないだろう。

それは嫌悪感ではなかったが、なにかぎこちなくなってしまうような気恥ずかしさがある。

僕のあとについて入ってきたナップシップは、部屋の中をゆっくり見回していた。

「きみ……もうごはん食べた？」

「まだです」

「じゃあ一緒に食べよう。近くに注文屋台があるんだ。電話で頼めるから」

ナップシップはうなずいた。僕は彼に食べたいものを訊いて、それから家の固定電話を使って注文した。

普段ここに泊まるとき、冷凍食品やインスタントラーメンの用意がないときには、僕はその店の店主に電話をかけていた。

オレンジ園で働く作業員向けに店主のおばさんが屋台を開いていて、電話で注文をすると、そこの息子が自転車で届けてくれるのだ。

「ジーンさん、ちょっとシャワーを借りてもいいですか」

僕は眉を上げた。

「シャワー浴びてこなかったの？」

「今日はまだです。ジーンさんに会うために急いでたので」

「………」

彼はなにやら理由をつけていたが、僕は聞こえなかったふりをした。寝室のドアを開けて、バスルームに案内する。

「きみ、着替えは持ってるの？」

「車の中にあります。でもタオルがありません」

「なんだ。貸してあげられる分はないよ。僕も全部自分で持ってきてるんだ。ここには予備を置いてないから」

「これを使っちゃダメですか？」

そう訊いてきた彼の方を振り返ると、彼が大きな手でクリーム色の柔《やわ》らかいバスタオルをつかんでいるのが見えた。

僕は目を丸くして、慌ててそれを取り返した。

「バカじゃないの！　それは僕のだよ」

「なにも問題ありませんけど」

「なにが問題ないだよ。こんなの一緒に使う人なんかいないだろ」

「僕は気にしませんよ」

「こっちが気にするんだよ！」

「そう……」

ナップシップは不服そうに言った。彼が未練がましそうにじっとタオルを見つめていたので、僕はそれを背後に隠した。それから彼はにっこり笑って言った。

「じゃあまた今度にしておきましょう」

「………」

また今度ってなんだよ！

どうかしてる。夫婦だって同じタオルを使ったりはしないだろ。

なのになんできみと一緒に使うんだよ。気色悪い。

頭の中に浮かんだそれらの言葉を僕が口にする前に、彼は車に着替えを取りにいくと言って出ていってしまった。僕はその背中を見つめ、それから隣のキャビネットを開けて自分のタオルを一番奥に押し込んだ。

ナップシップがシャワーを浴びているあいだに、ちょうど食事が玄関先に届いた。僕はスプーンとコップと冷たい水を用意して、二人用の小さな木製のテーブルに座った。

ナップシップが新しい服を着てバスルームから出てきたので、僕は彼に視線を向けた。彼の黒い髪はかなり水分を含んで柔らかくなっていた。タオルがなかったせいかもしれない。彼は僕を見てほほえんだ。

「まるで恋人が食事を待っていてくれてるみたいですね」

「もう黙って、食べなさい」

ハンサムな顔がまだ笑っているのを見て、僕は憎たらしくなった。けれどなにもしゃべらずに、ごはんをすくって食べることだけに集中していると、あんなに食事をする気にもならなかった気持ちがすっかり消えていることに気づいた。

僕は、自分のおなかがどれほど温かい食事を欲していたのかがわかった。十分もしないうちにテイクアウト用のパックは空《から》っぽになっていた。

僕は自分の心がおちつきを取り戻し、いまは安らぎを感じていることに気づいた。ナップシップがここにいて、そして僕らのあいだにはもうなにも問題がない。

ということは……これで僕は原稿に集中できるはずだ。

僕はパッと椅子から立ち上がった。ナップシップは驚いたように僕を見た。

「ジーンさん？」

「僕、これからちょっと原稿書くから。きみは好きにしてて」

僕は向かい側にいる彼の反応も見ずに、窓際のハイテーブルに置いたノートパソコンの方へ歩いていった。そこは僕がいつも原稿を執筆する場所だった。

パソコンを立ち上げて、すべての意識を自分の小説の世界に集中させた。どれくらい時間が経ったかもわからなかった。

「ジーンさん」

「……うん？」

「寝室を借りてもいいですか」

「うん」

柔らかくて温かい唇が頬に押し当てられた感じがした。

「すこし休みますね。もう目を開けていられません」

「うん」

それからさらに何時間経ったのかわからない。ついに眠気が僕を襲い始め、集中していられなくなった。まだ書きたい気持ちはあったが、この二日間まとまった睡眠を取っていなかった体はもう限界だった。

パソコンをシャットダウンしてから画面を閉じた。まわりを見回したが、リビングにはだれもいなかった。

僕が執筆中に、ナップシップが寝室を借りると言いにきたような気がする。

僕はなにかに集中すると、まわりの声が聞こえなくなり、関心も払わなくなってしまうからやや曖《あい》昧《まい》だけど……。

僕は忍び足で寝室に向かった。ドアは開いていた。中をのぞくと、ナップシップが寝ているのが見えた。

……ほんとうに寝てやがる。これじゃあ僕はどこで寝るんだよ。

「シップ」

僕は彼のそばまで行って、小さく名前を呼んでみた。

「…………」

「まだ寝るの？　ねえ、ナップシップ」

よほど深く眠っているのか、声をかけても心地よさそうな寝息しか返ってこない。彼もほとんど寝ていないような顔をしていたから、こうなっていても不思議なことではない。

僕はそこに立ったまま、ハンサムな横顔をしばらくながめていた。

結局小さくため息をついてから、僕は寝室の外に出てドアをうしろ手に静かに閉めた。

仕方ない、ベッドはくれてやる。

僕はリビングに戻って窓を開けた。それからベッドと同じように木でできているソファに横になった。座布団がかなり分厚く柔らかくて助かった。僕は小さなクッションを手に取って抱きしめた。

目を閉じてすぐ僕は眠りに落ちた……。

# カウント16

「これからもちょくちょく帰ってくるから、そんな顔しないで」

「………」

「じゃあ今晩はシップの部屋で寝よう」

「………」

「ほら、頬にキスして」

僕に優しく語りかけてくれているのは、デニムのオーバーオールを着た、息を呑《の》むほどかわいい小柄な男の子だった。

彼は仲直りしようとして僕に優しい声をかけてきた。くりっとした目がこちらを見つめている。その瞬間、僕は手を前に伸ばした。その体を抱きしめるつもりだった。

しかしそれはうまくいかなかった。

彼がほほえみかけながら頬にキスさせるために顔を差し出している相手は、いまの僕ではないとわかっていた。それは十四年前の僕だ。

目を開けたときに見えたのは、僕の記憶の中にずっと残っている彼のかわいい顔ではなかった。

木の天井と、何箇所か留《と》める形でピンと張られている蚊帳《かや》が見えた。記憶をたどらなくても、いま自分が郊外にあるジーンの祖父の家にいることはすぐにわかった。

僕はわずかに眉をひそめた。頭を動かして横を見たが、だれもいなかった。

枕とシーツは元の状態のままだ。

ジーン……？

僕はすぐにベッドから起き上がった。すこしめまいがした。目を休めるためにすこしだけ横になるつもりだったのだが、窓の外を見ると、すでに日が沈んでいるのがわかった。

僕はドアをそっと押し開けた。予想どおり、ジーンはリビングの小さなソファで丸まって寝ていた。せっかく僕の隣を空《あ》けておいたのに、ほんとうに頑固なのだから仕方がない。僕はジーンの体を抱きかかえて、寝室へと運んだ。

「ん……」

ジーンをベッドに横たえさせ、腕枕をするようにしてそのまま一緒に毛布の中に入った。ベッドに入ったとたんにジーンが引っ張って抱きしめた毛布の端の一方を引っ張り出す。それから彼の白い腕を手に取って、毛布の代わりに僕の腰にまわすようにした。

その疲れた表情とすこしクマができた目元を見ると、僕はつらい気持ちになった。けれど彼の笑顔と仕草を見るかぎり、どうやらぐっすり眠れているようだ。

彼は柔《やわ》らかい頬を僕の胸にくっつけて、ほほえんでいた。

僕はその顔を見つめて、ぎゅっと抱きしめた。

こんなふうにして寝るのは初めてで、僕は心が震《ふる》えるほどの愛《いと》おしさを感じた。

ほんとうは、遠くから見ているだけだった時間を埋めるくらい、もっときつく抱きしめたかった。

しかし一方で、彼を怒らせたり不愉快にさせたりしないように大事にしたいという気持ちもあった。

結局、僕はそのかわいらしい唇にキスをすることはやめて、頬に軽く口づけをするだけにしておいた。

こめかみに唇を這《は》わせたあと、首のところに顔を埋めた。僕の鼻が、まだ彼の肌に残っている石けんの爽やかな香りを感じ取る。ジーンがいまここにいることを感じて、僕はそっと息を吐いた。

いままでのことに腹を立てたときのジーンの顔が、また僕の脳裏によみがえった。

彼が悲しそうな顔をしたとき、僕は心が締めつけられたように苦しくなった。

どれだけ言葉や手を尽くしても、ジーンが理解してくれず、もう二度と僕の顔を見たくないと言われてしまうかもしれない。それだけで僕の手は血の気が引いて冷たくなった。

僕はジーンの頭を乗せている方の腕を動かして、彼の後頭部をそっと撫《な》でた。柔らかい髪をゆっくり梳《と》かすように動かすと、彼は気持ちよさそうに喉を鳴らした。

僕は横になったまま彼の小さな顔をずっとながめていた。彼の存在を感じられるのが嬉しかった。

彼のこめかみに自分の鼻先をくっつける。しっくりくる位置を見つけると、僕はゆっくりとまぶたを閉じた。


初めてジーンに会ったとき、僕は五歳か六歳だった。

その日はかなり暑い日だった。

僕はピアノの先生から逃げるために部屋を飛び出し、広い庭を突っ切って、高い白色のフェンスにもたれて座っていた。レッスンの時間が終わるまでそこに隠れているつもりだった。母さんに叱《しか》られることはわかっていたけれど、僕は座ったままじっと身を潜《ひそ》めていた。

そのとき、向かいのフェンスからだれかがひょっこり顔を出しているのが見えた。

その人はかわいい顔をした少年だった。ほっぺも目もまん丸で、下に座っている僕と目が合うと、その目はさらに大きく見開かれた。

「ジェップ兄さん、ここにだれかいるよ」

「ジーン、降りてこい！　人んちの壁を上るな」

「ねえねえ、一緒に遊ぼうよ。ボール蹴れる？」

「ジーン!!　降りてこないなら母さんに言うぞ」

そのとき、僕はどう反応したか……。記憶が正しければ、僕はなにも答えなかったはずだ。知らない人と話してはいけないという母さんの言葉を覚えていた僕は、驚いて逃げようとしていたからだ。

ところが、彼は高いフェンスから近くの木の枝に軽々と移動して、見事に僕の家の敷地に着地した。あっという間の出来事に、僕は啞然《あぜん》となった。

そのころ彼は僕よりずっと背が高かったが、その振る舞いはまるでいたずら好きの小さなハムスターのようだった。

僕が驚いたまま見つめていると、彼は僕の腕を引っ張って大きな門扉《もんぴ》の方へ連れていった。そして一緒に家の外へこっそり抜け出した。住宅地の中には広い公園があって、僕らはそこで何時間も走り回って遊んだ。

その日の夜、母さんに見つかった僕は大目玉を食らった。そのとき、ジーンが駆け寄ってきて僕を抱きしめ、一緒に遊びたかったんだと言ってくれたときの光景を僕ははっきりと覚えている。

まるでどうやれば大人が落ちるかを知っていたかのように、ジーンは僕の母さんにかわいい笑顔を見せ、懇願するような声で話しかけていた。


たまには僕にもそんなふうにお願いしてくれればいいのに……。

そこまで考えて、僕は手を伸ばしてまだぐっすり眠っている人の柔らかい頬を引っ張った。むにゃむにゃ言いながら、彼は顔をすこししかめた。

彼を抱きしめながらもう一度眠りに就いたあと、ふたたび目を覚ましたときにはもう夕方の六時になっていた。

「ジーン」

「ん……」

「そろそろ起きてください。今晩眠れなくなっちゃいますよ」

彼はまだ起きる気配がない。かなり疲れているのだろう。無理に起こすのはやめることにした。

もうすこしそこにいたいと思いながらも、僕は体を起こして暖かい毛布の中から出た。かなり冷えてきたのでジーンの体をしっかり包み込むように毛布をかける。

ドアを開けて寝室を出ると、さらに肌寒さを感じた。リビングの窓が開いたままになっていた。ジタノキの花の匂いが風に乗ってやってきて、僕はすこし顔をしかめた。これ以上匂いが入ってこないよう窓をしっかり閉めてから、車の鍵を持って家の外に出た。

このあたりは外灯がほとんどなく、この木造の家に小さなランプが掲げてあるほかは、かなり離れた場所にまた別のランプが見えるだけだった。

僕の車は二日前から大きな木のうしろに駐めてあった。

ジーンが家を出て車でどこかへ行ってしまったあの日、僕は罪悪感を覚えるだけでなく彼のことが心配でたまらなくなった。

どんなに安全な場所だとしても、僕の目の届かないところに行ってしまうなんて安心できるわけがない。ただ、彼がもし家に帰ってこないとしたら、間違いなく彼の祖父の家にいるだろうと僕は予想していた。

ジーンが郊外の家で仕事をするのが好きだということは知っていた。しかし正確な場所までは知らなかった。それでランおばさんに電話して場所を訊《き》いてから、家の人間に僕の車を持ってきてもらい、それを運転してここまで来たのだ。

ここに到着した初日、フロントガラス越しに見慣れたジーンの姿を見た瞬間から、彼に近づいてぎゅっと抱きしめ、謝りたいと思っていた。またかわいい顔で笑ってほしい。

けれどジーンの性格からすると、物事をエスカレートさせたくなければ、おちつくまで待った方がいいだろうと思った。

ずっと彼を見ているのに、話すことはできない。それは顔を見ることができないことよりもつらかった。

僕はスマホの電源を入れた。そして予備で入れておいたシャツを取り出すために、トランクを開けた。予備のシャツを二、三枚入れておいてよかった。もしジーンがあと何日かここに泊まりたいと言っても、これだけあれば問題ない。

トランクの蓋《ふた》を閉めたタイミングで、手に持っていたスマホが震えた。

「もしもし、シップ？　どうだ。もうちゃんと話せたか？」

「はい」

「ジーンも怒りを収めたってことだな？」

タムさんの声は嬉しそうだった。彼は小さく安堵《あんど》のため息をついた。

「じゃああいつにスマホの電源を入れて俺と話をするように言ってくれ。それともまだ俺に怒ってるか？」

「ジーンはタムさんには怒ってませんよ。心配しなくて大丈夫です」

「そんなわけないだろ。そもそもおまえをあいつの部屋に連れていったのは俺だぞ！」

電話の向こうで彼は叫んだ。

僕は小さくため息をついた。

ジーンが部屋を出ていってしまった次の日は、いつもどおりドラマの撮影が入っていた。だが、そんなことをしている場合じゃない。スケジュールを調整してもらうためマネージャーに連絡しなければならなかった。

僕がジーンを追いかけると伝えると、ジーンが僕に怒って出ていったということだとタムさんもすぐに察したようだ。

タムさんが叫んだせいで耳がキーンとした。だが、こんなに心配してくれる友人がジーンにいるのは悪いことではない。

「真面目に訊くけどさ、ジーンが手土産の菓子を選ぶのに付き合わされた日、おまえはあいつが自分の実家にも顔を出すつもりだってわかってたんだよな。なんであいつを帰さないようにしなかったんだよ。それともおまえ……」

「………」

「わざとジーンに帰らせたのか？」

僕はなにも答えなかった。

「そうなんだろ？　おまえと知り合って一年くらい経つけど、おまえの考えはさっぱりわかんねえわ」

「タムさんに説明する必要はないので。ただ僕がジーンを愛してるということだけわかってくれていればそれで十分です」

「おい、恥ずかしくないのかよ。おまえって奴は……」

「………」

「言っとくけど、俺はジーンに、おまえはシップに騙《だま》されてるって忠告したんだぜ。普段おまえがモデル事務所のビルにあんまり帰ってないのもおかしいと思ってたし。姉さんが部屋を使いたいって言ったらおまえが突然手を挙げるし。それにドラマのキャスティングのこともだ。前はやりたい雑誌の撮影しか受けないって徹底してたのに、おまえ、あれがジーンの作品だって知ってたからオーディションを受けたんだろ」

「………」

僕は車のドアを開けて、グローブボックスに入れていた私物を取り出した。

「おい、聞いてんのか？　なあ⁉　聞いてないだろ……クソガキめ！　ジーンがおまえの愛に応えなきゃいいんだ」

「はい？」

「いやいや！　なんでもない！」

「…………」

「俺は何日か前におまえがジーンを好きだって知ったばっかりだけど、ほんとはおまえはずっと前からあいつのことを好きだったんだっていまわかったよ。どうかしてるぜ」

「…………」

僕の手が一瞬とまった。

どうかしてる……？

僕はマネージャーのその言葉を反芻《はんすう》して、すこし笑った。

僕は子供のころにジーンへの思いに目覚めて以降、ほかのだれにもこんな感情を持ったことはなかった。僕にとっては彼の存在がすべてだ。

留学で離れてしばらく経ったころ、彼に抱いた感情は愛だったのだと確信するようになり、その愛を手放すことはできないと思うようになった。その日以来、僕は彼に近づくためにできることはなんでもやると決めた。

僕はジーンのことをなんでも知っている。けれどいまを大事にして生きるタイプのジーンが、僕のことを覚えていなくても不思議ではなかった。

「おい！　なんで黙ってんだよ。怒ってんのか？　冗談だよ、ただの冗談」

僕は眉をひそめた。

「違いますよ。ちょっと考えごとしてただけです」

「クソ……まあいいや。明日は撮影はないから、あっちに行ったりこっちに行ったりする必要はない」

「わかりました」

「それよりちゃんと寝たか？　それ以上コンディション悪くしたら、俺がメイクさんに怒られるんだからな。おまえのことちゃんとケアしてなかったって」

「心配しなくて大丈夫です。問題ありません」

「ああ、それならいいけど。ジーンのことも頼んだぞ。俺は飯食いにいってくる」

電話を切ってから、僕は片手にシャツを持ち、もう一方の手でスマホのライトを生い茂った草むらに向けた。木造の家まで戻ってきて、階段を上るために顔を上げると、ガウンを着て顔をしかめたジーンがドアの前に立っているのが見えた。

かわいい……。

僕はほほえんだ。

「起きましたか」

「どこ行ってたの」

シャツを持っていた方の手を伸ばして見せた。

「シャツを持ってきました」

小顔の彼はまだ不機嫌そうだった。眉をぎゅっと寄せていた。

「外は真っ暗だろ。どこかに行くならちゃんと言ってよ」

「心配ですか?」

そう訊くと、彼はすこしのあいだ黙っていた。僕を見つめる丸い目がキョロキョロと動いたが、結局なにも言わずうしろを向いて家の中へ入っていった。

こちらから見えるのは横顔とほんのり赤くなった頬だけだった。

どうすればジーンが素直に心配する態度を見せてくれるだろうかと考えていると、ドアの枠からふたたび彼が顔を出した。

「そこに立っててどうするの。早く入りなよ」

「………」

僕はなにも言わず、彼のあとについて家の中に入った。

はっきりと言葉にしてくれなくても彼が心配してくれているとわかっただけで、僕の心は十分温かくなった。

「ジーンさん、いつから起きてたんですか」

「玄関のドアが開く音がしたから。外に出てもきみはいないし。きみが僕を寝室まで運んだんだろ?」

僕は取ってきたシャツをソファの背もたれにかけるように置いた。そのあいだに彼の質問によどみなく答えていく。

「はい。僕が抱えていきました。このあたりは寒いので、抱き合って寝た方が暖かくなりますし」

「………」

ジーンは口をぽかんと開けたまま、なにかを言おうとしかけていた。だが言い返せばさらに恥ずかしくなると思ったのか、彼は口を閉じて一人で拗《す》ねたように頬を膨らませていた。

「ところで、いまおなか空《す》いてますか？」

「まあ……きみは？」

「ジーンさんがおなか空いてるなら、食べましょう。なにが食べたいですか？」

「この前の店はこの時間だと閉まってる。なにか買って食べるなら、車で出ないと」

そう言うと、彼はなにかを考えるように視線を上に動かした。

「出てもいいか。小さな市場があるから。すこし遠いけど。きみはそこでバスタオルを買えばいい」

「ジーンさんは僕を泊まらせてくれるんですか？」

「こんなにシャツを持ってきておいて、僕が帰れって言ったらきみは帰るわけ？」

なんだかんだ言いながらも僕に優しいジーンが愛おしくて、「かわいい」と率直に言ったら、彼は急いで話題を変えて、顔を洗いにいくと言ってバスルームに入っていってしまった。

待っていると、そんなにかからず彼は戻ってきた。すぐに出発するつもりのようで、めがねをかけただけのジーンは大した準備はいらないという感じだった。

彼のくりっとした目がちらっとこちらを見た。その視線と、玄関に鍵をかけて階段を降りていくあいだの彼の態度で、彼が僕の車に乗ってみたいと思っている空気を感じ取った。

僕が車を駐めていた場所はかなり暗かった。階段の一番下まで下りると、僕は手を伸ばして彼の手を取った。一瞬驚いたような反応を見せたが、ジーンが手を引っ込めたり抵抗したりしないのを見て、僕はさっきよりも満足した笑顔になった。

「これがきみの車？」

「はい」

彼は顔をすこししかめて、小さな声でつぶやいた。

「そういえばきみが僕をホテルに迎えにきた日もこんな車だったような……」

僕はなにも答えなかった。彼の手をそっと引いて、助手席側に連れていった。ドアをしっかり閉めてから、自分も運転席に乗り込んだ。

「道を教えてください」

「えっと、とりあえずまっすぐ行って。学校と住宅地があるから……。そこまで行ったらまた言う」

僕はうなずいた。

道はかなり開けていたが地方によくある道路で、両側は木が生い茂っていた。ところどころに小さな明かりと客を呼ぶ手書きの看板を掲げた商店があった。しばらく直進してから、ジーンから左に曲がるように指示があった。

そこは、夕方から夜にかけて商人たちが集まってものを売る市場だった。向かい側は小中学校で、もうすこし先にはレストランとコンビニがあった。それなりに多くの人でにぎわっている。

「新型アストンマーティン・ヴァンテージで田舎の市場か……。ちゃんと車ロックしとけよ」

……僕の車に対するイライラは簡単には消えてなくならないようだ。

「もし車がなくなったら、僕がジーンを抱えて帰りますよ」

「僕には足があるから結構」

彼は口を曲げた。

「それよりきみ、ここで食べるのでいい？　それとも買って帰りたい？」

「ここで食べるので大丈夫です」

「なにが食べたい？　焼き豚入り中華麺《バミー・ムーデーン》は？」

僕はクスッと笑った。ジーンはやっぱりかわいい。いくらでも甘やかしてあげたくなる。だからこそ、彼が自覚しているかどうかは別として、僕は彼がもっと僕を頼ったり、わがままを言ったりしたいと思うようになればいいのにと考えてしまう。

「きみはなににするの？」

コーラの宣伝用のビニールがかぶせられた折り畳み式の赤いテーブルに座ってから、彼が訊いてきた。彼に世話されるという状況に、僕はまた歯がゆくなった。しかし、とりあえずいまは彼に面倒を見てもらうことにした。

「僕の分も決めてもらえますか」

「わかった。すみません。僕は焼き豚入り中華麺、ワンタンなしで一つ。あと……細麺の特製ラーメン《センミー・ピセー》を弟《ノーン》に一つ、お願いします」

ジーンは屋台の車に掲げられたメニューを読んでから、手を上げて、ゆで麺機の前に立っている店主に注文を伝えた。

その台詞《せりふ》を聞いたとき、僕はすぐに眉を寄せた。

「……………」

「なんでそんな顔で僕を見てるの？　細麺嫌いだった？」

「弟？」

彼は目をぱちくりさせた。

「うん。なんで？　だってきみは弟だろ」

僕はわずかに顔をしかめたが、口元はまだほほえんでいた。

「僕は弟にはなりたくないって、言いましたよね」

「だって、弟じゃなかったらなんて呼べばいいわけ？」

「そんなの訊く必要ないじゃないですか……」

「………」

「夫ですよ」

「だれの夫だよ！」

僕は彼の言った言葉に思わず笑ってしまった。彼はまわりの人に聞かれてしまうことを恐れているのか、左右をキョロキョロと見回していた。

「きみは僕より五歳下なんだから、弟って呼ぶのは間違ってないだろ」

数字を示すために広げられた細くてかわいい指を見て、僕はそれを引っ張ってきて甘噛みしたいと思った。

「間違ってるかどうかはどうでもいいんです。でももう一度そう呼んだら、お仕置きです」

「お仕置き？」

「キスします」

僕がそう言ったとき、彼は丸い目をさらに大きく見開いた。

「きみにそんなことできるかよ」

「じゃあ試しに呼んでみてください」

「シップくん《ノーン・シップ》」

僕はジーンを引き寄せようと手をパッと出した。けれど、その頑固な口をふさいでしまう前に、できたての麺のどんぶりが二つテーブルに置かれた。それを持ってきてくれたのはぽっちゃりした体形の店主だった。僕らを見て、彼女は大きな声で陽気に言った。

「なにを口論してるの、あんたたち。世界で一番おいしい麺ができたわよ」

僕は一瞬固まった。僕の様子を見て目を丸くしていたジーンも、すこし表情を和らげた。どうやら仕返しを思いついたのか、彼はにやりと笑った。

「僕の弟がほんとに頑固で、口答えばっかりなんです」

「…………」

「兄弟っていうのはそういうもんだよ。でも兄なんだったら弟に譲ってやらないとね。兄は我慢を知らないといけないんだよ。いい？」

僕に当てつけるつもりだったジーンの顔ががっかりした表情に変わるのを見て、今度は僕がほほえむ番だった。

「でも弟が頑固すぎるときは、怒らないといけませんよね」

「怒ってもいいけど、ほどほどにしとかないと。相手は年下なんだから。あんまりやりすぎちゃダメよ。そうじゃないとうんざりして、次になにかあったとき、もう兄には言ってくれなくなるかもしれないでしょ。そっちの方が問題だよ」

「おばさん、僕の弟は性格が悪いんです……」

「性格がよくても悪くても、正しいやり方で注意しないとね。あんまり口論ばっかりしてると、弟の方がそのうち……」

「大丈夫ですよ、おばさん。僕はこの人の夫なんです。弟じゃないんです」

僕は小さくほほえみ、おちついた声でそう言って話を終わらせた。

箸《はし》入れからプラスチックの箸を取って、一組を目の前の相手に、もう一組を自分のどんぶりの上に置いた。

「ナップシップ！」

ジーンが怒ったように僕の名前を呼んだ。

「なんですか？」

ジーンは不思議な顔をして行ってしまった店主の背中をちらっと見てから、怒った顔をこちらに向[illegible]た。

[illegible]とか妻とか言うのはやめろ。そのうち箸できみを刺すぞ」

[illegible]《おど》す彼は怖く見せようとしているのだろうが、逆にかわいく見えてしまっていた。

[illegible]んでもないんだから。きみがそんなふうに言うと、ほかの人はみんな誤解するだろ」

[illegible]りません。もうすぐそうなるんですから。前もって呼んでるだけです」

[illegible]から出てくるの」

[illegible]僕のことを好きだと言ってくれました。あとはそれを素面《しらふ》の状態でも受け入れる

買ってきたことだし。僕はちょっと作業するから」
。彼は手を伸ばして僕が持っていた食べものと野
った。

」

僕は買ってきたバスタオルを持ってバスルーム
ァに座っているのが見えた。いつものノートパ
持ってきていた。彼は体を前のめりにして、一
ることにもまったく気づいていないようだ。
なくなるんだから……。
互いの体温がわかるほど近くに座っているの



け
「夫
そう
「僕らはな
「誤解じゃあ
「その自信はど
「ジーンさんは前に
だけですよ」
「…………」

……」

「なんでここに座ってるの？　寝室に行って寝なよ」

一時間近く経ってから、ようやくジーンがそう訊いてきた。僕がスマホから顔を上げると、隣にいる小顔の彼がしかめっ面で僕を見ていた。

また気遣ってくれているのが嬉しくて、僕は笑顔になった。

「ジーンさんを待ってました」

「なんで待つのさ……」

彼はそうつぶやいたが、ノートパソコンを閉じて立ち上がった。彼は僕の腕を引っ張って一緒に立ち上がらせた。

「僕シャワー浴びてくるから、外の明かり消しておいて」

「はい」

外の柔らかいオレンジ色のランプを消すと昼間とは違って真っ暗で怖い雰囲気が漂ったが、これはこれで静かで心地よさもあった。

ジーンは僕に小さなソファの方で寝るように言うだろうと思っていた。しかし予想外にも、彼は僕に一緒に寝室に入るよう促した。

怖いくらい優しいな……。

「電気消すよ」

彼は石けんの香りを漂わせながらバスルームから出てくると、白い手で毛布をめくって、ベッドの反対側に体をすべり込ませた。ベッドはキングサイズほど大きくはなかったが、僕らのあいだにスペースが空くくらいには広かった。

「こっちに寄るなよ。くっついてきたらベッドから蹴り落とすからな」

ジーンは僕の思考を読んでいたかのようだ。そう脅された僕は、悲しい顔をした。

「抱きしめちゃダメですか」

「ちょっとでも動いたら、オーンおばさんに訴えてやる」

彼はそれだけ言うと、ベッドサイドの明かりを消した。だが、薄いカーテン越しに入る月の光でいろんなものがぼんやり見えた。

「シップ」

「……はい」

「今日昼寝してたとき、子供のころのきみのことを思い出したよ」

僕は眉を上げた。

「…………」

「ほんとうはあんまり覚えてなかったんだ。何年も前のことだし。でも一つだけ思い出した。きみが僕に怒ったとき……」

そこまで言うと、僕に背を向けて寝ていた彼が振り返った。くりっとしたかわいい目が暗闇の中で僕のことを見つめてくる。

子供のころのことを話すジーンの声を聞いて、僕は嬉しくなった。

「きみはオーンおばさんが自分より僕のことを愛してると思って、それで怒ってた。それできみは、僕を自分の部屋に泊めさせないようにしたんだ。まだまだ幼かったね」

「そうでしたっけ?」

「なんだ、覚えてないの?」

「僕は、ジーンさんが僕と結婚してうちに入りたいって言ったときのことしか覚えてません」

「はあ?」

彼は口をぽかんと開けた。

「いつだよ。そんなこと言ってない」

「覚えてないんですか？」

「そんなこと言ってないから覚えてないんだよ」

「言いましたよ。ジーンさんは、大きくなったら僕の花嫁になるって言いました」

「きみに初めて会ったとき、僕は小学五年生だったんだから、そんなバカなこと言うわけないだろ」

「キスしていいですか」

「は⁉」

「いま」

「…………」

彼が混乱した顔で僕を見ているあいだに、僕は彼の方に寄っていった。手を伸ばして、清潔なシーツの上に置かれた彼の手を握る。すこし冷たくなっていた彼の手に、自分の手のひらの温かさを分けてあげられるよう撫でたりさすったりした。

そして最後に指を絡ませた。

僕は彼に顔を近づけた。こんなふうにほほえんで目を合わせるたびに、彼がなにも考えられなくなることを僕は知っている。

僕は自分の体の下にいるジーンの柔らかい唇に自分の唇を重ねた。

ジーンはいまここにいるけれど、完全に僕のものになっていないかぎり、僕はまだ安心できなかった……。

# カウント17

「じゃあ結局、おまえは俺に怒ってないってことだな?」

「ああ。怒ってない」

「ほんとだな?」

「ああ」

「ほんとに?」

「ほんとだって」

「そうか……。おまえの口から聞けてホッとした。言い訳するつもりじゃないけど、たしかに俺はあいつの家が金持ちだとは知ってた。でもそんなにたくさんコンドミニアムを持ってて、住む部屋があるなんてことは知らなかったんだよ。ホテル経営だけじゃなくて不動産会社もやってるらしいけど、分譲の物件しかないと思ってたんだ」

電話の向こうのしゃべりはとまらなかった。タムの声は心配半分、不満半分といったところだった。

「あいつの実家と連絡を取ったこともないんだよ。お兄さんと会ったことがあるだけだ」

「ふうん」

僕はうなずいた。

「あいつはたぶん、俺の姉さんとこっそりなにか交渉したんじゃないかと思う。それで姉さんが俺に部屋は埋まってるって言ったんだ。どうだ、言ったとおりクソガキだろ?」

「クソだ」

画面の中のタムが、テーブルをバンバン叩くのが見えた。

「だろ! ほら、おまえもついに言った!」

ついに目を覚ましたかといったようなタムの態度を見て、僕は目をぱちくりさせた。

タムはさらに、いままでおまえはいい子の皮をかぶったナップシップによいしょされて騙《だま》されていたんだと繰り返した。

でもいまになって、ナップシップが思っていたようないい子ではなかったとわかっても、彼をかわいいと思う気持ちはなかったことにはできないだろうと言われた。

僕もそれについて考えたが、タムの言うとおりだった。そうじゃなければ、僕はあんなに簡単に怒りを消し去ることはできなかったはずだ。

今朝、たっぷり眠れた僕は、すっきりした気分で目覚めた。

ナップシップがここに泊まった日から、すでに二日が経っていた。

僕はまだ家には戻らずに、おちついた環境の中、すっきりした頭でできるかぎり多く原稿を書き進めることにした。

しばらく切っていたスマホの電源を入れたが、インターネットにはまだ接続しないでおいた。

そして今日、タムからまた連絡が来ていた。先日もタムは電話をかけてきていたが、僕はパソコンの画面に集中していたので、電話に出ることはできなかった。今日、タムは僕にインターネットにつなぐように言ったあと、ビデオ通話をかけてきてナップシップの文句を言い始めた。

……実際、僕はすでにタムになにも怒っていないと伝えていたが、それでも奴はまだ心配していたようだった。

「でもおまえらの話、小説みたいだな。子供のころから好きだったなんて。おまえ、それで書いてみたらどうだ。でも悪い評価を覚悟しないとダメだな。メインキャラがクソったれでずる賢い奴だから」

「あいにくプロットのストックならいっぱいある」

「それで……おまえ、あいつの告白にオーケーしたのか？」

「………」

「……まだなんだな。あいつのこと好きじゃないのか？」

「………」

「おい！　カメラをそらすなよ。恥ずかしいんだろ」

タムのやかましい声がスマホのスピーカーから聞こえる。だが僕はインカメラを上に向け、いま自分が座っているバルコニーの天井を映した。

「好きなんだったらオーケーしろよ。冗談じゃなくて」

「わからないんだよ」

「わからないのか、まだ答えたくないのか、どっちなんだよ」

「………」

「あいつに意地悪するなよ」

「意地悪ってなんだよ。いままではあっちが俺に嘘ついてたんだ」

「あー」

タムは合点がいったというふうに声を伸ばしながら何度もうなずいた。

「わかった」

「なにがわかったんだよ」

「おまえはその仕返しがしたいんだろ？　それか、また嘘をつかれるのが怖くてあいつの様子を見てるとか？」

「………」

「ほら見ろ！　答えないってことはそれが答えだよな。でもそれならよかった。俺はあいつの性格を直してもらいたくて、おまえに預けたんだし」

僕はそう言ったタムの顔が気になって、スマホを手に取ってもう一度画面を見た。

「性格を直すってなんだよ」

「あいつにちゃんと教えとかないと。おまえと一緒にいたかったから嘘をついたっていうけど、どんな理由であれ嘘は嘘……！」

「ジーンさん」

バルコニーで木製の椅子に座ってタムと話していた僕は、突然、背後から聞き慣れた低くて柔《やわ》らかい声に呼ばれてびっくりした。振り向くと、ナップシップが戻ってきていた。

彼はシャツの裾《すそ》を出した状態の大学の制服姿で、片手をドアの枠につきながら立っていた。ただしハンサムな顔の下半分はマスクに隠れていたので、彼がほほえんでいるかどうかはわからない。

「なにしてるんですか。タムさんと話してるんですか？」

「ああ、うん」

「うるさくないですか？　電話を切って食事にしましょう」

「シップ、このクソガキ！」

タムとの通話はまだつながっていたので、奴の声がはっきり聞こえた。

「さっき撮影終わったばっかりで、もうジーンの家に戻ったのかよ」

ナップシップはスピーカーから聞こえる大きな声にちらっと視線を向けてから、さらっとそれを無視した。僕の方に体を向け、手のひらで僕の髪を優しく梳《と》かすように撫《な》でた。

「おなか空《す》きましたか？　ごはんを買ってきたので、夜は車で外に出なくても大丈夫ですよ」

そう言われると僕は急におなかが空くのを感じた。

「ああ」

彼にうなずいてから、スマホの画面に視線を戻した。

「タム、おまえもなんか食べてこいよ。話はまた今度な」

「おい、ちょっと待て。それでおまえはいつバンコクに戻るんだよ」

「もうすぐ戻る。またラインするから」

僕は通話終了ボタンを押した。立ち上がると、ナップシップが僕の手を取って部屋の中に引き入れた。

僕は、ナップシップの自分に対する振る舞いがすこしずつ大胆になってきているような気がした。最初は僕が彼を追い出そうとしていた。けれど追い出そうとすればするほど、彼は毎回追い出す理由がなくなるまで言い返してくる。困ったものだ。

「茹で鶏《カオマンガイ》のせごはんを買ってきました。ジーンさんはこの店が好きですよね？」

「なんで僕がこの店が好きだって知ってるの？」

「ジーンさんのことだったら、僕はなんでも知ってますから」

「…………」

僕は胡乱《うろん》な目で彼を見たが、それ以上突っ込まないことにした。おそらく母さんかだれかに訊《き》いたのだろう。

ナップシップがどうやって訊き出したのか知らないが、この家の住所は僕の母さんから訊いたと言っていた。僕はそれ以上詳しいことは訊かなかった。だが、母さんが電話で僕にナップシップのことを訊いてきたことはない。

ということはつまり、このずる賢い青年は、僕らが一緒に住んでいることを母さんには言わずに、芸術的手法によってうまく聞き出したということなのだろう。

僕は腰を下ろした。テイクアウト用の茹で鶏のせごはんのパックを目の前に置いて、ごはんをすくって口に運んだ。

「きみは食べないの？」

「大学の昼休みにもう食べました」

「そう」

僕は小さく相づちを打った。ごはんを咀嚼《そしゃく》するあいだ、向かい側に座る彼をちらっと見た。ナップシップはマスクを下にずらして、水の入ったコップを持ち上げて口をつけた。いちいち大変そうだ。

「ねえ」

「はい？」

「きみは家に帰った方がいいんじゃない」

「………」

ナップシップは黙っていた。彼が誤解しているのではないかと思い、僕は慌《あわ》てて言った。

「だってきみは、ジタノキの木の匂いが嫌いだろ。家に帰って寝た方がいいよ。わざわざ毎朝毎晩、苦手な匂いを嗅ぐために来なくていいよ」

「問題ありません」

「どうせきみはまた僕にくっついて寝るための言い訳をするんだろ」

「ハグって言ってください」

「今晩もやったら、蹴ってやるからな」

この家には寝室が一つしかない。いくら口で彼を追い出すと言っても、彼がそれに従うことは絶対にないだろうとわかっていた。

いまの時期、夜は寒いにもかかわらず、この家のリビングにはエアコンがない。そんなわけで、僕はナップシップに一緒に寝ることを許すしかなかった。

いつも僕は彼よりあとに目を覚ましていたので、これまではなにも知らなかった。しかしこの前の夜、夜中に起きてトイレに行こうとしたとき、ナップシップが僕を抱きしめながら寝ていることに気づいた。彼は自分の鼻を僕の髪の中に埋めていた。

僕は全身の重さに金縛りかと思い、びっくりして固まった。相手を押し返すと、彼は寝ぼけた声で臭いと言った。なんのことを言っているのかわからなかったが、そのときは眠かったのでそのまま放っておくことにした。

また別の日の朝も、めずらしく早く起きると、同じように彼が僕を抱きしめていた……。

とはいえ、ナップシップが僕を襲ったり、こっそり僕になにかしたりするとは思っていない。そういうことをするなら、もうずっと前からしていたはずだ（むしろ酔っ払った僕の方が彼にそんなことをしていた）。ナップシップにそんなことをする度胸はない。

僕がオーンおばさんに言えば、彼は子供のころのように竹の鞭《むち》で叩かれることになるだろう。ふふっ。

「かわいい顔してどうしたんですか」

想像を膨らませてにやにやしていた僕の笑顔はすぐに消えた。僕は口を閉じて、なんでもない顔を取り繕う。

「別に」

「…………」

彼は魅力的な鋭い目で、僕の顔をなぞるように見た。その視線が明らかに唇のところをじっと見つめていたので、僕は唇を結んだ。そばにあった水のコップを手に取り、口元を隠すようにそれを飲んだ。

こいつ、どんどん生意気になりやがって。

「きみは撮影に行ったり大学に行ったりしないといけないだろ。わざわざここに来て寝るのは、行ったり来たりで大変だよ」

「大変じゃありません。ジーンさんがここにいるなら、僕もいます。それだけです」

「じゃあ、明日帰ろう」

ナップシップの表情が驚きに変わったが、僕は続けた。

「ちょうど編集長と会う約束をしてるから」

「わかりました。ジーンさん次第です」

「ただ……帰っても、きみをコンドミニアムに泊まらせるわけにはいかないよ」

僕はその言葉を言う前にすこし躊躇《ちゅうちょ》した。

最初に僕がナップシップを泊めた理由は、彼に泊まる場所がないと思っていたからだ。けれどほんとうはそうじゃないということがわかった以上、彼に出ていってもらうのは正しいことだと思う。

彼が僕のことを好きだと言っても、僕は彼に自分も好きだと応えたわけではないのだから、こんなふうに一緒にいるのはおかしい。

それに……オーンおばさんとこの前話したとき、彼女は自分の息子がどこに泊まっているのかわからないと言っていた。ときどきこっそり部屋に会いにいってもいないから心配だともこぼしていた。

「自分の部屋に戻った方がいいよ」

僕がそう言うと、ナップシップはすこし黙ってから眉を上げて訊いた。

「どうしてまた僕を追い出そうとするんですか？」

「追い出そうとしてるわけじゃない。でもきみが戻らないと、オーンおばさんが心配するよ」

「ジーンさんと一緒にいるって言えば、問題ありません」

「ダメだよ。なんで言うのさ。自分の部屋に戻った方がいいって。きみの部屋は広いだろうし、きっとプライベートプールだってあるだろ」

「わかりました。じゃあジーンさんが僕の部屋に移ってきてください」

「それはない」

「もう……」

ナップシップは小さくうめいた。僕が譲歩しないことにやや不満を感じているようだった。

「この前、きみは言ったよね。僕がきみのことを信じられるようになるまで待つって」

僕がそう言うと、ナップシップは今度は一分近く黙っていた。僕が彼の表情を観察していると、彼はそっと息を吐いた。

「僕が……」

「…………」

「ほんとうにジーンさんと離れたくないってわかりますか？」

「まあ……うん」

「…………」

「だからきみがいい子になれば、僕はすぐにきみを信じられるようになるだろ」

「はい」

「…………」

「じゃあそのときが来たら、僕のことを抱きしめて、それからちゃんと好きだって言ってくださいね」

僕は彼の形のいい唇が優しくほほえむのを見た。

「ああ」

次の日の朝、僕らはコンドミニアムに戻った。

僕は自分のセダンを運転し、ナップシップは高級車の新型アストンマーティン・ヴァンテージを自分で運転してそれぞれ帰った。

家に着いてから、僕は彼にすぐ荷造りをするよう急《せ》かしたりはしなかった。彼は午前中に大学の授業があったからだ。とりあえず授業が先で、片付けは午後、一緒にゆっくりやればいいと思っていた。

この四日間でとくに変わったことはなかった。ヒンと出版社は相変わらず来年のブックフェアプロジェクトに向けて忙しそうだったし、ドラマの方も予定どおり撮影が進んでいた。タムもとくに変わったことはないと言っていた。

ただ来週、ドラマの制作発表の小さなイベントがサイアム・パラゴン——バンコク中心部のショッピングモール——で行われる予定だった。

あとは……僕の二作目のBL小説が八十パーセントほど完成していた。昨日ウェブサイトにアップし始めたので、今日もその続きをやらなければならなかった。

僕はファンがフォローできるようなフェイスブックやツイッターのアカウントは持っていない。しかし、例のカフェでの写真がインスタグラムに載って以来、ツイッター上の僕の小説のファンにインスタグラムのアカウントを特定されていたので、ファンはそちらをフォローしてきていた。いまやフォロワー数は四桁近くまで増えていた。僕がBL作家であると世の中に知られてしまった。

そのおかげというのは複雑だが、僕もすこしずつ恥ずかしさを克服していた。僕はテーブルの上のノートパソコンとコーヒーカップと観葉植物の写真を撮って、自分の新作の告知を投稿した。

_nayma　ジーン先生〜〜　すぐに読みます　先生の写真も投稿してください　見たい〜〜
zBingky　ジーン先生ナップシップにライブやるように言ってください　もう何日も見てなくて寂《さび》しすぎる
Ter044　すごく刺激的です　出版されるの待ってます　知らせてくださいね
JaYCC　ジーン先生　パラゴンでのドラマの発表イベントには来ますか？　先生とシップくんのツーショット撮らせてください

僕の小説に興味があるようなコメントは三十パーセントほどで、残りはナップシップについてのコメントばかりだった。忌々《いまいま》しい。

だれがナップシップだと返信コメントを打ってやりたくなったが、そのとき最新のコメントが目に入った。

nubsib.t　あとで読みますね

すぐに顔が熱くなるのを感じた。僕が書いているのはＢＬ小説だ。あのやろう、なんで恥ずかしくなるコメントをよこすんだ。

（返信）Gene_1418　ちゃんと勉強しなよ

僕はそれだけ返信すると、アプリを終了してパソコンを閉じた。それからソファにもたれて、スマホでドラマを観ることにした。

それは心理学と超能力者をテーマにした海外ドラマだった。第一シリーズが終わるところまで観てから、休憩のために立ち上がって顔を洗った。下で食べものを買ってきてそれを食べてから、すこし昼寝をして、そのあと横になったまま夢中でまたドラマの続きを観た。

次に気づいたのは、右の頬に柔らかいなにかが押し当てられたときだった。

チュッ！

……横を向くと、見慣れたハンサムな顔の彼がしゃがんで、すぐ近くで僕のことを見つめていた。

「ナップシップ！」

僕は持っていたスマホを落としそうになった。慌てて距離をとって、彼をにらみつけた。大きな音量だったのと画面に集中しすぎていたせいで、彼がドアを開けて中に入ってきたことに気づかなかった。

「もうごはんは食べましたか？」

僕は顔をしかめながらも仕方なく答えた。

「食べた」

「かわいい」

「…………」

このやろう、なにが望みだ。答えてみろ。

「それよりきみは？　食べたの？」

「お昼にちゃんと食べましたよ」

「疲れた？」

ナップシップは驚いたように眉を上げ、首を横に振った。口元のほほえみがさらに広がった。

「じゃあ荷物を片付けるよ。僕も手伝うから」

そう言うと彼はとたんに浮かない表情になった。彼は頭を振って、手を伸ばして僕の頬をつねった。

「慌てすぎです。そんなに僕に出ていってほしいんですか？　ねえ」

「そうじゃない。いまなら時間があると思っただけだよ。急がないと夜になるし、夜の運転は危ないだろ」

「わかりましたよ。僕のことを心配してくれてるなら、仕方ありません」

彼は大きな手を伸ばして僕を立ち上がらせ、自分の部屋へと連れていった。彼がここにきた初日に部屋の掃除を手伝って以来、僕は一度も彼の部屋に入ったことがなかった。

ナップシップの部屋はまったく散らかっていなかった。物はあるのだが、彼は使ったものを決まった位置に戻す性格らしく、きれいに片付いていた。

僕は興味津々《きょうみしんしん》で部屋の中を見回した。涼しげで特徴的な香りが部屋全体に漂っている。ルームフレグランスかなにかだろうと思い、僕は思わず香りを嗅いだ。

ふと気づいて、隣に立っている彼の方を振り返った。ナップシップが部屋の隅に立って笑っているのを見て、僕は一瞬で顔が赤くなった。

「あ……えっと、かばんはどこ？　詰めるのを手伝うよ」

「クローゼットの中です」

ナップシップは大きなスーツケースを取り出した。僕は反対側のワードローブの方に行って戸を開けた。ナップシップに似合うおしゃれな服がたくさん入っていた。どれもこれも高級ブランドのもので、僕はそれを一枚ずつ取り出して慎重に折り畳んだ。

半分ほど詰め終わったとき、妙に静かすぎると思ってうしろを振り返った。ナップシップが鏡の近くの棚のところに立ったままぼんやりしているのを見て、僕は顔をしかめた。

「ナップシップ、なにしてるの。早く片付けて」

「急がなくても大丈夫ですよ」

「きみ、時間を稼ごうとしてるだろ」

僕がお見通しだという顔でそう言うと、ナップシップはクスクスと笑った。

彼はワードローブの方に近づいてきた。しかし片付けようとはせず、スーツケースの脇を通って、僕の腕を引っ張って抱きしめてきた。彼の胸と硬い腹筋にぶつかったとき、僕はびっくりして完全にバランスを崩してしまった。

僕の想定外の勢いにナップシップもバランスを崩し、僕らは一緒にベッドの上に倒れ込んだ。

「シップ、なにふざけてる！」

僕は彼の体の上に突っ伏した状態になっていた。彼の高級な服を床に落としてしまったことに気づいて体の向きを変えたが、片足でそれを踏んでしまったので、手をベッドについて体を支えるしかなかった。

「ほら、きみの服が全部落ちたよ。しかも踏んじゃったし」

「いいんですよ」

「どれも高いものだろ。洗って……」

僕が言い終わらないうちにナップシップが僕の手首をつかみ、力を使って僕の体を下にして、その上に覆いかぶさった。急にひっくり返された僕は目がまわった。人形のように横たわったまま、ナップシップが首のあたりに顔を埋めるのを感じた。

「きみ……」

彼がそっと息を吐き、その熱い吐息が肌に当たるのを感じたとき、僕はゾクッとした。

「ほんとうに一緒にいられないんですか」

「…………」

「僕はジーンさんと一緒にいたいです」

「僕も…………待って。ダメだよ」

危ない。突然の出来事に、僕は言うべきじゃないことをうっかり言ってしまいそうになった。

ナップシップは視線を上げ、僕と目を合わせた。まるで宇宙のように真っ黒な彼の目をのぞき込んだとき、小さな嵐が吹いたみたいに心がかき乱された。

「僕は寂しくなるのが嫌なんです」

「…………」

「僕がいなくなったら、ジーンさんは僕が恋しくなりませんか？」

「……ならない」

「頑固なんだから」

彼の笑顔と視線に、僕は顔がすこし熱くなった。

「そ……そんなの、寂しくなったらラインすれば済むだろ」

「それは実物を見るのとは違いますよ」

そう言うと、ナップシップは顔を近づけてきた。彼の額が僕の額にくっつく。彼はほとんどささやくように小さな声で言った。

「………」

「キスもできないし」

悪ガキめ。

「それなら、ここに来ればいいだろ。僕は別に禁止してない。僕がいつもこの部屋にいるってきみも知ってるんだから、来たいときは来ればいい」

「ほんとですね?」

「ああ」

「約束ですからね」

「…………」

そんなふうに念を押されると、僕もまた彼を疑わしく思う気持ちが出てきた。

ナップシップが策略家だとわかってからというもの、僕は彼と話すときにはこちらが不利にならないようにかなり頭を使わなければならないと感じていた。しかし今回はとくになにもないようだったので、僕の考えすぎだろうと思った。

「きみはエントランスの暗証番号だって知ってるんだから、上がってきて玄関をノックして、僕がド

ア を開ければ、すぐに会えるだろ」

僕は続けた。

「それでも不満？」

……ただしドアを開けるかどうかはまた別の話だけど。

「わかりました、それなら仕方ありません」

ナップシップのどことなく上から目線な発言に僕は目を剝《む》いた。憎たらしくて何発か軽いパンチを入れてやりたくなった。しかし実際にやったのは、自分の手のひらを彼のがっしりした両肩に乗せて彼を押しやることだけだった。

ナップシップは素直に従って起き上がった。今度こそ真面目にさっさと片付けるように言うと、彼も荷造りに加わった。

幸いナップシップの荷物はそれほど多くなく、大きなスーツケース一つに十分収まった。ただしここに来てから買ったほかの私物もあったので、僕は自分の小さなスーツケースを引っ張ってきて、彼に貸してあげることにした。

一時間ほどで、ナップシップが泊まっていた部屋にはなにもなくなった。部屋を見回すと、どことなく寂しさを感じた。芽生えた気持ちに目を伏せて、僕はドアをそっと閉めた。

「予備のカードキーと鍵は？」

ドアの近くに立っていたナップシップは、僕が出した手を見ていた。

彼はポケットから本革の財布を取り出し、白いカードを抜いて僕に手渡した。寝室の鍵も同じように取り出した。それを受け取るとき、僕はなにも言わなかった。彼を新型アストンマーティンまで送っていく途中で、やっと口を開いた。

「着いたら連絡してよ」

「はい」

「運転気をつけて」

「はい」

「なにかあればラインして」

「ジーンさん」

「うん？」

「僕の気持ちは変わりませんから」

僕は一瞬固まった。それから運転席の窓のところに置いていた手を離した。

「わかった。もう行きなよ。またね」

「はい。じゃあまた」

高級車がすこしずつ駐車場から離れていった。僕は建物の入り口の近くに立って、ゆっくり曲がって消えていく車のうしろを見ていた。それが見えなくなると、しばらく目を閉じてから、部屋に戻った。

ドアを開けて中に入った瞬間、沈黙に包まれた僕は妙な気持ちになった。

これまでも、帰ってきたときにナップシップが部屋にいないことはあった。しかし今回はいままでとは違っていた。いままではそのうちナップシップが帰ってくるとわかっていた。けれどいまは違う……。

僕はだれかがこの部屋にいることに慣れてしまっていた。いや、ナップシップがいることに慣れてしまったのだ。

僕はそっとため息をついた。だが、なるべく深く考えないようにした。

シャワーを浴びて寝間着に着替え、出来合いのものを下のスーパーに買いにいってそれを食べた。それからベッドに寝転がりながらｉＰａｄでドラマの続きを観て、第二シーズンの後半まで来たそのとき……。

ナップシップから電話がかかってきた。

僕は目を丸くした。急いでドラマを一時停止して、スマホの通話ボタンを押した。

「ジーンさん……」

「着いたらラインしてって言ったよね。なんでこんなに遅いの」

ナップシップは冷たくあしらわれる心の準備ができていなかったのか、黙ってしまった。

「すみません。荷物を片付けてました」

「それで、もう終わった？」

「はい」

「明日は授業はあるの？」

「一コマだけです」

「そう。なら早くシャワー浴びて寝なよ」

「もうシャワーは浴びましたし、まだジーンさんとおしゃべりしたいです」

「……僕ドラマ観てるんだけど」

「そういえば小説読みましたよ」

「やめろよ、なんで読むんだよ！」

僕が叫ぶと、電話の向こうでクスクス笑う声が聞こえた。

「どうしてですか……恥ずかしいんですか？」

「もう切るからな」

「………」

ピッ！

ナップシップはなにも言わずに、ビデオ通話に切り替えた。

僕はスマホを持ち直して画面を見つめた。僕のスマホにナップシップのハンサムな顔が映っていた。

彼はほほえんでいて、ベッドの上に座っているようだった。

間接照明と思《おぼ》しきオレンジ色のライトがぼんやり光っているのが見えた。僕は彼の部屋の様子が気になって、うしろに目をやった。ナップシップの部屋がどのくらいラグジュアリーなのか、見てみたかった。

「ねえ、ちょっと部屋を映して見せてよ」

「ダメです」

僕はすぐに眉をひそめた。

「なんでダメなの」

「ジーンさんが実際に見にくるのを待ってるからです」

「先に見せてよ」

「いま見せたら来たくなくなりますよね。ジーンさんなら、いつ僕の部屋に来てくれてもいいですよ」

ふん。どうせまた作戦だろ。僕はもう賢くなったんだ。

そんなふうに思いつつも、僕は実際に部屋を見てみたかったので否定しなかった。

「わかったよ。そのうち行くから」

僕は膝の上に置いていたｉＰａｄをベッドサイドに置いた。横向きに寝そべって、片方の手で布団を抱きしめた。もう片方の手は、ナップシップとビデオ通話をしているスマホを握っていた。

「それで、明日の撮影は何時から？」

「午後二時ごろからです。来てくれますか？」

「編集長との約束があるから、たぶん間に合わないよ」

「もし間に合ったら、大学に僕を迎えにきてください」

「新型アストンマーティン・ヴァンテージ２０１８」

「……ふふっ」

彼はクスッと笑った。

「なにがおかしい？」

僕の顔を見たナップシップは、さっきよりも顔をほころばせていた。


僕は朝早く、七時過ぎに目が覚めた。

手の中にあったスマホを持ち上げると、まだアラームの時間よりずいぶん早い。昨日ナップシップとしゃべってそのまま充電をしなかったせいで、バッテリー残量は十七パーセントになっていた。モバイルバッテリーを準備しなければ。

昨夜いつ電話を切ったのか、まったく覚えていない。ラインの画面を開くと、四時間も通話していたようだ。

僕が寝てしまってからナップシップが電話を切ったのだろう。彼が残したメッセージを見て、僕は思わず笑みを浮かべてしまった。

ナップシップ：おやすみなさい

僕はスタンプを返した。それからシャワーを浴びて服を着替え、コンタクトを入れるとすぐに家を出た。編集長とのアポイントに合わせてヒンと一緒に食事に行く約束をしていたから、朝食は食べなくてもいい。

出版社のビルはコンドミニアムからかなり遠かった。朝の幹線道路はまだかなり渋滞しているようだったので、有料道路を使うことにした。それなら大幅に時間を短縮することができる。

「ジーン、編集長のブアさんとの約束だよね？　四番の部屋で待ってて」

出版社のオフィスがある四階に着くと、ちょうど入れ違いで出ていく編集者の一人が部屋を指さした。

「ありがとうございます。ちなみにヒンは？」

「編集長がヒンに印刷所に行くように言ってたから、あとで来ると思う」

僕はうなずいた。ここには何度も来たことがあるので、ほかのスタッフとも顔見知りだった。指示された部屋までまっすぐ歩いていき、電気やエアコンのスイッチを入れた。棚に置いてある本を読みながら座ってしばらく待っていると、ドアが開いて編集長が入ってきた。

「ジーン、ごめんなさい。ちょっと電話が来てて。もう食事した？」

「まだです。ヒンと食べる約束をしたので」

「そっか。じゃあ早く終わらせちゃおう。そしたら食べにいけるでしょ」

編集長はいつもと同じｉＰａｄを取り出した。それから僕の原稿が印刷された紙をテーブルに置いた。

「赤字で印をつけて、裏に説明を書いておいたから。持って帰って読んでみて」

「はい」

「それから……えーと、どこだっけな。うまく書けてるって言ったセックスシーン、なんで削っちゃったの？」

「それは……ちょっと多すぎるかなと思ったんです」

「多すぎるってどこが？　前のラブシーンから八章も空《あ》いてるし、書いたらいいよ。盛り上がるところなんだから。せっかくうまく書けるようになったんだし、書きなよ」

「じゃあ、帰ってからもう一回見てみます」

「うん、そうして。もし行き詰まったら教えて。前みたいに刺激的にしてね。これまでと同じ人にまた教えてもらってもいいし」

「そんな人、いいいいいいいいませんよ」

「ねえ、その態度だとむしろいるように見えるけど」

「………」

「あ、そうだ。あとこれ。また集めといた。持って帰っていいから」

編集長は厚い布製のバッグを取り出してテーブルの上に置いた。木製のローテーブルに置かれたとき、ドンという低い音がした。ずいぶん重たそうな感じだった。

僕はお礼の言葉を口にしてから中身を見た。予想どおり、それはＢＬの本だった。

それから編集長は仕事に戻ると言って部屋をあとにした。

ヒンが帰ってくるのをそのまま待つことにした僕は、受け取った本を一冊ずつ取り出して確認していく。前と同じような翻訳ものだった。この出版社のものではなかったが、同じように中国や日本の作品の翻訳本が中心だった。

僕の目を丸くさせたのは、一緒に入っていた数冊の同人誌だった。足を大きく開いた表紙のイラストに、だれが見ているわけでもないのに猛烈に恥ずかしくなった。

二十分近く経ってから、数週間会っていなかったお調子者のヒンがバタバタと走ってきた。ドアを開けて入ってくると、ジャンプして僕に抱きついてきた。

「ジーンノン先生、ほんとに会いたかったです。ナップシップのところに連れていってください」

「おまえは俺に会いたかったのか、シップに会いたかったのか、どっちなんだよ」

「先生に決まってるじゃないですか。さ、ごはん食べにいきましょ」

長く待ったせいでおなかがペコペコだったので、あまり遠くに行く気にはならず、向かい側のビルにオープンしたピザ屋に行くことにした。

食べたりしゃべったりしているうちに、あっという間に満腹になった。

僕が急いで帰る必要はないとわかると、ヒンは僕を出版社が持っている書店に連れていった。それは出版社のビルの一階に入っていた。

この出版社はそれなりに有名だったので、いろんな場所に小さなブースを出店するだけでなく、古本と新刊本の両方を扱う直販店も持っていた。そこでは一般書店よりも安い値段で本を買うことができた。

店舗の反対側には読書用のテーブルと椅子があり、大きな本棚には試し読みのためのサンプル本が置かれていた。さらに、隣のカフェでコーヒーやケーキを買って、そこに座って食べることができるようになっていた。

僕はそれを見て食後の一服も兼ねてお茶でもしようと、ヒンにお金を渡して、なにか買ってくるように言った。

「それで、先生は来年のブックフェアにも出てくれますか？　編集長からもう話はありましたか」

「とくになにも言われなかったけど」

「えー。でも今度きっと言われると思います。それで、出てくれますか？」

「やだ」

「お願いしますよ。ファンは先生のサインが欲しいんですよ」

「…………」

「ね、ここまで来たらもう恥ずかしがらなくていいじゃないですか。編集長もきっと、取材の人を呼んで、先生の写真を撮ってインタビューしてもらうように手配するはずです」

「考えとく」

「またそれなんだから。ほんとに、次の話が追いつけば……」

「お話し中、すみません」

僕とヒンは、同時に声のする方を振り返った。プリーツスカートの学生服を着たかわいい小柄な女の子が一人、遠慮がちにほほえみながら立っていた。

「ジーン先生」

「………」

ケーキのスプーンを持っていた僕の手が空中でとまった。

「はい?」

「サインをしてもらえませんか」

突然のことに驚き、僕はスプーンを皿に置いた。彼女が僕の小説のファンだろうということはわかった。

ヒンは僕の写真がネットで拡散されていることをまだ知らなかったので、どうして突然ファンに声をかけられたのかわからず、まだ口をぽかんと開けていた。

こんなふうに直接声をかけられて、僕は戸惑《とまど》いと恥ずかしさを覚えずにはいられなかった。すこしうつむきながら、彼女にサインしてほしい本を出すように言った。彼女はしっかりペンを用意していて、サインしてほしいページを広げて僕に差し出した。

サインを書くつもりだった僕は、それを見て手がとまった。

「えっと……これは」

「雑誌？」

差し出されたものを見たヒンがつぶやいた。

彼女が差し出した本は僕の小説ではなく、有名なファッション雑誌だった。しかもサインをしてもらおうとしたのは、ナップシップの写真のページだった。かっこいい服を着たナップシップが写っていた。右下には本人のサインも入っている。

「本を間違えてませんか？」

「間違ってないです」

僕が困惑《こんわく》した顔をすると、彼女は恥ずかしそうにうつむきながら、光沢紙を指さした。

「ジーン先生、ナップシップのサインの横にサインしてもらえませんか。ここです」

「ああ……」

なんで僕がナップシップの横にサインしなきゃいけないんだよ。だいたいこれは僕の本じゃないだろ。

心の中でそう悪態をついたが、彼女が懇願してきたので、結局僕はペンを取ってサインするしかなかった。彼女は雑誌を受け取ると嬉しそうにはしゃいだ。すっかり満足した様子だった。

「あの、ジーン先生ってすごく優しいですね。ほんとにどうもありがとうございました。ジーン先生の小説を今日は持ってきてなくて、諦《あきら》めようかと思ったんですけど、この雑誌はいつも持ち歩いているんです。またお会いすることができたら、今度は小説にサインしてください」

僕は苦笑いしつつうなずいた。彼女はもう一度お礼を言いながらかわいらしくワイをして、立ち去ろうとしていた。

「ちょっと待って、ねえ、きみ」

……ところが、向かいに座っていたヒンが彼女を呼び止めた。

「はい？」

「ナップシップのサイン、どこでもらったの？　僕も欲しい！」

ミーハーさを隠そうともしないヒンに、僕は呆《あき》れてものも言えなかった。

「ああ、X大学の友達に会いにいったときに、偶然会ったんです。ジーン先生にもサインしてもらってペアにしますって言ったら、ナップシップがサインしてくれたんです」

「………」

彼女が行ってしまってから、ヒンはすぐに手を伸ばして僕の両手をつかんだ。そして目を輝かせて言った。

「ジーン先生、雑誌にサインしてください！」

「いやだ！」

# カウント18

家に着くころには午後二時を回っていた。ヒンにしつこくサインを求められたせいで、だいぶ時間が経っていた。ノートパソコンを起動させて、しばらく原稿の修正に取り組んだ。

それが終わると、僕は横になって昨日のドラマの続きを観た。ドラマを観ているうちに、うっかりソファで眠ってしまった。

マナーモードにしていたスマホがテーブルの上で振動した音で、僕は目を覚ました。

ナップシップ：もうごはん食べましたか

送られてきたメッセージを見て、それから時間を確認すると、もう午後の八時だった。ちょうど撮影が終わってナップシップもメッセージを送る時間ができたのだろう。

ジーン：まだだけど　いまから食べる
ナップシップ：今晩はうちに泊まりにきますか？

どうしてそうなるんだ……。

## ジーン：行かないよ

僕はしばらくのあいだ、ソファに座ってナップシップとやりとりをした。彼から早く食事をするようにと言われて、やりとりはそこで終わった。

ほんとうは、僕だってナップシップに会いたい……。

彼がこの部屋を出ていった日から、僕とシップはかなり頻繁に、そして長い時間ラインをするようになっていた。

普段はチャットといったものが好きではないが、ナップシップが相手だとそんなこともまったく気にならなかった。ライン上でおしゃべりすることで、部屋の中に一人でいる寂《さび》しさを紛らわすこともできた。

夕食を食べ終わると、僕はふたたびパソコンの前に座って、原稿の修正の続きをやった。

僕は、調子がいいときはいくらでも書き続けられるけれど、逆に気分が乗らないときは、何週間でも放置してしまうことがある。今日は集中力が高まっていたので、僕はそのまま執筆を続けた。

ふと気づくと、空が明るくなっていた。

またうっかり徹夜してしまった……。

ファイルの保存ボタンを押してから、大きく息を吐いた。すこし疲れを感じたが、原稿が七ページ増えているのを見て、僕は満足した。

大きく伸びをしてから立ち上がり、電気ケトルのスイッチを入れる。なにかすこしおなかに入れて、それからゆっくり横になろう。

コーヒーのいい香りが漂ってきた。僕はトーストしたパンにジャムを山盛りのせると、それを持ってリビングからベランダに出た。都心の高層ビルを見ながら、パンを食べつつコーヒーを飲んだ。

やっぱりタイだな。こんな早朝でももう十分暑い。

「それだけで足りるんですか？」

「……!!」

僕は心臓が飛び出しそうになった。

持っていた空《から》のマグカップを手の中からすべり落としてしまった。だがそのとき、だれかの大きな手が伸びてきてそれをキャッチした。

「気をつけて」

「ナップ……ナップシップ!?」

僕の部屋の左側のベランダに、大学の制服を着た長身の人物が立っていた。その人はまさに、ここ数日僕の頭の中に頻繁に浮かんできた人物だった。

「きみ……」

「はい、そうです」

僕は徹夜したせいで幻覚を見ているわけではないようだ。ハンサムでスタイルがよく、すべてがパーフェクトなこの人物は、間違いなく本物のナップシップだ。

クソったれ。僕はまたナップシップにしてやられたのか！

このコンドミニアムはどの部屋も基本的な構造は同じで、違うのは室内の部屋の向きだけだった。僕の部屋は入って右側に寝室があるが、隣の部屋は入って左側に寝室がある。それが交互に続いている構造だ。従って、対称になっている隣の部屋とはベランダがかなり接近している。

僕の隣の部屋には、以前は三十代後半の銀行勤めの女性が住んでいた。彼女も一人暮らしだったが、二、三年前に結婚してからは夫と住む家に越していったので、この部屋に泊まりにくることはほとんどなかった。

そしていま……。

「なんで……きみ、その部屋にいるの？」

「前の持ち主から買ったからですよ」

「…………」

前の持ち主から買ったからですよ……前の持ち主から買ったから……買った……から。

その言葉が僕の頭の中で山びこのように響いた。

呆然《ぼうぜん》としている僕とは裏腹に、前の持ち主から買ったと言ったナップシップは、ほほえみながらそこに立っている。

「バカじゃないの！　どれだけ金持ちなの。このコンドミニアムはすごく高いわけじゃないけど、そんなに安くもないんだよ」

僕は声を震《ふる》わせて言った。彼がこの部屋を買うために大金を溶かしたと思うだけで、僕は気絶してしまいそうになった。もしかしたらワットおじさんが息子のために大金を使ったのかもしれないと思ったら、僕はナップシップを竹の鞭《むち》で叩いてやりたくなった。

「きみはお金を払うときにもったいないと思わなかったかもしれないけど、すくなくとも両親に申し訳ないと思いなよ」

「心配しないでください。これは僕のお金です」

「嘘だろ⁉　きみが自分のお金をこんなふうに使ったんだとしたら、もっともったいないだろ」

「ジーンさんの近くにいられるなら……」

「………」

「もったいなくありません」

「僕にとってはもったいないんだよ。バカみたいに隣の部屋を買うくらいだったら、僕の部屋の寝室でも間借りすればいいだろ」

なぜナップシップが僕の部屋に居続けたいとしつこくせがまなかったのか、その理由がわかった気がした。

「それなら、ここはすぐに売りに出しますよ」

「買ったばっかりで、売るのかよ。なんなんだ⁉」

僕が彼をにらみつけると、ナップシップはクスクス笑った。彼はこっちに近づいてきて、さっき彼がキャッチしてくれたマグカップを差し出した。

それを見た僕は、顔をしかめながらも、マグカップを受け取るために彼の方に近づいた。しかし、僕はまた彼にしてやられた。ナップシップはかがんで自分の唇を僕の頬に押し当ててきた。僕がハッと気づいて急いで彼の顔を引き離そうとしたときには、彼はもう僕から離れていた。

このやろう……。

「大丈夫ですよ。この部屋はもうだいぶ前に買ったんです」

「だいぶ前に買った？　いつ買ったの？」

「たしか……去年ですかね」

「去年？」

僕は困惑《こんわく》した。僕は眉を上げ、それからすぐに眉間《みけん》に皺《しわ》を寄せた。

去年？　僕の記憶が正しければ、ナップシップは去年留学から戻ってきて、いまの大学に入学したんじゃなかったか？

「去年の六月くらいに、ここに越してくるつもりだったんです」

ナップシップは僕の困惑した顔を見て、低く柔《やわ》らかい声でゆっくり話し始めた。

「でもそのときたまたま、ジーンさんの小説がドラマ化されることを知りました」

「…………」

僕はもうナップシップの性格がよくわかっていたので、彼がそう言っただけで、その先は簡単に想像できた。

彼の言葉から要点をまとめると、彼は去年の六月ごろに僕の隣の部屋に引っ越す計画を立てていた。しかし、僕の小説がドラマ化されるならとオーディションを受けて近づくことにし、さらには攻め役に受かったので、タムを利用して隣の部屋ではなく僕の部屋そのものに一緒に住もうとした……ということだろう。

どこまでも手が込んでいる……。

最初に一カ月だけだと言ったとき、彼がとくになにも言わなかったのも、隣の部屋を確保していたからなのだろう。

ナップシップが正直に話してくれたことはたしかに嬉しかったが、一方ですこし腹立たしさもあった。昨日、僕は自分がナップシップがいなくなって寂しく感じていることに気づいた。彼を追い出さなくてもよかったかなとまで考えたのだ。しかしいまは……。

怒るというより、イライラしていた。

「きみはほんとうに、クソガキだ」

僕は我慢できずに、タムが使った呼び方を口にした。

「はい」

わざと口にした悪口に反応することもなく、ほほえんでいるナップシップの顔を見ると、僕はますますイライラした。

なにか彼に仕返しできないだろうか……。

あることを思いついて、僕はにやりと笑った。

「シップくん《ノーン・シップ》」

「…………」

弟扱《あつか》いしたその呼び方は、想像以上に効果があった。

ナップシップの表情はすぐに変わった。彼の笑顔が消える代わりに、僕は満足してにっこりほほえんだ。

この位置にいるかぎり、ナップシップは僕に近づくことは絶対にできないし、さすがにベランダを飛び越えるわけにもいかないだろう。僕はもう一度その呼び方を繰り返した。それはいままでのすべてのことに対する意趣返しだった。

「僕が言ったこと忘れたんですか？　そう呼んだらキスするって言いましたよね？」

「忘れてない。でも呼んでやる」

「キスしてほしいなら、なんでちゃんと言ってくれないんですか」

「シップくん」

「もう三回目ですよ」

「それで？　タムにでもキスしにいけばいいだろ。僕はもうドアを開けてきみを入れるほどバカじゃないからな」

「………」

ナップシップはなにも答えずに、ただ静かにほほえんだ。しかしその表情を見て、僕は背筋がゾッとした。

僕の頭の中で警鐘が鳴り響いている。

僕はしばらくのあいだ、彼の表情を注意深く観察した。それからあることを思い出して、僕は慌《あわ》てて部屋の中に戻った。

財布をパッと手に取って開く。そして一昨日ナップシップから返してもらった予備のカードキーを引っ張り出した。それは厚さのある白いカードで、表にはコンドミニアムの名前が小さな文字で書かれ、裏面の端には部屋番号が黒い数字で刻印されている。

〈１７１４〉

僕の部屋の番号じゃない……。

僕の部屋は１７１３で、隣の部屋が１７１４だった。

ナップシップは、僕の部屋のカードキーを返すような顔をして自分の部屋の予備のカードキーを僕に渡したのだ。ということはつまり、彼はまだ僕の部屋の予備のカードキーを持っている。ナップシップはいつでも僕の部屋に入ることができるというわけだ。

「………」

僕は真っ白なカードを持ったまま呆然と立ち尽くしていた。

「ジーンさん」

開けっぱなしになっているベランダの窓から、柔らかく優しい声が聞こえた。もしかしたら、ナップシップが僕の部屋のカードキーを使ってドアを開けて入ってくるのではないかと思っていた。しかし彼はそうはしなかった。

僕はゆっくり歩いていって、もう一度ベランダの外に顔を出した。ナップシップはまだ同じ場所に立っていた。

「僕がここに越してきたこと、怒ってますか？」

「………」

「僕はただ、ジーンさんが近くにいると、安心するんです。それだけです」

僕は黙っていた。優しくほほえみながら、柔らかくて深い視線を僕に向けているナップシップの顔を見つめる。いまはそのほほえみの裏になにかが隠されている様子はなかった。

結局僕はゆっくり首を横に振って、小さな声で答えた。

「別に、ほんとは……怒ってないよ」

僕自身、ナップシップが近くにいてほしいと思っていることを、もう十分自覚している。

「こっちに来てください」

彼が大きな手を上げて手招きした。いままでの疑念はどこかへ消えていった。僕の足は自然と彼の方へ向かった。

ベランダの横の手すりに手を置くと、ナップシップが手招きしていた手をそっとその上に重ねた。彼は顔を近づけて、僕の左頬に自分の唇を押し当てた。僕は一瞬驚いたが、彼が右頬にも同じようにキスをすると、すこしずつ緊張がほぐれていった。

「まだ寝てませんよね？　一晩中電気が点《つ》いてるのが見えました」

「うん」

「じゃあ早く寝た方がいいです……おやすみなさい」

「うん、おやすみ」


僕が次に目を覚ましたのは、夕方の五時だった。空がまだ明るいのを見て、すこし気分がよくなった。夜型の生活に慣れてはいたものの、起きたときに空が真っ暗だと、一日があっという間に終わって損したような気がしてしまう。

僕はしばらくフェイスブックでニュースを読んでから、ベッドを出てシャワーを浴びにいった。服を着る前に鏡の前で髪の毛を拭《ふ》いている途中、ドアのベルが大きく鳴った。

僕は瞬きしてから、急いでズボンをつかんでそれを穿《は》き、ドアを開けにいった。

「はい、どちらさまですか」

「………」

「ナップシップ?」

またたよ。

彼は今朝と同じ制服を着ていたが、顔をすこししかめていた。

「どうしてそんな格好で出てきたんですか?」

「だって早く出なきゃと思って……」

「今度からは先にちゃんと服を着てください」

ナップシップは許可も取らずに、僕の部屋の中に体をすべり込ませた。彼が突然やってきたことにすこし戸惑《とまど》いつつも、僕はなにも言わず寝室に戻って服を着て、それからめがねをかけた。

今朝も顔を合わせたばかりでシップが来るとは思っていなかった。コンドミニアムに出入りできる人物だとすれば、きっと管理人かメイドだろうと思っていたのだ。

それにナップシップが来るなら、まだ返してくれていない僕の部屋のカードキーを使って、ここに泊まっていたときのように勝手にドアを開けるだろうと思っていた。

けれど彼がベルを鳴らして僕が出ていくまで待っていたのを見て、ナップシップが僕の気持ちを考えてくれていることに嬉しくなった。

……もし彼が勝手に入ってきて、リビングに座っているところにでも遭遇したら、僕は彼の背中が縞《しま》模様になるまで鞭打っていただろう。

「もう撮影終わったの?」

「はい。四時には終わりました」

「そっか」

「ごはん食べにいきませんか」

「いいよ。どこがいい？」

「ジーンさんはなにが食べたいですか？」

「わかんない。まだおなか空《す》いてないから思いつかないな。すこし散歩しない？　食べたいものがあったらそこに入ろうよ」

僕がそう提案すると、ナップシップはいつものように素直にうなずいた。僕は彼にすこし待つように言って、急いでめがねからコンタクトに変えた。それから財布だけを持って部屋を出た。

なにも言わずとも、僕のことを観察するのが好きなナップシップは僕の行動をすべて把握していた。

駐車場に降りていくと、彼は自分の高級車のロックを解除した。

車に乗り込むと、クリーム色のベロア生地のクマがコンソール部分に置いてあるのが目に入った。そのクマを見ると、僕は酔っ払ってナップシップの車に乗ったあの日の出来事を思い出した。

ナップシップのようなタイプには似合わない感じがしたが、クマ自体はほんとうにかわいかった。

「またいたずらして。落としたりしたら、代金を請求しますからね」

「なにそれ。そっと触ってるのに落とすわけないだろ。きみ、このクマのことになると神経質すぎない？」

僕はつい嫌味を言ってしまった。

「ジーンさん、クマにまでやきもちやくんですか？」

「やきもちなんかやいてない」

バカじゃないのか。

ナップシップはむすっとした僕の顔を見て、クスッと笑った。カーブにさしかかったところで彼はハンドルをまわした。それ以上なにも言わなかった。

一時間ほどで、車は近くのモールの上にある駐車場に駐まった。モールの前の道が渋滞していたせいでかなり時間がかかった。さっきまでおなかが空いていなかったのに、いまはグーグーという音が鳴り続けている。

だが車から降りてレストラン街を一周しても、僕はどの店に入るか決められずにいた。

「スキが食べたい。でもピザも食べたい」

ナップシップが眉を上げた。

「そんなにたくさん食べたいんですか。全部は食べきれませんよ」

「じゃあきみが選んで」

僕がそう言うと、彼は静かに首を横に振った。それから言った。

「そしたら下の階でスキの材料を買って、それからまたピザを買いに上に戻ってきましょう」

「買って帰るの？」

「二種類食べたいなら、買って家で食べるのがいいんじゃないでしょうか」

ナップシップの言葉で、僕は自分がわがままを言っていたことに気づいた。

ナップシップがこんなふうに僕のわがままに付き合ってくれるのは、いままでもそうしてくれていたからなのかもしれないが、それでも五歳も年上の僕がわがままを言うというのはよくない。

「いや……ここで食べていくのでもいいよ」

「大丈夫ですよ」

「いいよ、ここで食べよう」

僕はそう言ったが、ナップシップはそれを気にせずに、大きな手のひらを僕の背中に当てて歩くよう促した。

結局、僕らは下のスーパーに降りていって、家でスキをつくるための材料を買った。僕は料理ができないし、こんなに紳士的なナップシップも、なんでもつくれるわけではない。けれどスキはつくるのが簡単な料理だからまだ大丈夫だ。具材を入れて煮込めば、それでできあがりだ。

食材を買い終わると、ナップシップは僕を連れてピザの注文へと向かった。注文だけでなく彼は支払いまでしてくれたが、年上の僕にとってはますます受け入れがたいことだった。

「次は僕がきみにおごるから」

コンドミニアムの駐車場で車から降りるときに僕は言った。

「気にしないでください」

「僕がおごる。なんでもいいよ。ホテルのルーフトップバーでもいい」

「はいはい。ほんとにかわいいですね」

「バカにしてるだろ」

「どこがですか。僕はジーンさんがデートに誘ってくれて嬉しいです」

ナップシップはそう言ってほほえんだ。

「そんなんじゃない！」

「また頬が膨れてますよ」

「僕の話を……おい！　ストップ」

僕は慌てて空《あ》いている方の手を上げて、急に近づいてきた彼のハンサムな顔を押し戻した。

彼の鼻と口が僕の手のひらに触れ、やけどしそうなほど熱を帯びた。

「シップ、ジーン」

「……！」

男性の大きな声に、僕らは固まった。

仕立てのいい高価なスーツを着た長身の男性が、コンドミニアムの入り口ドアの前に立っていた。彼は驚いた表情でこちらを見つめている。手にはスマホを握っていた。そのハンサムな顔と前髪を上げたヘアスタイルには明らかに見覚えがあった。

「ヌ……ヌン兄さん？」

オーンおばさんの長男がこちらをまっすぐ見ていた。ナップシップの顔を見てから、僕の顔を見た。そのあと、まだナップシップの顔に触れている僕の手をしばらく見て、彼はすぐに片方の眉を上げた。

その視線に気づいた僕は、慌てて手を引っ込めた。そしてこっちに近づこうとしていたナップシップから離れる。

「外に行ってたのか。電話しても出ないから」

「なにかあった？」

「いや、別に。母さんがおまえの様子を知りたがってたんだ。ここに引っ越したって聞いたから、ちょっと寄ってみただけだよ」

「そっか」

「それより……」

ヌン兄さんは僕の方に関心を向けた。僕は、なんとかして自分の腰にまわされているナップシップの手を引き離そうとしていた。

「ジーン。おまえ、なんでシップと一緒にいるんだよ。シップが帰ってきてから連絡取ってたのか？全然知らなかった」

「ぼ……僕の部屋もここにあるんだ。僕が都内に住んでるって母さんから聞いたと思うけど、ここに住んでるんだよ」

「ここに住んでる？」

ヌン兄さんは明らかに驚いた表情をした。しかし、わずか一秒でそれが消えた。

「ああ！　そういうことか」

「………」

そういうこと？　理解するのがずいぶん早いな。

ヌン兄さんはしばらく僕ら二人のことを見ていた。混乱状態の僕をよそに、ナップシップは静かにほほえんでいる。

ヌン兄さんはふふっと笑ってから、首を横に振り、笑顔で弟に話しかけた。

「おまえ、やったな。父さんと母さんにはちゃんと話しとけよ」

「そのうちジーンを連れて家に帰るから。兄さんは心配しなくていい」

「ならいいけど」

僕はまだ眉をひそめながら二人を交互に見た。結局、兄の方を向いて手を振りながら首も振った。

「心配いらないよ、ヌン兄さん。実家に帰るときは自分で帰るから。そのときにオーンおばさんとワットおじさんにも会いにいくし」

……ヌン兄さんは大きくため息をついた。

「ああ、わかった。帰ってくるときは俺にも教えてくれ」

「うん」

そう答えたのは僕だった。

「よし、じゃあ部屋に行こうぜ。ここで話してると蚊に刺されるし」

ヌン兄さんは唇を尖《とが》らせながら、ドアの方へ歩いていった。

「兄さん、ここに泊まるつもり？」

「いや。飯を食うだけだよ。なにか買ってきたんだろ？」

「これでスキをつくる予定だよ」

僕はぎこちなく笑顔をつくりながら答えた。正直に言えば、ヌン兄さんと一緒に食卓を囲みたくはない。ヌン兄さんが僕とナップシップのことに気づいてしまうのではないかと気が気でなく、食事が喉を通る気がしない。

僕はどうするべきかわからず、左右を交互に見てオロオロしていた。ナップシップが僕の腰にまわしている手にさらに力を込め、顔を寄せて僕の耳元で言った。

「ここに住んでいると言った以上、追い払うわけにはいきません。すこしだけ我慢しましょう」

「なんだよ。俺は別におまえらの邪魔なんかしないよ。食べたらすぐに帰るから。まだ片付けなきゃいけない書類も残ってるし」

ヌン兄さんは茶化しているような呆《あき》れているような顔をした。僕はナップシップを腕で小突いてから、ヌン兄さんを誘った。

「邪魔なんて思ってないよ、ヌン兄さん。一緒に食べよう」

僕はいまから行く部屋の持ち主でもないし、いまから食べるものの代金を支払ったわけでもないのだけれど。

僕の部屋には調理器具はほとんどない。料理ができないのだから、買おうとも思わなかった。一方ナップシップの部屋にはなんでも揃っていると、さっきモールにいるときに彼が教えてくれた。彼もそんなに料理ができるわけではなかったが、部屋を購入したあとで、入居前に世話人に細々《こまごま》した準備を頼んでいたところ、その人がナップシップのために完璧に揃えてくれたということだった。

IHの卓上コンロをダイニングテーブルの上に置いて、食器の準備も整った。座って食事をするあいだ、僕は緊張で息が詰まるのではないかと心配していたが、幸いヌン兄さんはまったく気にしていないようだった。

ヌン兄さんとちゃんと話すのは久しぶりで、僕は最近の暮らしぶりについて次から次に質問された。一方ナップシップは、静かに食事をしながら僕の分を鍋から取り分ける以外、なにもしていなかった。あからさまに僕だけを特別扱いするので、僕はテーブルの下でナップシップの足を軽く蹴った。

ヌン兄さんが自分の分を食べている隙に、僕はナップシップにささやいた。

「シップ、ヌン兄さんにもよそってあげてよ」

「なんでですか。兄さんには手がありますよ」

「僕だって手があるよ。いいからよそってあげて」

「…………」

ナップシップは箸《はし》で鍋の中に残っているしなびた白菜をつまんで、それを兄の茶碗の中に入れた。わざとやっているのかどうかわからないが、彼は自分がつまんでよそっているものを見ていないようだった。

僕はこめかみを押さえた。

「おい、わざとやってるだろ？」

「どうしてですか」

僕はナップシップをにらみつけてから、代わりに大きめのモツをすくって、ヌン兄さんの茶碗によそった。これで問題ないだろう。

「僕にはよそってくれないんですか？」

「なんでだよ。きみにも手があるだろ」

僕はさっきの彼の言葉をそっくりそのまま返してやった。ナップシップがクスクス笑うのを見ると、彼がふざけていただけだとわかった。

「あのさ」

ヌン兄さんの声で、僕はナップシップから急いで体を離した。

「俺、いまなんとなく嫌がらせされているような気がするんだけど」

「なんで？　そんなことないよ」

ヌン兄さんはため息をついた。そして僕がよそったばかりのモツをつまんで、僕の茶碗に入れた。

「俺はモツは食べない。おまえら、一生懸命よそってくれてたけどな、別に俺を気遣うふりなんかしなくていいよ」

「ふりなんかじゃ……」

「俺はここにいないと思って、いちゃいちゃすればいい。俺は黙って食ってるから」

「……！」

ヌン兄さんの言葉に、スープを飲んでいた僕はむせた……。


食べ終わったあと、食器はそのままの状態でテーブルに置かれていた。あとでメイドを呼んで片付けてもらうらしい。

そのときちょうど、ナップシップにタムから電話がかかってきた。おそらく仕事の話だろう。

僕はダイニングキッチンを出てリビングの方に行った。

料理の匂いを取るために、ベランダに出るガラス戸が大きく開けられていた。束ねていない薄いレースカーテンが、夜の強い風に吹かれてなびいている。

きついたばこの匂いがした。ヌン兄さんがベランダの手すりに寄りかかってたばこを吸い、リラックスしていた。

僕はすこしためらったが、結局ベランダに出ていってその隣に立った。

ヌン兄さんは僕の方をちらっと見た。煙を吸い込んでからそれをゆっくり吐き出し、笑いながら言った。

「なんだ。もう恥ずかしくなくなったのか」

僕はなにも言わずに軽く咳払《せきばら》いをした。

「シップとおまえのことなら、ずっと前から知ってたよ。シップは別に隠してもなかったし」

「…………」

「もう付き合ってんのか？」

「いや、まだ……」

「なんだよ。俺の弟にさっさと優しくしてやってくれ。あいつはずっとそれを待ってるんだからな」

「…………」

ヌン兄さんのせいで僕の頬は赤くなり、言葉に詰まってしまった。

「ちゃんと話がまとまったら、いつでもいいからうちの親に会いにきて、伝えとけよ。母さんはおまえのことが大好きだから、なにも文句は言わないし、きっと喜ぶよ。むしろすぐにおまえをうちの息子にさせようとするかもな」

冗談半分でそんなふうに言われた僕は、どう反応すればいいかわからなかった。

僕はこれまで、ナップシップと恋人同士になった場合、僕らの家族がどんな反応をするかというところまで考えたことがなかった。

こういうジャンルの小説を書いてはいるものの、自分はゲイではないとずっと言ってきた僕が、男の恋人ができたと言ったら僕の父さんはどう思うだろうか。しかもその相手が、隣の家の息子だったら……。

ナップシップの父親のワットおじさんも同じだ。

「あんまり考えすぎるな」

僕がずっと黙っていると、それを見て僕の気持ちを察したかのように、ヌン兄さんが朗らかな声で言った。

「…………」

「俺たちの親は大人だから。うちの親父はたしかに家のことを気にしてるところもあるけど、でもそこまで頭の固い人間じゃない。そうじゃなかったら、たとえお金を稼ぐ経験だとしても、こんなふうにシップにドラマに出ることを許したりはしないよ。そうだろ？」

「…………」

ヌン兄さんは、たばこの先端を携帯用灰皿に押しつけた。

「でも、もし親たちが本人から聞かされる前に知ったら問題になる。たしかにおまえはもう成人した大人だけど、両親がいる以上、なにかあればちゃんと話しておかないと。とくにこういう大事な話はな」

「でも、ヌン兄さん、僕はまだシップとはなんでもないんだけど」

「ああ、わかってる。先に言っておいただけだよ。すぐそうなるんだから。シップは俺の弟なんだから、なんだってわかる」

「…………」

「おまえはあいつから逃げられないよ」

そう言って、ヌン兄さんはまた僕を咳《せ》き込ませた……。

# カウント19

「ジーン」

「………」

「さっさと起きて、シャワー浴びて着替えろ。早くしないと間に合わないぞ」

「んー」

だれかが僕を暖かくて柔《やわ》らかい空間の中から引きずり出そうと、強引に引っ張り起こしている。聞き慣れたその声はタムの声だ。

しかし僕は眠くてまだ目を開けたくはないのだ。

こっちは今朝の七時に横になったばっかりだっていうのに……。

「このクソったれ」

タムはなんとか僕の体を起こしたにもかかわらず、僕が自分で体を支えずに、骨のない生き物のようにふにゃふにゃしていることに苛立《いらだ》っているようだった。

「しっかりしろ。さっさとしないと、間に合わなくなるって言っただろ」

「どこに行くんだよ」

「おい。パラゴンで制作発表のイベントだろ」

僕はようやく乾いた目をすこし開けて、タムを見た。奴のめがねと目玉が数センチも離れていないところにあるのがわかり、思わず顔をそむけた。

起き抜けの僕はかすれた声で言った。

「行かないよ。もうスタッフにも知らせたし、向こうも原作者との対談はキャンセルってことで了解してる。それより……おまえ、なんで上まで上がってきてるんだよ」

タムは目を剝《む》いた。

「昨日の夜、おまえが俺に言ったんだろ。覚えてないのかよ、おい。俺がおまえに行くかって聞いたら、行くって言っただろ。それで俺が明日シップを迎えにいくときにおまえも起こしにいくって言ったら、シップがこの部屋のカードキーも持ってるから、それで入ってこいっておまえが言ったんじゃねえか」

「いつだよ。おまえ、俺が原稿書いてるときに電話したんじゃないのか？」

「そんなの知るかよ。そのときなにしてるかなんて、おまえ言わなかったし」

「俺がああ、ああ、はい、はいとかしか言ってなかったなら、おまえもおかしいと思えよ。俺は原稿中はややこしい話はできないから、そういうときはかけ直せって前にも言っただろぉ……」

力なく言葉を吐きながら、僕は柔らかい布団の中に体をもぐり込ませた。

「そういうことだから。俺は行かない」

「なにが行かないだ。わざわざ俺が起こしにきたのに、行かないで済むと思ってんのか」

「なんで俺が行かなきゃいけないんだよ。俺は都合が悪いってもう言ってあるんだ」

「シップは行くんだぞ。おまえは自分の夫を見にいかないのか？」

「おまえの夫だろ」

僕は興味なさげに適当に答えた。それからふかふかの布団を頭までかぶって、ふたたびまどろみの中に沈んでいった。

「おいジーン、イベントのあとはパーティーもあるんだ。おまえ、俺と一緒に行くって言っただろ」

「………」

「ジーン」

「………」

「ジーーーン」

タムは顔を近づけ、僕の鼓膜が破けそうなほどの大声で名前を呼んだ。

僕はタムの顔を遠くに押しやり、しかめっ面のまま体を起こした。文句を言おうと口を開いた瞬間、タムはバスタオルを僕に手渡してきた。

大きくため息をついてから、手を伸ばしてそれをひっつかみ、僕は仕方なくバスルームへ向かった。最近、僕は原稿を書いたり直したりする以外は、昼も夜もずっとハマっている海外ドラマを観ていた。

週に一度小説をアップロードする以外、僕はニュースもほとんどチェックしていない。仕事だけでなくドラマのせいで、僕の就寝時間はさらに遅くなっていた……。

僕がぶすっとした顔でバスルームから出てくると、待っていたのはタムではなく、衣装とヘアスタイルがばっちり決まったナップシップだった。

「なんでそんな顔してるんですか？」

ナップシップが柔らかい声で尋ねてきた。

「なんでって、さっききみのマネージャーに起こされたんだよ」

「起こされた？　タムさんと約束してたんじゃないんですか？」

「でも昨日寝るのが遅かったから」

「眠いんですか？」

「眠いよ」

「じゃあまだ寝ててください。僕からタムさんに言っておきます」

「いいよ。もうシャワー浴びたし」

「じゃあ、帰ってきたらまたあとで寝てください」

僕は仕方なくうなずいた。

「きみはさっきまで支度中だったの？」

「はい。タムさんがスタイリストさんを連れてきてくれたんです。いまは下に送りにいってます」

僕がなにも言わずにいると、ナップシップは大きな手を僕の頭に乗せた。

「おなか空《す》いてますか？」

「起きたばっかりでまだ空いてない。あとでパラゴンでなにか食べるよ」

僕がリビングの方に移動したのと同じタイミングで、タムがちょうど戻ってきた。タムはナップシップにカードキーを返したあと、僕らを急《せ》かすようにいろいろ言いながら、バタバタと準備をしていた。

僕らは車に乗り込み、目的地のショッピングモールへと向かった。サイアム――バンコク中心部――のあたりはほぼ一日中車が多い地域だ。

時間に余裕を持って出たものの、それでもやはり渋滞にはまって急がなければならなくなった。

車の中ですこし寝ることができたので、僕の体調はいくらかましになった。さっきまでは眠くてなにもやる気がしなかったが、車を降りて、イベント用のステージの近くまで来ると、すこしずつワクワクしてきた。

このドラマのターゲット層は若者だ。出演者たちはそれなりに知名度があるとはいえ、ドラマの内容が同性愛の話であることから、制作発表イベントはそこまで大々的なものではなかった。

二つのエリアをつなぐまんなかの広場が、イベントの開催場所だった。二十人ほどが乗れそうな大きさのステージが目立っていた。ステージ前の床にはレッドカーペットが敷かれていたが、椅子は置かれていなかった。黒服のガードマンが数人と、エンタメ系のニュースサイトに所属する人が何人かいるだけだ。

少人数のファンのグループがすこしずつ集まり始めていた。ほとんどは若い女の子たちだった。このイベントのことを事前に知っている人の中には、キャストの写真を貼った小さな応援用のうちわを持っている人もいた。

たくさんの人がスマホを取り出してシャッターボタンを押している。ステージの脇に立っていた僕も写真の中に写り込んでしまった。

「ジーン、俺の左側に立っとけよ。おまえ、写真に写り込みたいのか？」

「え？　ああ」

イベントの開始時間が近づくと、ナップシップやほかの主要キャストたちがスタッフに案内されてステージ上の立ち位置へと向かった。

一方、原作者である僕は……ステージに上がることを拒否したのだが、タムに引きずられて、ステージの横のところに立っていなければならなくなってしまった。

僕は立ったまま、司会が俳優たちにドラマの脚本などについてインタビューするのをしばらくながめていた。司会が台本どおりに主役カップルのことをひやかしたとき、キャーという大きな歓声が上がった。

それから俳優たちがステージの下に降りていき、小さな風船でできたアーチのところに立つと、ファンは写真を撮るために一斉に駆け寄っていった。

最初は、シップとウーイくんがペアになって立っていた。そのあとはそれぞれ分かれて、ファンの子たちが話しかけたり写真を撮ったりするのに対応していた。

僕は一人静かに立って彼らを見ていた。タムはだれかと話をするために一時的に場を離れている。

「ジーン先生」

そのときステージの前から大きな声で名前を呼ばれて、僕はびっくりした。

高校の制服を着た女の子が一人、笑顔で僕に手を振っていた。

僕は予想外のことに呆気《あっけ》に取られた。ナップシップを取り囲んでいるファンたちの方を見てから、ナップシップを見た。彼は僕にほほえみかけていた。

「はい？」

「写真を撮らせてもらえませんか？　シップさんと一緒に」

ナップシップと一緒に写真を撮る？

僕はそう言われて、驚いた顔をすればいいのか困った顔をすればいいのかわからなくなった。

「いや、えっと……」

「来てください、ジーンさん」

「………」

僕は最初、断るつもりだった。しかしナップシップが手招きして僕を呼ぶその仕草にまわりのファンたちが興奮して沸き立ってしまったので、僕は仕方なく彼の近くまで歩いていった。

なんで僕が写真を撮られなきゃいけないんだ。芸能人でもないのに……。

「ジーンさん、もうすこし笑ってください」

隣に立つナップシップが、顔を近づけてそっとささやいた。

「僕はこれしか笑えないんだ」

「それだとかわいく写らないかもしれませんよ」

「別にかわいく写らなくていいんだよ」

僕が顔をしかめると、ナップシップは小さく笑った。

彼のその表情と視線が、まわりの女の子たちからさっきよりも大きな歓声を呼び起こしたのは言うまでもない……。


「ジーン先生、あの……」

「ごめんなさい。ちょっと、トイレに行かせてください」

僕は手を上げて謝りながら愛想笑《あいそ》いを浮かべた。それからできるかぎり大股で反対方向に逃げていった。

ステージ前のカーペットのところは観客が入ることができるが、ステージの横とうしろには小さな柵が置いてあり、そこはスタッフが厳しく立ち入りを規制している。

ファンが入ってこられない安全な場所まで逃げおおせた僕は、安堵《あんど》のため息をついた。うしろを振り返ると、ナップシップがまだファンに囲まれて立っているのが見えた。ほかの俳優たちもまだ同じように囲まれている。それを見ているだけでも、僕の方が疲れてしまいそうなくらいだ。

それが彼らの仕事なのだから、俳優たちはきっと慣れているのだろう。ナップシップなんかはとくに、人目にさらされることに慣れた結果、図太い人間になったような部分もあるのかもしれない。

でも僕はそうじゃない。小説を書くことを仕事にし始めてから、僕は以前に輪をかけて静かでおちついた場所を好むようになっていた。

なのにインスタグラムに写真が投稿されて以来、顔を知られてしまったせいで、ファンの子を無下《むげ》にすることもできず、立って笑わなければいけなくなってしまった。

「どうした。めがねをかけて、マスクでもするか?」

うしろから大きな声がして、僕はびっくりした。振り返ると、タムがニヤニヤしながら腕を組んでスタッフ用の荷物置き場のテーブルに寄りかかっているのが見えた。奴は憎たらしい顔をしていた。

「なんだよ」

「おまえも有名になったな。どうだ、芸能人になるか? 俺から姉さんに紹介しとくよ」

「自分がなればいいだろ。ムカつくな」

「なんでムカつくんだよ。俺はほんとのことを言っただけだぜ。おまえにはもうファンだっているだろ」

僕は頬を引っ張るタムの手を払いのけた。

「痛いって、クソやろう」

「シップの代わりにおまえをつねっただけだ。俺は人気者をつねりたいんだよ」

そう言ってタムはまた笑ったが、人気者と言われた僕の表情を見て、さらに続けた。

「シップのファンはおまえのインスタもフォローしてるから、シップがおまえのメッセージに返信したのを見てるだろ。それにシップのストーリーもあれだし。おまえ、見てないのか?」

「見てない。最近海外ドラマばっかり観てて、ほとんどチェックしてないから。なんで?」

「シップがときどき、おまえがベランダに立ってる写真を載せてるんだよ。あとおまえがドアを開けてベランダに出て歯磨きしてる動画とか。だからファンたちは、おまえらが同じコンドミニアムに住んでて、部屋も近いってことをみんな知ってるんだよ」

僕は目を大きく見開いた。

「なんだって?」

「おまえ、ほんとにベランダで歯を磨くのが好きなのか?」

「違う! シップが呼ぶからだよ。俺は、もう一方の側の隣人にそのうち怒られるんじゃないかってヒヤヒヤしてるんだ。だからなにかやってても、すぐに出ていかないといけないんだよ」

タムは心配したような顔になった。

「おまえら、また前みたいに同じ部屋に住めよ。そしたら隣人に迷惑かけることもなくなるだろ」

「ならおまえも越してきて一緒に住むか？　三人で」

「やめろ。友達の寿命を縮ませたいのか」

タムは気色悪い顔で笑った。それでも、僕があとでナップシップに話しておくと言うと、タムは賛成してうなずいた。

「ああ、それがいい。ストーリーはすぐに消えるけど、気をつけないと。ファンはみんな、俺とおまえが友達だからおまえとシップも仲がいいんだと思ってる。でもいまからドラマが始まるっていうときに、おまえとシップのことが好きなファンばっかりだと、問題だからな……」

「ああ……」

僕は短く返事をしたが、タムが言いたいことはわかっていた。

こういうジャンルの小説を書き始めてから、想像上のカップルを推すことを含めて、いろんな好みや楽しみ方があることを僕は十分理解していた。タムが言ったカップリングやシッパーのこともそうだ。ドラマの人気も、一部はそうしたところに起因している。

「まあそれは置いといて……」

タムは僕の表情を見たのだろう。組んでいた腕を解いて、僕の肩をポンポンと叩いた。

「今夜の内輪のパーティー、おまえも行くよな。昨日電話でも話したけど」

「俺、眠いんだけど……」

「おい、頼むよ。ちょっとだけだから。テレビ局がわざわざ用意してくれたんだ。Zホテルのラウンジだぞ」

「おまえとナップシップの二人で行けばいいだろ」

「俺はあいつのマネージャーだから、テレビ局に言われたら断れないんだよ。でも、俺が行ったらどうなるかわかるか?」

タムは険しい顔になった。

「いろんな人が俺のところに来て、シップにまた別のドラマにも出てほしいっていう話をするに決まってる。もちろんスケジュールを確認しないといけないって言うし、本人次第だからとも言うけど、それにしたってとにかく疲れるんだよ。でもおまえが一緒に行ってくれれば、俺はおまえのところに行くふりをしてうまく逃げられるんだ。わかるだろ?」

「おまえは俺を道具にするつもりか」

「ああ、そのとおりだ。おまえを使わせてくれ、頼む」

「ほんとに図々しいな、この出っ歯やろう」

「クソったれ! おまえなんかほっぺたガス詰まりやろうだ」

「タム、その言い方はないだろ。子供じゃないんだから」

「おまえが先に俺のことバカにしたんだろ。俺はとっくに矯正器具も外したんだよ。このきれいな歯並びが見えないのか」

タムは顔を突き出すようにして、口を開けて前歯を見せた。僕の鼻にぶつかりそうな勢いだったので、僕は手のひらを奴の額に当てて顔を押し返した。

タムは不機嫌そうにむすっとしていた。その顔がおかしくて、苛ついていた僕も笑ってしまった。

結局僕は、行けるかどうかもうすこし体調を見て考えるとタムに言った。ただしどうしても眠かったら難しいと言うと、奴はわかったというようにうなずいた。

それからしばらくタムと一緒にステージの横に立っていた。しかし、朝からなにも食べていなかったせいで、すこし前からおなかが鳴り続けていた。

僕は、腹の虫を抑えるためになにか食べるものを買ってくるとタムに告げた。戻ってくるころには、イベントもちょうど終わっているだろう。

「シップに忘れずにラインしとけよ」

「ああ、わかってるよ……」

なんでいい歳した大人がわざわざ年下の彼にラインしなきゃいけないんだ……。

スマホを取り出してラインを起動しながら、僕はそう思った。それでもナップシップが心配するだろうとわかっていたので、一応ラインを送っておいた。

僕はレストラン街を歩き回ったが、最終的に下の階に降りていって、マクドナルドでハンバーガーを食べることにした。

会場に戻ってくると、俳優たちはもうアーチのところには立っていなかった。スタッフが誘導して、彼らを全員ステージ裏に戻したようだ。司会だけがステージの上に残ってしゃべっていた。それを見て、僕は先に近くのトイレに行くことにした。

手を洗って顔も洗うと、すこしすっきりした。

しかしトイレから出たところで、小柄な人物が壁に寄りかかっているのを見て、僕は思わず足がとまった。

僕の方を見て、その人物は優しくほほえんだ。

「こんにちは、ジーン兄さん」

「………」

「なんで一人でトイレにいるんですか」

ウーイくん……。

僕はその場に立ち尽くした。びっくりしてすぐに言葉が出てこなかった。

ウーイくんの笑顔は、いつもと同じ笑顔だった。だが彼が僕に向けている感情は、僕の考えすぎかもしれないが、友好的なものではないように感じられた。

これまで、ウーイくんはナップシップのことで明らかに僕に不満を持っていた。シップがウーイくんと話をしたというあの日以来、僕が撮影現場に行ってウーイくんと顔を合わせることがあっても、毎回彼は僕を見るだけで前みたいに明るく話しかけてくるようなことはなかった。

それが今日突然、彼が笑顔で挨拶《あいさつ》してきたのだ。驚くのも当然だ。

「ウーイくんもトイレ？　どうぞ入って。いまだれもいないよ」

「ちょっと待ってください」

僕がその場をあとにしようとしたとき、彼は僕の前に立ちはだかった。

「ジーン兄さん、どうしてそんなに急ぐんですか。お話しするの久しぶりじゃないですか」

「…………」

「ツイッターでジーン兄さんの写真をたくさん見ましたよ。かわいかったです」

「……？」

「シップと付き合ってるんですか？」

そう言いながら、ウーイくんはそのきれいな目を訝《いぶか》しげに歪《ゆが》めた。

ウーイくんはトイレに来たわけではなく、僕と話す機会を見計らっていたのだ。

彼の様子を見るかぎり、ナップシップを取られたくないという以外の理由はないだろう。

僕はマナーとして笑顔を見せ、なにも知らないふうを装った。

「付き合うってどういうことかな」

「まだそんなふうに言うんですね」

ウーイくんはややうんざりしたような表情で首を横に振った。彼の振る舞いや雰囲気は、いつものように明るくてかわいらしい感じではない。

「じゃあ聞き方を変えます。ジーン兄さんは、シップのことが好きですよね？」

「…………」

僕は固まった。

僕らの視線が交差した。ウーイくんはじっと僕を見つめていた。それからイライラしたような顔で不満げに言った。

「ジーン兄さんはシップが好きなんだ」

「もし僕が……」

「僕がシップのことを好きだって最初から知ってたのに、それでもジーン兄さんはシップのことが好きなんだ」

ウーイくんは僕の言葉を遮《さえぎ》るように続けた。彼は明らかに苛立った顔で、細い腕を胸の前で組んだ。

「なんだ、そういうことだったんだ」

「ウーイくん」

僕はしばらくついていけずにいたが、最終的に手を上げて彼の話をストップさせ、正直な気持ちを話すことにした。

「いまきみが僕に不満を持ってることはわかるよ。もし僕がナップシップのことを好きだとして、あるいはウーイくんがナップシップのことを好きだとして、ウーイくんが僕に不満を持ったり、僕がウーイくんに不満を持ったりすることは、それは仕方ないことだと思う。でもこんなふうなやり方は、僕はあんまりいいとは思わない。たとえ好意を持っていたとしても、ウーイくんは、ナップシップが自分のことを好きにならなかったり、あるいはほかの人のことを好きになったりしても、それを受け入れないといけないんじゃないかな」

「それって、僕をたしなめてるつもりですか？」

僕は眉をわずかに寄せた。

「違うよ。僕はたしなめてるわけじゃない。ただほんとうのことを言っただけだよ」

「……はあ⁉」

「それはどんな人でも考えないといけないことなんじゃないかな」

僕はそう言いながら手を動かしたが、ウーイくんの顔はさらに引きつった。

「つまり、僕はそういう考え方ができてないって言いたいんですか」

「…………」

「そんなふうに僕を言いくるめるつもりですか？」

ちょっと待て……。

僕が言ったことは間違っているだろうか。ウーイくんはさっきよりも怒っているように見える。

彼が感情的に話していたので、僕はなるべく理性的に自分の考えを伝えようとした。しかしウーイくんは僕の話を聞いて、僕が嫌味を言ったととらえたようだった。

「僕は、ジーン兄さんは正直で優しい人だと思っていました」

彼は赤い唇を歪めた。

「でも意地悪なところもあるんだ」

「………」

意地悪なところもあるってなんだよ。

僕は見下されたような気がして不愉快な気分になり、眉を引きつらせた。

「でもそれならそれでよかった」

ウーイくんは大きな目で僕の顔をまじまじと見ていた。しばらくそうしているうちに、彼は僕の方に近づいてきた。彼は僕と目線を合わせるために、すこし背伸びをしている。僕らは鼻がぶつかりそうなほど接近した。

「ジーン兄さんがそんなふうにバカ正直でよかった」

今度は僕が彼をちらっと見た。

僕はずっと、ウーイくんはまだ子供なのだから、彼の言動にあまり感情的になってはいけないと言い聞かせていた。けれど僕にだって一応プライドがある。

こんなふうに失礼な言葉を浴びせられたら、不愉快な気持ちになるのは当然だ。

「ウーイくん、それはちょっと失礼じゃない」

彼は笑った。

「どうしたんです。怒ってるんですか。怒らなくていいでしょう。だってそれは……」

「ウーイ」

ウーイくんが甘い声で話している途中で、彼の名前を呼ぶ声がして、彼は口をつぐんだ。

彼は僕から離れて、声のした方を振り返った。

ナップシップ……。

男子トイレは、細い通路を曲がった奥にあるため、幸いいまの出来事はだれにも見られていない。

ナップシップはまださっきの衣装のままだった。彼の鋭い目が、探るように僕をちらっと見てから
ウーイくんの方をじっと見つめた。ナップシップの感情の読めない顔を見て、僕はとりあえず黙って
いることにした。

ウーイくんは眉を上げた。それからすぐにかわいらしい笑顔を見せた。

「シップ。もう仕事は終わったの？」

ウーイくんがすぐに態度を変えたので、僕は振り向いて唖然《あぜん》としながら彼を見つめた。その瞬間僕
は笑い出したくなったが、そのあとすぐに苛立ちを感じ始めた。

彼の豹変ぶりにはついていけない……。

「前に話したことを忘れたのか？」

ナップシップはおちついた声でウーイくんに尋ねた。

「話したこと？　ああ、忘れてないよ」

ナップシップは大きな足取りでもう一歩こちらに近づいてきた。

彼のまとうオーラは恐ろしく威圧的で、僕でさえ体を動かしたりなにかを口にしたりすることが憚《はばか》

られるくらいだった。

僕はただ戸惑《とまど》いながら二人を見ていることしかできない。

二人はなにか僕にはわからないことを話している。

「あんまりふざけすぎるな」

「ふざけてないよ。こっちは真剣だ」

「…………」

長身でスタイル抜群のナップシップがウーイくんの目の前に立ったとき、ウーイくんがシップの顔を見て固まったのが見えた。一瞬あとずさりそうだったが、ウーイくんは眉を上げてなに食わぬ顔をした。

ナップシップは口角を上げてほほえんでいたが、目はまったく笑っていなかった。

「三回も四回も同じことは言わないからな」

ウーイくんは黙っていた。彼は大きな目で目の前にいるナップシップのことを見つめていた。その目がなにを伝えようとしているのか僕にはわからなかった。ウーイくんは口を引き結んでいる。

きっとナップシップがウーイくんと食事に行ったあの日のことと関係があるのだろう。

もしかしたらそれ以外にもなにかがあるのかもしれない。二人は同じ大学に通う友人同士でもあるし、毎日顔を合わせて話をしていれば、なにか特別な関係になるというのも、ありえないことではないだろう。

そこまで考えて、僕はぎこちなく体をわずかに動かした。

だがそのあとどうすべきか考えていなかった。ふと気づくと、目の前にナップシップの大きな手が差し出されていた。

「………」

僕はそれを見て、それから彼と目を合わせた。

「戻りましょう。タムさんも待ってます」

「うん」

僕はためらうことなく自分の手を彼の手の上に重ねた。

ナップシップが僕の手を握り、引っ張るようにしてそこから僕を連れ出した。

僕はさっきのウーイくんの言葉に腹が立っていたので、ウーイくんの方を振り返ることも別れの言葉をかけることもしなかった。むしろ僕とナップシップの親しさを見せつけてやろうとさえ思った。

トイレから離れると、人目のある場所だったので必然的に僕らは手を離さなければならなかった。

隣にいるナップシップの横顔をちらっと見ると、もう恐ろしく威圧的なオーラはまとっていなかったが、それでも彼は明らかにまだ不満を持っているような顔をしていた。

「ジーンさん」

「シップ……ん？」

僕らは同時にしゃべり始めてしまった。

「なに？」

「これからはウーイにあまり近づかない方がいいです」

シップのその言葉に、僕は困惑《こんわく》して眉をひそめた。

「なんで？　きみたちなにかあったの？」

「なにもありません。ただちょっと」

「僕のこと?」

ナップシップは僕の方を見ていなかったので、彼の表情は読み取れない。ただ低く柔らかい声だけが聞こえた。

「はい」

「やっぱり。ウーイくんが僕を嫌ってるんだろ?」

「そうじゃありません」

「そうじゃないって?　だってさっきも……」

僕は途中で言葉を切った。こんなふうに話すと告げ口しているみたいな気がしたからだ。しかし事実として伝えなければと思い、なるべく苛立ちを抑えて話すようにした。

「言葉があんまり丁寧じゃなかった。怒ってるのかなんなのか、わからないけど」

「だから、あまり近づかない方がいいって言ってるんです。もう関わらないでくださいね」

「もう関わらないっていっても、僕はまだ彼との話が終わってないんだよ」

「僕から話したのでもう終わりましたよ」

ナップシップは手のひらを僕の背中に当てて、しかめっ面で立ち止まっている僕に歩くよう促した。

「それでも向こうが理解しないなら、そのときは僕がどうにかします」

「でもそれは僕に関することなんだろ?　きみもさっきそう言ったよね。それなら僕が自分でウーイくんと話した方がいいよ」

「ダメです」

「なんでダメなの」

ナップシップがすぐにそう返してきたので、僕は理解できず混乱した。眉を上げてもう一度訊《き》いた。

「僕がウーイくんに文句を言うのを心配してるの？」

「そんなことはどうでもいいんです。僕はただ、ジーンさんのことが心配なんです」

「はあ!?」

「…………」

「ちょっと待って。僕は大人だよ。きみだって僕に弟扱《あつか》いされるのは嫌だろ。僕も同じだよ。きみに子供扱いされて心配されるのは嫌だ」

ナップシップは黙り込んだ。僕らはある高級ブランド店の前で立ち止まった。今度は彼が僕の方を振り返る番だった。彼はいままでずっとまっすぐ前だけを見て歩いていた。

「心配してること自体は、ジーンさんが僕より年上だとか大人だということとは直接関係ありません」

「…………」

「心配なものは心配なんです」

「わかったよ。それならなんで僕のことが心配なのか、理由を教えて。ウーイくんが僕になにかすると思ってるの？　僕を殺すとか？」

正直なところ、僕はだんだん自分がイライラし始めていることに気づいていた。

ナップシップが僕にウーイくんと直接話さないようにしたいのは、僕のことが心配だからなのか、ウーイくんを悲しませたくないからか、ウーイくんと揉《も》めたくないからか、僕がウーイくんに勝てないと思っているからなのか。どれが正解なのかわからなかった。

だが、問題が僕に関することなのだったら、僕には自分でそれをどうにかする権利があるんじゃないのか。

「ウーイがジーンさんに気があるからですよ」

「……？」

「…………」

「冗談だろ。彼は……」

「シップ、ジーン！」

僕の言葉は、タムの大きな声にかき消されてしまった。僕らの会話は中断されたが、僕らのあいだに漂うピリピリした空気はまだ消えていなかった。

僕は顔をそらしてナップシップの方を見ないようにした。

「おまえら、いったいどこに行ってたんだよ。ずっと待ってたんだぞ。イベントももう終わったよ」

「ごめん」

僕が答えた。

「これからシップと飯食いにいくけど、おまえも行くか？　それとも買いものでもしてるか？」

「いや。俺は眠いから、帰って寝る」

「なんだよ」

タムは目を瞬かせた。

「じゃあ今晩のパーティーは……」

「悪い。でも眠いから寝たいんだ」

僕は苛立ちを顔に出さないようにしながら、声のトーンを抑えてタムに告げた。

タムは小さくため息をついた。僕を見てから、ナップシップの方をちらっとうかがったタムは、それでなにかがあったと察したのだろう。

タムは首を突っ込むべきではないと思ったようで、それ以上なにか訊いたり言ったりはしなかった。そういうところが、僕が大学時代からいいと思っているタムの長所だった。

「わかった。いいよ。また次の機会にな」

「ああ。おまえはシップと行けよ」

「僕……」

「きみは行かないとダメだよ」

シップが口を開く前に、僕はかぶせるように言った。彼がなにを言うつもりかよくわかっていた。

「タムがきみも行くって先方に伝えたのに、突然行かないって言ったらどうなると思う？　主催者はテレビ局だよ。行かないと問題になる」

ナップシップは黙り込んだ。鋭い目が僕を見つめてくる。その瞬間、僕も彼の顔を見た。

僕はイライラしてつい鼻を鳴らしてしまった。一方ナップシップは、いつもの低くて柔らかい声で返事をした。

「それじゃあ部屋で待っていてください。急いで帰るので、またあとで話しましょう」


（下巻に続く）

著者／Wankling（ワーンクリン）
BL作家。女性。大学では日本語を専攻。学生時代から小説の執筆を始める。家にこもって過ごすこととゲームをすることが好き。これまで発表した作品に『ハニーミニスカート』『14日間の夏休み』などがある。最新作は『Apple Cider M.：匂いだけ』。本書が初の邦訳作品となる。

訳者／宇戸優美子（うど・ゆみこ）
1989年バンコク生まれ。明治学院大学ほか非常勤講師。著書に『しっかり学ぶ！タイ語入門』（大学書林）、編訳書に『シーダーオルアン短編集　一粒のガラス』（大同生命国際文化基金）、訳書にPatrick Rangsimant『My Ride, I Love You』（KADOKAWA）がある。

本書は、2023年1月14日にU-NEXTより刊行された電子書籍を紙の書籍としたものです。


Lovely Writer 上
2023年2月1日 初版第1刷発行

著　者　Wankling

訳　者　宇戸優美子

発行者　マイケル・ステイリー

発行所　株式会社Ｕ－ＮＥＸＴ
〒141-0021
東京都品川区上大崎3-1-1
目黒セントラルスクエア

電　話　03-6741-4422（編集部）
048-487-9878（受注専用）

印刷所　シナノ印刷株式会社


Printed in Japan ISBN 978-4-910207-39-1 C0097